天才小毒妃

천재소독비 10

ⓒ지에모 2019

초판1쇄 인쇄	2019년 7월 12일
초판1쇄 발행	2019년 7월 23일

지은이	지에모 芥沫
옮긴이	전정은

펴낸이	박대일
편집	이문영 · 임유리 · 신지연 · 전보라
마케팅	임유미 · 손태석
디자인	박현주
일러스트레이션	우나영

펴낸곳	파란미디어
출판등록	2004년 9월 14일 제313-2004-00214호

주소	03992 서울시 마포구 동교로23길 14 국제빌딩 6층
전화	02.3141.5589 영업부 070.4616.2012 편집부
팩스	02.3141.5590
전자우편	paranbook@gmail.com
카페	http://cafe.naver.com/paranmedia
페이스북	http://www.facebook.com/paranbook

ISBN	978-89-6371-680-0(04820)
	978-89-6371-656-5(전26권)

천재소독비

10

天才小毒妃

지에모 芥沫 지음 · 전정은 옮김

파란

차례

분량 싸움 | 7

눈꼴사나워 죽겠다 | 17

한운석의 엄숙함 | 27

같은 초식으로 심장을 찔러 | 37

날 원한다면 주지 | 47

칠소를 찾아 도움을 받자 | 58

한 번 속이면 백 번으로 쳐요 | 69

백의 공자가 미워하는 것 | 79

다망한 한운석 | 89

악을 악으로 상대하겠다는 거군요 | 99

겉과 속이 다른 운석 | 109

격장지계, 울고 싶어도 눈물이 안 나 | 119

찾고 나서 말하지 | 129

꼬맹이 슈퍼 어시스트 | 139

통 큰 진왕 | 150

진왕부에 묵는 건 누구 | 160

진왕에게 뇌물을 준 결과 | 170

길 가면서 혼내주기 | 180

시큼한 질투 | 190

고 태의도 농담을 할 줄 아네 | 201

뜻밖의 배신 | 212

이 몸은 죽지 않아 | 221

이봐, 몸으로 갚지 그래 | 231

간통 현장을 들키고 싶어? | 241

누가 진왕을 막는가 | 251

수색, 사방팔방 동원 | 262

한 번 더 이 여자에게 함부로 해 봐 | 272

그녀의 진료 주머니 | 282

공자는 알고 있다 | 292

자네에게 보고해야 하나 | 302

진상, 생각할 용기가 없어 | 312

동란의 발단 | 322

귀신에 홀린 듯 | 332

저울이 기울었다 | 342

호출, 전하께서 친히 오시다 | 352

진왕의 도발 | 362

해약, 날 믿느냐 그자를 믿느냐 | 372

제일 먼저 도성을 뜬 진왕 전하 | 383

최대의 이득을 보다 | 393

약을 마셔라 | 403

평생 그런 척하지 | 415

그의 혐의가 좀 더 커 | 427

가라니까, 왜 안 가 | 438

장기 협력해요 | 449

목영동, 완전 날강도 | 459

한운석, 너야말로 날강도 | 469

완전히 망쳤군 | 479

나타날까 아닐까 | 489

마음대로 나서도 좋다 | 499

그럴 마음이 있어? | 510

분량 싸움

고칠찰과 한운석의 능력이면, 보기만 해도 이것이 미독 해약이 아니라는 것을 알 수 있었다. 그러니 시험할 필요도 없었다.

고칠찰은 한운석의 약 분리 솜씨에 내심 감탄했다. 저 정도면 그 자신도 따르지 못할 솜씨였다.

늘 약을 곁에 두고 사는 그에게 약 분량을 어림짐작하는 것쯤 아무것도 아니었다. 이 병에 든 가짜 가루약의 분량으로 보아 용비야가 병에 있던 해약을 두 푼 가량 써 버렸다고 추측할 수 있었다.

"한운석, 효과 없는 가루약을 가져와 내게 뒤집어씌우다니, 진왕비라는 사람이 그래서야 쓰나?"

고칠찰이 가소로운 듯이 웃었다.

그 말은 한운석이 일부러 가짜 가루약을 섞어 놓고 그를 곤경에 빠뜨리려 한다는 뜻이었다.

한운석도 고칠찰이 쉽게 인정하지 않을 줄은 알고 있었고, 여기까지 왔을 때에는 그만한 준비는 되어 있었다.

그녀는 여유만만하게 앉았다.

"고칠찰, 전하께서 준 사과의 분량은 석 냥 두 돈이었죠?"

"그래서?"

그 점은 발뺌할 수 없었다.

"확실해요?"

한운석은 정확한 대답이 필요했다.

"그렇다!"

고칠찰이 시원하게 인정했다.

"좋아요. 미독 해약 약방문에 따르면 석 냥 두 돈짜리 사과를 모두 썼을 때 만들 수 있는 양은 이만한 병의 한 병 반이에요. 그래, 그 사과를 모두 썼나요?"

한운석이 진지하게 물었다.

한운석이 이렇게 계산할 줄은 몰랐던 고칠찰은 감탄한 눈빛을 지었다. 물론 겁나는 것은 아니었다.

그가 혼내 주려는 사람은 용비야였고, 당연히 충분히 손을 써 두었다.

고칠찰은 용비야를 흘끗 쳐다보았지만 용비야는 동요하지 않고 마치 구경꾼처럼 한가롭게 차를 마시고 있었다.

오냐, 지금은 그렇게 여유를 부려라. 나중에도 그렇게 가만히 있을 수 있는지 두고 보자.

"다 쓰지 않았다!"

고칠찰이 대답했다.

한운석은 고개를 끄덕이며 다시 물었다.

"얼마나 썼죠?"

고칠찰은 눈동자에서 빛을 번뜩이며 양을 댔다.

"두 냥 일곱 돈."

한운석은 고개를 갸웃했다.

"확실해요?"

고칠찰이 왜 저렇게 말하지? 저자가 사과를 두 냥 일곱 돈 썼다면 만들어진 해약은 한 병에 꽉 차야 했다.

하지만 그가 용비야에게 준 것은 병의 팔 푼밖에 되지 않았다.

방금 말한 양이면 제 무덤을 파겠다는 소리 아닌가?

"확실해!"

고칠찰이 차갑게 말했다.

"사과 두 냥 일곱 돈이면 해약 한 병을 만들 수 있지만 당신은 병을 팔 푼밖에 채우지 못했어요. 어떻게 된 거죠?"

한운석이 즉시 추궁했다.

그러자 고칠찰이 탁자를 내리치며 일어섰다.

"한운석, 이 몸에게 한 방 먹이려고 하더라도 바보 취급 하지는 마라! 이 몸은 분명히 한 병을 줬다!"

고칠찰이 말하며 화난 눈으로 용비야를 바라보았다.

"진왕, 말해 보시지!"

용비야는 그쪽을 흘낏 보더니 아주 당연한 듯 말했다.

"팔 푼뿐이었다."

"용비야!"

고칠찰은 펄펄 뛰었다.

용비야는 그를 무시했다. 증거가 없는 일은 말다툼을 해 봐야 소용이 없었다. 소용 있는 것은 '믿음'뿐이었다.

누가 봐도 한운석은 용비야를 믿었다. 더욱이 그녀의 목적은 고칠찰이 용비야에게 준 약이 한 병 꽉 찬 것인지 팔 푼만 찬 것인지 확인하는 것이 아니었다. 분량이 얼마든 사과 양을 기준으로 실제 양을 추측할 수 있었다.

"따져 봤자 소용없으니 그럼 꽉 찬 걸로 하죠."

한운석은 시원하게 인정했다.

고칠찰도 아무도 확인할 수 없는 사실 앞에서는 한운석이 용비야의 말을 믿으리라는 것을 알고 있었다. 그래서 한운석을 쳐다보며 다음 말을 기다렸다.

"고칠찰, 사과를 두 냥 일곱 돈 사용하면 해약을 한 병 만들수 있어요, 그렇죠?"

한운석이 진지하게 물었다.

"그렇다!"

고칠찰이 큰 소리로 대답했다.

"그럼 남은 사과 다섯 돈은 어쨌죠?"

한운석이 물었다.

사과는 사용법이 특이했다. 사과 한 알을 둘로 쪼개 양쪽을 각각 따로 갈아서 가루로 만든 다음 고르게 섞어야만 약효가 있고 해약을 만드는 데 쓸 수 있었다.

고칠찰도 본래 사과를 하나 가지고 있었지만 애석하게도 용비야가 산산조각내 버렸기 때문에 쓸 수 없게 되고 말았다.

지금 그가 가진 사과 가루가 대체 얼마나 되는지는 그 자신만 알고 있었다.

고칠찰은 한운석을 바라보며 대답하지 않고 미적거렸다.

"어쨌어요?"

한운석이 다시 물었다.

"진왕비, 비록 너는 약학계 사람이 아니지만 그래도 약학계의 규칙은 알고 있겠지?"

비로소 고칠찰이 물었다.

그가 말하는 것은 분명 제조 후 남은 약재 처리에 관한 규칙이었다. 약을 만들고 남은 약재 자투리는 약을 만든 사람 것이었다.

그 점은 한운석도 잘 알고 있었지만, 모른 척 말했다.

"당신도 말했다시피 본 왕비는 문외한이니 규칙은 몰라요!"

"모르면 알려 주지. 약은 이 몸이 지었으니 남은 약재는 내 것이다. 아무도 가져가지 못해!"

고칠찰이 오만방자하게 말했다.

"말했다시피 나는 그 규칙을 몰라요. 내놓을 거예요, 말 거예요?"

한운석의 말투에는 위협이 다분했다. 이 말이 떨어지자 내내 꿈쩍도 않던 용비야가 뜻밖에도 몸을 일으켰다. 분명히 공격하려는 자세였다. 아무리 봐도 그는 꼭 한운석이 눈짓만으로도 부릴 수 있는 살수 같았다.

고칠찰은 용비야를 흘끗 쳐다보았다. 그의 눈동자에는 분노가 가득했지만 움직일 기미는 없었다.

그러나 용비야가 검에 손을 대자 즉시 말했다.

"그만, 그만. 이 몸이 사과를 다 써 버렸다. 됐지!"

"다 써? 그럼 해약은 한 병 반이 되어야 해요. 당신이 준 해약이 모두 진짜라 해도 나머지 반병은 어디 있죠?"

한운석이 다시 물었다.

고칠찰은 또 침묵에 잠겼다.

"어디 있냐고요?"

한운석이 채근했다.

"왜, 본 왕비로는 안 되니 진왕 전하께서 나서야 하나요?"

그게 나서는 거야? 난동을 부리는 거지!

고칠찰도 그것은 싫었는지 그제야 사과 가루 한 봉지를 홱 집어던졌다.

"남은 건 이게 전부다!"

한운석은 이자가 방금 한 말에 사실은 거의 없다는 걸 알고 있었다. 다행히 해독시스템이 있어 세세하게 계산할 수 있었기 망정이지, 그렇지 않았다면 속아 넘어갔을 것이다.

그녀는 사과 가루를 주워 손대중을 해 보고 한 냥 반으로 확신했다. 그렇다면 고칠찰은 사과 한 냥 일곱 돈을 사용했다는 말이었다. 웅천과 미천홍련의 분량이 많지 않았으니 이 정도만 썼을 것이다.

다시 말해 만든 해약도 많지 않았다.

석 냥 두 돈짜리 사과를 모두 쓰면 해약 한 병 반이 나오니, 이 비율에 따라 사과 한 냥 일곱 돈으로 해약을 얼마나 만들 수 있는지 곧바로 알 수 있었다.

하지만 약재 배합이라는 것은 이렇게 일반적인 비율로 계산할 수 없었다. 한 가지 약재의 양을 조절하면 비율도 바뀌는데 이는 전문적이면서 복잡한 계산이었다.

다만 해독시스템이 있으니 한운석은 머리를 쓸 필요도 없었다.

그녀가 내뱉었다.

"고칠찰, 사과 한 냥 일곱 돈을 쓰면 병의 육 푼 남짓한 해약을 만들 수 있어요!"

육 푼 남짓이라!

해약이 육 푼 남짓이고 고칠찰 말대로 용비야에게 준 병이 꽉 차 있었다면 나머지 사 푼은 가짜라는 말이었다!

고칠찰이 도끼로 제 발등을 찍은 셈이었다!

그 말이 떨어지자 용비야의 입꼬리가 저도 모르게 올라갔다.

고칠찰은 계속 거짓말을 했고 저 여자는 그 거짓말을 하나하나 깨뜨렸다. 이 재미있는 장면을 지켜보면서, 그 역시 한운석의 명석함과 계산 능력에 탄복하지 않을 수 없었다.

고칠찰도 마찬가지였다!

고칠찰은 한운석이 해약에 든 가짜 가루약을 알아보리라곤 생각했지만, 이렇게 복잡하고 정교한 계산을 해낼 줄은 생각지도 못했다. 본래부터 이 계산을 하게끔 만들 생각이었는데, 아무것도 하지 않아도 한운석이 알아서 계산해 냈으니 도리어 잘된 셈이었다.

마지막에 이런 모순적인 결론을 내리는 것이 바로 그가 원한 바였다.

고칠찰은 속으로 희희낙락했지만 겉으로는 부끄럽고 화난

표정을 지어 보였다.

"한운석, 그만해라! 까짓 해약 몇 푼쯤이야 돌려주면 되지!"

이렇게 말한 그가 품에서 도자기병을 꺼내 휙 던졌다. 한운석이 받아서 대중해 보니 해약은 한 푼밖에 들어 있지 않았다!

용비야에게서 팔 푼 정도 채워진 해약을 받아 그 속에서 진짜 해약 사 푼을 얻어 냈으니 고칠찰이 준 것까지 합치면 겨우 오 푼이었다!

아직 일 푼이 모자랐다!

한운석은 차탁자에 병을 세게 내려놓으며 화를 냈다.

"고칠찰, 여기까지 와서도 숨기려는 건가요? 아직 일 푼이 남았으니 내놔요!"

그 말에 고칠찰은 버럭 화를 냈다.

"이 몸은 가득 찬 병을 줬고 그중 반이 진짜 해약이었다!"

"처음부터 거짓말을 했는데 지금 그 말을 믿을 것 같아요? 분명히 팔 푼밖에 없었어요! 그래도 변명할 셈이군요!"

한운석이 화난 소리로 반박했다.

고칠찰이 벌떡 일어났다.

"한운석, 이 몸이 거짓말을 잘하기는 한다만, 이번에는 진짜다. 이 몸이 준 것이 꽉 찬 병인지 아닌지 용비야에게 물어봐라!"

한운석이 용비야에게 물을 리 없었다. 물을 필요도 없었으니까. 그녀가 차갑게 말했다.

"본 왕비가 뭘 보고 당신을 믿죠?"

사실 고칠찰은 일찌감치 모든 대비를 해 놓았다. 그래서 일부러 고민하는 척하며 대답을 미뤘다.

한운석은 입가에 비웃음을 떠올린 채 태연하게 자리에 앉았다. 기다려 주지!

용비야도 기다렸다. 받아야 할 분량은 확실해졌으나 분량 문제, 즉 그가 얼마나 썼고 고칠찰이 얼마나 빼돌렸는지는 아무리 뛰어난 계산 능력을 가졌어도 도출해 낼 수 없었다.

증거가 없는 일은 아무리 똑똑해도 설명하기 힘든 법이었다.

이런 일에 무슨 증거가 있을까? 애초에 그가 해약을 받았을 때 공증인이 있었던 것도 아니고 분량을 정확히 측정한 것도 아니었다.

이제는 한운석의 믿음을 놓고 싸울 시간이었다.

용비야는 여전히 표정 변화 없이 차를 마셨고, 한운석은 고칠찰을 바라보며 어떻게 배상을 받을지 헤아리고 있었다.

그런데 뜻밖에도 바로 그때, 고칠찰이 별안간 그녀를 바라보며 말했다.

"진왕비, 증거가 있다!"

용비야도 즉시 그쪽을 바라보았다. 한운석은 그럴 리 없다는 눈치였다. 이런 일에 증거가 있다고는 생각지도 못한 일이었다.

고칠찰은 해약이 들었던 하얀 도자기병을 들고 킁킁 냄새를 맡더니 해약을 쏟아 부었다.

한운석은 의아해하며 바라보았다.

"어쩔 생각이죠?"

고칠찰은 말하지 않고 느닷없이 병을 바닥에 던져 깨뜨렸다.

도자기 병이 산산조각 났다.

용비야와 한운석은 고개를 갸웃했다. 저자가 뭘 하려는 걸까?

고칠찰은 흥미롭게 도자기병 파편을 하나하나 주워 표면이 바깥으로 드러나게끔 탁자 위에 올려놓았다.

"고칠찰, 그게 무슨 증거라는 거죠?"

한운석이 참다못해 물었다.

고칠찰은 말없이 웃으면서, 도자기 파편을 속이 바깥으로 드러나도록 모두 뒤집었다.

그때 용비야와 한운석도 파편의 이상한 점을 알아차렸다.

눈꼴사나워 죽겠다

고칠찰이 도자기 파편을 하나하나 뒤집자 파편 안쪽은 모두 검게 변해 있었다!

어떻게 이럴 수가 있지?

흰 도자기를 까맣게 만들 수 있는 것이 뭘까?

도자기와 유리그릇은 안정성이 높다. 고온을 가하지 않는 한 일반적으로 약물에 부식되지도 않아서, 강산성의 약물이라 해도 도자기나 유리그릇에 손상을 입히기 어려웠다. 그래서 약을 담는 병은 대부분 도자기나 유리로 만들었다.

미독의 해약은 산성도가 중간쯤이어서 몇 년 넣어 두어도 도자기병에 반응할 리 없었다! 설마 효과 없는 가루약 탓인가?

한운석은 곧 효과 없는 가루약을 넣어 둔 도자기 병을 살폈다. 반면 용비야는 다소 불안한 눈빛을 띠며 고칠찰을 바라보았다.

고칠찰이 방금 화낸 것은 사실 일부러 꾸며 낸 것이었다. 한운석과 용비야가 온다는 것을 알고 나서부터 그는 내내 기분이 좋았다.

그는 의미심장하게 용비야를 바라보면서 서둘러 입을 열지 않았다.

세 사람 다 각자 생각에 잠겨 침묵했다. 한운석은 가만히 해독시스템을 켜고 효과 없는 가루약이 든 병을 심층 분석했다.

지난번에는 이 가루약이 효과 없는 가짜라는 것을 확인한 뒤 별로 신경 쓰지 않고 약의 분량 문제만 생각했다.

한운석의 경험으로 보아 도자기 병이 새까맣게 변한 것은 이 효과 없는 가루약 때문일 것이다.

이 가루약이 도자기 병과 반응했거나, 미독의 어떤 성분에 영향을 받아 변화를 일으키면서 도자기 색에 영향을 미쳤을 것이다.

약에 관한 학문은 양의학이건 한의학이건 독의학이건, 기실 화학 원리와 유사해서 각종 약물 성분이 서로 반응하는 것에 기반을 두고 있었다.

약의 반응 결과를 알려면 약에 든 각종 성분을 속속들이 알아야 했다.

고칠찰은 효과 없는 가루약을 썼지만 그런 약은 종류가 너무 많았다. 한운석은 지금 이 가루약이 뭔지 몰랐고, 그저 미독 해약에 섞어도 해약의 약효나 냄새, 색깔에 영향을 주지 않는다는 것만 알고 있었다.

그 밖의 다른 정보는 알지 못했다.

이런 상황에서 도자기 병이 까맣게 변한 수수께끼를 풀려면 한 가지 방법뿐이었다. 바로 그 자리에서 시험하는 것이었다.

그렇지만 해독시스템의 강력한 기능이 귀찮게 실험하는 단계를 면해 주었다.

한운석의 진지한 얼굴을 바라보는 고칠찰의 눈동자에는 재미

있어 하는 표정이 점점 짙어졌다. 이 효과 없는 가루약은 그가 용비야를 곯려 주기 위해 일부러 만든 것이었다. 한운석의 능력이 아무리 대단해도, 결코 생각만 해서는 어떻게 된 영문인지 알아낼 수 없었다.

보수적으로 헤아려 볼 때 저 여자는 반드시 복잡한 실험을 해야 했고 답을 찾아내려면 적어도 이틀이나 사흘은 걸렸다.

솔직히 사흘은 말할 것도 없고 3년이라 해도 기꺼이 옆에서 기다려 줄 생각이었다.

어쨌든 저 여자를 보고 있으면 늘 시간이 빨리 흘러서 삶이 전처럼 지루하고 길지 않게 느껴졌다.

고칠찰은 일부러 고급 차를 가져와 끓인 뒤 아무 말 없이 희미한 미소를 지은 채 용비야와 한운석에게 차를 따라 주었다.

한운석은 해독시스템 작업에 몰두하느라 차 향기에 신경 쓰지 못했지만, 용비야는 맡자마자 알아차렸다. 남산홍이었다!

용비야는 의혹 어린 시선으로 고칠찰을 훑었으나, 곧 찻잔을 들어 음미할 뿐 여전히 침묵을 지켰다.

"왕비마마, 맛 좀 보지 그래."

고칠찰이 웃으며 말했다.

뜻밖에도 한운석이 느닷없이 차갑게 물었다.

"고칠찰, 무슨 뜻이죠?"

"뭐가 무슨 뜻이란 거냐?"

고칠찰은 어안이 벙벙했다. 저 여자가 효과 없는 가루약에 문제가 있다는 것을 추측해 냈다고 생각했다. 역시 그가 감탄한 사람답게 고수였다.

"당신이 섞은 이 가루약에는 '앵초罌草(아편초라고도 하며 중추신
경계에 작용하는 성분이 있음)'라는 성분이 들어 있죠, 안 그래요?"

한운석이 물었다.

고칠찰은 무척 의외였다.

"그걸 알아냈어?"

"그러니까 내 말이 맞죠?"

한운석이 반문했다.

"그렇다!"

고칠찰이 대범하게 시인했다. 효과 없는 가루약에는 확실히
앵초가 있었다. 하지만 분량이 무척 적어서 보통 사람은 냄새
를 맡거나 맛을 보아도 알아낼 수 없었다.

그 자신 말고는, 이 가루약에 앵초가 든 것을 알아내려면 몇
가지 실험을 해야만 검출할 수 있다고 생각했는데.

이 여자는 어떻게 알아냈을까?

하는 양을 보면 이 효과 없는 가루약을 자세히 실험해 본 것
같지는 않았다.

고칠찰이 고민하고 있을 때 한운석이 다시 물었다

"미독 해약에 있는 사과의 '과향기식果香氣息'과 미천홍련의
'주수朱水' 성분이 섞이면 '상애桑艾'라는 것이 만들어져요. 그렇
죠?"

고칠찰은 두 눈을 가늘게 떴다.

"그렇다!"

"상애와 앵초를 같이 넣어 도자기 병에 밀봉하면 도자기에 열이 가해져 까맣게 변하죠."

한운석이 설명하며 우아하게 잔을 들어 차를 마셨다.

고칠찰은 이미 넋이 나가 있었다. 자신의 귀를 믿을 수 없을 정도였다. 이 여자가 한 말은 모두 사실이었다!

어떻게 그럴 수가?

앵초와 상애, 주수는 별로 희귀하지도 않고 사람들에게 알려지지 않은 것도 아니었다. 하지만 그 조합이 일으키는 반응과 도자기에 미치는 영향은 기본적으로는 아는 사람이 없었다.

이는 그가 사흘이라는 시간을 들여 정밀하게 고르고, 계산하고, 배합한 덕에 겨우 얻은 결과였다.

그런데 한운석은 어떻게 보자마자 알아냈을까?

고칠찰은 한운석의 맑고 환한 눈동자를 뚫어지게 응시했다. 저 여자가 요괴의 눈을 갖고 있는 건 아닌지 의심스러울 지경이었다!

한운석은 고칠찰이 자신을 보고 있다는 것도 알고, 그가 깜짝 놀랐다는 것도 알았지만 아무렇지 않게 차를 마셨다. 무척 낯익은 향 같은데 당장은 무슨 차인지 알 수가 없었다. 아마 흔히 마시는 품종은 아닌 것 같았다.

사실 해독시스템에는 이런 가루약의 정보가 없었다. 다만 그 안에 든 각종 성분에 대한 정보가 있었기 때문에 완벽한 답을 내놓을 수 있었던 것이다.

하지만 고칠찰이 이런 일을 한 목적이 무엇인지는 알 수가 없었다.

차 한 잔을 다 마신 후 그녀가 입을 열었다.

"고칠찰, 도자기를 까맣게 만드는 것이 어떻게 해약을 빼돌리지 않았다는 증거가 되죠?"

과정이 아무리 복잡해도 그들이 추궁하고자 하는 문제는 남은 해약 일 푼의 행방이었다!

고칠찰은 그제야 정신을 차리고 웃으며 말했다.

"어이, 그렇다면 이것도 알겠군. 상애와 앵초를 도자기 병에 넣고 밀봉하면 도자기 병이 까맣게 변하는데, 그 분량이 얼마나 되어야 할까?"

이 말에 여태 꿈쩍도 하지 않던 용비야의 안색이 싹 변했다!

이제 알았다!

고칠찰은 약을 지을 때 빼돌릴 양과 가짜 가루약의 양, 심지어 그에게 줄 도자기병의 크기까지 모두 철저히 계산해 두었던 것이다. 분명 한 병 가득 넣어야만 도자기가 까맣게 변할 것이다!

고칠찰이 이런 수를 남겨 두었다니 확실히 예상 밖이었다.

이것이 바로 증거였다. 그가 받아간 해약이 한 병 가득 들어 있었다는 증거!

이제 분량을 속일 수 없게 되었지만 용비야는 여전히 태산처럼 차분했다. 그는 고칠찰이 이런 짓을 한 목적이 무엇일까 고민했다.

해약을 빼돌리고 가짜 가루약을 섞은 것은 그렇다 쳐도, 이런 수를 마련해 약을 한 병 가득 넣어 주었다는 걸 증명하려는 이유가 뭘까?

그때 한운석은 도리어 조용해졌다.

"이봐, 아는 거야, 모르는 거야?"

고칠찰이 즐겁게 물었다.

솔직히 한운석도 그것까지는 생각하지 못했다. 대답을 하려면 병 크기를 재어 해독시스템으로 계산해야 했다.

하지만 그녀는 움직이지 않았다. 까닭 없이 불안감이 스멀스멀 피어올랐다.

고칠찰이 저렇게 묻는다는 것은 분명히 충분히 자신이 있기 때문이었다.

"이봐, 보아하니 잘 모르는 것 같군. 흐흐, 그럼 여기서 실험해 봐야지!"

고칠찰의 목소리가 명랑해졌다.

그는 곧 전에 쓴 병의 반쯤 되는 도자기병을 가져왔다. 그리고 미독 해약 삼 푼과 효과 없는 가루약 이 푼을 섞은 다음 일부러 느릿느릿한 동작으로 한운석을 향해 싱긋 웃으면서 가루약을 조금씩 조금씩 도자기 병에 넣었다.

비록 한운석을 향해 웃고 있지만 곁눈질로는 용비야를 흘끔거리고 있었다!

그가 오래오래 기다려 왔던 재미난 장면이 시작되려 하고 있었다! 그가 오래오래 준비해 왔던 일이 벌어지려 하고 있었다!

가루약이 느릿느릿 병 안으로 쏟아짐에 따라 곧 진실이 백일하에 드러날 것이다.

한운석은 결국 참지 못하고 용비야를 돌아보았고, 그제야 용비야도 자신을 보고 있다는 것을 깨달았다.

지금 이 순간, 한운석이 속으로 무슨 생각을 했는지 아무도 몰랐다. 그녀의 안색은 별로 좋지 않았고 무거우면서도 복잡했다. 용비야는 겉으로는 태연해 보였지만, 언제나 오만하고 차갑던 그의 눈동자는 평소보다 무겁게 가라앉아 있었다.

두 사람은 시선을 마주한 채 아무도 말이 없었다. 그 마음속에 자리한 걱정이 무엇인지 아는 사람은 그들 자신뿐이었다.

이를 본 고칠찰이 가볍게 콧방귀를 꼈다.

"이봐, 이 병은 본래 병 크기의 반이야. 안에 넣은 건 진짜 약 삼 푼과 가짜 약 이 푼. 본래 비율대로 섞었고 분량은 본래 해약의 절반이지. 잘 봐."

한운석은 대답하지 않고 말없이 지켜보았다.

고칠찰은 이미 가루약을 모두 병에 넣은 후였다. 그는 병을 높이 들어 올려 한운석과 용비야 눈앞에서 살짝 흔든 다음 약을 쏟아내고 병을 한운석에게 건넸다.

"보시지!"

한운석이 머뭇거리며 받지 않자 고칠찰이 웃었다.

"왜, 겁이 나시나? 그럼 진왕 전하께서 보시지."

이 말이 떨어지자마자 한운석이 과감하게 도자기 병을 낚아채 바닥에 집어던졌다.

바닥에 어지러이 널브러진 파편들은 안쪽이 위로 드러난 것도 있고 아래로 숨겨진 것도 있어서 검은색과 흰색이 드문드문했다.

한운석은 고칠찰에게 뒤질세라 곧바로 허리를 숙여 파편을 주웠다. 용비야가 막고 싶어도 그럴 틈이 없었다. 서두르는 바람에 두 번째 조각을 주우면서 검지를 베고 말았다.

용비야는 눈을 살짝 찌푸리더니 그녀의 손을 잡아당겨 손가락을 입에 넣고 살짝 빨았다.

그는 눈을 내리뜬 채 유달리 집중했고, 그 동작은 가벼우면서도 세심했다. 한운석은 그의 혀끝이 손가락에 살짝 닿는 것까지 느낄 수 있었다. 뭐라고 설명할 수 없이 묘하게 아름다운 감각이었다.

한운석은 한순간 두 사람이 처한 처지도 잊고, 바닥에 가득한 파편들이 밝혀 줄 답도 잊었다.

전하, 당신은 모를 거예요. 당신의 이런 진지한 모습이 얼마나 보기 좋은지!

이 장면에 고칠찰은 눈꼴사나워 견딜 수가 없었다. 그는 눈동자를 차갑게 번쩍였다. 이런 지경에서도 용비야가 저렇게 침착하다니, 저렇게 흔들림이 없다니, 믿을 수가 없었다!

용비야는 정말로 침착했다. 한운석의 손가락을 지혈한 뒤 그는 손수 도자기 파편을 주워 안쪽이 보이도록 올려놓았다. 파편의 안쪽은 예외 없이 모두 검은색이었다.

금세 파편 전체가 탁자에 올라왔다. 모두 까맸다!

고칠찰은 더는 여유를 부릴 기분이 아니었다. 그는 다시 크기가 같은 도자기 병을 가져와 해약과 효과 없는 가루약을 팔 푼 채우고 살짝 흔든 뒤 약을 쏟아냈다.

　그리고 제 손으로 도자기병을 깨뜨려 파편을 하나하나 주워 올렸다. 이번에는…….

한운석의 엄숙함

고칠찰이 주운 파편은 무슨 색일까? 검은색과 흰색이 모두 있을까?

아니었다. 그 파편들은 놀랍게도 모두 흰색이었다. 도자기 병의 본래 색이 조금도 변색되지 않은 것이다!

두 무더기의 파편을 탁자 위에 바짝 붙여 놓자 흑백의 대비가 무척 선명했다. 누구도 무시할 수 없는 확실한 증거였다.

산처럼 묵직한 증거가 병을 꽉 채워야만 도자기를 변색시킬 수 있고, 팔 푼만 채워서는 변색시킬 수 없음을 증명하고 있었다.

한운석이 가져온 병의 안쪽은 모두 검게 변해 있었다. 그러니 용비야가 고칠찰에게 받아 온 해약은 꽉 차 있었던 것이다!

한운석과 용비야 모두 속으로 깜짝 놀랐다. 두 사람은 서로를 바라보았지만 각자의 표정은 달랐다. 한운석은 다소 엄숙했지만 용비야는……. 그는 여전히 희로애락을 알 수 없는 무표정한 얼굴이었다!

이 모습을 본 고칠찰은 다소 기분이 좋아졌다. 하지만 기분이 좋은 건 둘째 치고, 이토록 심혈을 기울여 교묘한 술수를 마련한 만큼 결단코 용비야를 놓아줄 수 없었다.

"이봐, 이제 남은 해약이 오 푼뿐이니 절반만 가지고 병을 꽉 채웠을 때와 아닐 때를 실험한 것이다. 병을 꽉 채우면 도자기가 검게 변하지만 팔 푼만 채우면 변하지 않지. 이 증거면 만족하겠지?"

고칠찰이 참을성 있게 느릿느릿 물었다.

한운석은 시종 그 파편들을 바라보며 아무 말도 하지 않았다.

고칠찰은 영리해서 곧바로 용비야에게 창날을 겨누는 대신 한운석을 부추겼다. 그가 냉소를 터트렸다.

"진왕비, 어쨌든 같은 일을 하는 사람인데 고작 해약 일 푼 때문에 이렇게 먼 길을 달려와 이 대인을 괴롭히려 하다니 참 너무하는군!"

한운석은 즉시 고개를 들어 그를 바라보았다. 분명히 분노한 눈빛이었다.

"왜, 철석같은 증거가 있는데 그래도 궤변을 늘어놓으려고? 뭐라고 할 참이지? 이 대인께서 식견이 높았기 망정이지 안 그랬으면 너희들에게 무슨 꼴을 당했을지! 쯧쯧, 세상 참 무섭다니까!"

고칠찰이 감개무량하게 말했다.

한운석의 엄숙한 얼굴을 보자 태산이 무너져도 눈 하나 깜짝하지 않을 용비야도 마침내 걱정스러운 표정이 되었다.

고칠찰이 이렇게 도발하면 나서서 변명해야 한다는 것은 알고 있었다. 하지만 뭐라고 변명해야 할까?

고칠찰이 판 함정은 너무 깊었다. 설령 그가 약성 왕공에게 미독 해약에 관한 지식을 꽤 배웠다 해도 고칠찰의 천부적인 약제 능력까지 방비할 수는 없었던 것이다.

그가 얕본 것은 고칠찰의 전문적인 능력이 아니라 고칠찰의 목적이었다. 이자가 가짜 약을 섞고 이런 술수까지 부린 것은 일부러 한운석을 끌어들이기 위함이었다는 생각이 어렴풋이 들었다.

"이런, 이런. 왕비마마, 말씀 좀 해 보시지 그래! 마마께서 이 대인을 골탕 먹이려고 한 걸까 아니면 이 대인께서 마마를 골탕 먹이려고 한 걸까? 빚을 받으러 왔다고? 무슨 빚?"

고칠찰의 말투가 어찌나 도발적인지 듣는 사람이면 누구나 주먹을 휘두르고 싶은 충동을 느꼈다.

한운석을 이렇게 도발하는 것은 용비야도 참을 수 없었다. 그가 입을 열려는데 뜻밖에도 한운석이 노성을 터트렸다.

"고칠찰, 그만두지 못해요? 남이 양보해 주는 줄도 모르고, 당신은 천성적인 파렴치한이야!"

고칠찰은 멍해졌다. 증거가 뻔히 눈앞에 있는데 용비야에게 따지지 않고 여전히 내 탓을 해?

용비야도 의외였다. 긴장해야 할 순간이지만 어찌된 영문인 지 그의 입가에는 옅은 미소가 피어올랐다.

고칠찰이 논리를 들이밀려고 했지만 뜻밖에도 한운석이 의 분에 차서 남은 가짜 가루약을 고칠찰의 얼굴로 집어던졌다.

"고칠찰, 이런 걸 두고 철석같은 증거라고 하는 거예요! 내가 언제 당신을 골탕 먹이려 했다는 거죠? 꼭 한 번도 남 을 괴롭히지 않은 사람처럼 말하는군요! 병에 해약이 꽉 찼 든 아니든 일단 놔두고 가짜 약을 섞은 것부터 똑똑히 해명해요!"

가루약이 검은 두건 위로 흩뿌려지면서 고칠찰의 긴 눈썹에도 묻었다. 화를 내야 마땅했지만 분통을 터트리는 그녀를 보자 화를 낼 수가 없었다.

심혈을 기울여 준비한 계획, 이를 위해 반년 넘게 기다렸으니 한발 더 양보하는 것쯤 상관없었다.

그는 손으로 눈썹을 툭툭 털었다. 앙상하고 거무스름한 손은 몹시도 끔찍해 보였지만, 움직임 하나하나에는 함부로 지나칠 수 없는 우아함이 묻어 있었다.

그는 눈썹을 털고 이어서 두건에 흩뿌려진 가루약도 태연자약하게 털어 낸 다음 입을 열었다.

"이 대인께서는 한 일을 모른 척하지 않아. 그래, 내가 가짜 약을 섞었다! 어쩔 테냐?"

말투가 어찌나 거만한지 한운석은 그 말이 귀에 거슬려 냉소를 지었다.

"시원시원하군요. 모르는 사람이 보면 기꺼이 자백하는 줄 알겠어요."

얼마 전까지 두 사람은 복잡한 계산을 놓고 말싸움을 했다. 그녀는 가짜 약을 섞은 사람이 고칠찰이고, 그녀 자신과 용비야가 일부러 섞지 않았다는 것을 증명하기 위해 적잖은 노력을 들였다.

고칠찰은 하마터면 침이 목에 걸릴 뻔했다. 이 여자, 좀 더 독설을 퍼부어 줄 순 없을까?

"대체 어쩌자는 거지?"

고칠찰이 물었다.

"속인 것을 열 배로 배상해요!"

한운석은 이미 생각해 둔 대로 말했다.

고칠찰은 시원시원했다.

"흐흐, 열 배로 배상하는 것쯤 못할 것도 없지. 다만 속인 분량이 얼마인지 똑똑히 밝혀야 한다! 하지 않은 일을 인정할 수는 없지!"

이 말에 화제는 다시 '분량'으로 돌아왔다.

사과의 분량을 기준으로 만들어진 해약은 육 푼인데, 용비야는 사 푼만 받았고 나머지는 모두 가짜였다. 고칠찰이 일 푼을 내놓았지만 나머지 일 푼은 행방이 묘연했다.

그 일 푼을 고칠찰이 빼돌렸다면 고칠찰은 한운석에게 이 푼을 빚졌으니 이십 푼, 즉 해약이 가득 든 병 두 개를 배상해야 했다.

그 일 푼을 용비야가 빼돌렸다면 고칠찰이 빚진 것은 일 푼이니 십 푼, 즉 해약이 가득 든 병 하나를 배상해야 했다.

미독 해약은 평범한 물건이 아니었다. 이제 와서 다시 세 가지 약재를 구하는 것은 기본적으로 불가능하니 배상하는 게 결코 쉬운 일이 아니었다.

고칠찰은 일부러 용비야를 향해 웃으며 말했다.

"안 그래, 진왕 전하?"

그때 한운석도 용비야를 바라보았다. 그녀의 단정한 얼굴은 환자를 해독할 때만큼, 아니 그때보다 더 엄숙했다.

용비야가 이 여자의 눈빛을 읽을 수 없다고 느낀 것이 이번이 처음은 아니었다. 하지만 이렇게 전혀 읽어내지 못하는 건 처음이었다.

한운석의 저런 눈빛은 무슨 의미일까?

지금, 저 여자는 속으로 무슨 생각을 하고 있을까?

용비야는 차분해 보였지만 탁자를 톡톡 두드리는 손가락은 이미 그의 의지를 배신하고 있었다.

평생 처음, 한 여자의 시선 앞에서 부자연스러운 기분이 들었다!

사실 용비야가 지금 해야 할 일은 고칠찰의 말에 반박하는 것이었다. 하지만 뭐라고 반박해야 할까?

고칠찰의 말은 옳았다. 확실히 철석같은 증거였다.

병이 본래는 꽉 차 있었다고 인정할 수도 있었다. 하지만 사라진 이 푼을 어쨌는지에 대해서는 뭐라고 해야 할까?

눈앞에 있는 여자는 바보가 아니었다. 더욱이 오는 길에 목령아가 소란을 피웠으니 누구라도 벙어리 노파 문제를 떠올릴 것이다!

어쨌든 이 해약의 용도는 단 하나, 미독을 해독하는 것뿐이었다!

용비야는 침묵했고, 한운석은 말없이 엄숙한 얼굴로 그를 바라보았다. 두 사람 사이로 차츰차츰 긴장감이 퍼지는 것 같았다.

"진왕 전하, 어디 말씀해 보시지."

고칠찰은 '말씀'이라고 높임말까지 써가면서 공손한 척했지만 실제로는 그를 막다른 곳까지 몰아붙이려 했다.

"진왕 전하는 미독의 해약을 찾으려고 참 서둘렀지. 본래 이 대인에게 준 기한은 1년이었는데 나중에 반년으로 줄인 것을 보면 필시 급히 해독해야 했기 때문일 거야. 이 몸 덕분에 사람을 구해 놓고 이렇게 물어뜯어서야 되겠어? 이 대인께서는 전하를 도와 약재를 구하고 약을 만들어 주기까지 했으니 공이 없다고는 할 수 없는데 말이야. 안 그래?"

그 말에 한운석이 서서히 눈을 찌푸렸다.

한운석의 복잡한 눈빛에 용비야의 준수한 눈썹도 더욱 찡그려졌다. 차가운 외모 아래 가려진 그의 마음이 얼마나 거칠게 요동치고 있는지 아무도 몰랐다!

"허 참, 진왕 전하. 말씀 좀 해 보시라니까! 이 대인께서는 분명히 꽉 찬 병을 줬어. 왕비마마께서 오해하지 않도록 어서 말씀해 보시지. 아무리 이 몸이라 해도 그만한 양은 배상할 능력이 없다고!"

고칠찰은 일부러 울상을 지으며 말했다. 조롱기가 다분한 목소리였다.

용비야와 한운석은 서로 바라보며 여전히 말이 없었다.

고칠찰은 지금 이 분위기를 몹시 마음에 들어하며 냉소를 터트렸다.

"부부 두 사람이 연기 솜씨를 뽐내는 것은 그만두시지. 당신들이 가진 진짜 해약이 얼마나 되는지는 두 사람이 누구보다 잘 알겠지! 어쨌든 이 대인께서 빼돌린 건 일 푼뿐이니 그건 열 배로 갚아 주지! 그 외에는 모르는 일이야!"

그런데 그 말이 떨어지기 무섭게 별안간 한운석이 찡그린 눈을 펴며 용비야를 향해 교활한 미소를 지어 보였다.

생각이 났다!

조금 전부터 그녀는 용비야를 바라보며 내내 생각에 잠겨 있었다. 고칠찰의 이 철석같은 증거 뒤에 있는 허점을 짚어 내기 위해서!

그녀는 애초부터 용비야를 의심한 적이 없었다. 이 문제에서 용비야가 그녀를 속일 이유가 어디 있을까?

그녀는 고칠찰이 내준 것이 팔 푼이라고 굳게 믿었고, 그래서 고집스레 고칠찰에게 반박할 방법을, 고칠찰의 증거에 허점이 있다는 것을 증명할 방법을 생각하고 있었다.

그리고 마침내 생각해 낸 것이다!

"고칠찰, 본 왕비와 전하는 저 엉터리를 증거라고 인정한 적 없어요! 왜 그렇게 서두르죠?"

한운석이 차갑게 말했다.

용비야는 무척 의외였다. 이 여자가 무슨 뜻으로 이런 말을 할까?

고칠찰은 찬 숨을 들이켰다. 죽을 때가 되면 정신을 차린다던데 이 여자는 뻔히 죽을 길이 눈앞에 있는데도 고집을 부렸다!

"이게 증거가 아니면 뭐지? 한운석, 억지도 정도껏 해라."

고칠찰의 목소리가 차가워졌다.

"당신이 전하께 드린 병이 본래부터 검은색이었는지 아닌지 누가 알아요? 가짜 약까지 섞은 걸 보면 당신은 본래부터 믿지 못할 사람이에요. 그런데 무슨 일인들 못하겠어요?"

한운석이 눈썹을 치키며 반문했다.

그 말에 용비야는 실소를 터트릴 뻔했고, 고칠찰은 거의 피를 토할 뻔했다.

"한운석, 너! 너, 너, 정말!"

"왜? 내가 어떻다는 거죠? 당신이 준 도자기 병이 본래 흰색이었다는 걸 어떻게 증명하죠? 저 검은색이 본래 있던 게 아니라고 어떻게 증명할 거예요?"

한운석이 추궁했다.

고칠찰은 정말 화가 났다. 이 여자……, 이 여자 머릿속은 대체 뭐가 있기에 이렇게 영리한 거야? 그런 허점까지 생각해 내다니! 그토록 오랫동안 심사숙고했지만 그 점은 생각지 못했다.

이 얄미운 계집애, 차라리 장사狀師(고대에서 변호사 같은 직업) 노릇이나 할 것이지!

하지만 고칠찰은 곧 침착을 되찾고 자신만만하게 말했다.

"시간이다! 한운석, 시간이 증명한다! 약 때문에 변색되는 정도는 시간과 관계가 있다. 믿기지 않으면 다시 한 번 실험해 보지. 본래부터 까만 도자기와 약을 넣어 검게 변색된 도자기에는 분명히 차이가 있다!"

고칠찰이 진지하게 설명했다.

한운석은 무척 가소로운 듯이 웃었다.

"고칠찰, 그만하지 그래요! 도자기 병은 다 당신이 제공할 텐데 또 수작을 부리지 말라는 법 있어요?"

고칠찰은 정말이지 피를 토할 것처럼 억울했다!

상황이 이 지경이 되었는데도 용비야를 의심하지 않는다고? 반드시 날 의심해야 겠다고?

"못된 것, 그렇게 말한다면 이 몸도 할 말이 없다. 어쨌든 난 인정 못해! 절대로!"

고칠찰이 씩씩거리며 말했다.

"당신 마음대로는 안 돼요!"

한운석의 말투가 강경해졌다.

같은 초식으로 심장을 찔러

한운석의 눈빛은 날카롭게 고칠찰을 주시하며 한 치도 물러
서지 않았다. 고칠찰은 위험스럽게 눈을 가늘게 뜨면서 똑같이
그녀를 마주 보았다.

두 사람 사이에 당장이라도 싸움의 불꽃이 튈 것 같았다.

"한운석, 이 몸은 네가 말이 통하고 증거를 받아들일 줄 아는
사람이라 생각했다. 그런데 다른 여자들과 똑같을 줄이야! 실
망스럽기 짝이 없구나!"

고칠찰이 차갑게 내뱉었다.

"증명할 수도 없는데 어떻게 증거로 받아들이라는 거죠?"

한운석도 차갑게 반문했다.

"너도 증명할 수 없다는 것은 알고 있었군."

고칠찰이 비웃었다.

"증명할 수 없으니 싸워서 결정하기로 해요. 당신이 이기면
일 푼만 빼돌린 것으로 해 주겠어요. 지면 이 푼어치를 배상해
야 해요!"

한운석은 분노한 것 같은 표정이었지만 사실은 침착하고 세
심한 상태였다.

그녀는 고칠찰이 나머지 일 푼을 빼돌렸다고 굳게 믿었고,
그래서 지금은 오로지 최대 배상을 받는 데만 신경을 쏟고 있

었다.

반면 고칠찰은 배상에는 관심이 없었다. 그의 유일한 목적은 남은 해약 일 푼이 어디로 갔는지 밝히는 것이었다.

이런 한운석의 말에 고칠찰은 또다시 피를 토할 뻔했다.

그가 용비야를 이기지 못하는 것은 뻔한 사실인데 또 한 판 싸우자니!

"한운석, 염치도 없구나!"

고칠찰이 펄펄 뛰며 욕을 퍼부었다.

"싸우기 싫다는 건 찔린다는 증거죠!"

한운석이 즉각 반박했다.

그 말이 떨어지자 고칠찰은 완전히 뚜껑이 열렸다.

"너, 너는……. 너는 나머지 해약이 대체 어디로 갔는지 알고 싶지도 않느냐?"

줄곧 냉정하던 고칠찰도 이제는 정말 화가 폭발한 모양이었다.

의심받지 않은 용비야는 시종일관 침착한 눈으로 고칠찰의 일거수일투족을 지켜보았다.

조금 전까지는 의혹이었다면, 지금은 완전히 확신이 들었다. 고칠찰이 내내 잃어버린 나머지 해약의 행방을 강조하는 데에는 분명히 다른 목적이 있었다.

당시 유각에 뛰어들어 벙어리 노파를 납치하려던 그 흑의인의 모습이 다시금 용비야의 머릿속에 떠올랐다. 아무 표정 없이 고칠찰을 훑어보는 그의 눈동자는 바다처럼 깊고도 깊어 아무도 그 속을 들여다볼 수 없었다.

"그 해약은 당신이 빼돌렸잖아요. 괜히 억지 부리지 말아요. 한마디만 해요, 배상 할 거예요, 말 거예요?"

한운석이 차갑게 물었다.

고칠찰은 한 치도 망설이지 않았다.

"못 해! 죽어도 못한다!"

한운석은 그를 무시하고 용비야를 바라보았다.

쓸데없는 말을 싫어하는 것은 한운석보다 용비야가 더했다. 그가 두말없이 검을 뽑자 검의 울림이 밤의 정적을 깨뜨렸다.

두 차례 용비야의 손에 패한 고칠찰은 두려움도 없이 고개를 높이 들었다. 죽음조차 두려워하지 않는 모습이 범상치 않았다.

"죽어도 못한다!"

한운석은 살짝 당황했다. 고칠찰이 용비야에게 두 번 패한 일은 그녀도 알고 있었다. 겁을 먹을 줄 알았던 그가 저렇게 강경하고 고집스럽게 나오다니 예상 밖이었다.

비록 놀라기는 했지만 한운석은 겉으로는 여전히 물러설 기미 없이 냉소를 지었다.

"세상에 정말 죽어도 못하는 일이 있다고는 믿지 않아요!"

그때, 높이 앉은 한운석은 흡사 패기 넘치는 여왕 같았고 용비야는 마치 그녀의 명령을 따르는 사람 같았다.

그녀의 말이 끝나기 무섭게 용비야가 움직였다. 그는 검을 높이 들어 곧바로 고칠찰을 찔러갔다.

한운석은 기다렸다. 고칠찰이 멈추라고, 용서해 달라고, 배상하겠다고 소리 지르기를!

고칠찰처럼 행동하는 사람은 죽음을 겁내는 무리가 분명했다. 기개니 풍격이니 하는 말은 그와는 무관했다.

이는 도박이고, 담판이고, 나아가 거래이기도 했다. 양쪽 모두 연기를 하고 있었고 마지막까지 버티는 사람이 이기는 것이다.

한운석이 그렇게 생각하고 있을 때 용비야의 검이 고칠찰에게 접근했다.

용비야 역시 그녀와 마찬가지로 고칠찰이 소리 지르기를 기다리고 있었다.

지난 두 번의 싸움에서 고칠찰은 늘 항복했다. 이자는 죽을 때가 되어야 정신을 차리는 전형적인 인물이었다.

그렇지만 누가 알았을까? 이번에는 고칠찰도 피하지 않고 멈추라고 외치지도 않았다. 그는 꼿꼿이 그 자리에 서서 차가운 눈빛을 한 채 고집스럽게 한운석을 똑바로 응시하기만 했다.

저자가 안 피해?

한운석은 의아한 나머지 참지 못하고 물었다.

"인정 할 거예요, 말 거예요?"

뜻밖에도 고칠찰은 대답도 하지 않고 도리어 몸을 앞으로 기울이며 검은 장포로 검을 막으려고 했다. 검이 당장이라도 몸을 파고들 것 같았다

한운석은 깜짝 놀랐고, 용비야 역시 무척 뜻밖이었다.

고칠찰이 그제야 입을 열었다. 그는 어린아이처럼 고집스러운 투로 한 자 한 자 내뱉었다.

"이 몸은 하지 않은 일은 인정 못 한다!"

한운석은 어리둥절했다.

인정 안 하겠다고?

그럼 사라진 해약은 대체 어디로 간 거야?

용비야가 가져가진 않았을 텐데. 용비야에게 그 해약을 쓸 일이 뭐 있어?

미독의 해약은 진귀하지만 해독할 용도가 아니라면 아무 소용이 없었다.

무슨 까닭인지 별안간 한운석의 머릿속에 목령아의 분노에 찬 눈동자와 따지던 말이 떠올랐다.

거기까지 생각이 미치자 한운석은 흠칫하며 우뚝 멈췄다.

세상에, 내가 무슨 생각을?

어떻게 용비야를 의심할 수 있다. 용비야가 무슨 이유로 벙어리 노파를 감금하겠어? 더군다나 내 출신에 관한 일인데 날 속일 이유가 없잖아.

그녀의 출신이 확실해지면 미지의 위험을 방비할 수 있을 뿐 아니라 용비야에게 큰 힘이 될지도 몰랐다.

서진 황족의 핏줄은 적잖은 호소력을 지니고 있었고, 독종의 후예라면 독종이 남긴 것을 손에 넣을 수 있으니 용비야에게는 이득이면 이득이지 손해날 것은 전혀 없었다.

용비야가 소식을 들었다면 분명 제일 먼저 그녀에게 알려 줬을 것이다.

용비야를 빼면, 해약에 손댄 사람은 고칠찰 한 명뿐, 제삼자는 없었다. 용비야가 아니면 분명 고칠찰이었다.

이는 의심할 바 없이 한운석에게 용비야와 고칠찰 중 한 사람을 선택하라는 문제였다.

한운석은 당연히 용비야를 선택했다.

"거짓말! 또 아닌 척하는군요! 가짜 약을 섞는 짓까지 해 놓고 어떻게……."

한운석의 말이 끝나기 전에 뜻밖에도 고칠찰이 용비야의 검을 붙잡더니 자신의 어깻죽지에 찔러 넣었다. 쏟아진 피는 곧 그의 검은 장포를 축축하게 적시고 천천히 아래로 흘러 바닥에 뚝뚝 떨어졌다.

"주인님!"

늙은 집사가 소리를 지르며 달려와 부축하려 했지만, 고칠찰은 거칠게 밀어젖히고 한운석을 똑바로 노려보며 화난 소리로 말했다.

"말했다. 하지 않은 일은 죽어도 인정하지 않겠다고!"

이런 눈빛에도 한운석은 당당하게 마주 보았지만, 결국 까닭 없이 마음이 어지러워져 무의식적으로 시선을 피했다.

그녀는 자신이 믿는 일은 꿋꿋하게 밀고 나가는 성품이었다. 그런데 이번에는 왜 고칠찰의 눈을 똑바로 보지 못할까?

설마, 흔들리는 걸까?

한운석은 눈썹을 잔뜩 찡그리며 용비야를 바라보았다.

용비야도 마음이 살짝 흔들렸다. 하지만 그는 무슨 일이든 질질 끌거나 망설이지 않았고, 무서울 정도로 과감했다!

그는 한운석을 쳐다보지 않고 눈을 싸늘하게 번쩍이더니, 검을 쑥 뽑아 똑바로 고칠찰의 심장을 향해 찔러 들어갔다.

그 검법, 그리고 그 힘은 지난번 유각에 침입했던 흑의인의 심장을 찔렀을 때와 똑같았다.

고칠찰이 죽으면 모든 것이 끝이었다.

만약 고칠찰이 죽지 않으면 아마도 그는 어떤 비밀을 발견하게 될 것이다.

한운석은 깜짝 놀랐다. 용비야가 이렇게 모질게 나올 줄은 생각지도 못한 그녀는 순간 어떻게 해야 할지 몰라 멍해졌다.

고칠찰은 아직도 그녀를 바라보고 있었다. 줄곧, 내내 그녀만 바라볼 뿐 용비야의 검은 아랑곳 하지 않았다.

검날이 순식간에 다가들어 매섭게 찔렀다!

그 위기일발의 순간, 고칠찰이 갑자기 물러섰다. 그는 재빨리 큰 걸음으로 뒤로 물러서서 아슬아슬하게 용비야의 검을 피했다.

그가 피한 것이다!

팽팽히 긴장했던 한운석의 신경이 풀어졌다. 그녀는 참았던 숨을 내쉬며 속으로 다행이라고 생각했다.

하지만 곧 이상하다는 것을 깨달았다.

다행이라니! 뭐가 다행이야!

고칠찰이 물러났다. 말끝마다 죽어도 인정하지 않겠다고 해놓고, 결과적으로 검이 심장이라는 치명적인 약점을 찌르려고 하자 결국 피했다.

찔린 어깨에서 피가 많이 흐르기는 하지만 그 정도로 죽지는 않았다. 저 가증스럽고 교활한 자에게 속을 뻔한 것이다!

용비야는 냉소를 지으며 검을 거둬 묻은 피를 닦았다.

한운석이 가소롭게 웃었다.

"그래, 그게 당신이 말하는 죽어도 인정하지 않는 태도인가요?"

그들을 바라보는 고칠찰은 무슨 생각을 하는지 한참이 지나도록 아무 말이 없었다.

용비야는 태연자약하게 검을 깨끗이 닦은 뒤 다시 한 번 똑같은 초식으로 그의 심장께를 겨누었다.

"본 왕이 마지막으로 묻겠다. 인정하겠느냐 안 하겠느냐?"

"인정한다!"

고칠찰의 태도가 거의 180도로 바뀌었다.

그는 손으로 용비야의 검날을 밀어내고 어깨 쪽을 아무렇게나 눌렀다. 새빨간 피가 그의 손바닥을 적셨고 앙상한 손가락이 핏빛으로 물들었다. 끔찍하면서도 어딘지 처량함이 느껴지는 장면이었다.

한운석의 마음속에 잠재해 있던 의문은 그렇게 사라졌다.

"약은 어쨌죠?"

한운석이 물었다.

"벌써 팔아치웠다!"

고칠찰의 태도는 싸늘했다.

한운석은 깜짝 놀랐다.

"누가 사간 거예요?"

약을 사간 사람은 미독을 해독하려는 게 분명했다. 어쩌면 벙어리 노파가 죽지 않았을지도 모른다!

고칠찰은 용비야를 흘낏 보며 차갑게 코웃음 쳤다.

"모른다. 제시한 가격이 마음에 드는데 그자가 사람인지 개새끼인지 알게 뭐냐!"

용비야는 눈동자를 차갑게 번쩍였지만 아무 말 하지 않았다.

하지만 한운석은 초조했다.

"고칠찰, 대체 누구에게 팔았는지 말해 주면 배상을 줄여 줄 수도 있어요. 어때요?"

"이 몸이 아무 말이나 지어낼지 모르는데 믿을 수 있을까?"

고칠찰은 더없이 진지하게 반문했다.

한운석은 기가 막혔지만 뜻밖에도 그가 또 물었다.

"진왕이 사갔다고 하면, 믿을까?"

한운석은 대답도 없이 싸늘하게 말했다.

"빼돌린 양의 열 배로 갚기로 했으니 총 이십 푼, 즉 해약 두 병이에요!"

고칠찰은 털썩 앉으면서 한마디 툭 던졌다.

"갚아 줄 해약은 없으니 은자로 얼마면 되는지 말해라."

흥, 부자랍시고 아주 콧대가 높으시군. 감히 진왕 앞에서 돈 자랑을 하다니.

한운석은 웃음을 지었다.

"약귀 대인, 어디 말해 보시죠. 미독의 해약 두 병, 즉 사과

와 웅천, 미천홍련을 각각 두 개씩 사려면 돈이 얼마나 필요할까요?"

본래도 돈으로 살 수 없는 약재였지만 지금은 더욱 그랬다.

"그럼 어쩔 생각이냐?"

고칠찰은 쌀쌀하게 말했지만 사실은 낙심하고 다소 풀이 죽어 있었다.

그 말을 기다리고 있었던 한운석이 재빨리 대답했다.

"약으로 갚아요."

"무슨 의미지?"

고칠찰은 더욱더 힘이 빠져 물었다.

"약귀곡의 약으로 배상하라고요! 웅천, 미천홍련, 사과 세 약재의 가격을 스무 배 하면 어림잡아도……."

한운석은 그렇게 말하면서 눈동자를 굴리더니 직설적으로 요구했다.

"어림잡아도 약귀곡을 통으로 내놔야겠죠?"

"쿨럭! 켁켁!"

옆에 있던 집사가 격하게 기침을 해 댔다. 침을 삼키다가 사레들린 것이 분명했다.

저 왕비마마의 욕심 주머니는 하나가 아니라 스무 개는 될 모양이었다!

미천홍련, 사과, 웅천 세 약재 가격이 아무리 높아도 절대 약귀곡 전체에 맞먹을 정도는 아니었다.

농담도 무슨 저런 농담을?

날 원한다면 주지

약귀곡에 있는 약초는 하나같이 평범하지 않아서, 아무것이나 골라잡아도 최고급품이었다. 더욱이 애초에 약귀 대인이 이 골짜기를 선택한 것도 이 골짜기의 기후와 토양이 약초가 자라기에 꼭 알맞아서였다.

그러니 약귀곡의 가치는 세 약재의 가격을 더한 것보다 훨씬 더 높았다.

약귀곡의 가치는, 약귀 대인 본인을 제외하고 이 세상 누구도 추정해 낼 수 없었다!

집사는 말할 것도 없고 용비야조차 한운석의 요구에 깜짝 놀랐다!

이 여자가 약귀곡에 눈독 들인 지 오래고, 기회가 오면 절대 그냥 두지 않으리라는 것은 알고 있었으나 조금씩 천천히 해나갈 것으로 생각했다.

그런데 이렇게까지 지독하게 나올 줄은 짐작조차 하지 못했다. 단숨에 약귀곡을 통째로 집어삼키려고 하다니!

인정하고 싶지는 않지만, 용비야마저 자신의 여자가 빚을 받으러 온 게 아니라 강도짓을 하러 왔다는 생각이 들었다.

모질고 야만적인 저 성품이, 그는 쏙 마음에 들었다!

고칠찰은 의심스레 한운석을 바라보았다.

"방금…… 뭐라고 했지?"

"약귀곡을 통째로 내놓으라고요. 그렇지 않으면 이대로 안 끝내요!"

솔직히 한운석도 강도짓을 하러 왔다는 것을 인정했다. 약귀곡을 빼앗겠다고 생각한 지 오래지만 그럴 만한 이유가 없고 기회가 없었다.

이제 마침내 시원스럽게 그 말을 입 밖에 낸 것이다!

'책 훔치는 것은 도둑질이라 할 수 없다(루쉰의 단편 《공을기》에 나오는 대사, 선비가 책을 훔치고 발뺌하는 말)'는 말이 있지만, 한운석은 '약을 빼앗는 것은 강도짓이라 할 수 없다'고 생각했다. 약귀곡을 빼앗으면 얼마나 많은 사람을 살릴 수 있을까?

이를 위해서라면 강도라는 오명을 쓰더라도 받아들일 수 있었다!

고칠찰이 따르지 않으면 다시 한 번 싸울 생각이었다!

"약귀곡을……. 원한다고?"

고칠찰이 혼잣말처럼 중얼거렸다.

방 안이 조용해졌다. 고칠찰이 당장이라도 폭발해 한운석이 심해도 너무 심하다고 마구 욕을 퍼부을 것 같았다.

그런데 뜻밖이었다. 어두워졌던 고칠찰의 눈동자가 놀랍게도 아주 조금 밝아지더니 한운석을 쳐다보았다. 그렇게 보고 또 보던 그가 별안간 웃음을 지었다!

"약귀곡을 원해?"

그가 다시 물었다.

한운석은 턱을 높이 쳐들고 당당하게 그를 마주 보았다.

"그래요!"

한운석은 더없이 당연한 일인 양 절대 물러서지 않을 것처럼 꿋꿋하게 말했지만, 사실은 가장이었다.

약귀곡에 처음 온 것도 아니니, 이곳에 진귀한 약초가 얼마나 많은지 대강 짐작하고 있었다. 다 둘러본 적은 없지만 지금 해독시스템이 판별해 낸 것만 해도 어마어마했다.

이 산골짜기의 약초들은 모두 최고급품이었고, 더욱이 적게 잡아도 진귀한 약초 수천 뿌리, 세상에 하나밖에 없는 약초가 수백 뿌리는 있었다.

약귀곡의 가치는 그녀가 팔에 차고 있는 나라 하나에 맞먹는 팔찌 가격을 훨씬 웃돌았다. 측정할 수도 없었다.

그녀가 제시한 이 조건은 마음먹고 높이 부른 것이었다. 고칠찰이 깎을 것을 대비해 일부러 한껏 값을 올린 것이다!

"한운석, 이 몸이 정말 물로 보이느냐?"

고칠찰은 싸늘하게 말했지만 눈동자에서 진짜 적의는 찾아볼 수 없었다.

"약귀 대인, 먼저 우리를 물로 본 사람은 당신이에요. 우리가 훨씬 더 심하게 당했죠."

한운석이 웃으며 말했다.

"약귀곡에 등급 약재가 얼마나 있는지 아느냐? 단 하나뿐인 약초가 얼마나 있는지 아느냐?"

고칠찰이 다시 물었다.

등급 약재란 약성의 감정을 받아 일정 등급을 받은 고급 약재를 의미했다. 등급은 모두 열 단계로, 일품에서 십품까지 있고 등급이 높을수록 가치도 높았다. 그리고 단 하나뿐인 약초란 말 그대로 세상에 오직 한 뿌리밖에 없어서 쓰고 나면 다시는 얻을 수 없는 약초를 말했다.

"몰라요!"

한운석은 태연했다.

"약귀곡이 필요해서 달라는 건 아니니까요. 당신이 미독의 해약 두 병을 내놓기만 하면 당장 떠나죠!"

어쩌나, 여자가 억지를 부리기 시작하면 애교 부리는 것보다 백배는 무서웠다!

'난 아무 잘못 없어'라고 하는 것 같은 얼굴의 한운석을 보면서, 용비야의 입꼬리가 저도 모르게 휘어지며 사랑스러워 죽겠다는 듯한 웃음이 떠올랐다.

그는 저 여자의 나쁜 면을 제일 좋아했다!

고칠찰의 눈동자에도 사랑스러워하는 빛이 짙어져 있었다. 다만 그는 그 감정을 분노 뒤에 꼭꼭 감췄다.

"몰라도 된다. 약성 장로회에 공증을 서 달라고 하자. 장로회더러 미천홍련과 사과, 웅천의 가치가 약귀곡에 맞먹는지 추산해 달라고 하는 것이다."

약성 장로회란 왕씨 집안, 목씨 집안, 사씨 집안의 연합 세력이었다. 왕씨 집안은 당연히 용비야 편에 서겠지만 목씨 집안과 사씨 집안은 알 수 없었다.

의성과 고칠찰의 사이 때문에라도 그들이 고칠찰 편에 서지는 않겠지만, 절대 용비야와 한운석을 편들 리도 없었다.

한운석은 제 발로 성가신 곳을 찾아갈 만큼 멍청하지 않았다.

"약귀곡의 가치를 추산하긴 쉽겠죠. 당신이 가짜 약을 섞어 우리를 속인 바람에 생긴 손실은 어떻게 추산하죠?"

한운석이 반문했다.

고칠찰은 기가 막힌 것처럼 한숨을 푹푹 쉬며 대답하지 않았다.

옆에 있던 집사는 고개를 갸웃했다. 언변에 능하고 독설에 일가견이 있는 주인이 왜 오늘은 이렇게 큰일을 당하고도 침묵하는 걸까?

주인답지 않았다!

주인 성격이라면, 침묵은커녕 일찌감치 큰 소리로 한운석을 비웃어 주었을 것이다.

늙은 집사는 아무래도 주인이 조금 이상한 것 같았지만, 어디가 이상한지 콕 집어 말할 수가 없었다. 그리고 용비야 역시 줄곧 고칠찰을 살피고 있었다.

"약귀 대인, 대답이 없으니 이대로 정하면 되겠죠?"

한운석이 바짝 몰아붙였다.

그녀가 겁내는 것은 고칠찰이 흥정하려 드는 것이 아니라 아무 말 하지 않는 것이었다.

"이렇게 하지. 약초 스무 포기를 줄 테니 약귀곡에 있는 것이라면 뭐든 마음대로 골라라."

마침내 고칠찰이 조건을 제시했다.

한운석은 곧바로 고개를 저었다.

"쉰 포기. 더는 없다!"

고칠찰이 말했다.

한운석은 여전히 고개를 저으며 싱긋 웃었다.

"대체 어쩌자는 거냐?"

고칠찰이 답답한 듯이 말했다.

"산골짜기 전부!"

한운석은 물러서지 않았다.

고칠찰이 코웃음을 쳤다.

"불가능하다!"

"그러니까 합의가 안 되는군요? 끝내 배상하지 않으시겠다?"

한운석이 한숨을 쉬었다.

다분히 협박에 찬 말이었다! 배상하지 않겠다고 버틴 결과가 무엇인지, 그는 이미 조금 전에 맛본 적이 있었다.

고칠찰은 용비야의 검을 흘끗 보더니 결국 물러섰다.

"네가 약재를 달라고 할 때마다 주겠다. 이젠 충분하겠지?"

한운석이 약재를 구하러 오면 반드시 내주겠다는 말이었다.

"아뇨!"

한운석은 그래도 물러서지 않았다.

담판에서는 한 번 양보하면 계속 양보하기 마련이었다.

고칠찰이 씩씩거리며 물었다.

"밖에 있는 사람들에게도 필요한 약을 내주겠다. 됐지?"

한운석은 여전히 고개를 저었다.

"누가 오든 약을 내주겠다. 됐지?"

고칠찰이 화난 목소리로 물었다.

옆에 있던 늙은 집사는 이번에는 진왕비가 받아들이리라 생각했다. 조금 전에 약을 구하러 온 사람들을 위해 나선 것을 보면 약귀곡을 달라는 것은 그들을 구하기 위해서일 것이다.

그런데 놀랍게도 한운석은 여전히 고개를 저었다.

고칠찰은 아예 입을 다물고 분노한 눈길로 한운석을 노려보았다. 그때 비로소 한운석이 말했다.

"약귀곡을 통째로 내줄 수 없다면 적어도 반은 내줘야 해요. 약초를 기르는 건 당신이 맡고 약초를 파는 건 본 왕비가 맡는 거예요. 어때요?"

약초 파는 것?

조금 전 밖에서 고칠찰이 죽어가는 사람을 보고도 구하지 않는다며 당당하게 따지던 여자가 약초를 팔겠다고? 늙은 집사나 고칠찰은 물론이고 용비야도 기가 막혔다.

정말이지 그녀야말로 보살처럼 자비롭고, 선량하고 정의로우며, 세상 누구도 비할 수 없는 좋은 사람이라고 생각했는데. 약귀곡을 손에 넣으면 제일 먼저 약을 공짜로 나눠 줄 줄 알았던 여자가 뜻밖에도 팔겠다는 말을 하다니!

고칠찰은 흥미가 일었다.

"그렇게 말하는 걸 보니 이곳에 눌러 살 모양이지?"

방금 한운석이 제시한 조건을 듣고 고칠찰이 떠올린 생각이었다. 바로 그 생각 때문에 어두웠던 그의 눈동자가 점점 환하게 빛났다.

그처럼 오래 엎치락뒤치락 싸운 끝에 비록 용비야가 해약 일푼을 빼돌린 것은 폭로하지 못했지만, 적어도 얻은 것은 있었다!

그는 이 여자가 마음에 들었다. 이 여자가 약귀곡에 눌러 살기만 한다면 두 손으로 약귀곡의 주도권을 넘기고 앞으로는 그녀를 위해 약초만 길러도 좋았다. 생각해 볼 필요도 없이 기꺼이 그럴 수 있었다!

그가 일부러 흥정을 건 것은 그저 이 여자와 용비야의 의심을 사지 않기 위해서였다.

눌러 살아?

한운석은 그런 생각은 해 본 적도 없었다. 용비야는 그 말을 듣고 속으로만 새겼지 따지지 않았다.

"고칠찰, 여기까지가 본 왕비의 하한선이에요. 잘 생각해 봐요."

한운석은 이렇게 말하고 자리에 앉아 차를 마셨다.

차가 기막히게 맛있어서 연거푸 석 잔이나 마셨다. 그럴수록 낯익은 느낌이었지만 도무지 무슨 차인지 알 수가 없었다.

이를 본 고칠찰도 자리에 앉아 고민하는 척하면서, 한 손으로 상처를 누르고 다른 손으로 능숙하게 새 찻잎을 끓여 한운석에게 한 잔 따라 주었다.

한운석도 사양하지 않고 받아 마셨다.

음, 확실히 좋은 차구나. 향도 좋고 빛깔이 맑고 맛도 순해.

"왕비마마……."

고칠찰이 의미심장하게 물었다.

"왜요?"

한운석은 그가 또 무슨 짓을 꾸미나 보자 싶어 태연하게 대답했다.

"그 조건은……. 약귀곡뿐만 아니라 이 몸까지 달라는 거군!"

사실 고칠찰이 진짜 하고 싶은 말은 이거였다.

"이봐, 약귀곡을 원하면 주지. 이 몸을 원하면 그것도 주지!"

하지만 이렇게 희롱하는 말을 하는 순간 용비야가 공격을 퍼부을 것이고, 협상이 어그러질 것이 뻔했다.

그래서 꾹 참고 웃으면서 계속 말했다.

"약귀곡의 약도 내놓고 약초를 길러 줄 나도 내놓으라는 거군. 약귀곡의 절반이라더니 이건 분명……. 흐흐, 왕비마마, 협상을 하려거든 성의를 보여야지!"

고칠찰의 이런 말에 한운석은 희망이 있다는 것을 알았다!

그녀는 고민하는 척하면서 한참만에야 비로소 태연하게 말했다.

"판매한 약값을 반으로 나누고, 별도로 약초를 기르는 일에 대한 보수도 지급하겠어요. 그러면 우리 둘이 이곳을 함께 운영하는 셈이 되겠죠. 그 외에는 더 말하지도 말아요!"

고칠찰이 망설이는 표정을 짓자 한운석은 곧 탁자를 두드리며 재촉했다.

"본 왕비도 참는 데는 한계가 있어요!"

"좋아, 좋아! 마지막으로 한 가지만 더. 이 정원에 있는 약초는 이 대인의 허락 없이는 팔 수 없다!"

고칠찰이 진지하게 말했다.

"좋아요!"

한운석은 과감하게 승낙했다. 일단 권한을 손에 넣고 그 다음 일은 나중에 따질 생각이었다.

사실 그녀는 아직도 고칠찰이 번복할까 봐 무척 겁이 났다. 만에 하나 이자가 후회하고 말을 바꾼다면 정말 싸움을 해야 했다. 그러다가 그를 죽이거나 너무 몰아붙여 떠나게 하면, 제일 손해를 보는 것은 그들이었다!

약귀 대인 없는 약귀곡이 얼마나 갈까?

아무리 약재가 많아도 언젠가는 다 쓰기 마련이었고, 더욱이 약귀곡에는 고칠찰 외에 아무도 기르지 못하는 약초도 많았다.

"고칠찰, 그럼 그렇게 하기로 해요! 번복하면…….."

한운석의 말에 끝나기도 전에 고칠찰이 웃음을 터트렸다.

"왕비마마, 이 소인께서 번복할 능력이 있다고 생각하시나?"

조금 전까지는 자신을 '대인'이라고 부르더니 이제는 '소인'이라고 부르면서 대놓고 조롱을 하니 한운석도 듣기가 거북했다.

하지만 개의치 않았다. 어쨌든 약귀곡의 주도권을 얻었으니 천천히 손봐 줄 기회는 얼마든지 있었다.

지금 그녀가 제일 먼저 해야 할 일은 바깥에 꿇어앉은 사람들을 해결하는 것이었다!

"집사, 사람을 보내 밖에 있는 사람들이 원하는 약재를 기록하고, 모두 찾아와서 정가에 팔도록 하게!"

한운석이 명령했다.

늙은 집사의 눈이 휘둥그레졌다. 담판 결과에 받은 충격에서 아직 헤어 나오지 못했는데 이렇게 빨리 약을 팔라는 명령을 받을 줄은 예상도 못한 일이었다.

약귀곡이 정말 천지개벽을 하게 되는 건가?

늙은 집사는 머뭇머뭇 고칠찰을 바라보았고 고칠찰은 퉁명스레 말했다.

"보긴 뭘 봐? 설마 이 몸더러 직접 가라는 거냐?"

칠소를 찾아 도움을 받자

고칠찰이 으르렁대자 늙은 집사는 별수 없이 묵묵히 한운석의 명을 수행하러 갔다. 강경해 보여도 사실 긴장했던 한운석은 그제야 완전히 마음을 놓았다.

이 결과에 누구보다 더 뜻밖인 것은 그녀 자신이었다.

처음부터 거한 조건을 내놓은 것은 고칠찰이 대거 깎아내릴 것에 대비해서였다. 그런데 예상과 달리 고칠찰은 몇 마디만에 승낙했다. 오기 전만 해도 그녀는 무척 긴장했고, 용비야가 비밀 시위를 많이 데려오지 않아 정말 싸움이 나면 어쩌나 조마조마했다.

하지만 이러쿵저러쿵 말싸움을 주고받은 끝에 진짜 힘겨룸은 하지도 않고 약귀곡의 반을 얻은 것이다.

그녀는 가만히 앉아 차를 마셨고 마음도 가라앉았다. 고칠찰의 태도가 어딘지 이상하다는 느낌이 들지만, 곰곰이 생각해 보면 타당하지 못할 것도 없는 것 같았다.

깊이 생각하기도 싫었다. 어쨌든 배상을 받겠다는 명분을 내걸고 강도짓을 하러 온 것은 사실이니까! 고칠찰이 이렇게 쉽게 약귀곡 반을 내준다는데 무슨 음모가 있다 해도 받을 용기는 있었다.

마음을 다잡고 나자 한운석은 언제나처럼 태연해졌다!

이 결과를, 용비야는 속으로 어떻게 생각할까?

그때 그는 마음에 드는 듯 차를 마시면서 한운석에게도 한 잔 따라 주었다.

고칠찰은 멀찍이 떨어진 곳에 앉아 꼼짝하지 않고 말도 하지 않은 채 한운석을 바라보았다. 속으로 무슨 꿍꿍이를 하는지 좁고 가느다란 눈이 깜빡깜빡했다.

한운석은 그의 어깨에 난 상처를 흘낏 본 후 별말 없이 그가 하는 대로 내버려 두었다. 그런데 시간이 한참 지나도 고칠찰이 계속 쳐다보자 마침내 참지 못하고 그를 노려보았다.

"죽고 싶어요? 어서 가서 약이나 발라요!"

저자는 정말 목숨이 아깝지 않나? 어깨에 난 자상이 가볍지 않은데 치료할 생각도 없는 걸까?

"이 몸은 죽지 않는다!"

고칠찰이 음침하게 대답했다.

한운석은 상대할 마음이 없었다. 용비야와 함께 한참 앉아 있었더니 늙은 집사가 상세한 목록을 들고 들어왔다. 약을 구하러 온 사람들이 필요한 각종 약재와 그 가격을 정리한 것이었다.

한운석은 자세히 보지 않고 대충 뒤적인 후 차분하게 말했다.

"약재 가격은 일률적으로 오백 냥으로 정하고 지금 당장 가져와서 팔아치우게."

이 말에 늙은 집사도 더는 참지 못했다.

"왕비마마, 그럴 수는 없습니다! 이곳에서 가장 값싼 약재도 은자 수천 냥은 나갑니다! 오백 냥이라니……. 차라리 공짜로 주는 게 낫겠습니다!"

한운석이 냉소를 터트렸다.

"공짜? 자네 주인이 언제부터 부처님처럼 자비로워졌지?"

고칠찰이 시원시원하게 나섰다.

"공짜로 줄 수 있다. 모조리 줘 버려!"

그렇지만 한운석이 가로막았다.

"팔아치우겠어요. 수입은 반씩 나누죠. 정말 시원하게 내주고 싶거든 이 정원에 있는 거나 내줘요. 막지 않을 테니!"

고칠찰은 차마 그렇게 하지는 못했다. 이 정원에서 키우는 약초는 약귀곡의 정수나 마찬가지여서, 공짜로 주기는커녕 아무리 기분이 좋아도 쉽게 팔 생각이 없었다.

하지만 그는 차갑게 웃었다.

"이봐, 그러니까 정말 이 몸의 약초를 팔아 돈을 벌 생각이냐?"

"이제 당신 혼자만의 약초는 아니에요. 반은 내 거니까요!"

한운석이 즉각 반박했다.

"이 몸의 것을 빼앗았지!"

고칠찰은 그녀와 말다툼하는 것이 좋은 모양이었다.

"그러게 누가 가짜 약을 섞으래요? 그 배상으로 내놓은 거잖아요!"

한운석이 큰 소리로 말했다.

"입만 열면 사람들을 구하겠다면서 약을 팔아? 이 몸이 가증스럽다면 너는 가식적이야!"

고칠찰도 욕을 했다.

한운석은 냉소를 지었다.

"사람을 구할 때 돈을 받지 말라고 누가 그래요?"

한운석은 더없이 진지한 목소리로 반문했다.

"돈이 없으면 뭘로 사람을 구하죠? 돈이 없으면 약방을 차릴 땅은 어떻게 사죠? 약을 관리할 사람은 어떻게 고용하죠? 운송비, 보관비, 그리고 이 커다란 산골짜기에 드는 돈은 뭘로 지불하죠? 당신네 약귀곡에 약을 사러 올 만한 사람은 십중팔구 부자예요! 당신이나 나나 땅 파서 장사하는 것도 아닌데 그 사람들 돈을 받지 못할 이유가 어디 있어요?"

가난한 사람이 병이 나면 대부분 작은 의관을 찾아가기 마련이었다. 그곳에서 병이 나을 수 있으면 좋지만 낫지 못한다 한들 달리 할 수 있는 일은 없었다. 그저 계속 치료할 수밖에! 그렇게 치료로 연명하는 수밖에 없지만, 연명하는 것도 행운이었다. 적어도 살 수는 있으니까. 연명하지 못하는 사람들은 죽었다.

그 어떤 의원이 가난한 사람에게 보물같이 진귀한 약재 이야기를 할까? 가난한 사람들 중 몇이나 약귀곡의 존재를 알 것이며, 또 몇이나 약귀곡에 찾아올 수 있을까? 약귀곡은커녕 약성에 찾아갈 수 있는 사람만 해도 극소수였다.

그러니 고칠찰을 찾아온 이들은 대부분 부잣집 사람이었다. 명의를 구해 귀한 약재에 관해 듣고 사람들에게 물어 이곳까지 찾아온 이들이었다. 집안의 환자는 대부분 큰 돈을 들여 구한 약재로 목숨을 부지해 놓은 덕분에 이곳에 와서 이렇게 오랫동안 꿇어앉아 있을 수 있는 것이다.

한운석은 의원답게 부모와 같은 자애로움과 마땅히 가져야 할 정의심을 품고 있지만, 그저 좋은 사람이기만 한 것은 아니었다. 더욱이 배불리 먹고 할 일이 없어 아무데나 자비를 베풀지도 않았다.

그녀의 눈은 날카로웠고, 꿇어앉은 사람들 중 일부는 진짜 환자 가족이 아니라 돈을 받고 대신 온 사람이라는 것도 알아보았다.

고칠찰이야 제 손으로 약초를 키웠고 다른 곳에서 어렵게 구해 온 약재를 정성들여 보살피기도 했으니 비싼 값에 팔겠다고 나온다면 아무리 한운석이라 해도 할 말이 없었다. 그가 하고 싶은 대로 놔둘 수밖에.

하지만 이 인간은 애초에 팔 생각이 없었다. 솔직히 말하면, 그는 일부러 약을 사재기하고 환자가 죽는 것을 지켜만 보았다.

한운석은 그런 짓을 두고 볼 수가 없었다. 강도가 되더라도 약귀곡의 약재를 팔아치워야 했다!

고칠찰은 그녀가 돈을 받으려는 이유에는 관심을 보이지 않고 의아한 듯 물었다.

"약방을 차리겠다고?"

한운석은 대답하지 않고 용비야를 바라보며 진지하게 말했다.

"전하, 신첩이 전하께 청이 있어요."

청이라고? 재미있는 말이었다.

"어떻게 청할 셈이냐?"

용비야가 물었다.

말문이 막힌 한운석이 눈살을 찌푸리며 그를 흘겼다.

"전하!"

용비야는 기분이 좋아 모처럼 큰 소리로 웃음을 터트렸다.

"무슨 일인지 말해 봐라."

고칠찰은 새까만 눈동자로 시선을 던지며 가소롭다는 듯 흰자위를 드러내면서도, 저 여자가 용비야에게 무슨 부탁을 하려는지 궁금해 귀를 쫑긋 세웠다.

"부탁드리건대 도성에 좋은 장소를 구해 주세요. 조금 크면 좋겠어요. 그곳에 큰 약방을 열고 싶어요."

한운석이 진지하게 말했다.

천녕국 도성은 금싸라기 땅이어서, 파는 땅이 나오면 곧바로 최고가에 팔렸다! 심지어 어떨 때는 최고가로도 사지 못할 수도 있었다. 결론적으로 돈이 문제가 아니라 명성도 있어야 안전하게 손에 넣을 수 있었다. 한운석이 용비야에게 부탁하는 것도 당연했다.

용비야는 잠시 생각한 다음 담담하게 말했다.

"본 왕에게 오랫동안 쓰지 않았던 원락이 하나 있다. 크기는 적당할 것이다. 돌아가면 낙 집사를 시켜 사람을 보내 손보게 하지."

남들은 땅을 사지도 못하는데, 이 인간은 도성 안에 쓰지도 않는 원락이 있다고? 한운석은 몹시 기뻐했다.

"감사합니다, 전하!"

고칠찰 역시 천녕국 도성에 사업장을 적잖이 갖고 있어서 장소 하나 마련하기가 어렵지는 않지만, 어쨌든 비어 있는 곳은 아니니 사업을 정리해야 했다. 그리고 일단 장소를 내놓으려면 자신의 비밀을 조금 드러내야만 했다.

눈썹을 치키고 용비야를 바라보는 그의 눈동자에는 부러움과 질투가 가득했다!

"고칠찰, 약방 이름은 '약귀당'이라고 지을 생각인데, 어때요?"

한운석이 물었다.

한운석이 이렇게 의견을 물어올 줄 몰랐던 고칠찰은 눈동자에 웃음을 머금으면서도 겉으로는 여전히 비협조적인 태도로 말했다.

"이 몸에게 또 무슨 짓을 하려는 거냐?"

"앞으로 약귀곡의 약은 약귀당에서만 팔 거예요. 이곳에서는 약초를 기르기만 하지 팔지 못해요!"

한운석이 대답했다.

고칠찰은 냉소를 터트렸다.

"이 몸을 이곳에 가두어 두시겠다?"

"약귀당은 언제든 당신을 환영해요. 기꺼이 와서 판매상 노릇을 하겠다면 아무도 막지 않을 거예요."

한운석이 말했다.

고칠찰이 기다린 것도 이 말이었다! 그는 말없이 그녀를 바라보았지만 속으로는 부드럽게 중얼거렸다.

'한운석, 총명하면서도 멍청한 여자 같으니!'

옆에 있던 용비야는 이 광경을 모두 보고 모두 듣고 모두 마음에 새기면서 겉으로는 아무 움직임도 없었다.

아직도 뻣뻣하게 서 있는 늙은 집사를 보며 한운석이 눈을 찌푸렸다.

"거기서 멍하게 뭘 하는 건가? 자꾸 미적거리면 또 누가 죽어나갈 걸세!"

조금 일찍 도착했다면, 조금 일찍 약귀곡의 약초를 손에 넣었다면, 어쩌면 저 밖에서 혼절해 쓰러졌던 남자도 아내를 잃는 아픔을 겪지 않았을지 몰랐다.

"예예! 당장 가겠습니다!"

늙은 집사는 갑자기 이 왕비마마가 그렇게 밉지 않다는 생각이 들었다. 심지어 약귀당이 문을 열 날이 기다려지기까지 했다.

늙은 집사가 사람들을 데리고 가서 약재를 챙겨 정원 대문으로 나가자 밖이 소란스러워졌다.

다시 얼마쯤 지난 뒤 방에 있던 한운석 일행은 감격에 찬 온갖 목소리를 들을 수 있었다.

한운석은 바로 떠날 생각이었지만 참지 못하고 조금 더 머물기로 했다. 정원으로 나가 문틈을 통해 밖을 내다보니, 절망으로 울상이 되었던 얼굴들이 기쁨에 들뜨고 희망에 차올라 환하게 웃고 있었다. 한운석도 저도 모르게 웃음이 났다.

이 세상에는 다치거나 앓는 사람이 수없이 많아서 구하고 싶어도 다 구할 수 없었다. 하지만 눈앞에 있는데 구하지 않을 수는 없었다.

그녀는 그들이 약을 사서 돌아간 후 틀림없이 약귀곡에서 약을 판다는 소식을 널리 퍼트릴 것이라 믿었다. 그때가 되면 약재 가격을 다시 조정해야 할 것이다. 최고가로 팔아야 할 약재는 역시 최고가로 팔아치워야 했다!

용비야에게는 그녀가 펑펑 써도 될 만큼 많은 돈이 있었지만, 기르는 부하가 적지 않아 지출이 클 것이고 앞으로는 더 늘어날 터였다.

한운석은 의원으로서 자신의 마음가짐 때문에 용비야에게 누가 되고 싶지 않았다. 더욱이 자선은 수입원이 있고 경제적으로 선순환이 되어야만 오래 갈 수 있었다.

물론 고칠찰을 너무 부려먹을 생각도 아니어서 약귀당이 지어지면 고칠소를 찾아 도움을 청할 계획이었다. 고칠소에게 목령아를 설득해서 약귀당에 데려오게 하고, 고칠찰과 나눈 수입은 목령아에게 수수료로 지불하려고 했다.

그녀가 알기로 목령아는 태후의 생신 연회 일로 아직까지 약성 장로회에 쫓기고 있었다. 시시때때로 사람들이 목씨 집안에 찾아가 그녀를 내놓으라고 목영동에게 따지는 통에 목령아는 벌써 1년째 약성에 얼굴을 드러내지 않았고, 목씨 집안의 재정을 틀어쥔 부인은 이미 목령아에게 주는 돈을 끊어 버렸다.

그녀가 1년 동안 뭘 하고 살았는지, 어떻게 지냈는지 도통 알 수가 없었다.

이렇게 생각하자 한운석은 오는 길에 마차를 가로막고 소리치던 목령아의 말을 떠올렸다. 목령아가 오해를 하고 있는 데다 자신은 해명할 방법이 없으니 고칠소에게 맡기는 수밖에 없었다!

한운석이 기쁘게 웃는 것을 보면서 고칠찰도 웃었다. 약재건 은자건, 해약의 분량이건 배상이건, 그에게는 아무것도 중요하지 않았다.

한운석과 용비야가 떠난 후 고칠찰은 늙은 집사에게 말했다.

"앞으로 잊지 말고 한운석을 여주인이라 불러라!"

늙은 집사는 참다못해 눈을 부릅뜨며 진지하게 말했다.

"주인님, 그건 온당하지 못합니다!"

"뭐가 온당하지 못하다는 거냐?"

고칠찰이 물었다.

"그……, 그러다가 진왕비를 희롱했다는 혐의를 받을 수 있습니다!"

늙은 집사는 성실한 사람이었다. 약귀 대인을 주인이라고 부르는데, 진왕비를 여주인이라고 부르면 좀 이상한 의미가 되지 않을까?

고칠찰은 차갑게 코웃음 쳤다.

"그 여자가 이 몸의 약귀곡 반을 가졌으니 약귀곡의 여주인이 아니면 뭐란 말이냐?"

"예예! 명심하겠습니다!"

늙은 집사는 어쩔 수 없이 받아들였다. 어쨌든 진왕비 앞이
나 진왕 전하 앞에서는 절대로 그렇게 부르지는 못할 것이다.

한 번 속이면 백 번으로 쳐요

한운석과 용비야가 약귀곡을 떠났을 때는 벌써 하늘이 밝아 있었다.

하룻밤을 꼬박 샌 한운석은 잠을 보충하는 대신 마차 창가에 기대 내내 용비야를 바라보았다.

평소의 용비야라면 그녀가 쳐다보든 말든 책을 읽었을 것이다. 어쨌든 예전에도 그녀는 종종 이렇게 한참 그를 응시하곤 했으니까.

그렇지만 이번에는 용비야도 다소 어색한지 담담하게 물었다.

"왜 그러느냐?"

"전하, 이해가 가지 않는 게 하나 있어요."

한운석이 말하며 좀 더 편안하게 자세를 바꿨다. 하룻밤 꼬박 고생한 덕에 사실은 무척 피곤했다.

용비야는 담담하게 물었다.

"무슨 일이냐?"

"전하, 고칠찰의 태도를 보면……."

한운석이 말을 하다말고 생각에 잠기자 용비야는 복잡한 눈빛을 한 채 그녀를 바라보며 기다렸다.

한참 후, 한운석이 비로소 말을 이었다.

"남은 해약을 가간 사람이 누구인지 정말 모르는 것 같아요.

약을 사간 사람이 벙어리 노파와 관계가 있을까요? 혹시⋯⋯.
벙어리 노파가 아직 죽지 않은 건 아닐까?"

"단순한 우연일 수도 있다."

용비야는 망설이지 않고 즉시 대답했다.

"벙어리 노파가 절벽에 떨어진 후 초서풍이 곧바로 사람을
보내 수색했다. 시체는 찾지 못했지만 누군가 데려갔을 가능성
도 그다지 크지 않다."

한운석이 오래 망설이다가 말을 꺼낸 이유는 사실 속으로도
그럴 가능성이 크지 않다고 생각했기 때문이었다. 어쩌면 진짜
우연일지도 모른다. 누군가 벙어리 노파와 똑같이 미독에 중독
되었을지도.

한운석은 가만히 한숨을 쉬고는 결국 포기했다.

용비야는 말할 생각이 없었지만 무슨 까닭인지 귀신에 홀린
것처럼 물었다.

"한운석, 본 왕을 의심하지 않느냐?"

한운석은 농담인 줄 알고 까르르 웃었다.

"신첩이 전하를 의심하면 인정하실 건가요?"

민낯으로 생긋 웃는 그녀의 천진난만한 모습을 보자 용비야
는 슬며시 마음이 아파 왔다. 이 여자의 색녀 같은 표정은 수없
이 봤지만 이런 바보 같은 표정은 처음이었다.

한운석, 총명하면서도 멍청한 여자 같으니!

기왕 너를 속였으니 본 왕은 무슨 일이 있어도 평생 이 일을
숨길 것이다.

용비야는 한운석을 끌어당겨 자신의 품에 기대게 하고 꼭 안았다. 그의 말투는 고칠찰처럼 단호했다.

"죽어도 인정 못한다!"

한운석은 푸하하 웃음을 터트렸고, 깊이 생각하려고도 하지 않았다.

그녀는 순수하면서도 단호한 사람이었다. 믿기를 선택하면 의심하지 않았고, 일단 의심을 품으면 다시는 믿지 않았다.

한참 후 한운석이 입을 열었다.

"전하, 만약 전하께서 저를 속이면 딱 한 번이라도 백 번 속인 걸로 여기고 평생 다시는 전하를 믿지 않을 거예요!"

"진왕비께서 본 왕에게 경고하시겠다?"

용비야의 뜨거우면서도 위협적인 숨결이 한운석의 쇄골 위에 뿌려졌다. 한운석은 흠칫 목을 움츠렸지만 여전히 고집스레 대답했다.

"그래요!"

용비야는 말없이 고개를 숙여 그녀의 목에 힘차게 입술을 눌러 찍었다. 그리고 한참, 아주 한참이 지나서야 놓아주었다.

"그래, 기억해 두지!"

한운석은 기가 죽어 차마 입씨름을 하지 못하고 화제를 돌렸다.

"전하, 신첩은 약귀당을 체인점으로 만들 생각이에요."

"체인점?"

용비야로선 처음 듣는 단어였다.

"분점을 연다는 뜻이에요. 도성에 첫 약방을 연 다음 큰 군현에도 분점을 만들고 나아가 북려국과 서주국에도 분점을 열겠어요! 그러면 적어도 의약계에서 한자리 차지할 수 있을 거예요."

한운석이 진지하게 말했다.

그녀가 이렇게 한 것은 첫째는 고칠찰의 행동을 보아 넘길 수 없어서였고, 둘째는 훨씬 나중을 생각해서였다.

운공대륙에서 가장 특수한 세력은 바로 의약계였다. 의원에게 의술을 행할 자격을 부여하는 것은 의학원의 권한이고, 고급 약재 시장은 기본적으로 약성이 독차지하고 있었다. 세 나라의 황족 궁궐 어약방에 있는 약재도 모두 약성에서 나온다고 할 정도였다.

이런 상황에서 다소라도 약재를 공급할 곳을 손에 넣지 못하면 의성과 약성 두 곳의 견제에서 벗어날 방도가 없었다.

그런데 이제 약귀곡 산에 널린 약재가 손에 들어왔고, 고칠찰이라는 약초 기르는 일에 귀재인 괴상한 늙은이까지 있으니 적어도 약재 방면에서 예전처럼 약성에 끌려다니지 않을 수 있었다.

약이라는 것은 필요 없을 때는 아무것도 아니지만, 필요한 순간에는 생사를 결정할 수 있었다.

지난번 재해 지역에 갔을 때 고북월은 그녀에게 역병을 막을 수 있는 약방문을 서른 개나 지어 주었다. 다행히 역병이 발생하지는 않았지만, 만약 대규모 역병이 번졌다면 설사 약방문이 있더라도 약성에 가서 약을 조달해야 했을 것이다.

역병은 소규모일 때는 그럭저럭 괜찮지만, 대규모로 번지면 약을 구하는 것 또한 곡식 구하는 것 못지 않게 큰 문제였다. 특히 전쟁터에서는 일단 싸움이 벌어지면 부상자가 많아지므로, 최전선이든 후방이든 의원이나 약이 없어서는 안 되었다.

비록 의성 쪽은 한운석이 삼장로와 교분을 텄고, 약성 쪽은 용비야가 왕공과 나이에 무관한 벗이 되어 있었지만, 삼장로와 왕공이 의성이나 약성의 대표자는 아니니 반드시 완벽한 패가 꼭 필요했다.

한운석이 이런 생각을 들려주자 용비야는 무척 의외였다. 한운석의 진지한 표정을 바라보는 그의 심장이 강렬하게 전율했다.

한운석이 그런 것까지, 그렇게 멀리까지 생각했을 줄이야! 이런 지어미가 있는데, 지아비로서 더 바랄 것이 있을까?

천녕국 도성으로 돌아온 후 용비야가 제일 먼저 한 것은 버려 둔 원락의 열쇠를 낙 집사에게 주며, 한 달 안에 사람을 구해 한운석의 요구대로 약방을 지으라고 한 것이었다.

그사이 궁에 있는 초 귀비가 또 두 번이나 사람을 보내 청했지만 모두 용비야가 한운석 대신 거절했다.

덕분에 한운석은 며칠 동안 쉬지도 않고 온종일 공사 현장을 들락거릴 수 있었다.

약귀당이 훗날 그녀에게 변혁의 기반이 될 것은 의심할 바 없었다! 본래 그녀는 고칠소와 목령아에게 약귀당의 약제사가 되어 달라고 할 참이었지만, 생각해 보니 어디 가서 그들을 찾아야 할지 전혀 감이 오지 않았다.

별수 없이 고칠소가 찾아오기를 기다려야 했다. 어차피 약귀당이 그렇게 빨리 완성되지도 않을 테니 기다릴 수는 있었다.

소소옥은 두피가 나았지만 아직 머리카락이 자라지 않아서 정수리가 훤한 것이 꼭 남자아이 같았다. 운한각으로 돌아온 소소옥은 전보다 더 한운석에게 달라붙게 되었고, 한운석을 따라 매일같이 공사 현장에 갔다.

용비야가 한 두 번째 일은 초서풍을 보내 고칠찰과 의성의 은원을 조사하게 한 것이었다. 초서풍은 바빠 죽을 지경이었지만 아직 한 가지는 잊지 않고 있었다. 지난번 고칠소가 왔을 때 왕비마마가 그자를 왕부 안으로 들여보냈는데 설마 전하께서 잊으신 걸까? 왕비마마께 빚을 갚지 않으실 생각인가?

물론 기억하고는 있지만, 아무리 초서풍이라 해도 가서 물어볼 용기는 없어서 전하께서 잊었다고 생각하는 수밖에 없었다.

그날 한운석이 돌아오자 백리명향이 소소옥을 따돌리고 낮은 소리로 말했다.

"왕비마마, 제가 뭔가를 찾았는데 소소옥의 물건인 것 같습니다."

그녀가 이렇게 말하며 소매에서 조그만 보따리를 꺼냈다. 한운석이 받아 열어보니 일곱 빛깔 조그마한 구슬이 들어 있었다. 신호탄 같았다.

"어디서 났죠?"

한운석이 물었다.

"운한각 뒤쪽 용수나무 위에서요. 나무에 조그마한 구멍이 있었습니다."

백리명향이 사실대로 말했다.

한운석은 한참 살펴보았지만 사용법을 알아내지 못해 황급히 용비야에게 가져갔다.

침궁 문 앞에 이르자 백리명향은 걸음을 멈추었지만, 한운석은 눈치채지 못하고 서둘러 들어가 서재로 향했다.

놀랍게도 용비야는 책상에 엎드려 자고 있었다. 책상 위에 흩어진 밀서는 어떤 것은 뜯어서 본 것이고 어떤 것은 아직 펼치지도 않은 것이었다.

아무리 급해도 이런 광경을 보고서는 서두를 수가 없었다. 솔직히 마음이 아팠다.

그녀는 용비야를 깨울까 겁이 나서 조용히 옆에 앉아 기다렸다. 이 인간은 매일매일 그녀더러 쉬라면서 자신은 이 모양이 될 만큼 지쳐 있었다.

한운석의 기다림은 밤까지 이어졌다.

용비야의 침궁은 곳곳이 돌로 되어 있어 본래도 서늘했고 밤에는 더욱 추웠다.

한운석은 여주인으로서 침실로 가 용비야의 바람막이를 찾아냈다. 그에게 덮어 주려는데 뜻밖에도 다가가는 순간 용비야가 깨어나 일언반구도 없이 그녀의 목을 움켜쥐었다.

예상도 못한 채 당한 한운석은 그만 멍해졌다. 그녀를 본 용비야가 재빨리 손을 놓았다.

"아프냐?"

한운석은 한참 동안 콜록거리다가 겨우 정신이 들었다.

아프지!

이 인간의 손힘은 어마어마해서, 조금 더 잡고 있었더라면 정말 숨이 끊어졌을지도 몰랐다. 이곳에서 자면서도 경계를 늦추지 않으니 피곤할 수밖에.

이 인간은 진정으로 마음 편한 순간이 있긴 할까?

"괜찮아요."

한운석이 그에게 바람막이를 덮어 주며 말했다.

"전하, 신첩이 근심을 덜어 드릴 수 있는 일이 있다면 말씀해 주세요."

"갑자기 왜 찾아왔지? 무슨 일이 있느냐?"

용비야가 물었다. 한운석은 일이 없으면 이곳에 오지 않는다는 것을 알고 있었다.

한운석은 그제야 가져온 것이 생각나 급히 용비야에게 보여 주었다.

보는 순간 용비야는 깜짝 놀랐다.

"어디서 났느냐?"

"백리명향이 운한각 뒤쪽 나무의 구멍에서 찾아냈어요. 소소옥의 것일 가능성이 높아요."

한운석이 말했다.

용비야는 한운석을 정원으로 데려가더니, 입에 구슬 하나를 머금었다가 힘껏 뱉었다. 조그마한 것이 높이 솟아올랐다가 허공에서 폭발하며 눈부신 하얀 빛을 뿜어냈다! 비록 눈 깜짝할 사이 사라졌지만 자세히 쳐다보면 똑똑히 볼 수 있었다.

잠시 후 그는 다른 것도 실험해 보았다. 이번에는 눈부신 붉은 빛이었다.

"전하, 정말 신호탄이군요!"

한운석은 의아했다. 이건 정말 소소옥의 것이 분명했다.

"서주 황족들만 쓰는 일곱 색 신호탄이다. 색마다 서로 다른 의미가 있고 황족 비밀 시위만이 그 의미를 알 수 있지."

용비야와 서주국의 공주 단목요는 어려서부터 알고 지냈고, 아주 어렸을 때 단목요가 이런 것을 가지고 논 적이 있어서 알아본 것이다.

"서주국! 단목요?"

한운석은 곧 그녀를 떠올렸다. 서주국의 영락공주, 용비야의 사매, 화친으로 진왕부에 시집오려는 망상을 품었던 여자.

"그녀일 리는 없다."

단목요는 군역사와 결탁한 일이 밝혀지면서 이미 서주국 황제 손에 지위를 빼앗기고 줄곧 천산검종에 숨어 있었다. 그런 그녀가 고심해서 소소옥 같은 아이를 진왕부에 밀어 넣기란 쉬운 일이 아니었다. 게다가 이처럼 주도면밀한 방식 또한 그녀답지 않았다.

"전하, 황족의 암호라면 초청가는 알아볼까요?"

한운석이 다시 물었다. 단목요를 빼면, 생각할 수 있는 사람은 초청가였다. 소소옥을 구해 준 것도 초청가 때문이었다.

"그 여자의 솜씨 같지도 않군! 하지만 서주국 사람이 연루된 것은 분명하다!"

용비야는 그렇게 말하더니 뜻밖에도 신호탄을 하나하나 쏘았다. 공중에는 잇달아 몇 줄기나 빛이 폭발했다.

"실마리를 잡았으니 조사할 수 있겠군요!"

한운석은 용비야가 뭔가 생각이 있다는 것을 알아차렸다.

그녀도 신호탄 하나를 주워 용비야가 하는 대로 입에 넣었다 뱉어 보았지만, 애석하게도 내공이 전혀 없어 폭발시키지 못했다.

그때 진왕부에서 멀리 떨어져 있지 않은 어느 지붕 위에는 달빛 아래 호리호리한 하얀 그림자 하나가 서 있었다. 진왕부 방향을 바라보는 그의 새까만 눈동자에 줄기줄기 폭발하는 빛이 스쳐 지나갔다.

한참 후, 진왕부 쪽 하늘이 조용해지자 비로소 그가 중얼거렸다.

"유족, 드디어 왔군……."

백의 공자가 미워하는 것

달빛은 꿈처럼 몽롱하고 백의는 눈보다 희었다. 맑고도 아름다운 기운이 백의 남자 몸 위로 느릿느릿 맴돌았다. 세상 사람 같지 않게 청아하고 탈속한 분위기였다.

그의 눈빛은 평화롭고 고요했고, 언제까지나 이렇게 차분하고 부드러웠다. 진왕부 쪽을 바라보는 그의 눈동자에는 삼 푼쯤 연민이 묻어 있었다.

그는 오래오래 서 있었다. 진왕부는 다시금 조용해졌고 허공에도 더는 연기가 피어오르지 않았지만, 그는 떠나지 않았다. 마치 넋이 나간 것 같기도 하고, 뭔가를 생각하는 것 같기도 하고, 그저 놀이에 푹 빠져 돌아가는 것을 잊은 것 같기도 했다.

멀지 않은 곳에서 움직임이 느껴졌다. 진왕부에서 야경을 서는 비밀 시위들이 순찰 중이었다. 그는 가만히 탄식한 후 순식간에 어디론가 사라졌다.

유족이 이미 진왕부를 찾아낸 이상, 그도 수년간 만나지 못한 옛 벗을 한 번 만나 봐야 했다.

도성의 밤은 엄숙하리만치 고요했고 백의가 골목의 그늘 속을 스쳐갔다. 이 골목은 바로 지난번 소소옥이 다녀간 곳이었다.

골목의 민가에 숨겨져 있는 것은 바로 초천은이 천녕국 도성에 마련한 은신처였다.

그때 초천은은 아직 잠들지 않고 정원에서 정교하게 만들어진 활을 매만지고 있었다.

"이렇게 늦었는데 아직 자러 가지 않았군. 아무래도 내가 방해하지는 않은 모양이야."

백의 남자가 도착하기도 전에 목소리가 먼저 찾아들었다.

초천은은 화들짝 놀라 하마터면 들고 있던 활을 떨어뜨릴 뻔했다. 일어서서 주위를 둘러보았지만 사람은 코빼기도 보이지 않았다.

그렇지만 그는 영족의 백의 공자가 왔다는 것을 알 수 있었다!

"어서 나오게. 열 번 넘게 자네를 찾아갔지! 왜 만나 주지 않았나?"

초천은이 물었다.

지난번 단목백엽과 함께 태후의 생신을 축하하러 왔을 때 저자를 찾아간 적이 있었다. 하지만 저자는 끝내 그를 만나려 하지 않았고, 서신을 보내도 답장 한 통 없었다.

지난날 영족과 유족은 함께 서진 황족의 핏줄을 지켰다. 유족 초씨 집안은 신분을 숨기고 서주 황제를 따랐고, 두 대째 노력한 끝에 이제 서주국 병권의 반을 손에 넣어 서주국에 기반을 단단히 마련했다. 반면 영족은 이제 이 백의 남자밖에 남지 않았는데, 그마저도 약골이고 자주 병을 앓아 내내 약으로 몸보신 하고 있었다.

두 집안은 자주 연락하지는 않았으나, 그간 서로의 동향에 관해서는 똑똑히 파악하고 있었다. 초천은이 무척 불만스럽게 생각하는 일은, 그간 초씨 집안은 쉼 없이 서진 황족의 핏줄을 찾아다닌 데 반해 영족의 이자는 그 일에 별로 신경 쓰지 않고 초조해하지도 않는다는 것이었다.

"진왕부 소소옥은 자네 사람이겠군."

낮고 끌어당기는 힘이 있는 목소리가 고요한 밤중에 울리자 몹시도 매혹적이었다. 초천은이 여자가 아니라는 사실이 아쉬울 따름이었다. 그렇지 않았다면 분명 한마디만 듣고도 사랑에 빠졌을 텐데.

그는 소리 나는 지붕 위를 바라보았다. 언제 왔는지 백의 공자가 용마루에 앉아 있었다. 초천은이 경공을 펼쳐 날아오르더니 두말없이 손을 뻗어 백의 공자의 복면을 떼어 내려고 했다.

백의 공자는 움직이지 않는 것 같았지만, 초천은의 손이 흰 천을 낚아채려는 순간 곧바로 어디론가 쓱 사라졌고, 다시 나타났을 때는 이미 정원 안에 있었다.

초천은이 쫓아 내려와 차갑게 코웃음 쳤다.

"몇 년 만에 만났는데 얼굴도 보여 주지 않을 생각인가?"

그는 백의 공자의 진짜 얼굴을 본 적이 있지만, 백의 공자가 복면을 쓰고 나타나는 것이 싫을 뿐이었다. 그들은 가장 가까운 맹우인데, 저 천 한 겹은 그들 사이에 있어서는 안 될 소원함을 느끼게 했다.

백의 공자는 돌 탁자 옆에 앉아 담담하게 말했다.

"이 중요한 순간에 진왕부를 도발할 만큼 어리석지는 않겠지?"

초천은이 천녕국 도성에 잠복한 것은, 한편으로는 한운석 때문이고 다른 한편으로는 초청가의 숨은 전략가로서 초청가가 황후 자리를 손에 넣도록 돕기 위해서였다. 황후 자리를 얻으려는 최종 목적은 역시 천녕국의 권력이었다.

권력과 이익을 손에 넣고자 할 때, 진왕부는 가장 강한 적이자 마지막 적이었다. 하지만 초천은은 이런 때 직접적으로 진왕부를 도발할 만큼 어리석지는 않았다.

그가 소소옥을 진왕부에 잠입시킨 것은 순전히 한운석의 등에 봉황 깃 모반이 있는지 확인하기 위해서였다.

"작년에 자네에게 보낸 밀서에 언급했는데 못 봤나?"

초천은이 눈을 찡그리며 물었다. 그는 천녕국 도성에 오기 전에 먼저 이자에게 서신을 보내 한운석이 의심스럽다는 이야기를 했다.

아랫사람 앞에서는 늘 단정하고 침착한 모습인 초천은도 백의 공자 앞에서는 초조함을 숨길 수 없었다. 그는 항상 백의 공자가 자신을 돕기를 바랐지만, 백의 공자는 답신 한 통 없었다.

"어째서 그 여자인가?"

백의 공자는 의아한 표정이었다.

"소소옥이 그 모반을 보았나?"

초천은은 표정을 더욱 일그러뜨리며 대답을 미루었다. 백의 공자가 다시 물었다.

"그러니까 잘못 짚었군?"

초천은은 몹시 울적했다.

"유일한 실마리가 사라졌고 아이도 잃었네!"

백의 공자는 그제야 속으로 안도의 숨을 내쉬었다. 소소옥이 왜 잘못된 정보를 보냈는지는 잘 모르지만 축하할 만한 결과였다.

"이제 어째야겠나?"

초천은이 물었다.

"다시 찾아야지. 그밖에 무슨 수가 있겠나?"

백의 공자가 반문했다.

초천은은 화난 목소리로 말했다.

"너희 영족의 충성이란 이런 건가? 영족의 수호란 이런 건가? 수호하지도 못 해 놓고 이게 무슨 태도인가?"

"그럼 어떤 태도를 보여야 하지? 찾지 말까?"

백의 공자가 다시 반문했다.

"자네 정말!"

초천은은 기가 막혔다.

"천하에 퍼진 초씨 집안의 이목으로도 찾지 못하는데 혈혈단신인 내가 어쩌겠나? 초 대공자, 내가 오늘밤 찾아온 것은 단지 자네를 깨우쳐 주고 싶어서일세. 일곱 색 신호탄이 이미 진왕 손에 들어갔으니 알아서 처리하게."

일곱 색 신호탄은 서주국 황실 전용 물품이었다. 초천은은 단목백엽에게서 이를 얻었는데, 용비야의 머리라면 초씨 집안을 의심하는 것도 불가능하지는 않았다.

용비야가 비록 삼천 후궁의 주인은 아니지만, 저 왕을 건드리면 초청가가 후궁에서 살아가기가 쉽지 않을 것이다.

초천은은 초청가를 도우러 왔지만, 잘못하면 도리어 초청가를 해칠 수도 있었다.

백의 공자는 그 말만 하고 떠나려 했으나 초천은이 가로막고 목소리를 잔뜩 낮췄다.

"천휘황제가 병이 나거나 죽는 것은 모두 자네 손에 달렸네. 자네가 청가를 지지할 생각이 있다면 진왕의 권력이 아무리 큰들 어쩔 수 있겠나?"

그 말에 백의 공자의 온화하던 눈빛이 순식간에 차가워졌다.

"조정 일에는 흥미 없네."

"단순히 천녕국 조정일이 아니라 우리 서진의 대업을 다시 세우는 일일세. 그런데 흥미가 없다고?"

초천은이 질책했다.

"서진을 다시 세우는 것은 서진 황족의 일이지 초씨 집안의 일이 아닐세."

백의 공자의 말투는 여전히 차분했지만, 내리뜬 눈동자에는 혐오가 가득 담겨 있었다. 그가 가장 미워하는 것이 바로 황족을 보좌하고 대업을 다시 일으킨다는 깃발 아래 병사를 모으고 권력을 차지하려는 것이었다!

초천은이 그런지는 확실치 않지만, 초씨 집안 노인네들이 그런 사심을 품고 있는 것은 확실했다!

초천은은 백의 공자가 이해하지 못하는 걸 알고 반박하려 했지만, 백의 공자는 몸을 번쩍 하더니 멀리 사라져 버렸다.

그가 도울 수 있는 일은 많고도 많았다. 하지만 영족의 수호란 오로지 수호, 그것뿐이었다.

당시 서진 황족의 여자아이가 성인이 된 후 유족의 감시 하에서 달아날 때 영족이 남몰래 도와주었다.

영족은 여태까지 서진 황족의 핏줄이 약성 목씨 집안에 있다는 것을 알고 있었지만, 목심 대에 이르러서 소식이 끊겼다. 목심이 독종의 잔당과 관계를 맺은 후로 실종된 탓이었다.

그때 그는 아직 태어나기 전이었고, 목심의 행방을 잃어버린 것은 그의 아버지였다.

지난번 한운석이 독종의 갱에서 현금문을 열었을 때, 그제야 그도 한운석이 바로 목심과 독종 후계자의 딸이라는 것을 확신했다.

독종 적출의 피만이 현금문을 열 수 있었고, 독종 적출의 피 냄새만이 독짐승 고서를 따르게 할 수 있었다.

당시 초천은의 서신을 받지 않았거나 내력을 알 수 없는 한운석의 독술에 의심을 품지 않았더라면, 그는 어려서 할아버지를 따라 진맥하면서 만났던 천심 부인이 바로 역용술로 변장한 목심이라는 것을 영원히 알아차리지 못했을 것이다.

모반 같은 사적인 부분은 도저히 직접 알아볼 수가 없었지만, 현금문에 피를 시험하는 것은 할 수 있었다.

용천묵의 지병을 재발시킨 의학원 이사 새옥백은 바로 그의 명을 받아 천녕국으로 갔고, 바로 그 용천묵의 지병 재발 사건으로 인해 한운석이 의성으로 오게 되었다.

그 일은 유족의 누구에게도 말한 적이 없었고, 영원히 숨길 생각이었다.

그가 유일하게 유감스러워 하는 것은 예상과 달리 갱에서 너무 많은 사람을 만났다는 것이었다. 그보다 더 뜻밖인 것은 용비야와 군역사가 영족의 영술을 알아보았다는 것이었다!

영족의 모든 것은 이미 서진 황족의 멸망과 함께 역사의 먼지 속에 묻혀진 줄 알았는데.

독짐승을 얻기 위해 갔다는 핑계가 몇 사람의 눈을 속일 수 있었는지는 몰랐으나, 적어도 그 일 이후로 그는 군역사 등의 움직임을 주시하기 시작했고 다른 귀족의 후예들도 살피기 시작했다.

한운석을 용비야 곁에 남겨 둔 것은, 최소한 지금 보면 가장 현명한 선택이었다.

어떤 세력이든 그녀를 건드리려면 진왕이라는 관문을 넘어야만 했다.

진왕, 천하를 장악하고 운공대륙을 쟁패할 만한 세력을 쥔 남자. 반면 그 자신은 혈혈단신이고 몸은 허약했다. 아무리 움직임이 빨라도 결코 죽음의 속도보다 빠를 수는 없었다.

갑자기 바람이 일어 백의가 펄럭였다. 텅 빈 거리 위로 하얀 그림자가 점점 멀어지며 심장이 찢어질 듯한 기침소리만이 남았다…….

고요한 밤, 잠 못 이루는 사람은 많았다.

황궁에서는 초청가가 벌써 며칠 째 밤잠을 이루지 못하고 있었다.

다름이 아니라 낙 공공에게서 들은 말 때문이었다. 며칠 전 천휘황제가 고 태의에게 얼마나 지나야 밤일을 할 수 있느냐고 물었다고 했다.

입궁한 지 두 달 가까이 되었지만 그녀는 아직 천휘황제의 승은을 입지 못했다. 총애를 잃어서가 아니라 천휘황제가 여태 병이 낫지 않은 탓에 태의 몇 사람이 입을 모아 밤일을 하면 안 된다고 당부했기 때문이었다. 그렇지 않았다면……. 그만, 초청가는 도저히 생각을 이어갈 수가 없었다. 생각하고 싶지도 않았다.

태의가 며칠 더 두고 봐야 한다고 했으니 이번에는 운 좋게 넘어간 셈이었다. 하지만 결국에는 이 액운을 피해갈 수 없다는 것은 잘 알고 있었다.

때로는 차라리 천휘황제를 독살해 버릴까 하는 충동이 일기도 했다. 그렇지만 천휘황제가 죽어도 그녀에게는 자식이 없으니 쓸데없이 태자만 이롭게 해 줄 뿐이었다.

어머니는 아들로 인해 귀해진다고 했다. 설령 천휘황제가 속으로 그녀를 아무리 총애한다한들 후궁에서 기반을 튼튼히 하려면 어쨌든 아들이 필요했다! 그리고 아들을 얻으려면 반드시 천휘황제의 승은을 받아야 했다.

아버지 앞에서는 모욕을 견디며 천녕국 황후 자리를 얻어내 겠다고 맹세했지만, 매일매일 고요한 밤이 찾아올 때면 참지 못하고 눈물을 흘렸다.

이럴 때 그녀를 지탱해 준 유일한 것은 한운석을 향한 원한 이었다. 한운석이 아니었다면 태후의 생신 연회에서 금을 타서 눈에 띄지도 않았을 것이고, 천휘황제의 시선을 끌지도 않았을 것이며, 더욱이 입궁해서 운 귀비의 중독 사건을 조사하지도 않았을 것이다.

귀비라는 이름으로 벌써 세 번이나 한운석을 초청했지만 뜻 밖에도 그 여자는 한 번도 입궁하지 않았다.

침상에서 뒤척거리며 잠을 이루지 못하던 초청가는 가까이 부리는 늙은 상궁을 불러 어떻게 하면 한운석을 억지로 입궁시 킬 수 있을까 상의하려고 했다. 그런데 뜻밖에 두 사람이 몇 마 디 나누기도 전에 초천은의 밀서가 도착했다.

다망한 한운석

초청가는 초천은의 밀서를 받을 때마다 열어 보는 것이 무척 싫었다.

입궁한 후로 초천은이 보내는 밀서는 단 두 종류뿐이었다. 하나는 어떻게 천휘황제의 환심을 살 것인가 하는 내용이고, 다른 하나는 한운석을 건드리지 말라는 경고였다.

초청가는 밀서를 손에 꽉 움켜쥐고 한참 동안 펼쳐 보지 않았다. 시집올 때 데려온 서徐 상궁이 옆에서 한참 지켜보다가 결국 참다못해 말했다.

"마마, 큰 도련님께 급한 일이 있는지도 모르니 어서 보시지요."

"오라버니께 급한 일이 뭐 있겠느냐? 나는 여기서 모진 고초를 겪고 있는데, 한운석을 건드리지 말라느니, 태후 일행에게 양보하라느니 하는 말뿐이지. 무슨 급한 일이 있다고?"

초청가가 코웃음을 쳤다.

"마마, 큰 도련님 말씀이 옳습니다. 폐하께서는 장님이 아니니 후궁에서 일어나는 모든 일을 똑똑히 지켜보고 계시지요. 갓 들어온 우리는 만사 참고 양보하며 일단 천휘황제의 인정을 받은 다음 나서야 합니다. 그러면 천휘황제도 못 본 체하실 수밖에요."

서 상궁이 권했다.

그간 이 귀비의 소소한 수작들이 계속 이어졌다. 큰일이랄 것까지는 없었지만 초청가의 성품으로는 참을 수가 없었다! 오라버니가 만류하지 않았다면 벌써 이 귀비에게 독을 썼을 것이다.

"마마, 그간 폐하께서는 늘 마마만 어서방에 불러들이고 이 귀비는 따돌리지 않으셨습니까? 그런데도 아직 화가 안 풀리십니까?"

서 상궁이 또 달랬다.

"고작 그런 걸로? 이 귀비 따위가 뭐라고? 내 화는 한운석을 죽여야만 풀릴 것이다!"

초청가가 품고 있던 생각을 차갑게 뱉었다.

서 상궁은 어쩔 수 없어 잠시 망설이다 말했다.

"마마, 이 늙은이는 이해가 가지 않습니다. 한운석과 태후를 도발하면 한 번에 둘을 골탕 먹일 수 있으니 우리에게는 이로우면 이롭지 해로울 것은 하나도 없는데, 큰 도련님께서는 어째서 허락하지 않으실까요? 우리가 못하더라도 큰 도련님이라면 반드시 좋은 방법이 있을 텐데요."

두 번 세 번 한운석에게서 멀리 떨어져 있으라는 경고를 들은 초청가도 당연히 그 문제를 고민해 보았다. 그녀는 가소로운 듯 코웃음을 쳤다.

"아버지와 오라버니 모두 진왕 전하의 눈 밖에 날까 두려운 것이겠지!"

귀비마마의 이런 태도에 서 상궁은 뭐라고 해야 할지 몰랐다. 귀비마마가 진왕 전하를 좋아하기는 하지만 이런 식으로 상대를 높이고 우리 쪽 기세를 깎아서는 안 되었다.

"마마, 일단 밀서를 보시지요."

서 상궁이 또 권했다.

결국 초청가도 순순히 밀서를 펼쳐 보았다. 만에 하나 오라버니에게 급한 일이 있는데도 모른 척하면 뒷감당할 수가 없어서였다.

그런데 밀서를 읽은 초청가는 뜻밖에도 활짝 웃었다.

"아주 잘됐군! 잘됐어! 오라버니가 드디어 깨달으셨구나!"

오라버니의 밀서에는 가까운 시일 안에 한운석을 청하려 서둘지 말고, 잠시 기다리면 방법을 찾아 태후와 한운석을 도발해 보겠다고 되어 있었다.

서 상궁도 믿기지 않아 밀서를 받아 읽어 보았지만 정말이었다.

"귀비마마, 큰 도련님께서……. 어째서 이러실까요?"

서 상궁이 의아한 듯 물었다.

"이제 깨달은 거겠지. 담력도 커지고!"

초청가는 깊이 생각하지도 않았다. 오라버니가 도와준다면 반드시 한운석을 혼내 줄 수 있다고 믿었다.

용비야라면, 그는 여태껏 여자들 싸움에 끼어든 적이 없었다.

그날 밤 초청가는 드디어 기분이 좋아져 마음 편히 잠들었지만, 밤새 잠 못 들어 날이 밝을 때까지 뜬눈으로 지새운 여자도 있었다.

진왕부에서 가장 가까운 주루에서는 목령아가 창가에 엎드려 하룻밤 내내 멍하니 넋을 놓고 있었다.

가진 은자는 별로 없지만 그녀는 고집스레 가장 비싼 이 주루의 천자2호 방에 묵었다. 천자1호를 칠 오라버니가 빌려 놓았기 때문이었다. 칠 오라버니가 도성에 오면 이곳에 묵을 가능성이 가장 컸다.

지난번 한운석의 마차를 가로막은 후로 그녀는 곧 천녕국 도성으로 왔다.

그러나 칠 오라버니를 찾지 못하자 이곳으로 올 수밖에 없었다. 인정하고 싶지는 않지만 칠 오라버니가 한운석을 찾아오리라는 것을 속으로 확신하고 있었다.

최근 약귀곡이 약을 팔기로 했고, 한운석과 손잡고 천녕국 도성에 약귀당을 연다는 소문이 파다했다. 바깥 세상일에 신경 쓰지 않는 그녀지만 약귀곡 소식에는 아무래도 관심이 갔다.

약귀곡이 약을 쌓아 놓고 팔지 않는 것은 몹시 미웠지만, 약을 배합하거나 제조하는 솜씨만 놓고 보면 그녀 역시 고칠찰에게 매우 탄복하고 있었다.

그녀로서는 도무지 알 수가 없었다. 고칠찰이 어쩌다 한운석과 손을 잡기로 마음먹었을까? 어쩌다 갑자기 마음을 돌려 약을 팔기로 했을까? 정말 귀신이 곡할 노릇이었다!

그런 생각에 잠겨 있는데 갑자기 배에서 꼬르륵 소리가 났다. 또 배가 고팠다.

어려서부터 아버지의 보호를 받으며 외출도 거의 하지 않았던 그녀는 비록 대부분의 귀한 집 따님처럼 제멋대로이지는 않았지만, 확실히 귀한 집 따님이기는 해서 생활고를 알지 못했다.

바깥을 떠돌게 된 지금, 지갑 속 은자로는 숙박비도 치르지 못하는 데다 재정 지원마저 끊기자 정말 힘들었다.

지난번 아버지가 몰래 약성으로 돌아와 목씨 집안 밀실에서 계속 약을 제조하라고 한 이래로 그녀는 다시는 아버지와 연락하지 않았다.

이대로 돌아가면 그 밀실에서 벗어나기가 무척 어려우리란 것은 잘 알고 있었다. 아버지가 그녀를 애지중지하는 것은, 그녀가 딸이라서가 아니라 천재 약제사이기 때문이었다. 아버지는 그녀를 약성 장로회에 넘기지 않겠지만 그녀 때문에 약성 전체를 적으로 돌리지도 않을 것이다. 그러니 그녀를 목씨 집안에 가둬 두는 수밖에 없었다. 그녀는 도구로 전락하는 것이 싫었다. 자유가 없는 나날은 질색이었다!

"아, 칠 오라버니, 어디 계세요! 계속 이렇게 나타나지 않으면 전 굶어 죽을 거예요!"

목령아는 탄식을 내뱉으며 밀린 잠을 자기로 했다. 잠들면 허기를 느끼지 못할 수도 있어서였다. 아무리 그래도 숙박비는 남겨 두어야 했다…….

밤잠을 설친 사람, 밤새 뜬눈으로 지새운 사람도 있지만, 한운석은 날이 밝을 때까지 쿨쿨 잤다.

일곱 색 신호탄 문제는 용비야에게 맡기고 그녀는 여전히 약귀당에만 신경을 쏟았다.

원락을 손보는 일은 낙 집사가 맡았지만, 그녀가 직접 처리할 일들도 많았다. 예를 들어, 약귀당의 건축 설계도나 약재의 정가를 정하는 일, 약제사나 시동, 하인, 수비병을 고용하는 일, 약귀곡의 규정을 만드는 일등이 잔뜩 쌓여 있었다.

건축 설계도 하나만으로도 골머리를 앓기에 충분했다. 약방의 문과 창고 등은 반드시 꼼꼼히 따져 본 다음 시공해야 했다. 어쨌든 그녀가 보관할 것은 평범한 약재가 아니라 등급 약재였다.

그럴수록 조심스레 다뤄야 했고 보관 환경도 까다로웠다.

한운석이 가진 적잖은 약재는 모두 해독시스템에 넣어 자동 보관하고 있어서 지금까지는 고민할 필요가 없었는데, 순간적으로 많은 일이 닥치자 눈코 뜰 새 없이 바빴다.

몇 번인가는 너무 지쳐 움직이기도 싫은 나머지 고칠찰의 약을 모조리 꿀꺽해서 해독시스템에 넣어 버릴까 하는 나쁜 생각도 들었지만, 생각에서 끝냈다.

고칠찰을 찾아가 상의하려고도 했으나 돌이켜 보면 그자는 아무래도 믿음직스럽지 못했다. 애석하게도 당장은 고칠소와 목령아를 찾을 수가 없으니 고북월을 찾아가는 수밖에 없었다.

그날은 고북월이 한씨 집안 성 동쪽 의관에서 무료 진맥을 하는 날이었다.

한운석은 아침 댓바람에 일어나 일찌감치 성 동쪽 의관을 도우러 갔다. 일곱째 소실댁과 한운일, 침향은 오랜만에 만난 그녀를 둘러싸고 끊임없이 수다를 떨었다. 반면 고북월은 들어와서 예를 올린 뒤 진맥을 하느라 바삐 움직이기 시작했고, 하루 만에 환자 쉰여 명을 봐 주었다.

날이 어두워지고 저녁식사가 준비되었는데도 그는 몸을 뺄 수가 없었다.

"왕비마마, 고 태의께서 피곤하실 테니 그만하라 하시지요."

혁련 부인이 진지하게 말했다.

혁련 부인은 한씨 집안 일곱째 소실댁 혁련취향이었다. 이제 한씨 집안의 첩실은 그녀밖에 남지 않은 데다, 한운일이 점점 커감에 따라 모두 그녀를 부인이라 불렀다.

그녀 역시 '부인'이라는 말에 어울렸다. 처음에는 별로 나서 지 않았지만, 지금은 한씨 집안 대소사를 조리정연하게 처리하고 한운일도 잘 가르쳐 키우고 있었다.

한운석은 고북월의 차분하고 창백한 얼굴을 보자 마음이 아팠지만, 가서 권유해도 소용없다는 것을 알고 있었다.

고북월은 한 달 중 정해진 시간에 의관에 와서 진맥을 했는데, 대부분 난치병 환자들이 그를 기다렸고 줄도 길었다. 오늘 다 진맥하지 못하면 다시 한 달을 기다려야 했다.

의원인 그는 환자에게 있어 한 달이 어떤 의미인지 잘 알고 있었다. 그래서 매번 줄 선 사람들을 모두 진맥해 주었다.

한운석이 할 수 있는 일은 의관 사람들에게 대기자 수를 제한하게 하는 것뿐이었다.

"약귀당이 지어지면 명의들을 끌어들일 수 있을 거예요. 그때 약귀곡의 약을 제공하고 의관에서 무료 진맥을 하게 해야겠어요."

한운석이 차분하게 말했다.

그 말을 듣자 한운일이 나섰다.

"누나, 나도 의학원에서 가서 의품 시험을 볼래요! 돌아와서 북월 형님을 도울 거예요!"

1년 남짓 《한씨의전》을 익히고 고북월의 가르침까지 받은 덕에 실제로 한운일의 의술은 의관을 차린 의원 못지않았다. 다만 정식으로 자격을 받지 못했고 의품이 없어서 환자들이 함부로 진맥을 청하지 못하는 것뿐이었다.

"다음에 네가 좋아하는 북월 형님에게 시간이 나면 먼저 그쪽 시험부터 봐."

한운석이 웃으며 말했다.

"누나, 북월 형님은 벌써 오품 신의인데 언제 의종으로 승급해요?"

한운일이 진지하게 물었다.

한운석은 동생의 조그마한 귀를 꼬집으며 웃었다.

"북월 형님은 그런 건 관심 없어."

"왜요?"

한운일은 이해가 가지 않았다.

한운석도 그저 농담한 것뿐이지만, 마침 맞은편에서 오던 고북월이 그 말을 듣고 빙그레 웃으며 말했다.

"관심이 없는 게 아니라 아직은 스스로 일파를 만들 능력이 없기 때문이란다."

한운일이 계속 물으려고 했지만 혁련 부인이 막았다.

"애야, 그렇게 끊임없이 물어대면 안 된다. 무례한 행동이야."

이렇게 말한 그녀는 황급히 한운석과 고북월을 불러들여 저녁식사를 대접했다.

매달 이 시간, 이곳에서만 모두 신분과 존귀함을 내려놓고 함께 둘러앉아 밥을 먹었다.

식사가 끝나자 한운석은 약귀당 설계도를 고북월에게 건넸다.

"고 태의, 고칠 곳이 있는지 봐 줘요. 특히 창고 쪽이요."

고북월은 진지하게 살펴본 후 몇 가지 의견을 냈고, 마지막에 이렇게 말했다.

"왕비마마, 약방을 크게 확장하려면 약귀곡의 등급 약재만으로는 어려울 것입니다. 그렇게 되면 고급품만 다루는 곳이 될 수밖에 없지요."

한운석은 마음이 편안해졌다. 고북월은 워낙 총명해서 한마디로 그녀가 며칠째 가장 걱정하던 점을 짚어 낸 것이다.

약귀당을 열어 등급 약재를 파는 것도 목적이지만, 또 다른 목적은 약귀당을 확장해 운공대륙 전체에 분점을 세우고 의약계에 한자리 차지하는 것이었다.

약귀곡의 등급 약재는 여러 등급 중 중상품인데, 진짜 시장을 좌우하는 것은 등급 중에서 하품 약재였다. 그런 약재는 기본적으로 약성이 장악하고 있었다.

그러니 일단 약귀당을 연 뒤 맞닥뜨리게 될 문제는 바로 공급원이었다.

한운석은 잠시 망설이다가 말했다.

"약귀당이 약귀의 이름으로 장사를 하면 아마 약성은 우리에게 물건을 공급하지 않으려 하겠죠?"

고북월은 웃음을 지었다.

"왕비마마, 마마를 도와줄 사람이 한 명 있습니다."

"누구죠?"

한운석으로서는 정말이지 생각이 나지 않았다. 설사 용비야와 왕공이 개인적인 교분이 있다 해도, 왕씨 집안에서 무턱대고 도울 수 있는 일이 아니었다.

"운공상인협회 회장, 구양영락입니다."

고북월이 대답했다.

약을 악으로 상대하겠다는 거군요

구양영락!

고북월이 꺼내지 않았다면 하마터면 까맣게 잊을 뻔한 이름이었다. 지난번 어주도에서 처음 만났을 때 받은 그의 첫인상은 바로 '철면피'였다!

어주도에서 그는 분명 군역사와 손잡고 천녕국의 기근을 틈타 큰돈을 벌어들이려고 했는데, 나중에 군역사가 갇히자 그 자리에서 안면을 싹 바꾸고 용비야의 배를 타고 돌아갔다.

결론적으로 이익을 최고로 치고 절개라곤 없는 자였다. 그렇지만 상인이란 모두 그렇지 않나? 하물며 구양영락 같은 대상인이라면 말이다.

좋은 인상을 받지는 못했지만, 그 인상이 그와 손잡는 일에 영향을 주지는 않았다.

한운석은 약성에서 구양영락이 꽤 알아주는 인물임을 알고 있었다.

약성 삼대 명가와 군소 약재 집안들은 약재를 기르는 데 정통했지만 매매에는 능숙하지 못했다. 그들 대부분은 약재상을 통해 운공대륙 각지의 대형 약재 시장이나 소규모 점포에 팔았다.

운공상인협회의 약재상은 힘이 최강이었다. 그들은 약성 삼대 명가와 힘을 합쳐 잘 팔리는 약재 품목을 대부분 장악했다.

한운석이 다루려는 등급 약재는 어떤 약재상과도 계약을 맺지 않아 아직 약성 장로회에 권한이 있지만, 구양영락이 나서서 장로회와 이야기해 준다면 희망이 있을 수도 있었다.

"그자와 이야기할 방법을 생각해 봐야겠어요. 그리고 이 일은 소문나면 안 돼요."

한운석이 진지하게 말했다.

"마침 며칠 후면 황궁 어약방에서 연간 구매 목록 초안이 나옵니다. 구양영락이 직접 다녀가니 소관이 마마를 위해 줄을 놓아 보지요."

고북월이 말했다.

한운석은 무척 기뻐했고, 그 일은 이렇게 즐겁게 결정이 났다.

왕부로 돌아온 후 한운석은 용비야에게 이 이야기를 해 주었는데, 용비야는 고개만 끄덕일 뿐 별다른 의견이 없었다.

한운석은 또 고칠찰에게 서신을 써서 이 일을 설명했다. 어쨌든 약귀당에서 벌어질 장사이니 고칠찰도 알 권리가 있었다.

고칠찰은 곧바로 답신을 보내왔는데 역시 이견이 없었다.

그런데 고북월이 구양영락과 약속을 잡고, 한운석이 준비를 마친 후 처음으로 사업 논의를 하러 갈 때가 되자 용비야와 고칠찰 모두 따라오겠다고 했다.

이렇게 해서 한운석은 용비야, 고북월, 고칠찰 세 사람과 동행한 채 구양영락 앞에 나타났다.

이를 본 구양영락은 눈이 휘둥그레졌다. 고북월과 한운석만 올 줄 알았지, 고칠찰 같은 괴물은 생각지도 않았고, 특히 날마다 바쁜 진왕 전하가 올 줄은 짐작도 하지 못했다.

놀라기는 했지만, 구양영락은 곧 정신을 차리고 일어나 읍을 했다.

비록 군역사가 북려국에서 그의 장사를 틀어막긴 했지만 그리 큰 영향은 주지 못했다. 어주도에서 처음 만났을 때와 마찬가지로 백의를 걸친 그는 기품이 넘쳤다.

"진왕 전하, 왕비마마. 어주도에서 헤어진 후 오랫동안 뵙지 못해 무척 그리워하던 차였습니다. 약귀 대인, 우리도 2년 넘도록 만나지 못했지요."

이 두 사람에 비해 태의원 수석 어의인 고북월은 평범한 사람이었으니 구양영락도 제일 마지막에 그에게 인사했지만 그래도 우호적이고 겸손한 태도였다.

"고 태의, 잘 지내셨습니까?"

이자는 적 앞이라 해도 늘 이렇게 예의를 갖추며 미소를 띨 사람이었다.

고북월이 황급히 읍을 했다.

"구양 회장 덕분에 잘 지냅니다."

용비야와 한운석은 이런 허식을 좋아하지 않아서 고개만 끄덕였고, 고칠찰은 구양영락에게는 눈길도 주지 않고 일찌감치 편안한 자리를 골라 앉아 차를 마시고 있었다.

구양영락은 그를 흘낏 바라보았지만 따지지 않고 재빨리 사람들에게 자리를 권했다.

고북월이 등급 약재 건을 대략 말해 놓았기 때문에 한운석이 곧바로 입을 열었다.

"구양 회장이 이 자리에 나온 걸 보면 이번 일에 흥미가 있는 모양이군요. 그리고…… 자신도 있겠죠?"

조금 전 만해도 공손하고 말이 잘 통할 것 같은 모습이던 구양영락이 이번에는 눈을 찌푸리며 곤란한 표정을 했다.

이 자리에는 모두 영리한 이들만 있었으니 이자가 정말 곤란했다면 직접 거절했지 이곳에 나오지 않았으리라는 것은 훤히 알고 있었다.

한운석이 말하기도 전에 참을성 없는 용비야가 물었다.

"왜, 자신이 없는가?"

"자신이 없는 것은 아니지만, 아무래도 이 일은…… 어렵습니다."

구양영락이 탄식하며 말했다.

용비야는 차갑게 말했다.

"어려운지 아닌지는 그쪽 문제다. 할 수 있다면 계속 이야기할 것이고, 할 수 없다면 말해 봤자 헛수고지."

한운석은 기가 막혀 입꼬리를 실룩였다.

이봐요, 진왕 전하. 담판을 하러 오긴 했지만 우린 내세울 게 없다고요. 어떤 면에서는 저 사람 도움을 청하러 온 거라고 볼 수 있단 말이에요.

그런데 그렇게 강압적으로 나가서 되겠어요?

약간 에둘러 갈 생각이었던 구양영락이지만 하는 수 없었다. 용비야를 만난 이상 간결하게 하는 수밖에.

"진왕 전하, 솔직히 말씀드려서 등급 약재 건은 저도 2, 3년째 노리고 있지만 애석하게도 여태 손에 넣지 못했습니다. 제가 오늘 나온 것은 전하와 왕비마마께 어떤 연줄이 있는지 보고 함께 논의하기 위해서지요."

"본 왕에게 연줄이 없다면?"

용비야가 물었다.

구양영락이 얻지 못하는 것을 그가 무슨 수로 얻을 수 있을까? 그와 약성 왕씨 집안의 개인적인 교분은 알려지지 않았기 때문에 그는 공개적으로 약성에 아무런 연줄도 없었다.

구양영락이 알면서도 이야기를 하러 온 것은 필시 다른 목적이 있어서였다.

구양영락은 망설였다.

"그렇다면……. 아무래도 어렵겠군요."

한운석이 구양영락의 이 태도가 무슨 의미인지 고민하고 있을 때 옆에서 차를 마시던 고칠찰이 갑자기 '쾅' 하고 찻잔을 힘껏 내려놓았다.

모두 깜짝 놀라 그쪽을 바라보았다.

고칠찰은 태연자약하게 기지개를 켰다.

"못 하겠거든 그만 헤어지지. 이곳 차는 도저히 마셔 줄 수가 없군!"

구양영락이 해명하려는데 어느새 용비야도 일어나 한운석의 앞머리를 쓰다듬으며 말했다.

"가자."

고북월은 눈동자에 웃음기를 머금은 채 아무 말 하지 않았다.

결코 변치 않을 것 같던 구양영락의 웃는 얼굴도 마침내 굳어졌다. 고북월이 그에게 이야기를 꺼냈을 때 그는 이미 결심을 내렸고, 계획을 잘 세운 다음에야 한운석을 만나러 왔다.

본래는 절대 못 한다고 우겨 한운석을 실망하게 한 다음 구원의 손길을 뻗음으로써 그녀를 싹싹 빌게 만들 속셈이었다.

이 일에서 한운석은 내세울 게 없으니 협력이 칠 푼, 부탁이 삼 푼이라고 볼 수 있었다. 만약 이를 완전한 부탁으로 만들 수 있다면 한운석은 그가 내미는 조건을 그대로 받아들여야 했고 흥정할 여지조차 없었다.

그런데 어쩌나. 사람의 헤아림은 하늘의 헤아림을 따르지 못하는 법이었다. 구양영락은 이 여자가 용비야와 고칠찰을 데려올 줄 전혀 몰랐고, 이 여자는 처음부터 끝까지 단 한마디만 했는데 협상이 결렬될 줄은 더더욱 몰랐다.

한운석도 바보가 아니어서 일찌감치 눈치를 챘다. 그녀는 손을 뻗어 앞머리를 쓰다듬는 용비야의 손을 잡으며 따라 일어났다.

그리고 그녀가 먼저 용비야 손을 잡아끌자 용비야도 시킨 대로 따라갔다.

동작이 너무 자연스러워서 두 사람이 이런 행동에 무척 익숙해져 있는 것 같았다.

고칠찰과 고북월 모두 그 모습을 보았는데, 한 사람은 뚫어져라 노려보았고 한 사람은 빙그레 웃으면서 시선을 돌렸다.

고칠찰도 일어나자 당연히 고북월도 앉아 있을 수 없어 따라 일어났다. 그렇게 되자 마침내 구양영락도 가만있지 못했다.

"진왕 전하. 제게 방법이 하나 있습니다만 해 볼 용기가 있으신지 모르겠군요."

"말해 보게."

용비야는 놀라지도 않았다.

구양영락이 목소리를 낮추었다.

"천역 암시장입니다!"

한운석은 의아했다.

"내가 필요한 건 등급 약재 중 하품이에요. 어떻게 그게 천역 암시장에 있죠?"

암시장의 등급 약재는 대부분 약성 사람이 몰래 빼내 판 것으로, 수량도 많지 않고 대부분 등급 약재 중에서도 상품이었다.

"암시장에는 없습니다, 다만 암시장 사람 쪽에 연줄이 있지요."

구양영락의 웃음 띤 얼굴에 드디어 교활한 표정이 어렸다.

한운석은 그래도 이해가 가지 않았지만, 용비야가 냉소를 지었다.

"구양영락, 그 말은 너를 찾을 필요 없이 직접 암시장에 가서 그 연줄을 찾으라는 건가?"

용비야는 보란 듯이 시비를 걸었지만, 구양영락은 웃으며 말했다.

"암시장에 있는 연줄을 그리 쉽게 찾을 수야 없지요. 아무 이유도 없이 누가 전하께 다리를 놓아 주고 자기 장사를 망치려

하겠습니까?"

"그러니까……."

용비야의 말이 끝나기도 전에 고칠찰이 먼저 화를 터트렸다.

"그러니까 무슨 개소리가 그렇게 많아! 대체 하고 싶은 말이 뭐냐?"

용비야는 말을 잇지 않았고 한운석과 고북월도 입을 다물었다.

갑자기 민망해진 구양영락이 헛기침을 몇 번 했다.

"자자, 일단 모두 앉으시지요. 천천히 상의해야 하는 일입니다."

그렇지만 아무도 앉지 않았다.

구양영락은 상인협회장 자리에 앉은 이래 중대한 협상을 백 번 가까이 했지만, 이렇게 주도권을 잃고 이렇게 완벽하게 몰린 적은 한 번도 없었다.

아무도 앉지 않는데 어쩌나? 그는 별수 없이 솔직히 털어놓았다.

"천역 암시장에는 양대 거물이 있습니다. 그들이 암시장의 모든 사업을 양분하고 있는데, 그중 장손택림長孫澤林이라는 자는 아주 신중한 자입니다. 천역 암시장의 약재 거래는 모두 그가 쥐고 있습니다. 그자와 약성 삼대 명가의 도련님들은 연중 내내 손을 잡고 약재 가격을 올려 구매자를 속여 먹지요. 그자를 손에 넣어 삼대 명가의 약점을 잡으면 담판을 할 판돈이 부족하지는 않을 겁니다."

이 말에 한운석이 웃음을 지었다.

"그러니까 당신이 말한 방법이란 바로 악을 악으로 상대하겠다는 거군요!"

약성 삼대 명가는 모두 대가족이었다. 식구가 많고 사업도 크지만, 상품의 등급 약재를 남몰래 천역 암시장에 고가로 팔아 투기하려면 가족 중에서도 지위가 꽤 높은 적자가 나서야 했다. 나아가 그들이 이런 짓을 했다는 건 가주들도 묵인했다는 의미였다. 어쨌거나 그런 장사는 수입이 워낙 크기 때문이었다.

이런 일이 백일하에 드러나면 약성 삼대 명가의 명성에 지대한 영향을 미칠 것이니, 증거만 손에 넣는다면 이를 무기로 하품의 등급 약재를 팔도록 약성을 협박할 수 있었다.

요컨대 구양영락은 약성과 협상하지 않고 협박을 하자는 뜻이었다!

"왕비마마, 그렇게 듣기 흉한 말씀은 마십시오. 우리가 이렇게 하는 것은 다 수많은 환자들을 위해서가 아닙니까? 목적만 고상하다면 과정이야 다소 비겁한들 어떻습니까?"

구양영락이 싱글거리며 말했다.

"그래서 무료로 도울 셈인가?"

용비야가 눈썹을 치키며 물었다.

"진왕 전하께서 장손택림을 잡아오시기만 하면, 약귀당과 약성의 모든 거래 차익에서 이 몸은 한 푼도 받지 않을 것입니다!"

구양영락이 진지하게 말했다.

"천역 암시장의 또 다른 거물은 어떤 사람인가?"

용비야가 물었다.

"그건 이 몸도 잘 모릅니다. 저는 장손택림이 가진 사업에 흥미가 있을 뿐이지요."

구양영락이 웃으며 말했다.

여기까지 이야기함으로써 결국 구양영락이 이곳에 온 진짜 목적이 드러났다. 한운석은 용비야와 고칠찰의 강경한 태도가 아니었다면 저자가 자신에게 무슨 수를 썼을지, 얼마나 싹싹 벗겨 먹었을지 모른다는 생각이 들었다.

겉과 속이 다른 운석

한 푼도 안 받겠다고?

한운석은 속으로 냉소를 금치 못했다. 구양영락이 말은 시원 시원하게 하지만, 장손택림이 가진 사업은 약재 장사보다 훨씬 가치가 컸다.

이자는 그간 물량공세로 큰 사업을 적잖이 집어삼켰으니, 이 번에도 장손택림의 위기를 틈타 천역 암시장 반을 집어삼킬 생각이 분명했다.

이렇게 야심이 큰 자이니 운공상인협회의 일인자다웠다. 하지만 용비야가 장손택림을 잡을 수 있다고 어떻게 저렇게 확신할까?

용비야도 흥미를 보였다.

"본 왕이 어떻게 장손택림을 잡을 수 있는가?"

구양영락은 대답하지 않고 웃으며 말했다.

"전하께서 승낙하시고 확실한 계약서를 쓰신다면 그때 말씀 드려도 늦지 않겠지요."

과연 장사꾼답게 머리가 잘 돌아가고 신중했다!

용비야는 장사꾼이 아니지만 구양영락 못지않았다. 그가 다시 자리에 앉았다.

"어떻게 계약서를 쓸 셈인가?"

구양영락의 표정이 진지해졌다.

"이 몸은 전하를 도와 장손택림을 제거하고, 약성과 약귀당의 협력을 성사시키고, 약재 장사의 손익에 상관없이 일체 개입하지 않겠습니다. 전하께서는 장손택림의 사업에 개입하지 않으시겠지요?"

한운석이 고민해 보려는데 뜻밖에도 용비야가 생각도 해 보지 않고 승낙했다

"좋다!"

한운석의 불안감을 짐작했는지 용비야는 그녀에게 안심하라는 눈짓을 보냈다. 한운석이 웃으며 말했다.

"우리 전하께서 거래를 하실 때는 누구보다 시원시원하시죠."

한운석의 이 말은 질질 끄는 구양영락을 조롱한 것이지만, 장내에 있던 모든 이들은 '우리 전하'라는 단어에 집중했다.

용비야조차 의외라는 듯이 그녀를 바라보았다. 한운석은 너무 자연스레 말하는 바람에 자신이 방금 뭐라고 했는지 의식하지도 못했다.

고칠찰의 눈동자에는 불쾌함이 그득했고, 음침한 눈빛은 마치 먹구름이 잔뜩 낀 하늘 같았다. 고북월은 투명인간처럼 내내 고개를 숙이고 차만 마셨다.

제일 어리둥절한 사람은 구양영락이었다. 지난번 어주도에서 한운석이 팔에 찍힌 수궁사를 보여 줬으니 그들 부부가 유명무실한 사이라는 것은 분명한 사실이었다. 그런데 얼마나 지났다고 이렇게 애정이 넘치게 되었지?

방금 용비야가 한운석의 머리를 쓰다듬고 한운석이 그의 손을 끌어당긴 것은 그렇다 쳐도, 지금 이건 너무 직접적인 애정 표현이었다.

사람들이 이상한 눈빛을 보자 한운석도 이상해져 영문을 모르겠다는 눈으로 용비야를 바라보았다. 용비야는 말없이 다시 그녀의 앞머리를 쓰다듬었다.

이 부드러운 동작에는 애정이 듬뿍 담겨 있었고, 그녀의 멍한 눈동자는 순진무구하기 짝이 없었다.

조용하면서도 아름다운 순간이었다.

마침내 참다못한 고칠찰이 문을 향해 버럭 소리를 질렀다.

"점원, 지필묵을 가져와!"

구양영락이 정신을 차렸으나, 용비야는 손을 내리지 않았고 한운석 역시 그의 큰손이 주는 부드러움이 좋아 가만히 있었다.

고칠찰은 눈동자에 증오를 번뜩이며 속으로 다짐했다.

'용비야, 언젠가 내 손에 들어오면 죽을 줄 알아라!'

용비야가 이렇게 시원하게 나오자 구양영락은 도리어 불안했다. 하지만 이 조건은 고민 끝에 생각해 낸 것이고 허점은 없었다.

지필묵이 준비되자 용비야와 구양영락은 그 자리에서 계약서에 날인했다.

용비야는 인장을 찍은 후 바로 계약서를 한운석에게 주며 보관하게 하고 차갑게 물었다.

"구양영락, 이제 말할 수 있겠는가?"

구양영락은 무척 신비로운 웃음을 지어 보이더니 느긋하게 용비야에게 차를 한 잔 따라 주었다.

"진왕 전하, 손해 보는 장사는 아닐 겁니다. 이 몸이 믿을 만한 소식을 들었는데, 지난달에 장손택림이 대량의……."

여기까지 말한 뒤 구양영락은 목소리를 잔뜩 낮추고 느릿느릿 말을 이었다.

"화약을 얻었다는군요!"

화약!

용비야의 눈동자에 놀라움이 스쳤고, 한운석과 다른 이들은 모두 깜짝 놀랐다.

알다시피 화약이란 대량이 모이면 파괴력이 어마어마해서 운공대륙 각 나라에서는 화약류의 물건을 무척 엄격하게 관리했다.

각 나라의 화약 제조소는 모두 군에서 관리했고, 백성들이 쓰는 폭죽도 군에서 수량을 제한해 판매했다.

그런데 장손택림이 화약을 대량 손에 넣었고 그것이 천역 암시장에 있었다.

천역 암시장은 천녕국 도성에서 그리 멀지 않았다!

방 안이 조용해지자 구양영락은 미소를 지었다. 자신이 가진 이 패가 제법 무게가 나간다는 것은 알고 있었다.

"장손택림이 어디서 그만한 화약을 구했지? 화약을 누구에게 팔려는 걸까?"

중얼거리던 한운석은 곧 상황이 나쁘다는 것을 깨달았다.

"장손택림은 화약을 팔려는 것이 아닐 거예요. 누군가 그가 가진 암시장의 연줄을 통해 화약을 천녕국에 밀반입한 거예요! 그것도 도성 가까이에!"

"과연 왕비마마이십니다. 정말 총명하시군요."

구양영락이 칭찬했다.

"누구죠?"

한운석이 진지하게 물었다. 그자는 상당히 무시무시한 목적을 가지고 있는 게 분명했다.

구양영락은 뜸을 들이려는 듯했지만, 용비야가 차갑게 내뱉었다.

"초씨 집안!"

"진왕 전하는 더욱더 총명하시군요! 하하하!"

구양영락은 속으로 탄복했다. 진왕은 조정 일에 간섭하지 않고 당쟁에도 끼어들지 않는 것 같지만, 천녕국 조정의 모든 것을 손바닥 들여다보듯 훤히 알고 있었다!

용비야가 말하지 않았다면 아무도 짐작하지 못했겠지만, 일단 그의 말이 떨어지자 다들 아주 뜻밖이라고 생각하지는 않았다.

운공대륙 세 나라 모두 군이 화약을 맡았다. 천녕국의 세 군대, 목 대장군부와 백리 대장군부, 그리고 멀리 변경에 있는 영 대장군부 모두 엄청난 위험을 무릅써 가며 천역 암시장에 화약을 보낼 리 없었다.

북려국과 서주국 중 서주국 초씨 집안의 혐의가 제일 큰 것은 의심할 바 없었다. 서주국 초씨 집안은 본래 군인 집안인 데다 얼마 전 초청가가 화친으로 천녕국에 왔다. 초씨 집안의 대표로서 황후 자리를 노리고 온 것이다.

목 대장군부는 천녕국 보병을 장악하고 있을 뿐 아니라 소장군 목청무가 도성의 십만 금군을 이끌고 있으니, 천녕국 도성의 안전은 목청무의 손에 달렸다고 할 수 있었다. 그리고 목청무는 태자파였다.

나중에 천휘황제에게 뜻밖의 일이 생기면 황위를 얻으려는 각 세력들이 정변을 일으켜 황성을 손에 넣고 도성을 제압해 기반을 다지려 할 것이다. 초청가도 그에 대비해 한 수를 남겨 두려 할 것은 당연했다.

암시장에 화약을 보관할 생각을 하다니, 보통 머리가 아니었다.

물론 용비야든 한운석이든 이 방법이 절대 초청가 머리에서 나온 생각이 아니라는 것은 짐작할 수 있었다. 아무래도 초청가의 화친에 초씨 집안이 적잖은 준비를 해 둔 모양이었다.

한운석은 불현듯 소소옥을 떠올렸다. 최근 용비야가 뭔가 알아냈는지 어떤지 궁금했지만 사람들 앞에서 물을 수는 없었다.

"진왕 전하, 이 몸이 가져온 소식이 제법 가치가 있을 겁니다."

구양영락이 웃으며 말했다.

용비야는 대범하게 고개를 끄덕였다.

"확실히 가치가 있군!"

암시장의 세력은 복잡했고 연루된 곳도 방대했다. 조정이 줄곧 암시장의 존재를 묵인한 것은 정면충돌하는 것을 원치 않아서였지만, 사사로이 화약을 모아 놓고 도성의 안전을 위협하는 이런 일은 제아무리 연루된 사람이 많고 영향력이 크다한들 천휘황제는 절대로 관용을 베풀거나 가만히 놔두지 않을 것이다!

일은 이렇게 결정되었다. 하지만 구양영락이 가져온 소식이 거짓일 리는 없어도 지금은 증거가 부족했다!

왕부로 돌아온 후 한운석과 용비야는 즉시 천역 암시장으로 갈 준비를 했다. 그런데 출발하려고 보니 고칠찰이 여전히 진 왕부 대문 앞에 앉아 있었다.

"안 갔어요?"

한운석이 의아해하며 물었다.

차루에서 나온 뒤 모두 흩어졌기에 이자도 약귀곡으로 돌아간 줄 알았던 것이다.

용비야는 고칠찰의 대답을 기다리지도 않고 한운석을 데리고 마차에 올랐다. 고칠찰이 훌쩍 몸을 날려 말에 오르며 말했다.

"약귀당 절반은 이 몸 것이니 약귀당 일에는 당연히 이 몸도 나서야지!"

허 참, 한운석이 약귀곡 절반을 빼앗은 걸 이득이라고 해야 할까 손해라고 해야 할까?

용비야는 썩 좋아하지 않는 눈빛이었지만 별말 하지 않았다. 지난번 약귀곡에서 돌아온 후 고칠찰을 봐주는 일이 꽤 많아진 것 같았다.

당연히 한운석도 그렇게 느꼈지만 이 인간이 어떤 일이나 어떤 사람을 봐줄 때는 필시 그만한 속셈이 있기 때문이라는 것은 아직 알아차리지 못했다. 물론 그녀는 예외지만.

이렇게 해서 고칠찰은 용비야와 한운석의 마차를 따라 성을 나섰다.

성 밖 전답을 가로질러 마차가 숲에 막 접어들자 주변에서 격렬한 싸움 소리가 들려왔다.

쓸데없는 일에 대해서라면 용비야과 고칠찰의 태도는 똑같았다. 두 사람 다 쓸데없는 일에 나서는 성격이 아니어서 싸움 소리가 무척 가까이서 들리는데도 못 들은 척 계속 앞으로만 나아갔다.

그런데 뜻밖에도 오래지 않아 등 뒤에서 또랑또랑한 목소리가 들려왔다.

"다 큰 남자 다섯이 나같이 연약한 여자 하나를 괴롭히다니 부끄럽지도 않느냐? 실력이 있으면 하나씩 덤벼라, 일대일로 싸우자!"

한운석은 깜짝 놀랐다.

"멈춰요! 마차를 멈춰!"

고칠찰이 말을 세우고 고개를 돌리자, 아담한 그림자 하나가 숲속에서 길 쪽으로 굴러 나왔다. 뒤이어 우락부락한 사내 다섯이 쫓아왔는데 하나같이 큰칼을 들었고 길가는 행인을 약탈하는 도적떼 같은 차림을 하고 있었다.

그들은 곧 여자를 포위했다. 그중 한명이 음탕하게 웃으며 말했다.

"하나씩 덤비라고? 좋지. 형제들, 누가 먼저 할래?"

"흥! 더러운 놈들!"

여자가 사내의 얼굴에 침을 탁 뱉자 그가 화를 내며 칼을 내리찍었고 다른 네 사람도 동시에 칼을 휘두르며 덤벼들었다. 그들 다섯은 우락부락해 보였지만 동작은 전혀 굼뜨지 않았고, 칼도 마구잡이로 휘두르는 것이 아니라 초식이 있었다. 분명히 무공이 제법 쓸 만한 자들이었다.

여자도 무공을 조금 할 줄 알았지만 다섯이 연합하자 도저히 적수가 되지 못해, 몇 초 만에 피하기에 급급한 처지가 되어 아예 공격은 하지도 못했다.

곧 포위망이 점점 좁아져 여자는 달아날 수도 없게 되었다.

이쪽에서는 용비야가 마차 가리개를 걷고 차가운 시선으로 내다보았고, 고칠찰은 여전히 말 위에서 방관할 뿐 한운석 혼자만 초조해하고 있었다. 정말이지 그녀는 무척 초조했다.

왜냐하면 그 여자가 다름 아닌 목령아였기 때문이었다!

"전하, 무기는 봐주는 법이 없으니 어서 구해 주세요!"

한운석이 초조하게 용비야의 소맷자락을 잡아당겼다.

용비야가 목령아에 대해 기억하는 것은 두 가지뿐이었다. 첫째는 갱에서 한운석을 밀어낸 것이고 두 번째는 마차를 가로막고 한운석에게 욕을 퍼부은 것이었다. 그런 여자를 구해 주고 싶은 마음은 전혀 없었다.

한운석이 초조해하자 고칠찰은 즐거워했다.

"이봐, 좋게 말해 주면 내가 구해 주지, 어떠냐?"

한운석은 그를 흘겨보고는 다시 용비야에게 부탁하려고 했다. 그런데 그때 멀지 않은 곳에 있는 목령아가 막다른 곳까지 몰려 쓰러지고 말았다.

다급해진 한운석은 그제야 자신이 가진 암기를 떠올렸다. 그녀는 곧바로 이화루우를 썼다. 쉭쉭쉭 소리와 함께 날아간 금침은 모두 도적들의 급소를 찔렀다.

도적들이 하나둘 쓰러지자 목령아는 떨어지는 큰칼을 허둥지둥 피했다. 그제야 주위에 누군가 있다는 것을 알아차린 그녀가 의아한 눈으로 그쪽을 돌아보았다.

"한운석?"

그녀는 몹시 놀라하면서도 옆에 있는 고칠찰을 발견했다.

한운석은 가소롭다는 표정으로 일부러 더 차갑게 말했다.

"너였구나. 알았다면 도와주지 않았을 텐데!"

말을 마친 그녀는 곧장 마차에 올랐다. 그녀와 목령아의 사이는 좋은지 나쁜지 명확히 설명할 수 없지만, 어쨌든 위급한 사람을 보고도 도와주지 않을 수는 없었다.

격장지계, 울고 싶어도 눈물이 안 나

　목령아도 한운석의 도움을 받은 것이 민망했지만 이런 말을 듣자 부끄럽다 못해 화가 났다.

　"누가 구해 달래? 쓸데없이 나서 놓고!"

　한운석은 바쁜 일이 있어 말싸움을 하고 싶지 않았다. 하지만 목령아가 또다시 마차 앞을 가로막고 가지 못하게 했다.

　고칠찰은 던지려고 했었던 암기를 소리 없이 거두고는 마치 급히 떠날 생각이 없는 사람처럼 바싹 야윈 손가락으로 장난을 쳤다.

　하지만 용비야의 인내심에는 한계가 있었다. 그가 낮은 소리로 마부에게 명령했다.

　"어서 가지 않고 뭘 하느냐!"

　분노에 찬 목소리가 작지 않아서 당연히 목령아도 들었다. 용비야에 대해서는 아무래도 두려움을 품고 있는 그녀가 황급히 말했다.

　"기다려, 한운석. 한 가지 물어볼 게 있어!"

　한운석도 화를 냈다.

　"마지막으로 말하지만 벙어리 노파는 우리가 가두지 않았다!"

　뜻밖에도 목령아는 그녀를 한참 바라보다가 조용히 물었다.

　"우리 칠 오라버니가 어디 있는지 알아?"

그녀는 숙박비마저 떨어져 산에 와서 약초를 캐던 중이었다. 혹시 약방에 팔아 돈을 만들 만한 약초를 찾을 수 있을까 해서였는데 뜻밖에도 돈 되는 약초는 찾지도 못하고 도리어 도적떼와 마주친 것이다.

야생 약초는 널렸지만 모두 값이 나가지 않는 것들이어서 큰 광주리 가득 캐어 간들 반나절 치 숙박비도 안 되었다. 알다시피 그녀가 묵는 주루는 천녕국 도성에서 가장 비싼 곳이었다.

은자는 둘째 치고, 아버지의 서신도 문제였다. 그제와 어제 잇달아 돌아오라고 재촉하는 서신이 왔는데 전보다 훨씬 강경해진 태도였다. 칠 오라버니가 계속 나타나지 않으면 어떻게 해야 할지 알 수가 없었다.

집을 떠나 천하를 떠돌기로 마음먹었지만, 함께 천하를 떠돌아줄 사람은 미적거리며 나타날 줄을 몰랐다.

목령아의 실망한 눈빛을 보자 뜻밖에 한운석도 마음이 아파졌다. 그녀는 자기 머리가 어떻게 된 건 아닐까 의심스러울 지경이었다. 자신을 동굴 밖으로 밀고, 하지도 않은 일로 욕을 퍼붓는 저 못된 계집애를 뭐 하러 마음 아파한담?

한운석 역시 고칠소를 찾고 있었다! 그 요물이 어디로 갔는지 누가 알까.

"너희 칠 오라버니가 누군지 난 모른다. 엉뚱한 사람한테 묻지 마라."

한운석이 퉁명스레 대답했다.

그 말을 들은 고칠찰의 손가락이 눈에 띄게 움찔했지만 곧 본래대로 돌아갔다. 그는 고개를 돌리고 못 들은 척했다.

하지만 목령아는 화를 냈다.

"칠 오라버니가 너한테 그렇게 잘해 줬는데 모른다니! 어떻게 그럴 수가 있어?"

그 말에 한운석은 등골이 서늘해지는 느낌이었다. 용비야의 표정을 상상하기조차 두려웠다. 저 못된 계집애가 아주 고칠소를 죽이기로 작정했군!

고칠소가 그녀에게 잘해 준 것은 맞지만, 목령아 말처럼 '그렇게 잘해 준' 것은 아니었다. 그는 만날 때마다 진지한 구석이라고는 없이 입만 열면 경박한 거짓말을 일삼았다. 그녀가 이미 혼인한 여자가 아니라 미혼녀라고 해도 그렇게 대해서는 안 되었다!

"정말 모르는 사람이다. 어디 있는지도 모르고! 비켜!"

한운석이 사정없이 말했다.

목령아는 문득 벙어리 노파 건을 제일 먼저 의심한 사람이 칠 오라버니라고 한운석에게 말해 주고 싶어졌다. 하지만 다시 생각해 보니 부적절한 것 같아서 별수 없이 물러났다.

한운석은 마차로 돌아가다가 다시 걸음을 멈추고 도발을 걸었다.

"목령아, 듣자니 너는 약성에서 유사 이래 가장 천부적인 소질을 가진 약제사라지? 우리 약귀당에 도전할 용기가 있어?"

도전?

마차 안에 있던 용비야도, 뒤를 따르던 고칠찰도 고개를 갸웃했다. 무슨 도전을 하라는 걸까?

그렇지만 목령아가 파악한 요점은 '용기'라는 말이었다. 그녀가 가장 약한 것이 바로 격장지계激將之計(약을 올리거나 감정을 자극해 이성을 잃게 하는 계책)였다.

"무슨 도전인지 얼마든지 말해 봐!"

그녀가 오만하게 대답했다.

한운석은 속으로 기뻐했다. 본래 고칠소를 찾아가 그녀가 약귀당에 오도록 설득시킬 생각이었는데, 오늘 보니 고칠소가 찾아오기를 기다리느니 직접 목령아를 찾는 편이 나아 보였다.

사실대로 말한다면 이 계집애는 거절에다 덤으로 욕까지 얹어주겠지만, 이렇게 도발하면 효과가 달랐다.

한운석은 일부러 가소로운 척했다.

"능력은 그저 그런데 말투는 호기롭군!"

목령아는 즉시 화르르 끓어올랐다.

"한운석, 분명히 약제술에 도전하라고 할 생각이잖아. 내가 약을 짓는 것을 본 적도 없는데 무슨 근거로 마음대로 평가하는 거야?"

목령아는 오만하지는 않아도 이런 중상모략을 무척 싫어했다.

"좋아, 좋아. 그럼 약귀당이 문을 여는 날 약귀 대인께 도전해서 얼마나 잘하는지 내게 보여 줘."

한운석이 이렇게 말하자 그 자리에 있던 모두가 당황했다. 하지만 그녀는 웃으며 말을 이었다.

"네가 이기면 뭐든 요구해라. 만약 진다면……. 후훗, 그래도 뭐든 요구해도 좋아. 어쨌든 난 그저 네 솜씨를 보고 싶을 뿐이니까."

"뭐라고? 나더러 약귀 대인에게 도전하라고?"

이번에도 목령아는 요점을 정확히 파악했다.

마차 안에 있던 용비야의 입꼬리는 보기 좋은 웃음을 머금었고, 고칠찰은 참지 못하고 '흐흐' 괴소를 흘렸다.

한운석, 오냐, 한운석. 역시 네가 제일 나쁘구나!

목령아는 약성의 천재 약제사로, 하늘이 내린 재능을 가졌고 앞길도 창창했다. 하지만 아무리 그래도 고칠찰과 나란히 거론할 수는 없었다!

의성에서 쫓겨났다는 점과 약을 쌓아 놓고 팔지 않는다는 악명만 아니라면, 약학계에서는 일찌감치 고칠찰을 종사로 떠받들었을 것이다.

"그래, 약귀 대인에게 도전하는 거다."

한운석은 자못 진지했다.

목령아가 말을 꺼내려는데 고칠찰이 그보다 더 큰 소리로 웃음을 터트렸다.

"크하하, 담력도 있고 식견도 있군! 마음에 들어! 꼬마, 지금까지 한운석을 제외하면 감히 이 몸에게 도전한 자는 아무도 없다. 네가 처음인 셈이지!"

목령아는 울고 싶었지만 눈물도 나오지 않았다. 어쩌다 일이 이 지경이 되었을까? 그녀가 아무리 기세를 부려도 약귀 대인에게 도전할 용기는 없었다.

이 일이 소문나면 사람들이 그녀의 용기에 감탄하기는커녕 주제도 모른다고 비웃기만 할 것이다.

목령아의 난처한 표정을 본 한운석이 입가에 비웃음을 떠올리며 말했다.

"약귀 대인, 아무래도 그만둬야겠군요. 농담이 과했어요!"

"농담? 난 또 정말 하려는 줄 알았지! 흥, 시시하군!"

고칠찰은 더욱더 가소롭게 말했다.

이 말이 몹시 귀에 거슬린 목령아는 어디서 그런 용기가 났는지 진짜 승낙하고 말았다.

"좋아! 반드시 가겠어!"

지는 게 부끄러운 게 아니라 용기가 없어 도전하는 게 제일 부끄러운 일이라는 것이 그녀의 생각이었다.

"좋아, 기다리지!"

한운석은 무척 기뻐했다.

드디어 목령아가 길을 비켜 주었다. 한운석이 마차 안으로 들어가자 그제야 그녀가 말했다.

"한운석, 칠 오라버니를 만나면……. 부디 말 좀 전해 줘. 내가 찾고 있다고!"

한운석은 대답하지 않으려고 했지만 결국 모질게 굴지 못하고 대답했다.

"그러지!"

그녀는 남몰래 탄식했다. 목령아가 고칠소를 좋아하는 것은 복일까, 화일까? 인연일까, 전생의 빚일까? 옳을까, 그를까?

감정이라는 것은 스스로 기꺼이 원해야만 생기는 건데, 잘잘못이나 옳고 그름이 어디 있을까!

마차는 점점 멀어졌고 점점 빨라졌다.

용비야는 다시 책을 펼쳤지만 얼마 보지 못하고 물었다.

"비밀 시위에게 들으니 얼마 전에 고칠소가 너를 찾아 왕부로 왔다지?"

한운석은 깜짝 놀랐다. 왕부에 일어나는 일은 역시 이 인간의 눈을 속일 수 없었다.

"네, 손님으로요."

한운석은 솔직히 인정했다.

뜻밖에도 용비야는 화내지 않고 다시 물었다.

"무슨 일로 찾아왔느냐?"

한운석은 의아했다. 지난번 용비야는 한 번만 더 고칠소와 어울리면 고칠소의 다리를 부러뜨리겠다고 경고한 적이 있었다.

그런데 지금 상황을 보니 자신이 한 말을 잊은 것 같았다.

하지만 '고칠소와 어울리는 것'과 '고칠소가 손님으로 온 것'은 다른 일인 셈이니 같이 놓고 볼 수 없을 수도 있었다. 한운석은 순전히 자기만의 바람으로, 이런 일에서는 역시 용비야가 사리에 밝구나 생각했다.

그래서 그녀는 더욱 솔직하게 말했다.

"뭘 주려고요……."

용비야는 비록 화를 내지 않았지만 계속해서 물었다.

"뭘?"

한운석은 웃음을 지었다.

"바닷가재를 가져왔지 뭐예요. 그 사람도 어주도에 갔었나 봐요."

"받았느냐?"

"아뇨……."

사실 한운석은 지금도 바닷가재라는 말만 듣기만 하면 위가 뒤틀린다고 말하고 싶었다.

"그것뿐이냐?"

"그리고 찻잎도 한 통 가져왔어요. 남산홍이요."

"진품이냐?"

"몰라요."

"천향차원이 봉쇄된 지가 거의 2년째인데, 남산홍이 어디서 났지?"

"차 씨앗이 있어서 다른 곳에 심었다더군요."

용비야는 생각에 잠긴 듯 고개를 끄덕이더니 다시 물었다.

"아무 이유 없이 무엇 때문에 네게 바닷가재와 차를 줬느냐?"

고칠소의 말에 따르면 바닷가재는 몸보신하라고 가져왔다고 했다. 그리고 찻잎은 순전히 오해에서 비롯된 것이었다!

이 질문에는 어떻게 대답해야 할까?

"이유 없이 비위를 맞추는 걸 보면 첩자가 아니면 도둑이죠! 당연히 전하께 부탁할 일이 있어서 제게 뇌물을 바쳤을 거예요! 신첩은 바닷가재와 남산홍 둘 다 받지 않았어요!"

분명히 좋은 말로 은근슬쩍 넘어가려는 속셈이었지만, 사실은 그녀도 속으로는 잘 알고 있었다.

어쨌든 그녀는 여자고 여자로서의 예민한 직감도 있었다. 그래서 늘 고칠소와 거리를 유지하며 고칠소가 준 것은 한 번도 받지 않았다.

한운석을 바라보는 용비야의 눈동자는 한밤중처럼 새까맣고 깊어, 마치 그녀를 완전히 꿰뚫어 볼 수 있을 것 같았다.

한운석은 용비야와 이런 이야기를 하는 것이 정말 싫었다. 뭐라고 설명한들 어색하고 민망해서였다.

다행히 용비야도 더는 추궁하지 않고 커다란 손을 뻗어 한운석을 품에 끌어당기더니 꼭 안은 채 계속 책을 읽었다.

한운석은 한숨 자기로 했다. 암시장에 도착하면 잠 잘 시간이 있을지 아무도 모르는 일이었으니까.

오래지 않아 하늘에 새까만 먹구름이 모여들고 우르릉 천둥이 울렸다. 바람이 이는가 싶더니 곧바로 비가 쏟아졌다.

말 여덟 마리가 끄는 사륜마차는 아무리 빨리 달려도 무척 안락했다. 게다가 용비야의 품에 기댄 한운석은 그만이 가진 기운과 안전한 느낌에 감싸여 무척이나 편안하고 깊이 잠들었다. 광풍이 몰아치고 폭우가 쏟아지는 것은 물론, 하늘이 무너져도 깨어나지 않았을 것이다.

용비야는 언제부턴가 책에서 시선을 떼고 한운석의 얼굴을 바라보고 있었다. 말없이 그 얼굴을 들여다보던 그는 저도 모르게 책을 내려놓고 흘러내린 머리카락을 살며시 올려 준 다음 조심스럽게 앞머리를 걷어 소리 없이 그녀의 이마에 입맞춤했다.

마차 안은 고요하고 따스했다. 마차 밖의 비바람은 점점 더 거세어졌다. 말을 타고 마차를 뒤쫓는 고칠찰은 벌써 물에 빠진 생쥐처럼 흠뻑 젖어 있었다.

혼자 말을 타고 있으니 어쨌든 용비야의 마차보다는 빨랐다. 더욱이 암시장으로 가는 길을 모르는 것도 아니니, 비를 피할 곳을 찾아 들어갔다가 비가 그친 후 다시 쫓아갈 수도 있었다.

하지만 그는 속도를 내지도 않았고 다른 길로 가지도 않았다. 폭우를 흠뻑 맞든 말든 내내 마차 뒤만 따랐다.

비는 점점 더 강해졌고 빗줄기는 점점 더 빽빽해졌다. 멀어지는 그의 뒷모습이 빗물에 씻겨나간 듯 점점 흐려졌다. 그러나 제아무리 거센 빗줄기도 저 뒷모습에 새겨진 고집과 집착을 씻어 낼 수는 없었다.

비가 그친 후는 이미 깊은 밤이었다.

한운석은 몽롱하게 깨어나 용비야를 바라보았다. 용비야가 높은 베개에 기대 잠들어 있는 것을 보자 그녀는 차마 함부로 움직이지 못했지만, 용비야는 그녀가 깬 기척을 느끼고 일어났다. 그녀를 흘끗 바라본 그는 팔 자세를 바꿔 그녀를 편안하게 해 준 다음 다시 눈을 감고 계속 잤다.

함께 잔다는 건 바로 이런 느낌일까?

문득 한운석은 영원히 날이 밝지 않았으면 싶었다.

물론 날은 결국 밝아 올 것이다. 날이 밝자 암시장에 도착했다!

찾고 나서 말하지

암시장이었다!

용비야는 어떻게 장손택림을 상대할 생각일까?

일행 세 사람은 암시장에 들어가 오숙의 양곡점에 들어갔다. 오숙 양곡점의 밀정들이 한운석이 오는 것을 보고 차례차례 다가와 에워쌌다.

알다시피 지난번 암시장에서 곡식을 사들여 국구부를 골탕 먹인 일 이후, 암시장에서 일하는 용비야의 부하들은 하나같이 이 여인에게 지극히 감탄했고 그녀를 숭배하게 되었다.

그들은 언젠가 여주인이 암시장에 와서 자신들을 이끌고 한바탕 소란을 피워 주기를 고대했다. 여주인의 '남 골탕 먹이는' 솜씨라면 1년이 가기도 전에 천역 암시장의 거대 세력이 될 자신이 있었다.

물론 후원에 이르자 그들은 알아서 걸음을 멈추고 감히 따라 들어가지 못했다. 오숙만 뒤를 따랐다.

용비야가 앉기 무섭게 오숙이 자료 한 통을 내밀었다. 거기에는 장손택림이 암시장에 가진 사업장들이 상세히 기록되어 있었다. 점포나 창고, 저택 같은 것들이었다.

한운석은 속으로 깜짝 놀랐다. 뜻밖에도 구양영락이 정보를 제공하자마자 암시장에 있는 용비야의 부하가 이 정도로 정보를 수집해 오다니, 이 인간은 암시장을 잘 알고 있는 게 분명했다. 그것도 그들이 상상한 것보다 훨씬 많이.

용비야가 진지하게 자료를 살피는 사이 고칠찰은 가만히 있질 못했다.

"용비야, 어쩔 생각인지 들려나 주시지!"

용비야는 그를 무시했다. 사실 한운석도 진심으로 같은 질문을 하고 싶었다. 용비야를 따라 오긴 했지만, 이 인간이 어떻게 장손택림을 상대하려는 것인지 그녀도 전혀 알지 못했다.

구양영락이 충분히 실마리를 줬지만, 아무래도 이런 일은 쉽지 않았다.

약성과 장손택림이 결탁한 증거가 일단 다른 사람 손에 들어가면, 약성에는 명예에 해를 끼치는 큰일이고 장손택림에게도 신뢰를 잃는 큰일이었다.

이 사실이 공개되는 순간 장손택림의 장사는 끝이었다! 협력한 동료를 배신하는 자와 누가 감히 거래를 하려 할까?

그러니 장손택림에게 순순히 증거를 내놓게 만들려면 한 가지 방법밖에 없었다. 화약을 밀반입해 보관하고 있다는 증거를 잡아 협박하는 것이었다.

그러면 사건의 열쇠를 쥘 수 있었다.

화약 문제는 약재 문제보다 백배 더 심각해서, 천녕국 황족을 적으로 돌리게 되는 큰일이었다! 장손택림은 필시 꼬투리 잡힐 빌미를 쉽사리 흘리지 않았을 것이다. 설사 찾아낸다 해도 장손택림이 죽어라 잡아뗄 가능성이 있었다.

뭐니 뭐니 해도 이곳은 암시장이니 관병을 데려와 조사할 수도 없었다.

더욱이 만약 용비야가 이 기회에 초청가라는 황후 후보자를 제거하고자 한다면, 함부로 주변을 건드려 상대를 놀라게 하기보다 진짜 증거를 잡아 곧바로 천휘황제를 찾아가야 했다.

한운석은 심각하게 고민했지만 하면 할수록 이렇게 서둘러 암시장에 오면 안 되었다는 생각이 들었다. 차라리 초청가 쪽에 손을 쓰는 편이 더 나았을 지도 몰랐다.

용비야는 자료를 다 읽은 후 고칠찰에게 휙 던져 주었다.

"이곳에서 화약을 숨기기 좋은 곳이 어딘지 살펴봐라."

"어쩔 생각이냐?"

고칠찰이 이해가 가지 않는 듯 물었다.

"화약을 찾겠다."

용비야는 차갑게 말했다.

한운석과 고칠찰 모두 무척 뜻밖이었는지 입을 모아 물었다.

"그리고?"

"찾고 나서 말하지!"

용비야의 대답은 태연했다.

"가장 멍청한 방법이군. 설령 찾아낸다한들 장손택림이 인정할 리 없지!"

고칠찰은 그렇게 말한 뒤 사람 좋게 일러주었다.

"더구나 초씨 집안을 상대할 절호의 기회를 날려 버리는 거야!"

"내기하겠느냐?"

용비야는 흥미로운 목소리로 물었다.

"무슨 내기?"

고칠찰도 흥미를 보였다.

"장손택림을 잡는지 아닌지."

용비야가 말했다.

"조건은?"

고칠찰이 다시 물었다.

"본 왕이 이기면 네 정원에 있는 약초를 모두 한운석에게 준다. 본 왕이 지면 네가 원하는 대로 해라."

용비야의 말이 끝나자 한운석이 참지 못하고 웃음을 터트렸다.

뜻밖에도 고칠찰은 흐흐 웃음을 짓더니 툭 내뱉었다.

"싫다!"

고칠찰은 목령아처럼 쉽게 흥분하는 성격도 아니고, 목령아처럼 맹하지도 않았다. 암시장이 어떤 곳인지 전혀 모르는 상황에서 자존심 세우자고 용비야와 내기할 리 없었다.

백이면 백 확신이 없다면 과연 이자가 먼저 내기를 하자고 했을까?

한운석은 쿡쿡 웃었고 용비야는 입꼬리에 비웃음을 떠올렸다. 하지만 고칠찰은 괴상야릇한 목소리로 노래를 흥얼거리면서 자료를 뒤적였다.

겉으로는 아무 관심이 없어 보였지만, 한동안 살피고 난 그는 화약을 숨겼을 만한 장소를 몇 곳 정확히 골라냈다.

그가 의아한 듯 물었다.

"용비야, 하나하나 몰래 찾아가 볼 생각이냐?"

"더 좋은 방법이 있느냐?"

용비야가 반문했다.

고칠찰은 생각해 보지도 않았다. 생각해 봐도 다른 방법이 없어서였다. 그는 일어나서 기지개를 켰다.

"그럼 천천히 찾아보시지. 이 몸은 잠을 좀 자야겠는데, 여기서 가장 좋은 방이 어딜까나?"

"약귀당의 절반은 네 것이다. 그렇게 모른 척 구경만 할 셈이라면 문을 나가서 오른쪽으로 돌아가도록. 배웅은 하지 않겠다!"

용비야가 차갑게 말했다.

문을 나가서 오른쪽으로 돌면 암시장을 나가는 방향이었다.

고칠찰은 골이 난 듯 어깨를 으쓱했다.

"찾아보지 뭐. 널 따라서 하나하나 방문하면 되는 거겠지?"

한운석은 이해가 가지 않았다. 늘 혼자 움직이고 간단명료하게 일처리를 하던 용비야가 지금은 일부러 고칠찰을 끌어들이려는 것 같았다.

저 인간, 다른 목적이 있는 건 아니겠지? 약귀당 건은 이미 확정되었는데 또 무슨 목적이 있을까?

한운석은 떠오르는 게 없어 아무 말도 하지 않았다.

그녀가 따라가려는데 뜻밖에도 용비야는 그녀더러 양곡점에 남아 있으라고 했다.

"전하!"

한운석이 초조하게 불렀다.

"염탐에는 네가 도울 일이 없다."

용비야가 담담하게 말했다.

"이봐, 저 말은 네가 가면 방해가 된다는 뜻이지. 너는 담장도 못 넘지 않느냐?"

고칠찰이 웃으며 말했다.

한운석은 이를 갈며 그를 노려보았지만 고칠찰은 즐거워했다.

"그런 뜻이 아니면 뭘까나?"

한운석이 울분이 치밀었지만 반박할 말이 없었다. 용비야와 고칠찰은 염탐을 하러 가는 것이고 몰래 숨어들어야 하니 그녀를 데려가면 확실히 성가셨다.

그녀도 자신을 잘 알았다.

"전하, 좋은 소식을 기다릴게요."

용비야는 사랑스러운 듯 그녀의 앞머리를 쓰다듬으며 부드럽게 말했다.

"착하지, 담을 넘는 일 같은 건 네가 할 필요 없으니 가서 쉬어라."

한운석은 어두웠던 눈동자에서 먹구름이 싹 가셨다. 이제 보니 따돌림과 아낌은 한 끗 차이였다. 무공을 못하면 어때, 보살펴 줄 사람이 있으면 됐지!

고칠찰이 자신을 응시하고 있는 것을 보자 한운석은 보란 듯이 기지개를 켰다. 그 모습이 얼마나 나른하고 한가로운지 잠 못 자게 된 사람이 시새움을 느낄 만했다!

밤새 잠을 자지 못한 고칠찰의 눈동자 깊은 곳에서도 정이 담뿍 담겨 있었다. 이 여자를 잘 먹고 푹 자게 해서 희고 포동포동하게 만들고 싶어 죽겠는데, 고생을 시키다니 말도 안 되는 일이었다.

이렇게 해서 용비야와 고칠찰은 나가고 한운석 홀로 오숙의 양곡점에 남았다.

그녀의 나른한 모습은 사실 지어낸 것이었다. 용비야와 고칠찰이 사라지자 그녀는 곧 진지하게 자료를 뒤적이며 도울 방법이 없을까 고민했다.

그때 널따란 소매 속에서 갑자기 바스락거리는 움직임이 느껴졌다.

뭐지?

한운석이 재빨리 소매를 움켜쥐었다.

"찍……."

꼬맹이가 비명을 질렀다. 운석 엄마, 그러지 마. 오장육부가 터질 뻔했잖아.

한운석은 꼬맹이를 끄집어내 거꾸로 대롱대롱 들어 올렸다.

"언제 쫓아왔어? 안 돌아온 줄 알았는데!"

이 조그만 녀석은 하루가 멀다 하고 고북월에게 놀러가서 며칠 동안 돌아오지 않곤 해서, 그녀조차 자신에게 독짐승이 있다는 것을 잊어버릴 정도였다.

꼬맹이는 당연히 한운석이 뭐라고 하는지 몰랐다. 녀석은 운석 엄마가 어서 빨리 내려놓아 주기를 바라며 네 발을 마구 허

우적거리며 귀여운 척했다.

그러나 한운석은 계속 녀석을 거꾸로 든 채 흥미로운 듯이 쳐다보았다. 보면 볼수록 입꼬리가 점점 위로 올라갔다.

좋은 방법이 생각났다!

"꼬맹아, 진왕 전하에게 잘 보일 기회를 줄게! 좋지?"

한운석이 진지하게 말했다.

"찍찍……."

꼬맹이도 진지하게 대답했다. 사실 녀석은 운석 엄마가 뭐라고 하는지 전혀 몰랐다.

한운석은 재빨리 진료 주머니에서 약을 하나 꺼냈다. 유황이었다!

유황은 화학물질인데, 약으로 쓸 수도 있고 독을 만들 수도 있었다! 무엇보다 중요한 것은 유황이 화약의 주요 구성 성분이라는 것이었다!

유황을 꺼내자 꼬맹이는 곧 양발로 입을 틀어막았다. 어휴, 냄새!

이를 본 한운석은 기뻐하면서 유황을 꼬맹이 앞에 내밀었다.

"잘 맡아 봐. 화약에는 이런 냄새가 나."

꼬맹이는 평범한 동물이 아니었다. 비록 사람 말은 못 알아듣지만 영기가 있어서 한운석의 동작을 보자 곧 운석 엄마가 냄새를 맡아 보라고 한다는 것을 알아들었다.

녀석의 코는 개보다 더 예민했다. 주변 1리 안에 있는 독약 냄새는 절대로 놓치지 않는 코를 가졌으니 이런 자극적이고 강한 냄새는 반드시 찾아낼 수 있었다!

꼬맹이는 조그만 유황 덩어리를 잡고 킁킁거리며 냄새를 맡았다. 어떻게 된 건지는 모르지만 맡고 또 맡다 보니 어쩐지 처음처럼 냄새가 지독하지 않은 기분이 들고 심지어 푹 빠질 것 같아서 하마터면 앙 하고 베어 먹을 뻔했다!

다행히 한운석이 제때 가로막았다.

"죽고 싶니!"

유황 자체는 약도 아니고 독도 아니어서 다른 것과 섞어야만 약효나 독성이 생기곤 했다. 이걸 그냥 먹으면 무슨 일이 벌어질지 아무도 몰랐다!

꼬맹이는 억울한 듯 찍 울었다. 녀석이 식탐이 많아서가 아니라 너무 오랫동안 좋은 걸 먹지 못했기 때문이었다.

최근 녀석은 몸보신에 좋은 약을 찾아내면 모조리 고북월에게 주었고, 운석 엄마가 주는 독약은 아무래도 입에 맞지 않았다!

녀석의 조그마한 몸은 아직 낫지 않은 데다 피의 해독 기능도 여태 회복되지 않은 상태였다.

꼬맹이는 유황을 내려놓고 창틀에 뛰어 올랐지만, 당장 달려나가는 대신 꼼짝 않고 한운석을 응시했다.

한눈에 녀석의 마음을 꿰뚫어 본 한운석은 어쩔 수 없이 진료 주머니에서 아주 희귀한 독약을 하나 꺼냈다.

"자, 이 편식쟁이!"

꼬맹이는 단번에 맛있는 냄새를 맡고 달려와 꿀꺽 삼켰다.

운석 엄마가 좋은 걸 숨겨 놓은 줄 알았다니까! 이럴 때 뺏어 먹어야지!

꼬맹이의 먹는 모습을 보자 한운석은 화가 나기도 하고 웃음이 나기도 했다. 차마 모질게 굴지 못한 그녀가 또 다른 희귀한 독을 한 움큼 꺼냈다.

"자, 실컷 먹어! 암시장이 넓으니 뛰어다녀야 할 거야!"

꼬맹이는 고개를 돌리더니 냉큼 입을 쩍 벌려 단숨에 독약을 꿀꺽 삼켰다. 환상을 본 게 아니라면, 꼬맹이가 방금 벌린 입은 녀석의 몸보다 훨씬 컸다!

한운석은 화들짝 놀라 자기 손을 쳐다보았고, 아직 멀쩡히 남아 있는 것을 확인하고서야 겨우 안심했다.

하지만 꼬맹이는 입을 벌리고 그녀를 향해 헤죽 웃더니 쏜살같이 창밖으로 뛰쳐나가 유황 냄새가 나는 곳을 찾아 달렸다!

한운석은 당연히 따라가지 않았다. 그리고 싶다 해도 그럴 힘이 없었다. 꼬맹이의 속도는 이미 봐서 알고 있었다.

그녀는 마음 편히 앉아서 기다리면 되었다!

용비야와 고칠찰이 먼저 화약을 찾아낼까, 아니면 꼬맹이가 먼저 돌아와 기쁨을 선사할까?

이 문제로 누군가 내기를 하려들면 그녀도 확신이 없었다.

결과는 어떻게 되었을까?

꼬맹이 슈퍼 어시스트

반나절도 못되어 용비야와 고칠찰은 큰 시장 뒤편에 있는 창고 몇 곳을 샅샅이 수색했지만, 안타깝게도 화약은커녕 화약 냄새조차 없었다.

두 사람은 오숙의 양곡점을 나온 후 지금까지 말 한마디 없이 함께 걷기만 하다가 창고가 나타나면 곧바로 흩어져서 움직였고 대부분 거의 동시에 나왔다. 아무도 말이 없었지만 상대방 역시 수확이 없다는 것을 알 수 있었다.

지금 그들은 또 다른 커다란 창고에 잠입해서 길을 나누어 밀실을 찾고 있었다. 적잖은 시간을 들였지만 이번에도 아무 소득이 없었다.

두 사람은 서로를 한 번 쳐다본 후 약속한 듯 그곳을 빠져나갔다.

고칠찰은 문에서 나오자마자 담장 위로 뛰어올랐다. 용비야의 무공은 그보다 훨씬 높았지만 아무래도 속도는 조금 느렸다.

가는 동안 용비야는 고칠찰의 움직임을 자세히 살폈다. 경공, 다리의 힘, 그리고 담장을 뛰어넘는 자세까지.

지난번 고칠찰과 몇 차례 겨뤄 봤지만 진지하게 살피지는 않았는데, 오히려 이번에는 특히 관심을 보였다.

자세히 살펴본 용비야가 허공으로 몸을 날려 지붕 위에 내려서더니 차갑게 말했다.

"다음은 이쪽이다."

"흩어져서 움직이지! 이런 식으로는 사흘 밤낮이 지나도 못 찾을 걸!"

고칠찰이 불쾌한 목소리로 대답했다.

사실 용비야를 따라 나왔지만 열심히 찾을 생각은 추호도 없었다. 처음부터 흩어져 움직이자고 하지 않은 것은 용비야를 따라다니며 게으름을 피우기 위해서였다. 어쨌든 용비야가 있으면 신경 쓸 필요가 없었으니까.

그렇지만 지금은 이렇게 바보같이 쫓아다니는 것이 너무 힘들다는 것을 깨닫고 몰래 돌아가 잠을 자기로 했다. 혹여 잠들지 못하더라도 한운석과 차를 마시며 수다를 떨 수도 있었다.

"본 왕은 서쪽으로 가겠다. 동쪽 구역은 네가 맡아라."

용비야가 차갑게 말했다.

반나절 동안 고칠찰의 무공이 어떤지 대강 살펴봤으니 이제 함께 다니기도 귀찮았고, 길을 나눠 움직이는 것이 확실히 시간 절약에 유리했다.

고칠찰은 대답조차 없이 바로 돌아서서 가 버렸다. 용비야는 멀어지는 그의 뒷모습을 바라보며 입술 위로 비웃음을 떠올렸다. 마치 뭔가 알았다는 표정이었다.

그는 계속 서쪽으로 갔다. 어느 은밀한 창고에 잠입하려는데 낯익은 하얀 그림자가 그보다 더 빠른 속도로 휙 지나가더니 먼저 창고 안으로 쏙 들어갔다.

이곳에 왜 저 녀석이?

용비야는 고개를 갸웃하며 소리 없이 뒤를 쫓았다. 그런데 그가 채 가까이 가기도 전에 빠르게 달려가던 하얀 그림자가 우뚝 멈췄다.

하지만 용비야는 멈추지 않고 몸을 번쩍 하더니 하얀 그림자 앞을 가로막고 차갑게 말했다.

"네가 왜 여기 있느냐?"

이 하얀 그림자는 바로 꼬맹이였다. 녀석 외에 또 누가 있을까?

멈춘 녀석은 더 이상 하얀 그림자가 아니라 말 그대로 하얀 털뭉치였다. 용비야 앞에서는 털을 곤두세우며 성질을 부릴 때가 아니었다.

녀석은 용 아빠가 뭐라고 하는지 몰랐지만 그저 겁이 나서 오들오들 떨며 뒷걸음질 치기 시작했다.

용비야는 확실히 날카로워진 상태였다. 꼬맹이가 이곳에 나타난 것을 보면 혹시 한운석도 근처에 있을지 몰랐다.

가만히 있지 못하는 여자 같으니. 착하게 양곡점에서 기다리라고 했는데. 감히 혼자 빠져나왔단 말이지? 가진 것은 암기 조금뿐이고 무공은 전혀 모르면서 감히 암시장의 창고에 숨어들려 해?

만에 하나 붙잡히면 어떻게 죽는지도 모른 채 저승길로 가게 될 텐데!

"한운석은?"

용비야가 차갑게 질책했다.

그러잖아도 겁먹은 꼬맹이는 이런 꾸지람을 듣자 화들짝 놀라 앞뒤 가리지 않고 홱 돌아서서 달아났다. 필사적으로 달아나기만 했다!

불사의 몸이라 죽지는 않지만, 매번 혼자서 용 아빠와 마주칠 때면 항상 저도 모르게 걱정이 앞섰다. 언젠가 용 아빠가 운석 엄마 몰래 자신을 잡아 죽이지 않을까 하는.

꼬맹이가 달아나자 용비야는 녀석이 한운석에게 가는 줄 알고 곧바로 뒤쫓았다. 그가 쫓아오자 꼬맹이는 더욱 겁을 먹고 걸음아 날 살려라하며 마구 달아났다. 용 아빠가 뭘 하려는 건지 전혀 짐작이 가지 않았다.

지난번 약성에서 만났을 때를 빼면, 평소 녀석이 달아났을 때 용 아빠가 따라온 적은 없었다!

용비야가 꼬맹이를 쫓아 한참 빠르게 달려와 보니 놀랍게도 오숙의 양곡점 후원이었다.

그는 우뚝 걸음을 멈추었다. 별안간 한운석이 애초에 밖에 나가지 않았다는 생각이 들었다.

꼬맹이는 높디높은 담장 위로 훌쩍 뛰어올라 고개도 돌리지 않고 정원으로 뛰어내렸다. 본래부터 돌아오려던 건 아니지만 용 아빠가 너무 바짝 쫓아오는 바람에 운석 엄마의 보호를 받으러 올 수밖에 없었다.

녀석은 이해할 수가 없었다. 그렇게 똑똑한 운석 엄마가 어쩌다 저렇게 흉악무도한 용 아빠에게 꽂혔을까? 왜 우리 공자하고 함께 지내지 않을까? 운석 엄마와 공자가 함께 지낸다면 내 세상이 훨씬 아름다울 텐데!

용비야는 고개를 돌리고 떠나려다가 귀신에게 홀린 듯 다시 돌아섰다. 그 여자가 쉬고 있는지 아니면 다른 뭔가를 하고 있는지 궁금했다.

한운석은 방에서 미인루와 미접몽을 연구하고 있었다. 용비야가 최근 들어 이 건에 대해 물은 적은 없지만, 그녀는 틈만 나면 두 가지 독약을 꺼내들고 머리를 싸맸다. 다른 독약처럼 섞어보기도 하고 온갖 방법을 동원해 독약의 성분을 알아내려고 시험해 보기도 했다.

물론 그 일 외에 해독 공간의 독 연못을 지켜보기도 했다. 지난번 이 독 연못 덕분에 해독시스템이 업그레이드되면서 독초를 키우거나 해약을 자동 배합하는 기능이 생겼다.

군역사에게 독을 썼을 때만 해도 독 연못이 길러 낸 독초는 손에 꼽을 정도였고 해약은 만들어 내지 못한 상태였는데, 지금은 벌써 다 자란 독초가 십여 가지나 되었다.

지금 한운석은 대담한 생각을 하고 있었다. 독 연못의 물을 퍼서 미접몽, 미인루와 섞고, 미접몽과 미인루가 독 연못 물을 삼킬지, 아니면 독 연못 물의 독성이 미접몽과 미인루를 삼킬지 살펴보는 것이었다.

알다시피 독에도 '악당으로 악당 제압하기'라는 공식이 성립했다. 보통 독성이 강한 독약이 독성이 약한 독약을 먹어 치우고 자신의 독성을 강화시키는 것이다.

한운석은 독 연못 물을 약간 퍼낸 다음, 미접몽 조금, 미인루

한 방울을 꺼내 각각 따로 독 연못 물에 넣었다. 그리고 가만히 관찰하는데 뜻밖에도 꼬맹이가 아무 예고도 없이 창밖에서 휙 날아 들어와 그녀 등에 퍽 부딪쳤다.

"꺄악……!"

한운석은 하마터면 들고 있던 약병을 놓칠 뻔했지만, 다행히 겨우 붙잡았다.

꼬맹이는 독약 냄새 따위는 알아차리지도 못한 채 한운석의 옷자락을 잡고 어깨로 기어올라 미끄럼틀을 타듯 팔에서 데구르르 굴러 내려오더니 허둥지둥 소매 속으로 기어들어가 숨었다.

이 녀석이 왜 이래?

한운석이 어리둥절하고 있을 때 문 두드리는 소리가 들렸다.

"누구세요?"

그녀가 물었다.

애석하게도 문 밖의 사람은 대답하지 않고 계속 문을 두드렸다.

이상한걸?

오숙 양곡점의 하인들 중에는 감히 이런 짓을 할 사람이 없는데 문 밖에 있는 건 누굴까?

한운석은 독약 병을 번갈아 보다가 독액이 서로 섞이지도 않고 반응도 없는 것을 보자 진료 주머니에 넣었다. 그리고 자신도 역시 아무 말 없이 문가로 다가가 이화루우를 움켜쥐며 방비했다.

똑똑똑!

문 두드리는 소리는 계속 들려왔다. 한운석은 입꼬리에 냉소를 떠올린 채 아무 소리 내지 않았다.

곧 문밖에 있던 사람도 더는 문을 두드리지 않았고, 마치 가버린 듯 조용해졌다. 한운석은 점점 더 의아해져 더욱더 경계심을 높였다.

그녀는 경계 어린 눈으로 좌우 양쪽의 창문을 바라보았다. 한쪽은 닫혀 있고 다른 한쪽은 꼬맹이가 들이닥치면서 열려 있었다.

한운석이 열린 창문을 경계하며 바라보는데, 뜻밖에도 문틈으로 금침 몇 개가 휙 날아들었다. 전혀 알아차리지 못한 그녀는 금침이 뺨을 휙 스쳐지나가 탁자에 놓인 찻잔을 맞혀 깨뜨리고 나서야 화들짝 놀랐다.

그와 거의 동시에 문 밖에서 용비야의 목소리가 들렸다.

"문 열어라."

용비야였어?

한운석은 어리둥절했다. 문을 열자 밖에 서 있는 용비야가 보였다.

용비야는 그녀를 바라보며 기가 막힌다는 투로 말했다.

"경계심이 그래서야……."

비밀 시위가 보호하고는 있지만 일단 고수를 만나면 비밀 시위가 반드시 막아 준다는 보장이 없었다. 그가 시도 때도 없이 그녀 옆에 붙어 있을 수는 없지 않은가?

용비야는 이 여자에게 무공을 가르쳐야 할지 다시 한번 고민했다. 지난번 무공에는 재주가 없다며 가르쳐 주지 않은 것은 그녀를 경계해서였지만, 이제는 무공을 접촉할 기회를 마련해 주어야 할 것 같았다.

하긴, 한운석도 자신의 경계심이 한참 부족하다는 것은 인정했다. 하지만 어쩔 수가 없었다!

"전하, 왜 돌아오셨어요? 화약을 찾으셨어요?"

"꼬맹이를 만났기에 쫓아와 본 것이다. 피곤하지 않으면 함께 가자."

용비야가 태연하게 말했다.

한운석은 무척 기뻤다.

"정말요?"

"가자."

용비야가 몸을 돌려 걸어갔다.

한운석이 함께 가고 싶어 했기 때문일까, 아니면 그가 한운석을 데려가는 것을 좋아해서일까? 답은 그 자신만 알고 있었다.

어쨌든 한운석은 신나서 용비야를 따라갔다. 고칠찰이 돌아왔을 때 그들은 이미 멀리 가 버린 후였고, 정원을 온통 뒤져도 그녀를 찾지 못한 고칠찰은 양곡점 사람 모두에게 물어보기까지 했지만 아무도 답을 주지 못했다.

고칠찰은 잠이라도 자려고 했지만 누워 보니 잠은 싹 달아나 있었다. 비극이었다!

용비야와 고칠찰이 반나절을 뒤져도 아무것도 찾지 못했다는 것을 알자, 한운석은 꼬맹이를 억지로 소매에서 끄집어내 용비야 앞에 대롱대롱 들어 올렸다.

"전하, 이 녀석이 할 수 있어요!"

한운석이 교활하게 씩 웃었지만 꼬맹이는 울부짖었다.

"찍……. 찍찍……."

"어떻게?"

용비야는 단번에 한운석의 손을 탁 때렸다.

"더럽지 않느냐? 그 녀석을 몸에 붙이고 다니지 말라고 몇 번이나 말했다!"

용비야는 아직도 독짐승이 안중에도 없었다. 독짐승의 능력을 얕보아서가 아니라 이렇게 털이 부슬부슬한 작은 동물을 좋아하지 않기 때문이었다.

땅에 떨어진 꼬맹이는 억울하고 겁먹은 표정으로 한운석의 발치에 숨었다.

한운석이 몸을 웅크리고 차갑게 코웃음을 쳤다.

"꼬맹아, 화약을 찾아서 실력을 보여 줘!"

그녀가 말하며 유황을 꺼내 꼬맹이에게 냄새를 맡게 했다. 한운석이 용기를 불어넣어 준 덕분인지 놀랍게도 꼬맹이는 쪼르르 그녀의 어깨로 기어올라 용비야를 향해 혀를 쏙 내밀어 보인 다음 곧바로 달아났다.

"전하, 어서 쫓아가요! 녀석이 찾아낼 거예요!"

한운석이 다급히 말했다.

용비야가 거절할 수 있을까? 당연히 아니었다.

이렇게 해서 당당한 진왕 전하께서는 세 번째로 조그마한 다

람쥐를 쫓아 거리를 질주하고 지붕 위를 내달렸다. 꼬맹이는 복수를 할 생각인지 일부러 어려운 길만 골라 달렸고, 심지어 자신조차 꺼려하는 개구멍을 몇 번이나 지나가며 용비야가 똑같이 따라하게 했다.

물론 용비야는 발끝을 가볍게 차며 담장 위로 뛰어올라 개구멍에는 아무 영향도 받지 않았다. 이를 본 한운석은 꼬맹이의 지능지수가 걱정되지 않을 수 없었다!

용비야가 거의 인내심이 다했을 즈음, 꼬맹이가 갑자기 급정거를 하더니 고개를 홱 돌려 한운석을 향해 찍찍 울었다.

"찾았어요!"

한운석이 기뻐하며 외쳤다.

꼬맹이는 마구 고개를 끄덕이며 몸을 돌려 어떤 주루로 뛰어들었다.

이 주루는 암시장에서 유일한 식당으로, 용비야가 본 자료에도 있었지만 아직 조사하지 않은 곳이었다.

용비야는 한운석을 데리고 꼬맹이를 쫓아 주루의 후원 술 창고로 갔다. 문 앞에만 섰는데도 진한 술 냄새가 확 풍겼다.

그들은 정원의 심부름꾼을 피해서 가장 뒤에 난 창문으로 들어갔다. 이 술 창고에는 술 단지가 가득가득 쌓여 있었는데 그 사이로 조그마한 길이 있었다.

꼬맹이는 시위를 벗어난 화살처럼 곧바로 그 길 깊숙이 들어가더니 자꾸만 땅을 팠다!

쫓아간 용비야와 한운석은 곧 지하 굴 입구를 발견했다. 하지만 지하 굴로 들어가 보니 그곳에도 모두 술독뿐이었다.

화약은 어디 있지?

용비야와 한운석이 일제히 꼬맹이를 돌아보자, 꼬맹이는 가장 가까운 술독을 향해 힘차게 몸을 부딪쳤다!

그랬더니⋯⋯.

통 큰 진왕

그랬더니 석탄 가루처럼 새까만 화약이 술독에서 주르르 흘러나와 바닥에 흩어졌다.

화약이었다. 화약이 지하 굴 술독 안에 들어 있었던 것이다!

한운석은 무척 기뻐하며 곧바로 독약을 꺼내 꼬맹이에게 상으로 주었다.

"아주 잘했어. 네가 두 사람보다 더 훌륭해!"

꼬맹이는 알아들은 것처럼 독약을 들고 제자리에서 껑충껑충 뛰며 무척 신나했다.

용비야는 못 들은 척하고 차갑게 말했다.

"장손택림이 꽤 영리하군. 술 냄새로 화약 냄새를 가리다니! 나누어 보관하고 도자기 항아리를 썼으니 방화 효과는 있겠군!"

"전하, 여긴 가장 안전한 곳인 동시에 가장 위험한 곳이에요. 위층에 술이 있으니 일단 화약이 폭발하면 무슨 일이 벌어질지 몰라요!"

한운석이 진지하게 말했다.

화약이 폭발하면 위에 있는 술독도 깨질 것이고, 알코올이 더해지면 폭발이든 불길이든 몇 배는 더 위력적일 것이다.

용비야는 흥미로운 듯 고개를 끄덕였다. 그가 다가가서 뭔가 계산하듯 술독의 수를 세었다.

"전하, 이제 어떻게 해야 하죠?"

한운석이 심각하게 물었다.

화약은 찾았지만 진짜 난제가 나타났다!

어떻게 장손택림을 협박해야 할까?

대놓고 장손택림에게 약성과 사통한 증거를 내놓지 않으면 화약을 숨기고 있는 걸 폭로하겠다고 협박해야 할까?

일반적인 상황이라면 이런 협박이 먹힐 것이다.

하지만 이곳은 암시장이고, 장손택림은 암시장을 양분하는 거물이었다. 그렇게 쉽게 협박당할 리 없었다.

협박이 성공하지 못하면 결국 상대방의 경계심만 높이게 될 것이다. 장손택림이 암시장에 어느 정도 세력을 갖추고 있는지도 모르는데 정말 그자를 붙잡았다가는 암시장 밖으로 나가지 못하게 될 수도 있었다.

그러니 이 일은 길게 보고 한 걸음씩 착착 처리해 나가야 했다.

"전하, 차라리 천휘황제에게 말해 버리는 게 어떨까요? 그런 다음 장손택림에게 구원의 손길을 내미는 거예요."

한운석이 곰곰이 생각하며 말했다.

암시장이라는 무법 지역이 조정의 압박을 받지 않고 오랫동안 존재한 것은, 조정이 정말 암시장의 세력을 두려워해서가 아니라 암시장 배후에 끈이 닿아 있는 곳이 무척 광범위한 탓이었다. 조정이 억압하기 시작하면 마지막에는 도끼로 제 발등 찍는 결과를 자초할 수도 있었다.

그래서 조정은 늘 모른 척 눈감아 주었고, 암시장이 상궤를 벗어난 일을 저지르지 않는 한 천휘황제도 귀찮게 굴지 않았다.

하지만 화약은 달랐다. 화약은 도성을 직접적으로 위협하고, 황권을 위협하는 일이었다. 천휘황제가 알면 제일 먼저 천역 암시장 전체를 없애 버리겠다고 생각할 것이다.

그러니 용비야가 이 일을 천휘황제에게 보고하기만 하면 천휘황제는 필시 장손택림을 철저하게 무너뜨릴 것이다. 장손택림이 막다른 골목에 몰렸을 때 용비야가 손을 내밀고 약성과 사통한 증거를 내놓기만 하면 목숨을 보호해 주겠다고 하면 되었다.

한운석은 좀 더 생각한 다음 덧붙였다.

"전하, 장손택림더러 초씨 집안 짓이라고 불게 한 다음 구해 줄 수도 있어요! 그러면 일석이조예요!"

화약으로 장손택림을 협박하는 것보다 목숨으로 협박하는 편이 나았다! 확실히 한운석의 수법도 점점 수준이 높아지고 있었다.

하지만 용비야는 짤막하게 평가를 내렸다.

"쓸데없는 짓이다."

한운석은 멍해졌다.

"더 좋은 방법이 있으세요?"

일을 크게 만들어 조정 세력이 개입하게 하는 것 외에 더 주도면밀하고 안전한 방법은 도무지 생각해 낼 수가 없었다.

용비야는 대답하지 않고 계속 안으로 걸어 들어가 술독 몇

개를 열어 안을 살폈다. 안에 든 것은 모두 화약이었다.

그렇게 한 바퀴 둘러보자, 용비야는 이곳에 있는 화약의 양을 대강 헤아릴 수 있었다.

그는 한운석의 손을 잡아끌었다.

"가자."

한운석은 용비야에게 이 문제를 처리할 계획이 있다는 것을 알았지만, 어떤 계획인지 도통 짐작이 가지 않았다.

오숙의 양곡점에 돌아온 후 용비야는 낮은 목소리로 오숙에게 몇 마디 분부했고, 오숙은 안색이 싹 변한 채 황급히 밖으로 나갔다.

"전하, 어쩌시려고요?"

한운석이 참지 못하고 물었다.

용비야는 말없이 웃으며 그녀를 안고 가장 높은 지붕 위로 날아올랐다.

어리둥절한 한운석이 입을 열려는 순간, 용비야가 갑자기 등 뒤에서 그녀를 끌어안았다.

그녀가 제일 좋아하는 동작이었다. 이렇게 살며시 보듬으면 꼭 그녀를 그의 세상으로 끌어당기는 것 같았다. 그녀는 가장 약한 부분인 등을 안심하고 그에게 전부 맡겼다.

"전하, 왜 그러세요?"

한운석의 목소리는 무척 부드러웠다.

용비야는 여전히 말없이 그녀를 안은 채 매끈한 턱을 그녀의 어깨에 올려놓았다.

그가 말하지 않자 그녀도 캐묻지 않았다. 아무것도 모르지만, 저도 모르게 이 한순간의 따스함에 푹 빠져들었다.

그 순간, 그들 사이에 거리가 사라진 듯했다. 백 걸음은 완전히 사라지고 영원히 서로 떨어지지 않을 것 같았다.

멀지 않은 곳 똑같은 높이에서, 고칠찰은 양팔을 베개 삼아 나뭇가지에 둥지를 틀고 나른하게 잠들어 있었다. 그는 아름다운 꿈을 꾸는 중이었다. 꿈속에서는 어린 시절로 돌아가 있었다. 아주 아주 조그마하던 시절, 벌을 받지도 않고 버림받지도 않은, 평범한 어린아이였던 시절로. 친아버지인 의학원 원장은 그를 안고 부드러운 목소리로 푹 자라고 달랬다.

'칠이 착하지⋯⋯. 착하구나, 우리 칠이⋯⋯.'

평온한 순간은 오래 가지 않았다.

얼마 후 길 쪽에서 갑작스레 다급한 소리가 들려왔다. 곧이어 한운석은 주루 쪽에서 사람들이 어쩔 줄 모르고 허둥거리며 달아나는 것을 발견했다. 시간이 갈수록 사람은 점점 많아져 마치 그곳 사람들이 모두 쏟아져 나오는 것 같았다. 그들은 우르르 양곡점 쪽으로 달려왔다.

왁자한 사람들 목소리 속에서 한운석은 누군가 외치는 소리를 들었다.

"장손택림이 몰래 화약을 숨기고 있다! 폭발하려고 한다!"

"동쪽 구역도 폭발하려고 해! 어서 달아나!"

"어서 철수해라! 철수하지 않으면 죽는다!"

한운석은 뭔가 알아챈 듯 몸을 돌리려고 했지만, 용비야가 다정하게 그녀의 귀를 막으며 부드러운 목소리로 말했다.

"아주 아름다울 것이다. 잘 보거라."

이 말이 떨어지는 순간 '쾅' 하고 귀청이 터질 듯한 굉음이 들리고, 저 앞 어두컴컴한 곳에서 별안간 번쩍이는 불꽃이 솟구쳤다. 마치 빨간 연꽃이 캄캄한 밤하늘 속에 활짝 피어나는 것 같았다.

폭발!

술 창고의 화약이 폭발했다!

곧이어 폭발 소리가 잇달아 들려왔고 뒤질세라 끊임없이 불꽃이 솟구쳤다. 모두가 허둥거리면서 무시무시한 재난을 피해 달아났다. 오직 한운석 혼자만이 이 모든 것을 주재한 남자의 품에 안겨 귀를 막고 저 성대한 불꽃놀이를 구경하고 있었다.

용비야의 말은 틀린 것 하나 없었다. 화재라는 무시무시한 사고를 제쳐 놓고 생각하면, 높은 지붕 위에서 바라보는 불꽃놀이는 정말 아름다웠다.

한운석도 넋이 나갔다!

다른 한쪽에서는 고칠찰이 폭발 소리에 놀라 화닥닥 깨어났다. 벌떡 몸을 일으키는 바람에 하마터면 떨어질 뻔했지만 다행히 제때 나뭇가지를 잡았다. 자신이 무슨 꿈을 꾸고 있었는지도 잊어버렸고, 꿈속에서 들은 자애롭고 부드러운 '칠아' 하는 목소리도 잊어버렸다. 그는 침을 퉤 뱉었다.

"젠장, 용비야 짓이지? 아주 크게 노시는군."

그랬다. 이 폭발은 용비야가 벌인 일이었다.

조금 전 지하 굴에서 화약의 양을 헤아려 본 그는 이곳의 화약에 술 창고의 술을 더했을 때 폭발 범위를 계산한 뒤 오숙의 양곡점으로 돌아온 즉시 오숙에게 화약이 곧 폭발한다는 소식을 퍼뜨려 폭발 범위 내에 있는 사람들을 모두 철수시키게 했다.

암시장에는 사람이 많지 않아 모두 철수시키기는 쉬웠다. 사람들이 달아난 후 오숙이 가서 불을 붙였다.

워낙 갑작스러워서 장손택림은 당장 무슨 일인지 알아차리지도 못했을 것이다!

폭발은 점점 더 잦아지고 불길은 점점 더 커졌다. 오래지 않아 불꽃놀이 같은 아름다운 불꽃은 더는 보이지 않게 되었고 활활 타오르는 불길만 남았다.

주루와 주변 모든 것은 순식간에 폭발에 무너지고 불바다에 휩싸여 폭발의 중심이 되었다. 불길은 무척 거세어 곧 거리 전체로 퍼져 나갔다.

이제 동쪽 구역뿐만 아니라 서쪽 구역도 위험해졌다. 불길이 번지는 것은 차치하더라도 출렁거리는 검은 연기만으로도 많은 사람이 죽을 수 있었다!

곧 암시장의 신비한 천역 협회가 나타났다. 암시장이 생긴 후 한 번도 열린 적 없었던 비상구가 열리고, 암시장 수비병들이 질서를 유지하며 사람들을 밖으로 내보냈다.

용비야와 한운석은 높은 지붕 위에서 그 모든 것을 똑똑히 보았다.

한운석은 충격에 빠져 실소를 터트렸다.

"전하, 정말…… 어떻게 저런……."

"아름답지 않느냐?"

용비야가 진지하게 물었다.

한운석은 고개를 끄덕였다.

"확실히 아름답군요."

용비야와 함께 처음으로 불꽃놀이를 구경한 셈인가? 이렇게 간이 철렁할 만큼 성대한 불꽃놀이라니!

이 인간은 깜짝 선물을 줄 때마다 늘 이렇게 씀씀이가 어마어마했다. 이런 경험을 어떻게 잊을 수 있을까?

물론 충격이 컸지만 한운석은 여전히 냉정했다.

"전하, 증거를 망가뜨리셨어요! 이제 무엇으로 장손택림과 협상하죠?"

"그자는 본왕의 전장(錢莊, 옛날의 은행 같은 곳)에 큰돈을 맡겨 두었다. 무엇으로 그자와 협상해야 하겠느냐?"

용비야가 반문했다.

그 말에 한운석은 깜짝 놀랐다.

"전하……. 장손택림과 아는 사이셨어요?"

그제야 구양영락이 장손택림 이야기를 꺼냈을 때 용비야가 자세히 묻지 않고 암시장의 다른 거물이 누구냐고만 물었던 것이 생각났다.

"바로 얼마 전에 알아낸 일이다. 본 왕이 그자를 안 지는 오래지만 지금까지는 그자가 암시장의 양대 거물인지 몰랐을 뿐이다."

용비야가 태연하게 말했다.

한운석이 방금 제안했던 방법도 확실히 훌륭했지만, 직접 화약을 폭발시키는 것만큼 완벽하지는 못했다.

첫째, 암시장에서 폭발이 일어나면 방원 백 리 안에서 지진을 느낄 수 있다. 도성에도 곧 소식이 전해져, 천휘황제는 반드시 가만있지 못하고 당장 사람을 보내 조사할 것이다. 거기서 일단 화약의 흔적이 드러나면 일이 커지게 된다.

천휘황제의 의심 많은 성품으로 보아 용비야가 직접 보고하면 도리어 망설일 수도 있고, 어쩌면 용비야가 이 기회에 초씨 집안을 무너뜨리려 한다고 의심할 수도 있었다. 하지만 암시장에서 폭발이 일어나 천휘황제의 눈길을 끌면 효과가 달랐다.

천휘황제는 바보가 아니었다. 화약의 양과 암시장의 세력을 곰곰이 헤아려 보면 그 역시 초씨 집안을 의심할 것이다.

둘째, 암시장에서 폭발이 일어나면 장손택림의 가장 돈 되는 사업은 모두 무너진다. 용비야가 남몰래 장손택림이 암시장의 반을 차지하는 거물이라는 소식을 퍼트리면 장손택림은 필시 조정의 눈 밖에 날 것이다. 비록 증거는 없지만 적어도 조정에서 그를 요주의 명단에 올릴 정도는 되었다. 그렇게 되면 장손택림이 천녕국에 가진 합법적인 사업도 봉쇄될 테고, 그때 용비야는 정당하게 전장에 있는 장손택림의 돈을 동결할 수 있었다.

그처럼 성공한 상인에게, 수중에 돈 한 푼 없는 상황보다 더 비참한 일이 있을까? 상인이 가장 중요하게 여기는 게 돈이 아니면 또 뭘까?

용비야는 화약으로 협박하려는 것도, 목숨으로 협박하려는 것도 아닌, 돈으로 협박하려는 생각이었다.

셋째, 암시장에서 폭발이 일어나면 화약은 사라지니 초씨 집 안이든 천휘황제든 이를 손에 넣을 수 없었다. 천녕국에서 암시장의 세력도 소멸하게 될 테니 적어도 용비야에게는 훗날 도성을 장악하고자 할 때 적대 세력 하나가 줄어드는 셈이었다.

용비야의 분석을 들은 후 한운석은 말문이 막혔다. 이 남자에게는 탄복이 아니라 숭배를 느껴 마땅했다!

불길이 번지기 시작했지만 폭발은 아직도 이어지고 있었다. 애초에 잡을 수도 없는 불길이었다.

용비야도 한운석을 데리고 떠났다.

고칠찰은 그들의 뒷모습을 보며 탄식을 금치 못했다.

"구양영락……. 계약서가 다 무슨 소용이냐?"

진왕부에 묵는 건 누구

"계약서가 다 무슨 소용이냐!"

막 암시장에서 달아난 구양영락은 손에 든 계약서를 갈기갈기 찢었다. 그가 상인으로 살면서 겪은 최대의 실패이자, 가장 철저하게 패배한 협상이었다!

이번 협상에서 그는 약귀당과 약성의 협력으로 얻은 이득에 손대지 않기로 했지만, 대신 용비야도 장손택림이 가진 사업에 끼어들지 않기로 약속했다.

당시 용비야가 단번에 그 조건을 받아들였을 때 구양영락도 다소 의아했지만, 도저히 그 계약에서 허점을 찾아낼 수가 없었다.

용비야가 화약을 모두 폭파해 암시장을 완전히 무너뜨릴 줄은 죽다 깨어나도 생각지 못했을 것이다.

사실은 그가 바로 천역 암시장의 또 다른 거물이었다!

장손택림과 서주국 초씨 집안이 손을 잡고 몰래 화약을 밀반입했다는 소식을 들었을 때부터 그는 어떻게든 기회를 만들어 장손택림의 이 약점을 이용해 천역 암시장의 나머지 절반을 집어삼키려고 했다.

고북월이 약귀당 일로 찾아오자 기회가 왔다는 것을 알았다.

암시장에 화약을 숨긴 일을 용비야가 알면 장손택림은 기본적으로 끝장이었다. 그는 그저 용비야가 나서기를, 장손택림이 막다른 골목에 몰려 사업을 싼값에 내놓기만을 기다렸다. 그 때가 되면 저가에 사들여 조금씩 조금씩 천역 암시장의 유일한 거물이 될 생각이었다.

그런데!

그 완벽한 계획은 용비야의 손에 모조리 불에 타 사라지고 말았다. 그는 장손택림의 사업을 손에 넣지도 못했을 뿐더러 자기가 가진 절반까지 내놓을 처지에 처했다!

더군다나 용비야의 이 방식은 계약을 어긴 것도 아니었다. 계약서에는 장손택림의 사업에 끼어들지 않는다고만 되어 있지 망가뜨리지 말라는 말은 없었으니까.

백번 양보해서 설사 망가뜨리는 것 역시 '끼어든 것'에 속한다고 따지더라도 용비야가 인정할까? 용비야가 제 손으로 불을 질렀다고 인정할까?

"젠장!"

늘 성격 좋게 웃던 구양영락도 분을 참을 수가 없었다. 그는 잘게 쪼개진 계약서를 바닥에 팽개치고 지근지근 밟았지만 그 래도 냉정을 되찾지 못했다.

합법적 사업으로도 돈을 벌 수 있지만 암시장의 거래만큼 빠르게 벌 수는 없었다. 이번에 입은 손해를 메우려면 얼마나 걸 릴지 하늘이나 알 것이다. 더욱이 천역 암시장 배후에는 천녕 국 조정 관리들도 적잖이 얽혀 있었다. 천역 암시장이 사라지고 이익의 사슬이 끊어질 경우, 다른 사업에서 편의를 봐주도록 계속 그들을 구슬리려면 다른 방법을 생각해 내야 했다.

"용비야, 절대로 내 손에 걸리지 말아야 할 것이다!"

구양영락은 이를 갈며 이 말을 남긴 뒤 돌아서서 떠났다. 반면 암시장의 또 다른 거물 장손택림은 이제 막 도착했다. 마차에서 내리자마자 그는 암시장의 비상구 몇 곳이 열려 있고 사람들이 모조리 달아난 데다 시커먼 연기가 끝없이 흘러나오고 있는 광경을 볼 수 있었다.

그는 잠시 멍해졌다가 곧 안으로 뛰어들려고 했다. 하인이 황급히 그를 잡아 말렸다.

"나리, 깡그리 폭발하고 불탔습니다. 들어가시면 안 됩니다!"

장손택림은 거칠게 하인을 밀치며 노성을 터트렸다.

"무슨 헛소리냐, 비켜라!"

하인을 밀어낸 그는 앞뒤 가리지 않고 대문으로 뛰어들었지만, 문에서 쏟아져 나온 시커먼 연기를 들이마시고 연신 뒷걸음질치고 말았다. 그는 한참 콜록거리며 기침을 한 후에야 겨우 숨을 가다듬었다.

뒤에 늘어선 하인들은 감히 앞으로 나서지 못했고, 장손택림은 멍하니 문을 바라보면서 화약이 폭발했다는 사실을 받아들일 수밖에 없었다. 마치 하늘이 무너지는 충격이라도 받은 양 그는 한참이 흐르도록 정신을 차리지 못했다.

당시 초천은은 그를 찾아와 협력을 청하며 지극히 아름다운 청사진을 그려 보여 주었다. 초천은이 약속한 첫 번째는 조정의 세력을 이용해 구양영락의 손에서 천역 암시장의 나머지 절반을 빼앗는 일을 돕겠다는 것이었다. 그런데 이제는…….

장손택림은 정신을 차리고 노성을 터트렸다.

"대체 왜 술 창고가 폭발했느냐?"

화약이 폭발한 것은 우연한 사고일까 아니면 계획된 일일까? 사고라면 혹시 빠져나갈 수 있을지도 모른다. 하지만 누군가 계획한 일이라면 액운을 피하기 힘들 것이다.

"나리, 술 창고에 화약이 있다는 소식이 갑자기 퍼져 나가는 통에 암시장 사람 절반이 모두 알게 되었고, 사람들이 모두 달아난 뒤에 술 창고가 폭발했습니다. 누군가 일부러 우리를 노리고 한 짓입니다!"

하인이 사실대로 보고했다.

장손택림의 안색은 점점 더 흉해졌다. 바로 그때 주위에서 다급한 말발굽 소리가 들려왔다. 관아의 사람이 도착한 것이다.

제일 처음 폭발이 일어났을 때 워낙 충격이 커서 지축이 다 흔들릴 정도였고 주위 마을에서도 이를 느꼈다. 겨우 한 시진이 조금 넘었는데 가장 가까운 관아에서 사람을 보냈으니, 조금 더 있으면 경조윤 사람이나 도성을 호위하는 금군 등 다양한 곳에서 사람이 들이닥칠 것이다.

장손택림은 절망 속에서도 냉정을 되찾고 재빨리 마차에 올랐다.

"도성으로 돌아가자, 어서!"

누군가 일부러 꾸민 일이라면 필시 조정에서 그를 조사하려 할 테니 어서 빨리 돌아가 물러날 길을 마련해야 했다! 적어도 옮길 수 있는 사업과 거래는 모두 옮겨 놔야 했다.

화약을 쌓아 놓고 도성을 위협한 일로 조정에서 조사하게 되면 증거를 따질 필요도 없었다! 우선 모든 길을 틀어막은 뒤 그를 도성에 가둬 놓고 천천히 증거를 찾아내려 할 것이다!

암시장의 양대 거물이 모두 가 버리자 그들의 협의 하에 만들어진 협회도 자연히 해산했다. 사람들은 죄다 사라지고 아직도 활활 타오르는 잡동사니만 남았다.

목청무가 친히 금군을 대거 이끌고 왔을 때에야 용비야와 한운석도 완전히 그곳을 떠났다. 금군이 왔으니 천휘황제도 이미 상황을 알고 있을 것이다.

그런데 그들이 막 성문 앞에 도착했을 때 무리를 끌고 바삐 성을 나가는 용천묵과 마주쳤다.

한운석은 큰 소리로 웃었다.

"전하, 태자가 폐하보다 더 초조해하는 것 같은데요?"

"음."

용비야는 아무 관심도 없는 듯 태연하게 대답했다.

지난번 초청가가 두 번 세 번 한운석을 청했는데, 그 목적이 무엇인지는 잘 몰라도 '음모'라는 것은 확실했다. 태후도 계속 그녀를 지켜보며 그녀와 초청가를 싸움 붙여 앉아서 어부지리를 얻으려고 했다.

잘된 셈이었다. '화약 사건'이 터졌으니 한동안은 초청가와 태후도 그녀를 귀찮게 할 여유가 없을 것이다. 두 사람 다 서로를 상대하느라 바쁠 테니까!

이렇게 생각하자 한운석은 참지 못하고 또다시 용비야를 흘끔거렸다. 저 배후의 원흉은 고개를 숙이고 책만 읽고 있었다. 마치 곧 도성에 불어 닥칠 폭풍우가 자신과는 아무 상관도 없는 것처럼.

조정 일에 나선 적은 없지만, 매번 그가 뭔가를 할 때마다 늘 조정, 심지어 후궁에까지 평지풍파를 일으키곤 했다. 이것이 진왕 전하의 수완이자 사람들이 진왕 전하를 존경하고 두려워하는 이유였다.

한운석과 용비야가 진왕부에 돌아와 보니 고칠찰은 벌써 대문 앞에서 기다리고 있었다.

그들이 마차에서 내리자 고칠찰이 몸을 일으키며 따졌다.

"용비야, 화약을 찾았으면 이 몸에게 말이라도 해야 하는 것 아니냐?"

용비야가 그 말에 대답할까? 당연히 아니었다! 지금 손잡은 이 여자 외에 그는 누구와도 쓸데없이 말을 섞지 않았다.

그는 고칠찰을 쳐다보지도 않고 한운석을 데리고 안으로 들어갔다. 고칠찰이 곧 뒤를 쫓았지만 들어가자마자 호위병에게 가로막혔다.

"한운석, 아무리 그래도 우리는 동업자다. 이게 손님을 대하는 태도냐?"

고칠찰이 큰 소리로 물었다.

"무슨 일 있어요?"

그제야 한운석이 입을 열었다.

"이 몸은 도성에 묵으면서 직접 약귀곡의 제반 사항을 처리할 생각이다."

고칠찰이 대답했다.

"그래서요?"

한운석이 참을성 있게 물었다.

고칠찰은 '흐흐' 웃음을 흘렸다.

"곰곰이 생각해 보니 역시 왕부에 묵는 편이 편리하겠더군."

한운석이 뭐라고 하기도 전에 뜻밖에도 용비야가 선뜻 허락했다. 그는 차가운 목소리로 분부를 내렸다.

"초서풍, 객방을 내줘라!"

한운석은 말할 것도 없고 고칠찰 자신조차 무척 놀랐다. 하지만 용비야가 감히 받아 줬으니 그 역시 보란 듯이 머물 생각이었다!

이렇게 해서 고칠찰은 진왕부의 독립된 작은 원락에 묵게 되었다. 지난번에 고북월이 상처를 치료하느라 머물렀던 것을 제외하면, 진왕부가 생긴 이래 처음으로 이곳에 묵게 된 손님인 셈이었다.

부용원으로 돌아온 후에야 한운석이 말했다.

"전하, 정말 묵게 하시려고요?"

"그러면 네가 온종일 나가 있지 않아도 될 테지."

용비야가 태연하게 말했다.

하루가 멀다 하고 약귀곡 문제로 한운석과 상의를 해야 하는데, 고칠찰이 다른 곳에 묵으면 확실히 그녀가 온종일 외출을 해야 했다.

"세심하시군요, 전하."

한운석도 깊이 생각하지 않았다.

과연 그날 오후 고칠찰이 약귀당 창고 설계 문제로 한운석을 찾았다. 한운석은 그와 꽃밭에서 이야기하기로 했고 자연히 용비야도 함께 했다.

그래도 제법 신경 써서 봤는지, 고칠찰은 창고 설계도에서 세세한 문제점을 몇 가지 짚어 냈다. 누가 뭐래도 약을 가장 잘 아는 사람이어서 한운석도 조건 없이 그의 말을 들어주었다.

며칠 못 되어, 화약 사건에 관한 온갖 판본의 정보가 도성에 퍼졌다. 물론 그 중 일부는 용비야가 퍼트린 것이었다.

천휘황제는 격노해서 화약의 출처를 엄히 조사하라는 명령을 내리고, 장손택림과 구양영락, 그리고 암시장과 연루된 몇몇 대상인들을 모조리 용의자로 지목한 다음 천녕국 안에 그들이 가진 모든 사업장을 봉쇄하고 조사할 때까지 기다리게 했다.

장손택림과 구양영락 둘 다 암시장의 거물이긴 하지만, 장손택림은 아무래도 운공상인협회장인 구양영락과 비교할 수 없었다.

천녕국에 있는 구양영락의 사업장이 모두 봉쇄되어도 그는 북려국과 서주국, 심지어 약성과 의성에도 적잖은 사업을 꾸리고 있어서 파산할 정도는 아니었다. 더군다나 신분 덕분에 천휘황제도 지나치게 난폭하게 대하지 못했다.

하지만 장손택림의 상황은 참혹하기 짝이 없었다. 장손택림의 사업은 천녕국에 기반을 두고 있어서 천휘황제가 거뜬히 먹어치울 수 있었다.

화약 사건이 터지고 닷새도 되지 않아 마침내 천녕국에 있는 모든 것을 포기하기로 결심한 그는 혼자 천녕국 최대 전장인 보풍전장寶豐錢莊을 찾아갔다. 그리고 곧바로 책임자에게 말했다.

"수고스럽지만 진왕 전하께 전해 주게. 장손택림이 뵙고자 한다고."

보풍전장의 주인이 누구인지 아는 사람은 많지 않았기에 책임자는 황급히 보고를 올렸다.

천역 암시장 하나가 국고로 들어와야 할 세금을 얼마나 빼돌리고, 부당한 방법으로 천녕국의 합법적인 사업을 얼마나 억압하고, 다급한 사람들을 얼마나 벗겨 먹었던가?

그런데 용비야가 장손택림을 좋게 볼까?

그때 한운석과 후원에서 차를 마시고 있던 그는 차갑게 책임자에게 분부했다.

"잠시 기다리라고 해라."

잠시?

그렇게 해서 장손택림은 전장에서 마음 졸이며 꼬박 하루를 기다렸다. 상황이 이렇지만 않았다면 벌써 문을 박차고 나갔을 것이다.

그가 가진 은표는 모두 액면가가 높았다. 이 은표 열 장은 그가 그간 암시장과 합법적 시장에서 벌어들인 돈으로, 국외로 달아나 재기하게 해 줄 유일한 밑천이었다.

액면가가 워낙 높다 보니 절도를 방지하기 위해 이런 은표로 거래하거나 나라 밖 전장에서 돈으로 바꾸려면 반드시 본인과 보풍전장 주인의 인장을 찍어야만 했다.

그러니 어찌되었든 반드시 진왕 전하를 만나야만 했다!

기다리고 또 기다린 끝에 마침내 저녁 시간이 지나자 책임자가 장손택림을 다실로 안내했다······.

진왕에게 뇌물을 준 결과

장손택림은 진왕 전하를 만나려고 하루 종일 기다렸다. 그 하루 동안 초조, 긴장, 공포를 잔뜩 느끼면서도 그는 여전히 이성을 유지하고 갖가지 이해관계를 꼼꼼히 생각해 보았다.

그는 화약 사건의 배후 주모자가 진왕 전하라는 사실을 몰랐지만, 진왕 전하가 만나 주는 것을 미루는 것으로 보아 일부러 자신을 곤란하게 만들려 한다는 것은 느낄 수 있었다.

무릇 누군가를 곤란하게 만들려고 한다는 것은 노리는 것이 있다는 뜻이었다. 그래서 그도 내내 대응책을 고민했다.

안으로 들어가자 그는 침착하게 읍을 했다.

"소생 장손택림이 진왕 전하와 왕비마마께 인사 올립니다."

용비야는 높은 자리에 앉아 그를 내려다보았다.

"천역 암시장의 반을 차지하는 거물, 그렇게 대단한 분이 본왕 앞에서 소생이라고 칭하다니 감당하기 어렵군!"

용비야의 입가에 어린 비웃음을 본 장손택림은 간담이 서늘했다. 마음의 준비는 했지만 이 얼음왕을 마주하자 역시 두려움이 솟았다.

"진왕 전하, 소생의 수명을 갉아먹으려 그러십니까!"

장손택림이 다급히 말했다.

용비야는 싸늘하게 웃었다.

"오늘 이렇게 왕림하신 까닭은 무엇인가?"

장손택림은 소매에서 은표 한 묶음을 꺼냈다.

"전하, 소생은 전하의 인장을 받으러 왔습니다. 귀 전장에 이만한 은자를 몇 년째 보관하고 있는데 마침 최근 괜찮은 사업이 생겨 전부 융통하고자 합니다."

마치 화약 사건이 일어나지도 않았고 바깥에 떠도는 소문도 전혀 없는 것처럼 말하는 장손택림의 태도에 한운석조차 속으로 탄복했다.

"애석하지만 폐하께서 그대의 재산을 모두 동결하라고 하셨는데 본 왕더러 어쩌라는 말인가?"

용비야가 물었다.

그 말에 장손택림은 초조해졌다.

"진왕 전하, 다른 사람이 소생을 믿지 않는 건 받아들이겠습니다. 허나 전하께서 그러실 수는 없지요! 부디 소생을 위해 정의를 바로잡아 주십시오!"

그는 이렇게 말하더니 놀랍게도 은표 반 묶음을 빼내 탁자에 내려놓았다. 한운석은 일부러 다가가서 은표를 한 장 한 장 세었다.

이를 본 장손택림은 크게 기뻐하며 재빨리 말했다.

"왕비마마, 전장은 전하 것이니 이곳에서 일어나는 모든 일은 전하의 결정을 따릅니다. 황제폐하라 해도 따지실 수 없지요. 안 그렇습니까?"

"하긴 그렇죠!"

한운석은 더없이 아름답게 웃어 보였다.

장손택림은 더욱 기뻐하며 몇 장 더 내놓았다.

"왕비마마, 기쁘게 받아주십시오!"

한운석은 그것까지 받은 후 웃으며 말했다

"모두 열다섯 장, 육천만 냥이군요."

장손택림이 연신 고개를 끄덕였다. 그가 저축한 돈의 절반이니 적은 금액이 아니었다. 오기 전에 알아보니 진왕비를 끌어들이면 기본적으로 진왕 전하를 움직일 수 있다고 했다.

그런데 뜻밖에도 한운석은 용비야를 돌아보며 말했다.

"전하, 고작 육천만 냥 뇌물로 전하를 움직일 수 있나요?"

그 말이 떨어지자 장손택림은 놀라 얼굴이 새파랗게 질렸다.

"왕비마마, 소생은 그런 뜻이 아닙니다. 소생은 그저……."

"뇌물이 아니면 매수라도 할 셈인가요? 전하, 언제부터 그렇게 쉽게 돈을 받고 일을 해 주셨나요?"

한운석이 충격 받은 목소리로 물었다.

장손택림은 무릎이 꺾여 쓰러질 뻔했다.

"오해입니다, 왕비마마. 오해이십니다. 소생은 다른 뜻에서가 아니라 그저 급하게 오느라 전하께 드릴 선물을 준비하지 못하다 보니……. 전하, 부디 기쁘게 받아 주십시오! 기쁘게 받아 주십시오!"

"다른 뜻이 없다면 받아 주지."

용비야는 정말 돈을 받았다.

장손택림은 겨우 안도하며 다시 남은 은표를 내밀었다.

"전하, 인장을 찍어 주십시오."

그렇지만 용비야는 거들떠보지도 않고 태연하게 말했다.

"본 왕이 듣자니 약성과 사사로운 거래를 하고 있다지?"

장손택림은 의아한 눈빛을 지으며 즉시 부인했다.

"전하, 약재에는 사람 목숨이 달려 있는데 사사로운 거래가 가당키나 하겠습니까!"

그는 천녕국을 빠져나가 계속 암시장에서 장사할 생각이었다. 약재는 가장 돈벌이가 되는 장사고, 가장 빨리 재기할 수 있는 길이니 무슨 일이 있어도 약성의 도련님들을 배신할 수는 없었다!

"음, 본 왕도 듣고 그럴 리는 없다고 생각했지."

용비야가 말했다.

장손택림은 진왕 전하가 왜 그 일을 묻는지 알 수 없었고 깊이 생각할 여유도 없었다. 그는 다시 은표를 내밀었다.

"전하, 인장을 찍어 주시지요."

"폐하께서 그대 재산을 모두 동결하라는 명을 내리셨다고 말하지 않았는가? 본 왕에게 황명을 거역하라는 말인가?"

아니…….

장손택림은 한운석이 가져간 은표를 흘깃 보았다가 다시 자기가 가진 은표를 바라보았다. 화가 치밀었지만 감히 뭐라고 할 수도 없었다. 그가 은자를 진왕의 전장에 맡긴 것은 위급할 때 진왕과의 관계를 이용하기 위해서였는데 지금은 후회막급이었다!

후회는 했지만 그는 여전히 냉정했다. 잠시 망설이던 그가 소리 죽여 말했다.

"진왕 전하, 소생 역시 바깥에 적잖은 유언비어가 돌고 있고 폐하께서 소생을 용의자 목록에 올리셨다는 것을 압니다. 하지만 화약 사건은 분명코 소생이 한 일이 아닙니다. 소생은 절대로 그렇게 담력이 크지 않습니다! 반대로 암시장의 다른 거물인……."

장손택림은 말을 하다 말고 입을 다물었다. 용비야가 호기심을 보일 줄 알았는데 예상과 달리 용비야는 아무 말도 없었다.

장손택림은 별수 없이 말을 이었다.

"전하, 천역 암시장의 다른 거물은 바로 명성이 자자한 운공 상인협회장 구양영락입니다!"

용비야는 속으로 냉소를 지었다. 그의 추측대로 구양영락이 바로 천역 암시장의 또 다른 거물이었다. 하지만 그는 여전히 아무 말도 하지 않았다.

장손택림은 도무지 눈앞에 있는 왕의 마음을 읽을 수가 없었다. 그는 진왕비를 쳐다보았지만 그녀는 태연하기 짝이 없었고 역시 아무 말도 하지 않았다.

어쩔 수 없게 된 그는 얼굴에 철판을 깔고 말을 이었다.

"전하, 그 화약은 분명히 나라 밖에서 들여온 것입니다. 그리고 구양영락은 변방과 아주 튼튼한 관계를 맺고 있지요!"

구양영락은 장손택림을 고발하고 용비야를 통해 장손택림을 쓰러뜨려 암시장을 집어삼키려 했는데, 이번에는 장손택림이 반대로 구양영락을 모함해 구덩이에 빠뜨리려 하고 있었다.

한운석은 그 말을 들으며 속으로 한숨을 쉬었다. 이 세상에 상인보다 더 교활한 자가 과연 있을까?

혹시 진왕?

이렇게 생각한 그녀는 속으로 쿡쿡 웃었다.

"전하, 구양영락은 천역 암시장의 반을 차지한 데다 삼도 암시장에도 적잖은 사업장이 있습니다. 구양영락의 능력이라면 화약을 밀반입하는 것은 일도 아니겠지요. 전하, 폐하께서는 혼란해하실 수 있으나 전하께서는 그렇지 않으실 겁니다. 안 그렇습니까? 운공상인협회를 견제할 수 있는 절호의 기회입니다! 전하께서 구양영락을 조사하시겠다면 소생이 전력을 다해 돕겠습니다!"

장손택림이 뭐라고 하든 용비야는 차갑게 바라보기만 할 뿐 아무 말도 없었다.

본래는 자신만만해하던 장손택림도 입 한 번 열지 않는 용비야의 태도와 얼음 같은 눈빛을 보자 점점 자신이 없어지고 양심이 찔리기 시작했다.

쓸데없는 말을 잔뜩 늘어놓고도 남을 설득시키지 못하는 사람이 있는 반면, 눈빛만으로 남을 두려워하고 존경하게 만드는 사람도 있었다. 용비야는 후자였다.

장손택림이 알아서 입을 다물자 비로소 용비야가 차갑게 말했다.

"장손택림, 안심하라. 화약 사건이 그대가 한 일이 아니라면 폐하께서는 반드시 결백을 밝혀 주실 것이다! 구양영락 문제는 설령 폐하께서 움직이지 않으시더라도 화약의 진짜 주인이 용서하지 않겠지!"

용비야가 정확하게 말하지는 않았지만 장손택림은 퍼뜩 깨달았다.

증거가 없는 상황에서 천휘황제는 기껏해야 그의 사업장을 봉쇄하고 천녕국 도성에 가둬 둘 뿐이지만, 초천은은 분명 그를 죽여 비밀을 지키려고 할 것이다!

잔머리를 굴려 달아나는 데만 급급했던 나머지 가장 중요한 일을 잊고 있었던 것이다.

마침내 장손택림도 자신의 목숨이 위험하다는 것을 깨달았다. 비상사태였다!

"전하!"

그가 놀란 목소리로 외쳤다.

"여봐라, 손님을 배웅해라!"

용비야가 차갑게 말했다.

장손택림은 망설이지 않았다.

"전하, 전하께서 소생의 목숨을 보호해 무사히 북려국으로 보내 주신다면, 약성 삼대 명가가 최근 몇 년간 암시장에 약을 공급했다는 상세한 증거를 기꺼이 내놓겠습니다!"

"하지만 본 왕비는 화약의 출처가 더 궁금하군요! 당신이 얼마나 알고 있죠?"

한운석이 흥미롭게 입을 열었다.

"왕비가 궁금하다니, 구양영락 이야기 외에 알고 있는 것을 말해 보라."

용비야가 말했다.

장손택림은 그제야 깨달았다. 가장 다루기 어려운 사람은 진왕이 아니라 진왕비라는 것을!

그야말로 하나를 주면 열을 원하는 여자였다!

이렇게 된 이상 자신이 화약을 가져왔다는 것만 빼고, 초천은에 대한 것까지 모두 털어놓을 수밖에 없었다.

"왕비마마, 소생이 알기로 그 화약은 서주국 군인 집안인 초씨 집안에서 나온 것입니다. 초씨 집안 도련님인 초천은이 술독에 넣어 몰래 가져온 것이지요. 본래는 내년에 한 더미 더 보낼 계획이었지만 지금 보니 틀린 듯합니다."

장손택림이 대답했다.

"초천은? 초씨 집안 사람이 도성에 몇이나 잠복해 있죠?"

한운석이 물었다.

"소생이 알기로 적은 수는 아닙니다. 다만 구체적으로 누구인지는 소생도 모릅니다."

장손택림이 사실대로 대답했다.

한운석은 또다시 소소옥의 일곱 색 신호탄을 떠올렸다. 보아하니 초씨 집안 사람들은 천녕국 도성에 일찍부터 매복해 있던 모양이었다.

"전하, 왕비마마. 소생은 지난달 초천은을 한 번 만났습니다. 소생의 추측으로 그자는 천녕국에 와 있을 것입니다. 어찌면 도성에 숨어 있을지도 모릅니다!"

장손택림은 차마 말하지 못했지만, 지금쯤 초천은은 아마 그를 죽이려고 곳곳을 뒤지고 있을 것이다.

본래는 약성이 암시장과 손을 잡은 증거만 얻을 생각이었는데 무심결에 초씨 집안 소식까지 듣자 용비야와 한운석은 뜻밖의 수확에 놀라면서도 경계심이 들었다.

"증거를 내놓으면 본 왕이 오늘밤 그대를 내보내 주겠다."

마침내 용비야가 약속했다.

장손택림은 무척 기뻐하며 황급히 증거를 찾으러 돌아갔다. 그처럼 중요한 물건이니 당연히 암시장에 두지는 않았다.

그 증거는 두꺼운 장부로, 약성 삼대 명가의 누가 언제 어떤 약을 암시장에 가져왔는지, 장손택림이 이를 팔아 얼마나 돈을 벌었고 그들에게 얼마나 나눠 줬는지 세세히 기록한 것이었다. 하나 하나 아주 자세히 써 있었고 인장도 찍혀 있었다.

몇 장 훑어본 한운석은 무척 기뻐했다. 이 증거만 있으면 약성 사람들도 타협하지 않을 수 없었다.

증거를 손에 넣자 용비야도 드디어 장손택림의 은표에 인장을 찍어 주고 호위병을 딸려 장손택림을 떠나게 해 주었다.

장손택림이 바친 은자는 용비야의 말대로 우선 암시장에서 한씨 집안 무료 의관에 기부한 셈 치기로 했다.

"전하, 내일 바로 약성으로 가요, 네?"

한운석은 몹시 흥분했다.

"무슨 일로?"

용비야가 물었다.

"협상하러요! 약성이 우리에게 물품을 공급하도록 만들어야죠. 등급 약재 중 하품을 영원히 공급하는 걸로요!"

한운석이 진지하게 말했다.

용비야는 그녀의 앞머리를 쓰다듬으며 웃었다.

"협상을 하더라도 그들이 도성에 와야 한다. 마차 여행이 힘든데 네가 직접 갈 이유가 어디 있느냐?"

이 바보 같은 여자는 어쩌자고 이렇게 온종일 돌아다니는 것을 좋아할까? 약점을 잡았으니 약성 삼대 명가에 소식을 전하면 그들이 서둘러 달려올 것은 뻔했다.

그렇게 해서 용비야는 한운석을 데리고 왕부로 돌아갔다. 물론 돌아가기 전에 사람을 시켜 용천묵에게 초천은이 도성에 있을 가능성이 있다는 소식을 전했다.

용천묵과 초천은을 천천히 싸우게 만들어 놓고, 또 멀리서 약성 사람들도 불러들일 생각이었다.

그틈에 그는 왕부에 머물고 있는 손님을 처리해야 했다. 이렇게 오래 끌었으니 이제 가면을 벗길 때였다……

길 가면서 혼내 주기

아침 일찍 한운석이 일어나자마자, 조 할멈이 와서 보고했다

"왕비마마, 전하께서 약귀 대인과 꽃밭에서 차를 마시기로 하셨으니 마마도 함께하자 하십니다."

한운석은 아직 꿈을 꾸는 게 아닌가 생각했다. 용비야가 고칠찰과 차를 마신다고? 오늘 해가 서쪽에서 떴나?

"정말인가?"

한운석이 의아한 듯 물었다.

조 할멈이 대답하기도 전에 소소옥이 끼어들어 어른인 척 두 손을 허리에 척 얹고 확신에 차서 말했다.

"주인님, 전하께 무슨 꿍꿍이가 있는 게 분명해요! 좋은 마음으로 그러는 게 아니라고요!"

소소옥은 기억을 잃고 운한각으로 돌아온 후 예전보다 훨씬 부지런해져서, 매일같이 백리명향과 조 할멈의 일을 먼저 해 놓고 두 사람더러 굼뜨다고 투덜거리곤 했다. 지금도 백리명향 대신 정원의 독초에 물을 주고 있었다.

"어허, 무엄하구나! 네까짓 게 어디 감히 함부로 전하를 평해?"

조 할멈이 꾸짖었다.

하지만 한운석은 소소옥의 이런 말투에 익숙해져 개의치 않고 웃었다.

"가자. 가서 전하께서 대체 어떤 마음으로 그러시는지 보자꾸나."

꽃밭에 도착하자 용비야는 벌써 차를 끓이고 있었다.

오늘 그는 검은 머리카락을 높이 묶고 흑의경장을 입은 평소의 차갑고 신비로운 모습이 아니라, 숱 많은 머리카락을 백옥비녀 하나로 고정하고 구름같이 풍성한 소맷자락이 있는 하얀 옷을 입고 있어 존귀하고 초탈한 모습이었다. 정자의 대나무 의자 위에 가부좌를 틀고 앉은 그는 마치 그림 속 신선처럼 빼어나 보였고, 동작 하나하나가 더없이 우아했다.

흰옷을 입은 그를 본 지가 언제인지 까마득했다. 한운석은 저런 모습을 한 진왕 전하가 좋았고, 저런 모습을 한 그의 몸에서 나는 햇살 냄새가 좋았다. 저런 모습을 한 그는 좀 더 가까이하기 쉽고, 냉정하고 잔인한 느낌도 덜했다.

그녀는 일부러 걸음을 멈추고 가만히 그를 바라보았다. 마치 자신이 움직이지 않으면 영원히 이 순간에 멈춰 있기라도 하는 것처럼.

"주인님은 진왕 전하가 참 좋으신가 봐요?"

소소옥이 물었다.

한운석이 고개를 돌리고 눈을 흘겼다.

"쓸데없는 소리!"

"얼마나 좋으세요?"

소소옥이 또 물었다.

한운석은 못 들은 척 대답하지 않았다.

소소옥은 또 물었다.

"저 분이 안 계시면 죽을 만큼 좋으세요?"

결국 한운석도 무시하지 못하고 얄미운 듯 소소옥을 바라보았다.

"조그만 게 종일 꼬치꼬치 캐묻기만 하고, 귀여운 구석이라곤 눈 씻고 봐도 없구나!"

"귀여운 게 밥 먹여 주는 것도 아니잖아요!"

소소옥이 코웃음 쳤다.

두 사람이 그렇게 떠들고 있을 때 별안간 고칠찰이 옆에서 쑥 튀어나왔다.

"어이, 좋은 아침!"

한운석과 소소옥은 화들짝 놀랐고, 정자에 있던 용비야도 일어나 이쪽을 바라보았다.

"좋은 아침이군요."

한운석이 담담하게 대답했다.

소소옥은 온통 새까맣게 차려입은 고칠찰을 훑어보며 차갑게 말했다.

"아침 댓바람부터 귀신 구경을 다 하네!"

뜻밖에도 그 말을 내뱉자마자 갑자기 그녀의 목구멍이 확 조여들고, 동시에 한운석의 해독시스템이 독 경고를 울렸다!

소소옥은 목을 움켜쥐었지만, 목소리를 낼 수 없다는 것을 알고 놀란 얼굴로 한운석의 손을 잡으며 구원을 청했다.

해독시스템도 벌써 소소옥이 벙어리가 되는 아독啞毒에 중독

되었다고 알아냈다. 이 독의 무서운 점은 약 30분 안에 해독하지 못하면 영원히 해독할 수 없다는 것이었다.

한운석은 즉시 진료 주머니에서 해독시스템이 제공한 해약을 꺼내 소소옥에게 먹였다.

그렇지만 소소옥은 목구멍이 편안해지기 무섭게 다리에서 힘이 쭉 빠지는 것을 느꼈고, 아무 징조도 없이 털썩 쓰러지고 말았다.

또 중독이었다!

정강이뼈에 손상을 주는 독약으로, 역시 제때 해독하지 않으면 영원히 불구로 살아야 했다.

해독시스템은 곧 해약을 만들어 냈다. 이 해약은 복용하는 것이 아니라 정강이뼈에 분사해야 효과가 있었다.

"앉아서 바짓가랑이를 걷어!"

한운석이 즉시 말했다.

소소옥은 한운석의 엄숙한 표정을 보자 감히 지체하지 못하고 재빨리 시킨대로 했다.

그렇지만 한운석이 약을 분사하는 순간 별안간 소소옥이 '으앙' 하고 울음을 터트렸다. 언제부턴지 입가에 새빨간 피가 흐르고 있었다.

결국 한운석도 화가 나서 벌떡 일어났다.

"고칠찰, 아이들이야 본래 별생각 없이 말하는 거 몰라요? 왜 이렇게 지독한 독을 쓰는 거예요?"

소소옥의 중독은 당연히 고칠찰의 짓이었다.

고칠찰은 히죽 웃었다.

"아이는 본래 별생각 없이 말한다고? 저 계집애가 세 살 먹은 어린아이인 줄 아느냐?"

한운석은 상대하기 귀찮아 우선 소소옥부터 해독했다. 그런데 고칠찰은 그래도 계속 독을 쓰려고 했다. 독 냄새를 맡은 한운석이 차갑게 말했다.

"그만해요!"

고칠찰은 무심코 정자에 있는 하얀 그림자를 흘낏 보더니 웃으며 말했다.

"사과하면 그만하지."

"꿈 깨!"

소소옥이 성질을 냈다. 이 많은 독을 당해 놓고 사과까지 하면 누가 봐도 자신의 손해였다.

그 말이 떨어지기 무섭게 그녀의 입에서 또다시 피가 흘렀다.

한운석은 소소옥에게 해약을 주고 등 뒤로 숨겼다. 그녀가 차갑게 고칠찰을 훑어보며 말했다.

"약귀대인께서는 약 만드는 솜씨만 일류인 게 아니라 독술도 아주 대단하군요! 정말 뜻밖이에요!"

방금 똑똑히 보았듯, 저자는 소소옥에게 가까이 가지도 않고 눈 깜짝할 사이에 독을 썼다. 게다가 독 쓰는 솜씨도 매우 정확해서 보통 실력이 아니었다. 적어도 그녀가 아는 한, 운공대륙 독술계에서 이만한 실력을 갖춘 사람은 많지 않았다. 군역사가 그중 하나고, 고칠소도 저 정도 실력은 있을 것이다.

"약과 독은 본래 하나거든. 흐흐."

고칠찰은 시원스레 시인했지만 더는 독을 쓰지 않았다.

문득 흥이 나서 독술을 뽐내긴 했지만, 정말이지 부적절한 행동이었다.

그는 화제를 돌리려 했지만 한운석이 물고 늘어졌다.

"혹시 몰래 독술을 배운 일로 의성에서 쫓겨난 건 아니겠죠?"

약귀라는 인물의 이야기를 처음 들었을 때부터 한운석은 의성이 천부적인 재능을 지닌 그를 미련 없이 내친 까닭을 도무지 알 수가 없었다.

대체 이자가 얼마나 많은 잘못을 저질렀기에 의학원이 인재를 잃는 아픔을 참으면서 쫓아냈을까? 설마 의학원의 금기인 독종과 연루되었던 걸까?

약과 독은 본래 하나라지만, 저 정도 독술은 흔한 게 아니었다.

고칠찰은 웃었지만 눈동자에서 음험한 빛이 번쩍였다.

"말하지 않겠다!"

소소옥 저 계집아이의 못된 언사를 구실로 한운석과 한바탕 해 볼까 했는데, 화제가 이런 쪽으로 흘러가자 고칠찰은 과감하게 이야기를 끝냈다.

그가 돌아서서 걸어가자 한운석이 재빨리 쫓아오며 변죽을 울렸다.

"고칠찰, 독초도 길러요?"

고칠찰이 대답하지 않자 한운석은 웃으며 말했다.

"독술을 할 줄 아는 게 낯부끄러운 일도 아니잖아요. 어디 말해 봐요, 같이 연구하면 얼마나 좋아요?"

고칠찰은 그래도 말이 없었다. 한운석이 귀찮게 자꾸만 물어 댔으나, 고칠찰은 빨리 걷기도 하고 느리게 걷기도 하고, 고개를 돌려 쳐다보거나 큰 소리로 웃으면서도 끝내 대답은 없었다.

용비야 쪽에서 볼 때, 그 모습은 꼭 수다 떨며 서로 장난치는 신혼부부 같았다!

그는 위험스럽게 눈을 좁혔다. 눈빛이 무서울 만큼 깊어졌고 그에 따라 주위 공기도 차갑게 식었다.

그는 준비해 둔 남산홍을 예고도 없이 휙 집어 던졌다. 얼마나 힘을 주었는지 모르지만, 찻잔은 시위를 벗어난 활처럼 똑바로 고칠찰의 얼굴을 향해 날아갔다.

본래는 우아하게 남산홍을 마시며 천천히 이야기할 생각이었지만, 지금은 우악스레 고칠찰의 가면을 벗겨 버리겠다고 마음을 바꿔 먹었다!

한운석보다 앞서가던 고칠찰은 위험이 다가오는 것을 느끼고 한운석이 쫓아오기를 기다렸다가, 재빨리 옆으로 피해 찻잔이 한운석을 향하게 했다.

별안간 앞에서 덮쳐 오는 찻잔을 발견한 한운석은 순간적으로 어쩔 줄 몰라 하며 그 자리에 멍하니 섰다.

용비야가 다급한 나머지 표창을 날려 찻잔을 깨뜨리려는데 고칠찰이 선수를 쳐서 멋들어지게 발을 들어 찻잔을 힘껏 차 냈다. 먼 친척보다 가까이 있는 남이 낫다더니, 딱 그 상황이었다.

그는 흐흐 웃으며 용비야를 돌아보았다.

"누굴까나, 아침 댓바람부터 성질을 부려 대는 사람이?"

고칠찰의 뛰어난 독술에 관한 생각뿐 수다 떨고 장난칠 마음은 전혀 없었던 한운석은, 자신이 방금 고칠찰을 쫄쫄 쫓아다닌 게 부적절한지 알아차리지도 못했다.

그녀는 의아한 눈길로 용비야를 바라보았다. 저 인간이 화가 많이 났나 봐. 갑자기 고칠찰에게 찻잔을 집어 던지다니 대체 뭣 때문이람?

용비야는 아무 소리 없이 또다시 찻잔을 집어 던졌다. 조금 전과 마찬가지로 고칠찰의 얼굴을 노린 것이었다. 고칠찰은 자연스레 이를 피해 공중제비를 돌아서 옆에 있는 커다란 나무 위로 올라갔다.

"진왕 전하. 정말 차 마시자고 부른 게 맞나?"

"그렇다. 마실 용기가 없느냐?"

용비야가 반문했다.

이렇게 말하며 그가 다시 찻잔을 던지자 고칠찰은 즉시 받아 냈다. 찻잔 던지는 솜씨도 일품이지만 받아 내는 솜씨도 여간 아니어서 조그마한 공부찻잔에 칠 푼쯤 담긴 남산홍을 단 한 방울도 흘리지 않았다.

어쨌든 누구나 용비야처럼 같은 종류의 차에서 냄새만 맡고 품종을 알아내는 것은 아니어서, 고칠찰은 이것이 홍차라는 것만 알아냈을 뿐이었다. 독이 없는 것을 확신하자 그는 태연스레 한 모금 맛본 다음 홀짝홀짝 마셨다. 어딘지 익숙한 맛이라고 생각하고 있을 때 용비야가 찻주전자를 들고 다가왔다.

"맛이 어떠냐?"

고칠찰은 슬며시 이상한 것을 느끼면서도 굴하지 않고 나무에서 뛰어내렸다.

"한 잔 더 줘 보시지."

용비야는 차를 따르며 말했다.

"천향차원에만 있는 남산홍이다. 지난번 약귀곡에서도 마셨는데 왜, 익숙하지 않느냐?"

고칠찰은 눈빛을 싸늘하게 식히며 경계심을 바짝 높였다. 옆에 있던 한운석은 용비야와 고칠찰 사이의 긴장된 분위기를 알아채지 못하고 그제야 고개를 끄덕였다. 지난번 고칠찰이 대접한 차가 남산홍이었구나. 어쩐지 익숙하더라니.

천향차원은 이미 용비야가 봉쇄했으니, 그곳에서 키운 남산홍은 자연히 용비야 손에 들어가 외부에는 팔지 않았다. 설마 고칠소가 다른 곳에 차를 심어 다시 팔기 시작한 걸까?

아니면…….

한운석이 고개를 갸웃하고 있는데, 갑자기 초서풍이 달려와 긴장한 얼굴로 말했다.

"전하, 손님이 찾아왔습니다!"

용비야는 누군지 묻지도 않고 내뱉었다.

"만나지 않겠다."

그러나 초서풍은 난처했다. 잠시 망설이던 그가 황급히 다가가 소리 죽여 귓속말했는데, 무슨 내용인지 모르지만 용비야의 안색이 살짝 변했다.

그는 한운석을 향해 담담하게 말했다.

"정자에서 기다려라. 곧 돌아오겠다."

그는 말을 마치기 무섭게 급한 일이 생긴 듯 바삐 떠나갔다.

용비야가 사라지자 한운석은 시녀를 불렀다.

"약귀 대인을 잘 모셔라."

진왕부로 찾아온 것만 봐도 보통 사람이 아닌데, 초서풍이 저렇게 긴장한 것을 보면 더욱더 그랬다. 적어도 찾아온 사람은 진왕이 체면을 세워 줄 만한 능력이 있는 자였다.

대체 누구일까? 무슨 급한 일일까?

한운석은 호기심에 몰래 뒤를 따랐다. 고칠찰은 의아한 듯 손에 든 찻잔을 쳐다보며 복잡한 눈빛을 짓다가, 역시 몰래 한운석을 뒤쫓았다.

한운석이 객청 옆문으로 살금살금 들어가 보니, 한 여자가 용비야에게 바짝 붙어 서 있는 게 보였다. 그 여자는 바로 오랫동안 나타나지 않았던 서주국의 공주 단목요였다!

시큼한 질투

단목요가 왔다!

그녀는 비록 서주국 황제에게 폐위당해 줄곧 천산검종에 숨어 있었으나, 그 1년 반 동안 퍽 잘 지낸 모양이었다. 본래 선녀처럼 절색이지만 약간 야윈 편이었는데, 지금은 살이 오른 데다 가슴을 반쯤 드러낸 기다란 통짜 치마까지 입어 무척 풍만해 보였다.

한운석은 그녀가 찬 패검佩劍(허리에 차는 검)에 눈길이 갔다. 연 파랑 검집은 용비야가 늘 쓰는 보검과 똑같은 모양이었다.

서주국 공주 신분일 때는 검을 차지 않았는데, 저렇게 검을 찬 것은 그녀가 황족이 아니라 진정한 강호인이 되었다는 의미였다.

한운석은 그녀와 용비야가 천산검종 종주의 마지막 제자고, 일류 검술을 지닌 고수임을 알고 있었다.

한운석의 위치에서는 용비야의 등과 생글생글 웃는 단목요의 얼굴이며 정이 담뿍 담긴 눈빛만 볼 수 있을 뿐, 두 사람이 워낙 목소리를 낮춰 이야기하고 있어서 뭐라고 하는지 전혀 들을 수가 없었다.

묵묵히 그 장면을 바라보는 한운석은 아무래도 기분이 좋지 않았다.

용비야에게 아주 급한 일이 생겼고 그녀가 따라가기엔 적절하지 않아서 꽃밭에서 기다리라고 한 줄 알았는데. 공연히 방해할까 싶어 몰래 뒤쫓아 오고도 곧바로 안으로 들어가지 않았는데.

그런데, 찾아온 사람이 단목요일 줄이야!

저 여자와의 일은 지난번 용비야가 해명한 적이 있듯, 단목요가 만 열여덟 살이 될 때까지 보호하라는 사부의 명령 때문이었다.

한 번 사부는 영원한 사부이니 쉽사리 그 명을 어길 수는 없다는 건 한운석도 당연히 알고 있었다. 하지만 용비야는 왜 단목요가 찾아왔다고 솔직히 말하지 않았을까? 왜 그녀더러 꽃밭에서 기다리라고 했을까?

왔으면 왔다, 급한 일이 있으면 있다 말하면 될 것을, 왜 꼭 속여야 했을까?

한운석이 울적해하고 있을 때, 뜻밖에도 용비야가 갑자기 몸을 숙였고 단목요가 재빨리 다가와 그의 귓가에 속삭였다.

용비야!

한운석은 화가 치밀어 다짜고짜 안으로 들어가, 소유권을 주장하듯 용비야의 팔을 감싸 안으며 태연하게 말했다.

"전하, 요 공주께서 오셨는데 차라도 대접하지 않으시고요?"

단목요는 한운석을 흘기며 냉소를 떠올리더니 부드럽게 말했다.

"사형, 아직 말이 끝나지 않았어요."

용비야는 복잡한 눈빛을 하며 한운석의 손을 가볍게 두드렸다.

"가서 다과를 준비하거라."

다과를 준비하라니. 완전 명령이었다. 진왕부에 하인이 부족한 것도 아닌데 이렇게 말한 건 한운석을 따돌리려는 게 틀림없었다.

대체 단목요가 무슨 기밀을 가져왔기에 그녀에게조차 알려 줄 수 없고 꼭 귓속말로 전해야 하는 걸까?

한운석은 가고 싶지 않았지만 용비야가 부드럽게 손등을 쓰다듬자 결국 마음이 약해졌다.

그녀는 용비야를 끌어당겨 친밀하게 귓가에 대고 속삭였다. 귓속말하는 것 같았지만 사실은 아무 말 하지 않고 그냥 입김만 후 불었다!

"음, 가 보거라."

용비야는 알아들은 모양이었다.

단목요는 이 친밀한 행동이 눈꼴시어 견딜 수 없었지만 꾹 참았다. 가까스로 하산할 기회를 얻었는데 무슨 일이 있어도 망칠 수는 없었다!

단목요는 계속 한운석을 노려봤지만, 한운석은 더는 아는 척하지 않은 채 새치름하게 턱을 들고 우아하면서도 고귀하게 뒤도 돌아보지 않고 떠났다.

저 여자 앞에서 자신감을 잃고 싶지 않았다. 그러나 문을 나선 뒤에는 마음먹은 것과 달리 눈빛이 어두워졌다.

용비야, 대체 우리 사이엔 아직 몇 걸음이나 남아 있어?

그간 너무 다정하게 지내다 보니 벌써 백 걸음을 다 걸어간 줄 알았잖아.

당신, 천산검종, 그리고 당문에 관한 수많은 일들. 지금껏 한 번도 물어보지 않았지만, 당신이 먼저 말해 줄 생각은 없는 거야? 언젠가 내가 고집스럽게 캐물으면 말해 줄 거야?

한운석은 정말로 다시는 객청을 돌아보지 않았고, 정말로 직접 다과를 준비하러 갔다.

그녀가 돌아왔을 때 용비야는 이미 주인 석에, 단목요는 손님 석에 앉아 있었다. 한운석이 들어오는 것을 보자 단목요는 마치 한운석이 들으면 안 된다는 듯 입을 다물었다.

의심할 바 없는 침묵시위였다.

한운석은 그 침묵에 개의치 않고 다과를 내려놓은 다음 당당하게 용비야 옆 주인 석에 앉아 손수 간식 한 조각을 집어 건넸다.

"전하."

용비야는 간식을 좋아하지 않았고, 특히 여자들이 좋아하는 단것을 싫어했다. 지난번 함께 차를 마시러 갔을 때 몇 번 권했지만 모두 거절당한 후로 한운석도 다시는 권하지 않았다.

하지만 지금은…….

용비야는 투명한 양갱을 보며 어쩔 수 없는 표정을 지었지만, 그래도 한 입 베어 물었다.

그런데 맛보는 순간 정신이 번쩍 들었다.

시큼했다! 식초보다 더 시큼한 맛이었다!

"전하, 입에 안 맞으세요? 그럼 다른 걸 드세요."

한운석은 재빨리 다른 것을 집어 똑같이 용비야 앞에 내밀었다.

용비야는 억울한 얼굴로 그녀를 바라보았지만 이번에도 거절하지 않았다. 다시 한 입 베어 문 그는 하마터면 그 자리에서 뱉어낼 뻔했다.

식초를 들이부은 것 같은 시큼함에 이가 시릴 정도였다.

"이것도 입에 안 맞으세요?"

한운석이 진지하게 물었다.

용비야는 기가 차기도 하고 우습기도 했다. 어디서 이렇게 사랑스럽고 얄미운 여자가 나타난 건지!

그녀가 건넨 간식 두 개는 모두 시큼했다. 의심할 바 없이 그녀가 시큼한 질투 덩어리라는 경고였다!

용비야는 대답하지 않고 묵묵히 간식 두 개를 모두 꿀꺽 삼켰다. 하지만 한운석은 기분이 상쾌하기는커녕 도리어 마음이 아파 재빨리 차를 따라 주었다.

이 장면을 본 단목요는 더는 앉아 있을 수가 없어 벌떡 일어나 진지하게 말했다.

"사형, 이제 가야죠?"

가다니?

어딜 가려는 거지?

한운석이 용비야에게 묻는 시선을 던졌지만, 용비야는 아무 설명도 없이 나지막하게 말했다.

"이리저리 돌아다니지 말고 순순히 왕부에서 기다려라. 며칠 후에 돌아오겠다."

지금껏 수많은 일을 묻지 않고 그가 먼저 말해 주길 기다린 그녀였지만, 이번에는 망설이지 않고 물었다.

"어딜 가시는 거예요? 무슨 일이죠?"

용비야는 대답을 피했다.

"며칠 있다 돌아오마."

"반드시 가셔야 해요?"

"음."

"그렇군요……."

한운석은 잠시 입을 다물었다가 나지막이 말했다.

"전하, 저도 데려가세요, 네?"

그때 단목요가 또 재촉했다. 응석 부리는 목소리였다.

"사형, 어서 가요!"

한운석은 용비야를 바라보았다. 보기만 해도 마음이 흔들리는 그 눈에 담긴 것은 애원이 아니라 바람이었다.

애원과 바람은 완전히 달랐다!

그녀는 그를 좋아하지만 한 번도 강요한 적이 없었다. 그저 기대하고 바라기만 했다.

"전하, 가고 싶어요."

그녀는 무척 진지했다.

그러나 용비야는 끝내 그녀를 실망시켰다. 그는 여느 때처럼 그녀의 앞머리를 쓰다듬으며 담담하게 말했다.

"순순히 기다리고 있거라. 이리저리 돌아다니지 말고, 고칠찰과 가까이 지내지도 말고."

그는 이렇게 말한 뒤 일어서서 단목요와 함께 밖으로 나갔다.

한운석은 묵묵히 앉아서 바라보았다. 용비야와 단목요의 뒷모습이 점점 멀어지다가 결국 사라지자 그제야 그녀는 손을 뻗어 자신의 앞머리를 매만졌다. 바보처럼 멍하니 매만지기만 했다. 갑자기 심장이 턱 막히는 것 같아 견딜 수가 없었다!

이제 보니 혼자만의 바람이었을 뿐, 백 걸음은 아직도 많이, 아주 많이 남아 있었다.

아무리 중요한 일이라도, 아무리 비밀스러운 일이라도, 용비야가 원하지 않으면 그 누가 비밀을 폭로할 수 있을까? 그 누가 그녀를 데려가지 못하게 할 수 있을까?

이제 보니 그녀는 그의 세상에 들어간 것이 아니라, 여전히 그 입구에 멈춰 서 있었다.

창밖에서는 고칠찰이 실의에 빠진 한운석의 모습에 눈을 가늘게 떴다. 그가 건들건들 다가왔다.

"이봐, 차였어?"

한운석이 화난 눈으로 쏘아보았다.

"엿들었군요!"

"엿듣긴! 정정당당하게 들었지! 이 몸도 단목요가 용비야에게 뭐라고 귓속말을 했는지는 못 들었다!"

고칠찰이 퉁명스레 말했다.

"귓속말?"

한운석은 깜짝 놀랐다.

고칠찰은 시선을 약간 피하면서도 큰 소리로 말했다.

"아주 찰싹 붙어서 말하더군. 쯧쯧, 저 공주는 애초에 진왕부에 측비로 들어오는 편이 저렇게 폐위되는 것보다 나았을 텐데!"

한운석은 고칠찰의 첫 마디만 듣고 얼굴을 굳히며 일어나서 걸어갔다.

고칠찰은 허둥지둥 그녀를 쫓아 왕부 뒷문까지 따라갔다.

한운석이 나가려는데 초서풍이 나타났다.

"왕비마마, 전하께서 부재중이시니 외출하지 않으시는 게 좋겠습니다."

한운석이 차갑게 노려보자 초서풍은 무의식적으로 물러섰다. 저 눈빛만 보면 전하보다 더 무섭고 자칫하면 사람이라도 죽일 것 같았다.

물론 초서풍이 물러나도 그 자리에 있던 심부름꾼들은 감히 문을 열지 못하고 앞을 가로막았다.

"비켜!"

한운석이 차갑게 말했다.

심부름꾼들이 초서풍을 바라보았지만 초서풍은 입을 꾹 다문 채 아무 소리도 내지 않았다.

"두 번 말하게 하지 말고 비켜!"

한운석이 매섭게 외쳤다.

심부름꾼들은 화들짝 놀랐지만 그래도 감히 물러설 수가 없었다.

한운석이 암기를 쓰자 금침이 휙휙 날아가 심부름꾼들의 무릎에 명중했다. 심부름꾼들은 하나둘 주저앉았고, 두 다리가 뻣뻣해져 움직일 수가 없었다.

초조해진 초서풍이 황급히 앞을 가로막았다.

"왕비마마, 전하의 명령이……."

말이 끝나기도 전에 한운석이 차갑게 물었다.

"날 연금하라고 하셨나?"

"아닙니다!"

초서풍이 놀라 외쳤다.

전하는 고칠찰을 조심하라고만 했지 다른 말은 없었다. 그렇지만 왕비마마가 외출하면 무슨 수로 고칠찰을 막을 수 있을까?

"아니면 비키게. 안 그러면……."

한운석의 말이 끝나기도 전에 초서풍이 알아서 비켜났다. 아무리 그래도 중독되고 싶지는 않았다. 중독되면 뒤를 쫓을 수도 없으니까.

옆에서 히죽거리던 고칠찰은 한운석이 나가는 것을 보자 같이 문을 통과하는 대신 곧바로 담장을 훌쩍 뛰어넘어 한운석의 뒤를 쫓았다.

"이봐, 약귀당이나 보러 가지! 오늘이 창고 착공일이거든."

"저리 떨어져요!"

한운석은 말에 올라 보란 듯이 달려갔다.

당연히 고칠찰도 바짝 따라갔고, 초서풍 역시 비밀 시위 한

무리를 이끌고 몰래 뒤쫓았다.

용비야가 멀리 떠나고 한운석마저 외출한 다음 진왕부 정문과 뒷문이 모두 조용해진 후에야 초천은은 밀정을 모두 철수시켰다.

암시장 폭발 사건이 벌어진 후 용천묵은 내내 천휘황제 앞에서 초씨 집안을 걸고 넘어졌다. 이런 마당에 그는 당연히 전력을 다해 용천묵에 대항해야 했지만, 구양영락이 밀서를 보내 용비야가 꾸민 일임을 알려 준 것이었다!

단목요 쪽에서 용비야를 잡아 두기만 한다면, 반드시 용비야가 화약을 건드린 것을 후회하게 해 줄 수 있었다!

고칠찰과 초서풍은 한운석이 성을 나갈 것이고, 혹시 진왕 전하를 뒤쫓을지도 모른다고 생각했다. 그런데 뜻밖에도 한운석은 말을 타고 성안을 한 바퀴 돈 다음 고북월의 사저를 찾아갔다.

그때 고북월은 꽃밭에서 의서를 읽고 있었다. 꼬맹이는 옆에 웅크려 잠들어 있다가 주인의 냄새가 나자 벌떡 일어나더니, 눈을 동그랗게 뜨고 고북월을 향해 찍찍 울었다.

"왜 그러니?"

부드러운 고북월의 목소리는 마치 겨울날 햇살처럼 따사롭기 짝이 없었다.

꼬맹이는 이 목소리가 정말 좋아서, 이 목소리를 들으며 죽을 수 있다면 행복하리라 생각했다.

녀석은 몇 차례 울고 나서 문밖으로 달려나갔다. 고북월이 쫓아나가는데 곧 집사가 마주 달려왔다.

"주인님, 왕비마마께서 왕림하셨습니다! 검은 장포를 입은 분도 함께 계신데 약귀 대인 같습니다."

고북월은 다소 의외였지만, 그보다는 놀라고 기뻐 얼굴 가득 웃음을 지었다.

"어서 모시게."

고 태의도 농담을 할 줄 아네

고북월 사저의 대문은 연중 내내 굳게 닫혀 있었고 누군가를 위해 열린 적이 없었다.

고북월은 높은 자리에 있지만 사람들과 어울리지 않았다. 당쟁에 끼어들지도 않고, 조정의 어떤 세력과도 교분을 맺지도 않고, 일반적인 왕래조차 하지 않았다.

조정에나 관아의 적잖은 권세가들이 고북월과 교분을 틀거나 호감을 사려고 했고 심지어 협박하기도 했지만, 이 대문은 한 번도 그들을 위해 열린 적이 없었다.

고북월은 그런 사람들에게 일이 있으면 태의원으로 찾아오라고 말하곤 했다.

그런데 오늘은 손수 대문을 열고 한운석을 맞이했다.

한운석은 이런 특별한 대우를 알아차리지 못하고 그저 고북월이 예의가 바르다고만 생각했다. 확실히 고북월은 무척 공손해서, 문이 열리자마자 읍을 하며 예를 올렸다.

"왕비마마께서 왕림하셨는데 멀리 나가 맞지 못했으니 소관의 불찰입니다."

"일어나세요!"

한운석은 이미 고북월의 이런 태도에 익숙해져 있었다. 그녀는 고칠찰을 흘기며 물었다.

"안 갈 거예요?"

"가? 어디로?"

고칠찰은 모른 척했다.

"고 태의는 당신을 청한 적 없어요."

한운석이 사정없이 말했다.

"허 참, 왕비마마. 마마를 찬 사람은 진왕 전하니 따지려거든 그쪽을 찾아가시지. 괜히 이 몸에게 화풀이하지 말고."

고칠찰이 기가 막힌 듯 한숨을 쉬었다.

이렇게 입이 가벼우니 한운석이 싫어할 만도 했다.

화가 잔뜩 나 있던 한운석은 그 말을 듣자마자 얼굴을 굳혔다.

"무슨 허튼소리를 하는 거예요?"

고칠찰은 진지한 표정이었다.

"이봐, 농담이 아니니 잘 들어. 용비야는 좋은 놈이 아니야."

"그러는 당신은 좋은 놈이에요?"

한운석이 반문했다.

"넌 못 봤겠지만 그자와 그 사매는……."

고칠찰의 말이 끝나기도 전에 한운석이 차갑게 그 말을 끊었다.

"전하의 사문에 급한 일이 있는 것뿐이에요. 한 번 더 허튼소리 하면 그 입을 망가뜨릴 테니 알아서 해요!"

"흥흥!"

고칠찰이 냉소를 지었다.

"인심 한번 좋으시군!"

"당신이야말로 나쁜 놈이죠!"

한운석은 잊지 않고 들은 욕을 되돌려 주었다.

고집이 센 그녀는 속으로는 백 번 천 번 짜증나고 답답해도, 겉으로는 끝까지 용비야 편을 들었다! 부부 사이의 충돌은 부부끼리 해결해야지, 제삼자가 이래라저래라 할 필요는 없었다!

고칠찰은 정말 화가 난 것 같았다.

"이 멍청이, 남은 해약 일 푼은 사실……."

그렇지만 고칠찰이 해명할 틈도 없이 고북월이 끼어들었다.

"왕비마마, 문 앞은 바람이 찹니다. 안으로 들어가시지요."

한여름에 찬바람이 웬 말?

한운석은 그제야 다소 냉정을 되찾아, 대문 앞에서 이러쿵저러쿵 말다툼하는 것은 체통 없는 일임을 알아차렸다.

"저 사람 막아요!"

한운석은 그 말만 남기고 안으로 성큼 들어섰다.

고칠찰은 당연히 따라 들어오려 했지만 고북월이 재빨리 몸으로 가로막았다.

"약귀 대인……."

"비켜라!"

고칠찰이 무례하게 외쳤다.

그래도 고북월은 부드럽게 웃으며 소리 죽여 물었다.

"약귀 대인, 왕비마마께서 왜 저러십니까?"

담을 뛰어넘으려던 고칠찰은 고북월의 태도가 무척 의외였다.

"네 놈이 무슨 상관이냐?"

고북월은 못 들은 척하고 다시 말했다.

"약귀당 설계도는 저도 봤습니다. 마마께 아무래도 창고 문제는 대인의 의견대로 하는 것이 좋다고 말씀드렸는데 보셨습니까?"

"바꿔야 한다고 표시된 것들이 네 의견이냐?"

고칠찰이 물었다.

"그렇습니다. 약귀 대인께 비하면 문외한이나 다름없지요. 부적절한 부분이 있어도 너그럽게 봐주십시오."

고북월이 사람 좋게 천천히 말하는 동안 한운석은 이미 멀리 사라졌다. 고칠찰은 고북월이 일부러 시간을 끄는 줄 모른 채 냉소를 지었다.

"제법 실력이 있더구나! 왜 의학원으로 돌아가지 않았지? 네 할아비와의 관계나 지금 네 지위를 볼 때 육품 의성은 될 수 있을 텐데?"

"솔직히 말씀드리면 저는 의학원에…… 별로 흥미가 없습니다."

고북월이 나지막하게 말했다.

지금껏 고북월을 안중에도 두지 않던 고칠찰이지만 이 말을 듣자 새삼스럽게 그를 살폈다. 고칠찰이 볼 때 의학원에 흥미가 없는 의원은 모두 좋은 의원이었다!

그는 큰 소리로 껄껄 웃었다.

"오기가 제법이군! 마음에 든다!"

고북월은 빙그레 웃었다. 이렇게 고칠찰과 의학원 이야기를 시작한 고북월은 이런저런 이야기 끝에 말했다.

"약귀 대인, 문 앞은 바람이 찹니다. 안으로 들어가시지요."

이렇게해서 고칠찰은 정정당당하게 안으로 들어갔지만, 그때 한운석은 이미 꼬맹이에게 이끌려 꽃밭으로 간 후였다.

한운석도 한 번 와 본 적이 있지만, 바빠 왔다 간 바람에 고북월 집에 이런 약초밭이 있는 줄은 몰랐다.

꽃밭에 자라는 풀이나 나무는 모두 약재로, 하나같이 꽃을 피우는 약초였다.

마침 한여름이라 꽃밭 가득 오색빛깔 조그만 꽃들이 핀 데다 공기 속에는 약초의 맑은 향기가 옅게 퍼져 있고, 돌길, 잔디밭, 꽃밭, 나무 그늘은 고요하고 아름다웠다.

아무리 짜증난 마음도 이곳에 오면 부드러운 다독임으로 차분히 가라앉았다.

마침내 한운석도 꼬맹이가 왜 매일같이 이곳에 오는지 알 수 있었다. 그녀는 커다란 나무 밑 그네에 앉아 흔들흔들 그네를 탔다.

한참 후에야 답답했던 숨을 내쉬며 마음속의 울적함을 쏟아내자 마음이 후련해졌다.

사실은 뭘 하려고 이곳에 왔는지 그녀 자신도 몰랐다. 그저 진왕부에서 나와 바람을 쐬고 싶었을 뿐인데, 도성을 통틀어 고북월의 집 말고는 어딜 가야 할지 알 수가 없었다.

물론 고요함은 잠시뿐, 곧 고칠찰의 목소리가 들려왔다.

"하하, 약을 꽃으로 삼다니, 고 태의는 참 고상하군!"

"들판 가득 꽃으로 뒤덮인 약귀곡에 비하면 아무것도 아니지요."

고북월이 겸손하게 말했다.

"하하하, 여긴 너무 담백하니 나중에 이 몸이 색색 가지 꽃들을 보내 주마. 그럼 사계절이 봄 같겠지!"

고칠찰은 기분이 꽤 좋은 듯했다.

한운석도 고북월이 고칠찰을 막지 못할 줄은 알았지만, 두 사람이 저렇게 화기애애하게 이야기를 나누는 건 뜻밖이었다.

그녀는 그네를 흔들면서, 다가오는 두 사람을 바라보았다.

"왕비마마, 약귀당의 설계도 일부를 조금 고쳐야 할 것 같습니다. 마침 약귀 대인도 오셨으니 제안 올리겠습니다."

왜 고칠찰을 들여보냈는지에 대한 설명인 셈이었다. 한운석도 쫓아내는 것이 귀찮아 말없이 그네만 탔다.

"왕비마마, 소관이 다과를 준비했으니 정자 안으로 가시지요."

고북월이 다시 말했다.

기분이 조금 풀렸던 한운석은 '다과'라는 말을 듣자마자 다시 가슴이 턱 막히는 것 같아 가만히 말했다.

"차 말고 물이면 돼요."

다른 사람이었다면 필시 '왜'냐고 물었겠지만, 고북월은 아무것도 묻지 않고 사람을 시켜 다과를 물리고 맑은 물을 내오게 했다.

세 사람은 정자에 들어가 앉았다. 다른 사람이라면 필시 '왕비마마, 무슨 일로 오셨습니까' 하고 물었겠지만, 고북월은 역시 아무것도 묻지 않고 담담하게 말했다.

"왕비마마, 설계도를 가져오셨습니까?"

방금 고칠찰이 문 앞에서 용비야와 사매 이야기를 떠들어 대는 통에 고북월이 무슨 일이냐고 물을까봐 걱정스러웠는데, 다행히 고북월은 설계도 때문에 찾아온 줄 오해하고 있었다. 덕분에 한운석 역시 민망해하지 않아도 되었다.

"설계도는 어쨌죠?"

그녀가 퉁명스레 고칠찰을 쏘아보았다.

고칠찰은 이번 기회에 이 여자와 용비야를 이간질하고 미독의 남은 일 푼이 어디 갔는지 똑똑히 밝히려 했는데, 지금 보니 이 여자가 처음처럼 화난 것 같지 않아서 갑자기 이간질할 마음이 사라졌다.

그는 설계도를 꺼내 탁자에 펼쳤다. 설계도에는 빽빽하게 글이 써 있었는데 한운석이 쓴 것도 있고, 고북월이나 고칠찰이 쓴 것도 있었다.

"왕비마마, 여길 보십시오. 소관 생각에는 이곳을 고쳐야 할 것 같습니다. 두 배로 넓혀야 적당합니다."

고북월이 진지하게 말했다.

한운석은 처음처럼 화나 있진 않지만 그래도 울적하긴 마찬가지였다. 그녀는 그쪽을 흘낏 본 후 물었다.

"고칠찰, 당신 생각은요?"

고칠찰은 한참 고민하다가 진지하게 고개를 끄덕였다.

"확실히 그렇군."

"그럼 고치죠."

한운석이 울적하게 말했다.

고북월과 고칠찰은 다시 몇 군데 더 논의했으나 한운석은 기운이 없고 넋이 나간 것 같았다.

이따금 한운석을 바라보던 고북월이 오래지 않아 화제를 돌렸다.

"며칠 전에 궁에서 썰렁한 농담을 하나 들었는데 아주 우습더군요. 두 분께도 들려드리고 싶은데 어떠신지요?"

한운석은 대답하지 않았지만 고칠찰은 별생각 없이 물었다.

"무슨 내용이냐?"

"옛날 옛적에 북극곰 한 마리가 살았는데, 이렇게 말했다지요. 아이 추워라, 아이 추워라!"

고북월이 진지하게 말했다.

"그다음엔?"

고칠찰이 물었다.

"그게 끝입니다, 하하하!"

고북월은 웃음을 터트렸다.

고칠찰은 기가 막혔다.

"그게 끝이라고?"

"예, 끝입니다. 참 우습지요? 하하하!"

고북월은 제풀에 껄껄 웃어 댔다.

누가 알았을까. 겸손하고 온화하고 예의 바른 고 태의가 농담도 할 줄 알고, 이렇게 신나게 웃을 줄도 알다니?

고칠찰은 눈을 흘겼지만 귀찮아서 따지기도 싫었다. 하지만 고북월은 계속 혼자서 껄껄거리고 웃었다. 내내 말이 없던 한운석이 불쑥 입을 열었다.

"하나도 안 썰렁해요. 난 더 썰렁한 걸 알고 있어요."

고칠찰은 흥미를 보이지 않았지만 고북월은 자못 기대하는 얼굴로 물었다.

"그런가요? 소관도 듣고 싶습니다."

이 모습에 한운석도 기운을 차리고 진지하게 말했다.

"옛날 옛적에 북극곰 한 마리가 외롭게 얼음 위에 살고 있었어요. 북극곰은 너무너무 심심해서 자기 털을 뽑으며 놀기 시작했죠. 하나……. 둘……. 셋……. 그러다가 결국엔 한 오라기도 남지 않게 되었어요."

그녀는 여기까지 말한 후 입을 다물었다.

"그 다음엔요?"

고북월이 궁금해하며 물었다.

"맞혀 봐요!"

한운석은 일부러 뜸을 들였다.

고북월은 곧바로 고개를 저었다.

"모르겠습니다."

"그다음에 북극곰은 큰 소리로 외쳤어요……. 아이 추워라!"

그 말에 고북월은 얼어붙었고 한운석은 제풀에 깔깔 웃음을 터트렸다.

고북월의 멍한 표정을 보자 그녀는 더욱더 신나게 웃었다.

"썰렁하죠? 푸하하!"

고북월은 멍한 표정을 유지하면서 눈동자에는 감탄에 찬 미소를 떠올렸다. 썰렁한 농담이란 남을 웃기는 게 아니라 자신을 즐겁게 하는 것이었다. 이야기를 한 사람이 듣는 사람보다 더 크게 웃을 수 있으니까.

고칠찰은 진심으로 전혀 우습지 않았지만, 한운석이 신나게 웃는 걸 보자 일부러 부르르 떨며 말했다.

"얼어 죽겠군, 얼어 죽겠어. 추워서 죽네, 죽어!"

그러다보니 고칠찰도 흥이 났다.

"이 몸도 썰렁한 이야기를 읽은 게 있다! '옛날 옛적에 태감이 한 명 살았는데…….' 자, 그 아래엔 뭐라고 적혀 있었는지 맞혀 봐!"

한운석은 한참 머리를 굴렸지만 생각이 나지 않았다.

"고북월, 네가 맞혀 봐라!"

고칠찰이 말했다.

고북월이 말이 없자 한운석이 못 미더워하며 물었다.

"설마 그게 끝이고 아래엔 아무 것도 없었던 건 아니죠?"

그 말에 고북월은 웃음이 터졌지만 차마 큰 소리로 웃지는 못했다. 하지만 고칠찰은 '으하하' 하고 폭소를 터트렸다.

"한운석, 천재구나!"

한운석은 당장 이해가 가지 않아 중얼거렸다.

"옛날 옛적에 태감이 한 명 살았는데……. 그 아래엔 아무 것도 없다?"

어리둥절해하는 그녀를 보자 고칠찰은 배꼽을 잡고 웃어댔다.

"으하하하!"

그제야 한운석도 어디가 문제인지 깨닫고 설계도를 낚아채 고칠찰에게 집어 던졌다.

"부끄러운 줄도 몰라!"

그녀는 고북월을 쳐다보았다. 억지로 웃음을 참고 있는 것을 보니 그도 답을 알고 있었던 게 확실했다.

결국 그녀도 웃음이 터졌다. 음담패설이지만 절묘하다고 하지 않을 수 없었다.

덕분에 답답하던 기분이 훨씬 즐거워졌다는 것을 그녀 자신조차 알아차리지 못했다.

그런데 누가 짐작이나 했을까? 이렇게 즐거워하고 있을 때 별안간 고북월의 안색이 싹 변했다. 고칠찰이 한운석을 품으로 확 잡아당겼고, 그와 거의 동시에 사방팔방에서 날카로운 화살이 정자로 날아들었다!

자객이었다!

뜻밖의 배신

자객이었다!

한운석뿐 아니라 고북월, 고칠찰도 자객이 습격할 줄은 예상하지 못했다.

지금은 그들 역시 깊이 생각할 틈이 없었다. 화살 공세가 몹시 맹렬해서 고칠찰은 고북월의 생사를 신경 쓸 틈도 없이 필사적으로 한운석을 보호했다. 그는 한 손으로는 커다란 검은 장포로 그녀를 감싸 안은 채 다른 손으로 검을 뽑아 쉼 없이 휘두르며 이리저리 날아드는 화살을 쳐 냈다.

거의 동시에 멀지 않은 곳에서 싸움 소리가 들려왔다. 한운석을 보호하는 비밀 시위들이 상대방과 싸움을 시작한 모양이었다.

"고북월! 고북월을 보호해!"

한운석은 놀라고 당황한 와중에도 닭 한 마리 죽일 힘도 없는 고북월을 걱정했다.

이 자객들이 어디서 온 누구이든, 그녀 아니면 고칠찰을 노리고 왔을 것이고 고북월은 무고했다! 고칠찰의 품에 꽉 안긴 그녀는 옴짝달싹할 수도 없고 숨도 쉬기 어려워서, 주위 상황을 살핀다는 건 애초에 불가능했다. 그렇지만 쉭쉭 날아드는 화살 소리와, 고칠찰의 검과 화살이 격렬하게 부딪치는 소리는

들을 수 있었다.

그녀는 상황이 무척 긴박하다는 것을 알았다. 주위에 매복한 궁노수는 필시 백 명 가까이 될 것이다.

"고칠찰, 고북월을 구해요!"

고북월은 무공을 전혀 모르니 화살비는 고사하고 화살 한 대만 맞아도 목숨을 잃을 수 있었다!

"고칠찰, 부탁이니 고북월을 구해 줘요!"

한운석은 한 번도 운 적이 없지만 지금 이 순간에는 초조해서 울음을 터트릴 것 같았다.

다행히 고북월은 다치지 않았다. 꼬맹이가 보호해 준 덕분이었다. 꼬맹이의 속도는 고칠찰보다 빨라서, 조그마한 몸이 고북월 주위를 끊임없이 휙휙 뛰어다니자 흡사 흰 그림자가 고북월의 몸을 둘둘 휘감은 듯했다. 어지러이 날아들던 화살도 고북월 가까이에 오면 죄다 바닥에 떨어졌는데, 마치 뭔가 물어뜯은 듯 두 쪽이 나 있었다.

한운석의 짐작대로 매복한 궁노수는 무척 많았다. 더구나 그들이 쓰는 것은 평범한 활이 아니라 무척 희귀한 쇠뇌였다.

일반적인 활과 쇠뇌는 큰 차이가 있었다. 활은 포물선 형태로 쏘아야 하며, 양손으로 조작해야 하는 데다 강한 팔심과 인내력이 없으면 멀리 쏠 수도 없고 오래 싸울 수도 없었다. 하지만 쇠뇌는 달랐다. 쇠뇌는 아주 작아서 한 손으로 조작할 수 있고 사람의 힘이 아닌 기구의 힘을 사용했다. 쏜 화살은 직선으로 멀리까지 날아갔고 폭발력이 강해 살상력도 뛰어났다. 기다란 화살에 비해 짧은 쇠뇌살은 피하기가 더욱더 어려웠다.

종합적으로 볼 때 쇠뇌 한 발의 살상력은 일반 활 열 발에 버금갔다.

고북월의 정원에 쇠뇌를 든 궁노수가 몇이나 매복해 있는지 모르지만, 지금 상황은 화살비가 쏟아지는 형국이라고 해도 지나치지 않았다.

자칫 실수라도 하면 고칠찰이든 꼬맹이든, 한운석과 고북월을 완벽하게 지켜 낼 수 없었다.

한운석의 외침을 듣자 고북월의 온화한 눈동자는 뭐라고 표현하기 힘들 정도로 부드러워졌다. 이렇게 위험한 상황도 그에게는 두려울 것이 못 되지만, 애석하게도 지금은 한운석이든 고칠찰이든 그 사실을 알아차리지 못했다.

화살을 막는 데 온 신경을 쏟고 있던 고칠찰은 한운석의 방해에 짜증이 나 노한 소리로 외쳤다.

"그자는 네 독짐승이 잘 보호하고 있으니 죽을 일 없다. 시끄러워 죽겠으니 입 다물어!"

독짐승?

꼬맹이구나!

한운석은 그제야 꼬맹이가 있다는 걸 생각해 냈고, 조마조마하던 마음도 겨우 가라앉았다. 꼬맹이의 능력이라면 고북월을 안전하게 보호할 수 있을 것이다.

그러나 한운석은 입을 다물지 않고 진지하게 말했다.

"고칠찰, 날 데리고 나가요, 어서!"

그녀와 고칠찰은 무슨 일이 있어도 당장 이곳을 떠나야 했다. 그래야 고북월이 안전해질 테니까. 이렇게 갑작스럽고 맹렬한 공격을 퍼붓는 걸 보면 상대방은 일찍부터 준비한 게 분명했고, 쉽사리 그들을 놓아주지 않을 것이다.

"가긴 어딜 가? 이곳이 제일 안전하다. 조금 버티면 관병들이 올 테지. 빌어먹을, 용비야의 비밀 시위들도 막지 못하다니 대체 몇 명이나 숨어 있었던 거야? 이 몸도 오래 버티지 못해!"

고칠찰의 말은 사실이었다.

초서풍은 당연히 한운석을 쫓아와 있었다. 초서풍이 있는데도 상대방의 공세를 막지 못한 걸 보면 상대방이 준비를 철저히 했고 매복한 궁노수와 살수도 적지 않은 게 분명했다.

이런 상황에서는 금군에게 희망을 걸 수밖에 없었다.

도성에 이렇게 큰일이 벌어졌으니 금군이 움직이는 게 당연했다. 금군이 도착하면 큰 문제없이 목숨을 지킬 수 있을 것이다.

고칠찰의 말에 한운석은 상황을 더 잘 알 수 있었다. 초조했지만 할 수 있는 게 없었다.

이런 상황에서 독술이나 암기는 소용이 닿지 않았다. 검술을 할 줄 알면 얼마나 좋을까!

그녀는 저도 모르게 용비야를 떠올렸다. 그 인간은 단목요와 어딜 갔을까? 지금 뭘 하고 있을까?

어째서 지금 이 순간 여기 없는 걸까?

난전 중에 쇠뇌살 하나가 고칠찰의 어깨에 푹 박혔고, 하마터면 품에 있던 한운석까지 찌를 뻔했다!

지난번 용비야에게 찔려 다친 곳이지만, 고칠찰은 아무 일도 없는 것처럼 계속 화살비를 피했다.

그의 품에 머리를 묻은 한운석은 아무것도 볼 수도, 느낄 수도 없었다.

고북월은 눈을 찌푸리며, 손안에 숨긴 조그마한 비도를 거의 던질 뻔했지만 끝내 나서지 않았다.

하지만 꼬맹이는 멈췄다. 그리고 그 잠깐 사이 쇠뇌살 하나가 힘차게 날아들어 고북월의 어깨를 파고들었다. 순식간에 선혈이 뿜어져 나왔다!

고칠찰의 피는 검은 장포 덕에 잘 보이지 않았지만, 고북월은 백의를 입어 모든 것이 똑똑히 보였다. 뾰족한 쇠뇌살이 피와 함께 튀어나오면서 상처를 악화시켰다.

무척 독특하게 만들어진 쇠뇌살로, 어디서 나온 것인지는 모르지만 정말이지 상대하기 까다로웠다.

고칠찰이 잠시 한눈판 사이 등 뒤로 날아든 쇠뇌살 두 개가 단숨에 그의 등을 찔렀고, 새빨간 피가 분수처럼 쏟아졌다. 그렇지만 그는 끝내 흔들리지 않고 여전히 온 힘을 다해 공격을 피했다. 마치 전혀 다치지 않은 사람 같았다.

하지만 꼬맹이는 고북월이 다친 것을 보고 '찍' 하고 비명을 질렀다.

녀석은 놀란 나머지 감히 멈추지 못하고 나는 듯이 움직였고, 눈 깜짝할 사이 또다시 하얀 그림자가 되어 고북월의 상하좌우를 빙빙 돌았다. 그러면서도 화가 나서 '끽끽' 소리를 질러

댔다. 와락 달려가 매복한 궁노수들을 모조리 물어 죽이고 싶을 지경이었다.

하지만 화살 공격이란 본래 이런 것이었다. 양과 속도로 우세를 점하면 상대는 피하는 방법밖에 없었다. 계속해서 피하기만 해야 했다.

꼬맹이의 비명에 한운석이 다급히 물었다.

"왜 그러니? 고 태의가 어떻게 됐어?"

다쳐도 아무렇지 않던 고칠찰은 도리어 이 말을 듣자 몸을 부르르 떨며 불쑥 물었다.

"이봐, 내게도 관심을 좀 주지 그래?"

순간 한운석은 이 말투가 무척 낯익은 느낌이 들었다. 무슨 말이냐고 물으려는데 초서풍의 목소리가 들렸다.

"왕비마마, 괜찮으십니까?!"

초서풍은 중상을 입었지만 두꺼운 포위를 뚫고 여기까지 온 것이었다. 그와 비밀 시위들이 먼저 기습을 당했으나 결국 버티지 못하고 궁노수들을 정원에 들여보내고 말았다.

상대방은 궁노수뿐 아니라 살수들도 데려왔다. 지금 비밀 시위들은 아직 바깥에서 살수들과 싸우고 있었고, 초서풍은 비밀 시위 십여 명의 희생으로 여기까지 들어올 수 있었다.

그는 쇠뇌살을 피하면서 조금씩 조금씩 정자 쪽으로 다가왔지만, 흑의 복면 고수 한 명이 나타나 검을 휘둘러 가로막는 바람에 물러날 수밖에 없었다. 곧이어 그와 고수가 싸움을 벌였다.

한운석의 생각은 초서풍 때문에 끊겼고, 그때쯤 고칠찰도 본래대로 돌아갔다. 그 자신도 방금 왜 그리 흥분해서 진짜 목소리를 냈는지 알 수가 없었다.

정말 위험했다!

본래도 맹렬하던 화살비가 더욱더 기세를 올렸고 수도 점점 많아졌다. 구원병이 오지 않고 이대로 시간이 흐르면, 그들은 화살비를 피하지 못하고 난사 당해 죽지 않으면 체력이 다해 쓰러져 죽을 것이다!

그들에게는 구원병이 절실했다!

결국 고칠찰이 버티지 못하고 화를 냈다.

"개똥 같은 황제의 금군은 모두 밥통이냐? 왜 안 오는 거냐?"

말하지 않았으면 모를까, 말을 하는 순간 화살비가 더욱 거세어졌다. 그때 초서풍은 흑의 고수의 발에 걸어차여 바닥에 세게 나뒹굴었지만, 다행히 일어날 수는 있었다.

"약귀 대인, 버티십시오. 보고하러 갔으니 곧 금군이 올 겁니다!"

초서풍이 소리쳤다.

고칠찰은 이를 악물고 버틸 수밖에 없었다. 솔직히 그의 무공은 그렇게 그렇게 뛰어나지 않았다. 그가 돌아서서 고북월을 등지는 순간 고북월은 곧바로 '헉' 하고 찬 숨을 들이쉬었다!

언제 맞았는지 그의 등에는 쇠뇌살이 다섯 대나 박혀 끊임없이 새빨간 피가 흐르고 있었다.

고북월은 놀란 와중에도 고칠찰의 피에 눈길을 주었다. 눈을 찡그린 채 살피던 그는 마치 뭔가 발견한 것처럼 표정이 점점

218

굳어졌다.

결국 고칠찰이 거의 쓰러지기 직전에 금군이 도착했다!

바깥의 비밀 시위와 흑의 살수들의 상황은 어떤지 모르지만, 고칠찰 일행이 금군을 만나기도 전에 밖에서 나던 싸움 소리가 그쳤다.

흑의 고수는 초서풍에게서 멀찍이 떨어져서 외쳤다.

"철수!"

그 즉시 화살비가 반으로 줄고 흑의 고수도 따라 물러났다. 초서풍은 뒤쫓지 않고 아직 날아드는 쇠뇌살을 쳐서 떨어뜨리면서 다친 몸으로 정자까지 와 고칠찰을 도왔다.

조금씩 조금씩 쇠뇌살이 줄어들고 공세가 약해지더니, 얼마 지나지 않아 꽃밭 주위에서 다시 싸움 소리가 일었다. 금군이 때맞춰 철수하지 못한 궁노수들과 싸우는 모양이었다.

고칠찰이 처음처럼 세게 붙잡지 않아 드디어 한운석도 신선한 공기를 마실 수 있었다. 그녀는 고북월과 꼬맹이를 살핀 뒤 바닥에 가득한 망가진 쇠뇌살을 보며 탄식을 금치 못했다.

너무 갑자기 벌어진 일이라 마치 악몽을 꾼 것 같았다.

모든 것이 멈춘 후, 꼬맹이는 지쳐 죽을 것처럼 헐떡거리며 탁자 위에 엎드렸고 초서풍도 중상을 견디지 못해 한쪽에 쓰러졌다. 고칠찰이 여전히 꽉 붙잡고 있어서 한운석은 그를 힘껏 뿌리친 다음에야 자유를 되찾았다.

고북월은 여전히 고칠찰의 피를 쳐다보고 있었다. 모두 놀라긴 했지만 크게 다친 곳은 없어 겨우 가슴을 쓸어내렸다.

그때 금군을 이끌고 온 사람이 몇몇 궁노수들을 데리고 꽃밭에서 뚫고 나와 한운석 일행 앞에 모습을 드러냈다.

목청무가 아니라 부통령 직위에 있는 젊은이였다. 그는 다가오지 않고 멀리 정자 밖에 무릎을 꿇었다.

"소장이 늦었습니다, 부디 용서해 주십시오, 왕비마마!"

젊은 부통령은 꿇어앉았지만 뒤에 있던 궁노수들은 꿇지 않았다.

한운석이 이상하다고 생각하는데 별안간 초서풍이 놀라 외쳤다.

"왕비마마, 조심하십시오! 속임수입니다!"

말이 끝나기도 전에 꿇어앉았던 젊은이가 손을 휘젓자, 궁노수들이 시위를 잔뜩 당겨 한운석을 조준했다!

아무도 예상하지 못한 일이었다. 억지로 버티며 기다린 금군이 배신할 줄이야. 고북월이 달려가 막으려는데 고칠찰이 다시한 번 한운석을 품에 안고 빙글 돌아 날아드는 화살에 등을 내주었다!

쉭쉭쉭!

화살이 몇 대나 등에 박혔는지 알 수도 없었다. 이번에는 그도 한운석이 재촉할 필요도 없이 추호도 망설이지 않고 그녀를 안은 채 정자 밖으로 달아났다!

금군의 배신. 그렇다면 이곳이야말로 가장 위험한 곳이었다!

이 몸은 죽지 않아

고칠찰은 등을 방패 삼아 한운석을 데리고 정자를 벗어났다. 그런데 정자를 포위한 궁노수들은 뜻밖에도 그들을 쫓아오지 않고 도리어 초서풍과 고북월을 겹겹이 에워쌌다.

이게 무슨 상황이지?

"큰일 났다, 함정이다! 왕비마마가 위험하다!"

초서풍은 반응이 빨랐다.

저들이 고칠찰을 쫓지 않고 초서풍과 고북월을 포위한 것은 그들을 죽여 금군의 배신 소식을 숨기려는 게 분명했다. 그와 동시에 고북월의 사저 바깥에 함정을 파 놓고 고칠찰이 뛰어들기를 기다리고 있을 것이다!

정말이지……. 빈틈없는 수법, 지독한 수완이었다!

초서풍은 지금 상황으로 보아 단목요의 출현도 우연이 아니라고 확신했다. 그녀는 일부러 진왕 전하를 유인해갔을 것이다.

배후 주모자는 초천은일 가능성이 무척 컸다. 다만, 초천은이 어떻게 천녕국 도성의 금군을 움직일 수 있었는지 도무지 알 수가 없었다.

젊은 부통령이 일어나 차갑게 말했다.

"초 시위, 네게도 이런 날이 올 줄은 몰랐겠지?"

"우리 두 사람을 죽이면 이 일을 묻을 수 있을 것 같나? 진왕 전하께서 만만한 줄 아나 보지?"

초서풍이 차갑게 꾸짖었다.

"우리 주인께서도…… 만만한 분은 아니거든!"

젊은 부통령은 웃으면서 한 걸음씩 뒤로 물러났다. 활을 쏘라는 명령을 하려는 게 분명했다. 고북월이 온화한 눈동자를 싸늘하게 바꾸며 나서려는 찰나, 날카로운 파공성과 함께 검한 자루가 벼락같이 날아들어 젊은 부통령의 복부를 꿰뚫었다!

"무엄한 놈!"

곧이어 멀지 않은 곳에서 목청무가 날아와 젊은 부통령 옆에 내려서더니, 힘껏 검을 뽑아내고 시체를 걷어차 쓰러뜨린 다음 초조하게 물었다.

"고 태의, 초 시위, 왕비마마는 어디 계십니까?"

목청무는 요 며칠 태자와 함께 폐허가 된 암시장에서 증거를 수집하다가 이제 막 돌아왔고, 고북월 사저에 일이 생겼다는 말을 듣자마자 병사를 끌고 달려온 참이었다.

오는 길에 시종에게 정확한 상황을 듣자 그는 평생 가장 빠른 속도로 내달렸다. 그렇게 고북월 사저에 도착해 보니 뜻밖에도 금군이 배신해 흑의 살수들과 결탁하고 입구에 함정을 파놓았던 것이다.

누가 뭐래도 그는 수만의 금군을 이끄는 사람이었고, 덕분에 그가 도착하자마자 흑의 살수들은 흩어지고 배신한 금군 역시 사방팔방으로 내뺐다. 그는 쫓아가 잡으라고 명령한 뒤 왕비마마에게 불상사라도 생길까 봐 잠시도 지체하지 않고 안으로 뛰어들었다. 그런데 예상과 달리 왕비마마는 보이지 않았다.

"왕비마마는 고칠찰이 구해 달아났습니다. 서쪽으로 갔는데, 밖에 분명히 매복이 있을 겁니다, 서두르십시오!"

초서풍이 다급히 말했다.

초서풍이든 고북월이든 목청무는 절대로 이 배신에 연루되지 않았다고 믿었다. 다만 젊은 부통령이 말한 '우리 주인'이 누구인지는 곰곰 생각해 볼 일이었다.

금군의 부통령을 매수하는 것은 결코 쉬운 일이 아니었다!

물론 지금 초서풍과 고북월은 그런 것까지 따질 틈이 없었다. 지금은 사람을 구하는 게 급선무였다!

"서쪽? 내가 서쪽에서 왔는데 살수들이 아직 포위하고 있었고 마마는 보이지 않았소!"

목청무는 초조해 죽을 지경이었다.

그 말에 초서풍과 고북월도 불안해졌다.

"혹시 고칠찰이 아직 이곳에 남아 있는 것일까요?"

초서풍은 요행을 바랐다. 고칠찰이 달아났다면 흑의 자객들이 서쪽을 포위하고 있을 리 없었다.

"방향을 바꾸었을지도 모릅니다!"

고북월이 심각하게 말했다.

"초 시위는 여기서 기다리시오. 내가 주위를 한 바퀴 둘러보겠소!"

목청무는 과감하게 결정을 내렸다. 고칠찰이 밖으로 나가지 않았다면 이제 저택이 안전해졌으니 분명히 나올 것이다. 반면 방향을 바꿨다면 일이 더 골치 아팠다. 그가 적의 함정에 빠졌는지 아닌지 누가 알까?

목청무는 떠난 지 얼마 되지 않아 부상 당한 비밀 시위 몇 명과 함께 돌아왔다. 초서풍은 그들에게 이곳을 지키게 하고, 온몸에 자상을 입은 것도 아랑곳 없이 서둘러 진왕 전하를 찾으러 나섰다.

그가 떠나자 고북월은 쉰다는 핑계로 겨우 비밀 시위의 시선에서 벗어났고 눈 깜짝할 사이에 어디론가 사라졌다. 꼬맹이가 쫓아가고 싶어도 그럴 수가 없었다.

그때 고칠찰과 한운석은 고북월의 사저를 벗어나 달아나는 중이었다.

고칠찰은 한운석을 데리고 서쪽으로 달려갔지만, 문을 나서기도 전에 더 강력한 쇠뇌 부대와 맞닥뜨렸다. 이 궁노수들은 한 손도 모자라 양손에 각각 정교한 쇠뇌를 들고 있어 살상력이 두 배였다.

대장은 바로 초서풍과 겨뤘던 그 흑의 고수였다!

한운석은 어깨에 쇠뇌살을 한 대 맞았는데, 무척 깊이 파고들어 피가 철철 흘렀다. 고칠찰은 벌써 몇 대나 맞았으니 상태가 어떨지 상상할 수도 없었다.

고칠찰은 여전히 한운석을 품에 단단히 끌어안은 채 외지고 어두컴컴한 골목길을 필사적으로 내달렸다.

바보가 아닌 바에야 그 역시 사람 많은 곳으로 달아나야 한다는 건 알고 있었다. 할 수만 있다면 아예 황궁으로 뛰어들고 싶을 정도였다. 그래야만 눈에 띄고 구원군도 끌어들일 수 있을 테니까.

하지만 애초에 그럴 가망성은 없었다. 그는 완전히 골목으로 몰리고 있었던 것이다.

앞은 막다른 길일 가능성이 큰 데다, 뒤에서는 끊임없이 쇠뇌살이 날아들고 추격자들이 맹렬하게 쫓아오고 있었다.

고칠찰은 한 손으로 한운석을 안고 다른 손으로 길가에 버려진 물건들을 와락 쓰러뜨려 화살을 막은 뒤 그 틈에 지붕 위로 뛰어오르려고 했다. 그렇지만 뛰어오르려는 순간 날카로운 쇠뇌살 몇 대가 머리 위로 날아들며 계속 앞으로만 달리도록 몰아붙였다.

"제기랄!"

고칠찰은 홧김에 욕설을 했지만, 속으로는 궁노수들의 솜씨에 혀를 내두를 수밖에 없었다. 저들은 너무 강력해서 마치 쇠뇌를 자유자재로 가지고 노는 것 같았다.

한 번 몰리자 주도권을 되찾기가 쉽지 않았다.

"독을 써요!"

"못 해!"

한운석이 벌써 몇 차례나 권했지만, 고칠찰은 그러지 않았다. 궁노수들은 바짝 뒤따르는 것도 아닌 데다 쇠뇌살이 날아드는 방향으로 보아 계속해서 위치를 바꾸고 있었다.

적은 숨어 있고 아군은 훤히 드러난 상황에서 독을 쓰기에는 어려운 점이 있었다. 무엇보다 중요한 것은 독을 쓸 손이 없다는 것이었다!

그는 한 손으로 한운석을 안고 다른 한 손으로 검을 휘둘러 화살을 쳐내고 있었다. 온 정신을 쏟고 있는데도 한운석이 한 대 맞았는데, 독 쓰는 데 정신이 팔리면 한운석을 보호할 수 있다는 확신이 없었다.

저들은 한운석을 노리고 있었다. 저들이 쏘는 쇠뇌살 하나하나는 모두 한운석에게 날아들었다.

한운석 역시 쓸모가 없었다. 궁노수들을 똑똑히 볼 수도 없으니 조준한다는 건 불가능했다.

달아나는 동안 적잖이 독을 뿌리고, 독모기 떼니 개미 떼니 독거미 떼 같은 것을 유인하는 등 할 수 있는 것을 모두 했지만, 애석하게도 아무것도 나타나지 않았다.

이곳은 도성이었다! 이런 곳에 독충이 그렇게 많을 리 없었다. 적절한 범위 안에 독충이 모여 있지 않다면 아무리 독을 써도 소용없었다.

늘 자랑하던 독술이지만 지금은 아무 쓸모없다며 속으로 백 번 천 번 욕설을 퍼부었다.

하지만 이런 상황에는 군역사의 사부처럼 바람을 빌려 독을 뿌리는 능력이 있더라도 독 안개를 일으키지 못했을 것이다. 이런 장소, 이런 기후에는 애초에 안개가 발생하지 않으니까!

갑자기 고칠찰의 몸이 희미하게 떨리자 한운석은 본래도 잔뜩 찌푸렸던 눈을 더욱더 찌푸렸다. 고칠찰이 또 쇠뇌살을 맞은 것이다.

고북월의 사저를 떠난 후로 그의 몸이 떨린 것은 벌써 다섯 번째였다. 비록 꽉 안겨 아무것도 볼 수 없지만, 그의 등에 쇠 뇌살이 적잖이 박혀 있으리라는 것은 짐작할 수 있었다.

"고칠찰, 날 넘겨줘요!"

한운석이 진지하게 말했다.

고칠찰은 못 들은 척하고 계속 달아났다. 고북월의 집에서 습격당한 후 지금까지 한 시진 남짓밖에 되지 않았지만, 화살비를 피해 달아나는 것은 상당한 체력과 정력을 소모하는 일인데다 한운석을 보호하는 것은 더욱 힘들었다. 겉보기에는 가볍게 달아나고 있는 것 같아도 사실은 오기로 버틴 지 오래였다.

이렇게 크게 외쳤는데 못 들을 리 없었다. 한운석은 그가 일부러 대답하지 않는 것을 알았다.

"고칠찰, 날 넘겨주라고요! 못 들었어요?"

그녀는 화난 소리로 말했다. 그녀를 내놓는 것이 유일한 방법이었다. 이대로 달아나기만 하다간 고칠찰은 난전 아래 목숨을 잃고 말 것이다!

고칠찰은 차갑게 코웃음을 쳤다.

"멍청한 여자 같으니, 죽고 싶으냐!"

"멍청한 건 당신이에요. 저 흑의 고수의 무공은 당신보다 높아요. 당장 가까이 오지 않는 건 아마 당신의 독술이 두려워서일 거예요. 날 내주면 그자를 가까이 끌어들일 수 있어요. 싸울 때는 우두머리를 잡으란 말 몰라요?"

한운석이 진지하게 말했다.

비록 지금껏 보호를 받으며 왔지만 그녀도 놀고 있지는 않았다. 그녀 역시 상황을 살피고 대응 전략을 생각하고 있었다.

"만에 하나면?"

고칠찰이 물었다.

"무슨 말이에요?"

한운석은 이해가 가지 않았다.

"만에 하나 저들이 곧바로 너를 죽이면?"

고칠찰이 다시 물었다.

"저들은 날 죽이려는 게 아니라 납치하려는 것 같아요."

한운석이 진지하게 말했다.

"뭐? '같아요?' 네 목숨으로 도박을 하겠다고?"

고칠찰은 코웃음을 쳤다.

한운석은 한참 침묵을 지키다가 더없이 진지한 목소리로 대답했다.

"그래요! 도박을 해 보겠어요!"

"이 몸이 허락 못 한다!"

고칠찰이 갑자기 버럭 화를 내더니 한운석을 힘껏 잡아당겨 품에 바짝 끌어안았다. 마치 그녀가 떠나 버릴까 봐 두려운 사람 같았다.

고칠찰의 심장에 얼굴을 붙인 한운석은 쿵쿵 힘차게 뛰는 그의 심장 박동 소리를 들을 수 있었다. 벗어나려고 했지만 아무리해도 몸을 움직일 수가 없었다.

옆에서는 바람을 가르는 날카로운 소리가 끝없이 들려왔다.

수많은 쇠뇌살이 옆을 휙휙 스쳐가는데, 하나하나가 치명적이어서 아슬아슬한 줄타기를 하는 것 같았다. 그녀는 낯선 품 안에서 머리를 묻은 채 안전함을 느끼고 있다는 사실을 인정할 수밖에 없었다.

또 한 번 뭐라고 말할 수 없는 낯익은 느낌이 솟구쳤으나 한운석은 곧 생각에서 벗어나 차갑게 물었다.

"고칠찰, 당신이야말로 죽고 싶은 모양이군요! 이대로 가다간 당신은 죽는 길밖에 없어요!"

그에게서 약귀곡 반을 빼앗고 수십 년간 변치 않았던 약귀곡의 규칙을 깨뜨렸으니, 그는 당연히 그녀를 미워해야 하지 않을까? 이 틈에 복수를 하려 해야 옳지 않을까?

그런데 왜 이렇게 필사적으로 그녀를 보호할까? 설사 지금은 협력하는 사이가 되었다 해도 이렇게까지 의리를 지킬 필요는 없었다. 이렇게 목숨까지 걸고 의리를 지킬 것까지는 없었다!

한운석은 고칠찰의 이런 행동이 못마땅했다. 그가 이렇게 나오면 양심의 가책이 느껴져서, 차라리 언제까지나 악행만 일삼는 괴팍한 늙은이인 편이 나았다.

"이 몸은 죽지 않는다!"

고칠찰이 퉁명스레 말했다.

한운석은 이 말이 사실이라고는, 농담도 아니고 홧김에 하는 말도 아니라고는 생각조차 하지 못했다.

그는…… 확실히 죽지 않는 사람이었다.

그녀는 그의 몸에서 나는 피 냄새가 점점 짙어지는 것을 느껴다. 더럭 겁이 날 만큼 짙은 피 냄새였다.

"고칠찰, 당신이 죽으면 누가 날 구해요? 당신이 죽으면 나도 죽는다고요!"

한운석은 그를 자극해보았다.

고칠찰은 살짝 멈칫했지만 여전히 분통을 터트렸다.

"한운석, 기억해 둬라. 이 몸은 죽지 않아! 죽지 않는다고!"

"당신과 농담할 기분 아니에요. 난 죽고 싶지 않아요! 괜히 무리하다가 나까지 해치지 말아요!"

한운석은 일부러 모질게 말했다.

고칠찰은 그래도 대답하지 않고 계속해서 나는 듯이 앞으로 달려갔고, 그들은 곧 골목 끝에 도착했다.

뜻밖에도 이 골목 끝은 바로……

이봐, 몸으로 갚지 그래

골목 끝은 놀랍게도 제법 번화한 홍등가였다!

홍등가란 바로 청루靑樓(기녀가 노래와 춤 등을 파는 곳) 밀집 지역을 의미했다.

어둡게 가라앉은 지 오래인 고칠찰의 눈동자에 마침내 웃음이 떠올랐고, 눈빛도 하늘에 총총한 별처럼 환해졌다.

그는 그렇게 잘 웃는 눈을 하고 있었지만, 애석하게도 한운석은 여태껏 알아차리지 못했다.

그가 말했다.

"이봐, 이제 살았다!"

말이 떨어지기 무섭게 날카로운 쇠뇌살 하나가 파죽지세로 날아들어 지금까지 본 그 어떤 것보다 힘차게 그의 등에 콱 박혔다.

"윽!"

고칠찰이 신음을 하며 입에서 피를 왈칵 뿜었다. 그 피가 그의 얼굴을 덮은 복면을 따라 주르르 흘러 한운석의 얼굴 위에 떨어졌다.

"고칠찰……."

한운석은 너무 놀라 심장이 멈출 뻔했다.

"독누이, 겁내지 마."

그의 목소리가 부드러워졌다. 더는 괴상야릇하지도, 음침하고 무시무시하지도 않은 그 목소리에는 부드러움 속에 웃음기가 담겨 있고, 웃음기 속에서 장난이 느껴졌다.

몹시도 낯익은 느낌!

당황한 한운석은 위험조차 까맣게 잊고 그의 품속에 얼어붙었다.

등 뒤로 쇠뇌살이 또 한 번 바람을 가르며 날아들자 고칠찰은 망설임 없이 한운석을 데리고 골목으로 뛰어들었다. 이 갑작스러운 출현에 골목을 지나던 사람들이 화들짝 놀랐다.

"사람 살려! 사람 살려!"

고칠찰은 달아나는 동시에 고래고래 소리를 질렀다. 이미 도성 중심가에서 한참 벗어난 성곽 부근에 와 있었지만 소동을 피우기만 하면 관병을 불러들일 수 있었다.

과연 좁은 골목에서 벗어나자 궁노수들은 쫓아오지 않았지만, 흑의 고수는 여전히 끈질기게 그들을 뒤쫓았다.

그는 길가 지붕을 밟고 계속 쫓아오며 쇠뇌를 쏘았다. 조금 전 힘이 잔뜩 실린 쇠뇌살도 그가 쏜 것이었다. 그는 한운석이 아닌 고칠찰을 노리고 있었다!

고칠찰은 멀리 달아나는 대신 도리어 커다란 청루로 뛰어들었다. 피 흘리는 흑의 남자가 난입하자 곧 소란이 벌어졌고, 청루 안에 있던 사람들이 혼란에 빠져 사방으로 달아나는 통에 순식간에 주위가 북적거렸다.

흑의 고수는 제때 쫓아 들어왔지만, 그 인파 속에서 고칠찰과 한운석을 찾아낼 수가 없었다.

어디로 갔지?

일층은 몹시 혼잡했고 모두 바깥으로 달아나기 바빴다. 이층과 삼층에 있던 기녀와 손님들도 옷을 갖춰 입지 못한 채 뛰어내려 왔지만, 방안에 남아 방문을 단단히 걸어 잠근 사람도 적지 않았다.

흑의 고수는 몸을 날려 이층 난간 위에 내려섰다. 그 동작에 사람들이 까무러칠 듯 놀라 청루 전체가 들썩들썩했다.

흑의 고수는 차가운 눈으로 사람들을 쭉 훑었으나 여전히 고칠찰과 한운석의 그림자는 보이지 않았다.

그는 서두르지 않고 차분하고 노련한 눈길로 층계와 난간을 일일이 훑었다. 곧 난간 한쪽에 묻은 피가 눈에 들어왔다!

고칠찰이 쇠뇌살을 그렇게 많이 맞았으니 피를 많이 흘리고 있을 것이다!

기필고 찾아내고야 말겠다는 듯 차가운 눈빛을 번뜩이며, 흑의 고수는 핏자국을 따라 삼층으로 올라가 어느 방문 앞에 이르렀다. 그러나 그가 발로 방문을 걷어차고 들어가 보니 안에는 아무것도 없었다.

어디로 갔지?

그는 곧 주변 방도 문을 걷어차 열었다. 재빠르고 주저 없는 동작이었다. 한운석이나 고칠찰이 독을 쓸지 모르니 당연히 방비해야 했지만, 애석하게도 열 개가 넘는 방이 텅 비었거나 침상에서 운우지락을 나누는 자들뿐이었다. 한창 즐기고 있었던 터라 이 난리가 났는데도 모르고 있었던 것이다.

혹시 두 사람이 청루를 빠져나간 걸까?

떠나려던 흑의 고수 눈에 복도 제일 끝에 있는 꽉 닫힌 방문이 보였다.

그는 포기하지 않고 조심조심 다가가 쇠뇌살을 준비한 후 힘차게 방문을 걷어찼다.

"누구냐!"

침상에 있던 남자가 버럭 소리를 질렀다.

흑의 고수는 병풍을 돌아 들어갔다. 침상 위에는 절세미남이 상반신을 적나라하게 드러낸 채 여자 위에 엎드려 있었다. 여자는 놀랐는지 그의 품에 몸을 웅크리고 오들오들 떨며 얼굴을 드러내지 않았다.

흑의 고수는 이 절세미남을 알아본 듯 다소 놀란 표정이었지만 곧 정신을 차리고 날카로운 눈으로 침상 위에 뒤엉킨 남녀를 훑었다. 둘 다 나체였지만 이불을 덮어 전신을 볼 수는 없었다.

남자의 다리는 길고 힘이 넘쳤고, 여자의 다리는 희고 균형이 잡혀 있었다. 그런 다리가 아래위로 얽힌 모습은 무한한 상상을 불러일으켰다. 물론 몸 대부분은 이불에 덮여 있었다. 남자는 어깨를 반쯤 드러낸 채 한 손으로 침상을 짚은 자세였고, 여자는 머리를 풀어헤쳐 육감적인 쇄골이 보일락 말락 했다.

이렇게 농밀한 장면도 흑의 고수의 날카로운 시선이 닿자 분위기가 딱딱해졌다.

그렇지만 절세미남은 곧 가느다란 눈을 위험스럽게 좁히며 차갑게 말했다.

"죽고 싶으냐?"

흑의 고수는 복잡한 눈빛으로 다시 한 번 방 안을 살핀 다음 비로소 차갑게 대답했다.

"미안하게 됐군, 실례!"

그는 천천히 물러나다가, 아래층에서 관병의 소리가 들리자 재빨리 돌아서서 달아났다.

그제야 침상 위에 있던 두 사람은 안도의 숨을 내쉬었다. 위험천만한 순간이었다!

그들 발치, 침상 안쪽에는 피 묻은 옷과 진료 주머니 하나가 숨겨져 있었다. 가장 눈에 띄는 것은 당연하게도 피에 흠뻑 젖은 검은 장포였고, 진료 주머니 옆에는 약병 몇 개가 굴러다니고 있었다.

남자는 다른 손으로 침상을 짚어 여자를 양팔 가운데 가두더니, 좁고 요사한 두 눈으로 가느다랗게 뜬 채 음흉하게 입술을 핥으며 흥미로운 시선으로 아래에 누운 여자를 바라보았다.

마치 언제든 뱃속으로 집어 삼킬 수 있도록 가둬 놓은 양을 보는 늑대 같은 표정이었다.

솔직히 말해 이 늑대는 마른 것처럼 보여도 몸매는 손꼽을 만큼 훌륭했고, 드러난 가슴도 근육질이어서 몹시도 유혹적이었다.

하지만 여자는 전혀 흥미를 보이지 않았다. 그녀는 눈을 잔뜩 찌푸리고 눈시울이 빨개진 채 죽일 듯이 그의 얼굴을 노려보고 있었다. 당장 울어 버릴 것 같은 표정이었다.

"독누이, 고마워할 것 없어. 감동적이면 몸으로 갚지 그래?"

남자가 웃으며 말했다.

여자는 하마터면 주먹을 날릴 뻔했지만 다행히 제때 멈췄다. 그녀가 화난 소리로 외쳤다.

"고칠소, 당장 내려가!"

"이걸 어쩌나, 난 싫은데!"

고칠소가 가볍게 한숨을 쉬었다.

"죽고 싶군! 빨리 내려가, 치료해 줄 테니!"

한운석이 화를 냈다.

고칠찰이 고칠소일 줄은 꿈에서도 생각지 못했다. 골목 어귀에서 고칠소의 목소리를 들었을 때도 믿지 못해서 잘못 들었거니 생각했는데!

청루에 들어온 후 그들은 흑의 고수의 추적에서 달아나기 위해 이 방에 숨어들었고, 가능한 한 가장 빠른 속도로 핏자국을 처리했다. 고칠찰이 검은 장포와 복면, 비쩍 마른 가짜 손을 모조리 벗자 그제야 그녀도 고칠찰이 정말 고칠소라는 것을 확인할 수 있었다.

상황이 워낙 급박해 놀랄 틈도 없었다. 그녀는 몰아치듯 그의 상처를 지혈했고, 두 사람은 옷을 벗고 연극을 함으로써 흑의 고수를 속였다.

지금 그녀는 이자를 꽁꽁 묶어 놓고, 쓸데없이 왜 두 가지 신분을 써가며 자신을 속였는지 고문이라도 하고픈 심정이었다. 친구라고 생각했는데 이렇게 속일 줄이야! 저의가 뭘까?

물론 당장은 고칠소의 상처를 치료하는 것이 먼저여서 화를 내거나 따질 여유가 없었다.

그의 등에 난 상처는 너무 끔찍했다. 조금 전에는 단순히 응급 지혈약을 발라 피만 멈추게 했을 뿐이어서 약효가 금방 떨어질 것이다.

"내려가!"

한운석은 거의 명령조로 말했다.

그렇지만 고칠소는 꼼짝하지 않고 그녀를 바라보며 싱글거렸다.

한운석이 진지하게 살펴봤다면, 분명 지금 이 순간 고칠소의 웃는 얼굴에 행복이 넘치는 것을 알아보았을 것이다. 하지만 애석하게도 그녀의 신경은 온통 그의 상처에 쏠려 있었다.

"썩 내려가지 못해!"

한운석이 차가운 목소리로 위협했다. 너무 초조한 나머지 그가 희롱하는 것도 아랑곳하지 않았고 옷을 갖춰 입지 않은 사실도 잊었다.

"독누이, 잠깐만 안게 해 줘, 응?"

고칠소가 진지하게 물었다.

한운석은 화가 치밀어 그를 밀어내려고 했지만, 뜻밖에도 고칠소가 정말로 그녀를 꽉 끌어안았다. 그는 한운석을 단단히 안고서 따스한 쇄골 안쪽에 머리를 묻으며 귓가에 부드럽게 속삭였다.

"독누이, 이 오라버니는 네가 정말 좋아……."

여기까지 듣자 한운석은 당황했다. 그녀가 뭐라고 말하려는데 뜻밖에도 고칠소가 또다시 감탄에 젖은 목소리로 말했다.

"네 품에서 죽고 싶어!"

한 번도 보지 못했던 그의 진지함에 어쩔 줄 모르던 한운석도 이 말을 듣고 나자 참지 못하고 눈을 흘겼다.

"고칠소, 하루라도 농담을 안 하면 죽어? 중상을 입었다고 내가 봐줄 거란 생각 마!"

이렇게 말한 그녀가 단호하게 그를 홱 밀어냈다. 힘이 거의 빠진 고칠소는 그대로 뒤로 밀려났다가 옆으로 쓰러져 침상에 누웠다.

상의는 벗었지만 바지는 아직 입고 있었고, 바짓가랑이만 높이 걷어 놓은 상태였다. 한운석도 마찬가지여서, 겉옷을 두두 삼아 가슴을 단단히 감싸놓고 있었다. 이불을 걷고 보니 사실은 둘 다 나체라고 볼 수도 없었다.

고칠소는 힘없이 몸을 뒤집어 엎드렸다. 그의 등을 본 한운석은 별안간 심장이 죄어들고 숨이 턱 막혔다.

조금 전 응급 지혈할 때는 자세히 보지 않고 다급하게 약만 발랐는데, 지금 보니 등은 온통 쇠뇌살에 맞은 상처투성이였다. 상처는 깊이는 각각 달라도 크기는 하나같이 엄지만 한 데다 벌써 다시 피가 흐르고 있었다. 등 전체에 성한 곳이 하나도 없다 해도 지나치지 않을 지경이었다!

이런 상황에서 의원인 그녀는 본능적으로 서둘러 상처를 치료하고 지혈해야 마땅했다. 하지만 그 순간, 그녀는 입을 꼭 다문 채 필사적으로 울음을 참고 있었다.

한운석이 계속 움직이지 않자 고칠소가 돌아보았다. 눈이 빨개져 울음을 터트릴 것 같은 그녀를 보자 늘 웃음을 띠던 그의 눈동자가 부드러워졌다.

"독누이, 걱정 마. 난 안 죽어."

한운석은 그제야 정신이 돌아와 험상궂게 그를 노려보았다.

"엎드려! 말하지 말고!"

그녀는 급히 호명단護命丹 다섯 알을 꺼내 고칠소에게 건넸다. 일반적인 응급 상황에서는 한 알만 먹이던 약이었다. 그녀의 저 냉정한 겉모습 밑에 숨겨진 마음이 얼마나 당황하고 혼란스러운지 누가 알기나 할까!

고칠소가 웃었다.

"독누이, 너무 과하지 않아?"

"잘난 척하지 마!"

한운석은 직접 고칠소에게 약을 먹이고 엎드려서 입 다물라고 명령했다. 그녀의 눈에 이자가 저 몸을 하고도 히죽거리는 것은 순전히 잘난 척이요, 가장이었다!

이렇게 심하게 다치고 저렇게 피를 많이 흘렸는데 농담할 힘이 어디 있을까?

고칠소는 순순히 엎드렸지만 몰래 고개를 외로 꼬아 그녀를 엿보았다. 말은 하지 않았지만 빙긋빙긋 웃는 모습이 무척 행복해 보였다.

한운석은 약물과 천, 면봉을 잔뜩 준비했다. 모든 것이 재빠르고 전문적이었지만, 그의 옆에 책상다리하고 앉아 치료를 시작하려는 순간, 도저히 참을 수가 없었다.

그녀는 입을 가리고 옆으로 고개를 돌렸다. 너무나, 정말 너무나도 마음이 아팠다.

간통 현장을 들키고 싶어?

마음이 아프다. 그 말만으로는 한운석의 지금 심정을 설명할
수 없었다.

지난 생, 그리고 이번 생에서 그녀가 만난 환자나 다친 사람
이 만 명 가까이 되는 데다, 고칠소보다 더 참혹하게 다친 사람
도 많이 보았다.

그녀는 책임감이 무척 강한 독의였지만 성격 좋은 독의는 아
니었다. 환자가 귀 따갑도록 아프다고, 무섭다고 소리를 질러
대면 언제나 따끔하게 훈계하던 그녀였다.

'다쳤는데 아프지 않고 배겨요? 소리 질러 봤자 소용없어요!
치료하지 않으면 절대로 낫지 않아요!'

그렇지만 등에 구멍이 숭숭 난 고칠소의 상태를 보자 그녀
자신의 몸에도 통증이 느껴지는 것 같았다.

이게 다 그녀를 구하기 위해서였다. 그렇지 않았다면 이런
꼴이 되지는 않았을 것이다! 조금이나마 자질이 있어 무공을
할 줄 알았더라면, 조금만 더 독술이 뛰어났더라면, 이 사람이
이렇게 심하게 다치지는 않았을 텐데.

마음이 아픈 것보다 죄책감이 더 컸다.

고칠소는 울 것 같은 그녀를 보자 기뻐서 웃음을 지었다.

"독누이, 울고 싶으면 울어."

그는 그녀가 자신을 위해 우는 것이 좋았다. 자신을 위해서만 울어 준다면 더욱 기뻤다.

이런 꼴이 되고도 어쩜 이렇게 뻔뻔할까? 한운석은 험악하게 그를 노려보며 모른 체하고 당장 치료에 착수했다.

고칠소의 등에는 정말이지 상처가 너무 많았다. 모두 엄지만 한 구멍이 빽빽하게 있고 피와 살이 엉겨 엉망이었다.

자객들이 쓴 쇠뇌살에 무슨 장치가 되어 있는지 몰라도, 사람 몸에 박히면 곧바로 다시 튀어나오게 되어 있어서 마치 검을 찔렀다 뽑은 것처럼 2차 피해를 주고 출혈 속도도 빠르게 했다.

한운석은 응급 지혈약의 약효가 사라지면 고칠소가 피를 더 많이 흘릴까 봐 걱정스러웠다. 비록 아무렇지 않은 척 버티고 있어도 그의 안색은 몹시 창백했다.

그녀는 재빨리 결단을 내려 다시 응급 지혈약을 바른 뒤 위에서부터 아래로 상처를 하나하나 꼼꼼하게 치료했다.

앞서 약을 바를 때는 흑의 고수를 피하느라 상황이 급박해서 아무것도 느끼지 못했던 고칠소도 지금은 상처에 약을 바를 때마다 고스란히 통증을 느꼈다.

젠장맞을 통증!

고칠소는 어려서부터 통증을 무척 무서워했다. 소름이 끼칠 만큼 무서웠다.

그러나 겉으로 드러내기는커녕 도리어 웃음을 흘리며 힘껏 고개를 돌려 한운석을 바라보았다.

"독누이! 눈동자가 아주 빨개. 마음 아프지…….."

"나불대지 말고 엎드려! 죽고 싶지 않으면!"

한운석이 대놓고 성질을 부렸다. 눈이 빨개진 걸 들켜 부끄러운 것도 아니고, 그의 상처가 걱정되어서도 아니었다. 죽을 만큼 다치고도 가만있지 않고 틈만 나면 자신을 희롱하는 게 답답해서였다.

약효가 가시는 순간 피가 흐를 테니 반 시진 안에 치료하지 못하면 출혈 과다로 목숨을 잃을 게 분명했다!

그런데 잘난 척이나 하고! 희롱이나 하고!

마음이 찢어질 것처럼 아팠다. 어째서 이렇게까지 자신을 아낄 줄 모를까?

갑자기 고칠소가 웃음을 그치고 태연하게 물었다.

"이봐, 내가 죽어 버릴까 봐 겁이 나?"

치료에 집중하느라 듣지 못했는지, 들었는데 대답하기 싫었는지 몰라도, 하여간 그녀는 응답이 없었다.

고칠소도 더는 장난치지 않고 가만히 엎드려 눈을 감았다.

확실히 몸에 힘이 없었지만 죽을 정도는 아니었다. 그는 불로불사不老不死의 몸이었다. 마음만 먹으면, 궁노수 한 무리는 고사하고 열 무리라 해도 화살을 맞으면서 달려가 한 명도 남김없이 죽여 없앨 수 있었다.

그렇지만 무슨 일이 있어도 이 비밀은 숨겨야 했다. 그래서 한운석을 데리고 달아날 수밖에 없었고, 곧 쓰러질 것처럼 약해졌는데 억지로 버티는 시늉을 할 수밖에 없었다.

이 여자는 독술에 뛰어나고 의술은 그저 그랬지만, 그래도 조심하지 않으면 이상한 점을 눈치챌 수도 있었다.

그때 한운석은 이미 상처 두 곳을 치료하고 소독하고 약을 바르고 지혈한 후였다.

상처가 워낙 **빽빽해** 하나하나 싸맬 수 없어서, 서둘러 전부 치료한 다음 연잎말이처럼 둘둘 말아 버릴 생각이었다.

물론 말은 하지 않았지만, 상처뿐만 아니라 기력과 맥상, 정신 상태도 살펴보고 있었다.

비록 상처는 위중하지만, 이 남자는 확실히 상태가 나쁘지 않아 보였다.

그래도 그녀는 고칠소가 입으로만 아무렇지 않은 척한다고 여겼다. 호명단을 다섯 알이나 먹었으니 고칠소같이 무공을 익힌 몸이라면 그렇게 보이는 것도 그리 이상한 일은 아니었다.

방 안은 조용했다. 고칠소는 온몸을 편안하게 늘어뜨렸으나 한운석은 신경이 곤두섰고 몸도 긴장했다. 손은 한시도 멈추지 않고 군더더기 없이 재빠르고 능숙하게 움직였다.

지금까지 치료한 상처들은 별로 깊지 않아서 그나마 쉬운 편이었다.

그녀는 자신이 오른쪽 어깨를 다쳤다는 사실도 까맣게 잊었다. 너무 깊이 들어간 바람에 세 치가량의 쇠뇌살이 아직 살 속에 박혀 있었는데, 고칠소 역시 행복에 젖어 그 사실을 인식하지 못했다.

그때 한운석은 고칠소의 등에서 무척 깊은 상처를 발견했다.

소독약으로 굳은 피를 닦아 내자 새빨간 피가 터져 나왔다.

초조해진 그녀는 곧바로 가장 강한 지혈약을 상처에 뿌렸다. 고칠소가 흠칫 하며 몸을 부르르 떨었다.

살이 찢겨 피투성이가 된 상처에 자극적인 약을 뿌리자 약에 닿은 피가 부글부글 거품을 냈고, 고칠소는 아파서 견딜 수가 없었다.

얼굴이 잔뜩 일그러지긴 했지만 그래도 그는 입을 헤벌리고 웃었다.

"독누이, 색심이 동해서 정신이 없지?"

'색심'이라니!

저렇게 아파하면서 입은 잘도 놀리는군!

한운석은 두 손 두 발 다 들었다고 말해 주고 싶었지만 그럴 틈이 없었다.

그녀는 엄숙한 얼굴로 상처를 막으면서 계속 약을 발랐지만, 아무리 해도 피는 멈추지 않았다.

그녀는 망설이지 않고 즉시 고칠소에게 마취약을 발랐다. 이 상처는 꿰매는 수밖에 없었고 빠를수록 좋았다!

마취약을 바르자 고칠소의 상처가 마비되고 통증도 점점 사라졌다.

그는 속으로 안도의 숨을 내쉬었다. 독누이가 상처를 어떻게 치료하려는지 몰라도 어쨌든 안심이 되었다.

잠시 조용히 있던 그가 참지 못하고 다시 돌아보았으나 당연히 한운석의 손은 볼 수 없었고, 더할 나위 없이 엄숙한 얼굴만 보였다.

"독누이, 표정이 그게 뭐야, 깜짝 놀랐잖아."

"……."

"독누이, 뭐해?"

"……."

"독누이, 얼마나 있어야 해? 배고파."

"……."

한운석이 그를 싹 무시했기 때문에 거의 혼잣말을 하다시피 했지만, 그래도 그는 즐거웠다.

그는 주절주절 떠들다가 주체하지 못하고 시선을 아래로 내려 훤히 드러난 그녀의 목을 응시했다. 희고 보드라운 옥처럼 깨끗한 목이었다. 그는 이 여자가 무척 보기 좋은 쇄골을 갖고 있다는 것을 알게 되었다.

저도 모르게 넋이 나간 그는 차츰차츰 말수가 줄었다.

바로 그때 문 밖에서 발소리가 들려왔다. 관병이 도착한 모양이었다.

고칠소는 불쾌한 눈빛을 짓더니 와락 이불을 끌어당겨 한운석과 자신을 한꺼번에 덮었다.

바쁘게 상처를 꿰매던 한운석은 방해를 받자 화를 냈다.

"뭐하는 거야?"

관병들이 그들을 찾느라 성 안을 발칵 뒤집지 않고 이렇게 찾아왔으니 다행이었다.

그녀가 이불을 걷으려 하자 고칠소가 몸을 확 돌리며 그녀를 붙잡았다.

"쉿……. 간통했다는 말을 듣고 싶어?"

경박한 그도 그녀의 명예는 신경 쓰였다.

한운석은 곧 동작을 멈췄다. 말로는 아무리 변명해도 소용없는 일이 많은데, 특히 이런 일이 그랬다! 해명하느니보다 안 하는 편이 낫고, 해명을 안 하느니보다 숨기는 편이 나았다!

그래서 옷을 갖춰 입지 않은 두 사람은 한 사람은 눕고 한 사람은 웅크린 채 이불 속에서 다시 한번 '농밀한 장면'을 연기했다.

수색하러 온 관병들이 뛰어들었다. 그들은 이불 속에 단단히 가려진 한운석의 얼굴은 보지 못한 채 고칠소의 벗은 상반신과 좋아 죽을 것 같은 표정만 목격했다.

관병은 경멸스럽게 방을 훑어보고 숨은 자가 없는 것을 확인하자 곧바로 나갔다.

관병이 멀리 사라진 다음에야 한운석은 황급히 일어나 방문을 잠갔다. 고칠소가 천천히 몸을 돌렸는데 반쯤 꿰맨 상처에서 다시 피가 흐르고 있었다!

"젠장!"

한운석은 짜증나고 안타까웠다. 조금 전 멍청하게 고칠소가 돌아눕도록 내버려 둔 것이 후회스러웠다. 간통했다는 말을 들으면 어떻고, 명예가 땅에 떨어지면 어때. 믿을 만한 사람은 당연히 믿어 줄 것이고, 믿어 주지 않는 사람이라면 무시해 버리면 그만인데!

손이 바르르 떨리자 그녀는 짜증스레 탁탁 털며 마음을 가라앉힌 다음 비로소 다시 꿰매기 시작했다.

고칠소는 정말 지쳤는지 고개를 돌려 그녀를 바라보면서도 몹시 조용했다.

상처가 많았고 특히 깊은 상처도 서너 군데나 있어 한운석은 쉬지 않고 계속 치료했다. 작은 방 안에 가득하던 짙은 연지분 냄새는 차츰차츰 피비린내로 바뀌었지만, 공기 속에는 따스한 기운이 퍼져 나갔다.

그러나 이 방 바깥에서는 도성 전체가 발칵 뒤집혀 있었다!

고북월 사저에 있던 비밀 시위들이 고칠찰을 발견하지 못한 데다 성 남쪽에 있는 홍등가에서 소란이 벌어지자, 목청무는 고칠찰과 한운석이 그곳까지 쫓겨 달아난 것이 틀림없다고 생각했다.

그는 일단 처리한 뒤 보고하기로 하고, 도성 네 성문을 봉쇄하라는 명령을 내린 다음 금군 절반을 동원해 성 전체를 수색했다.

지금 그는 이 홍등가에 와서 직접 수색 중이었고, 태자 용천묵은 한참을 뒤진 다음에야 그를 찾아냈다.

"상황은 어떤가?"

"이곳에서 쇠뇌살과 핏자국을 발견했습니다. 어느 청루 입구까지 이어지다가 사라졌는데, 청루를 수색했지만 사람은 찾지 못했습니다."

용천묵은 고개를 끄덕이고 소리를 죽였다.

"우선 남은 금군 반을 동원해 황궁을 지키게."

"예?"

목청무는 이해가 가지 않았다. 앞으로 반 시진 안에 사람을 찾지 못하면 사람을 더 동원할 생각이었다.

"일단 처리하고 나중에 보고할 생각이잖나. 빠져나갈 핑계를 마련해 놓지도 않고 부황께서 책망하면 무슨 수로 감당하려고 그러나?"

용천묵이 진지하게 물었다.

소장군 목청무는 금군통령을 겸임하며 황궁과 황성 방어의 중임을 맡고 있었다.

진왕비 한 사람을 구하기 위해 제멋대로 성문을 봉쇄한 것도 모자라 금군 절반을 동원한 걸 알면 천휘황제가 어떻게 생각할까? 이 기회에 그의 병권을 빼앗아도 이상하지 않았다!

만약 금군 절반을 황궁에 보내 지키게 함으로써 이번 일을 진왕비 습격이 아닌 외적의 침입으로 확대하고 황궁에 위험이 미칠 수도 있었던 사건으로 만들어 두면 모든 것이 달라졌다.

용천묵의 귀띔에 목청무도 바로 알아들었다.

"전하의 말씀이 옳습니다. 당장 가서 처리하겠습니다!"

그가 떠나려는데 용천묵이 다시 붙잡더니 일부러 주변에 있던 관병들까지 물리고 목소리를 낮춰 물었다.

"고북월 사저 쪽에서 금군이 배신했다지? 어떻게 된 일인가?"

용천묵은 막 고북월의 집에서 오는 길이었고 검을 맞아 죽은 젊은 부통령도 보았다. 그가 아는 목청무는 바르고 정직하지만, 홧김에 배신한 반역자를 죽여 없앨 만큼 어리석지 않았다.

배신자가 죽었는데 누구에게 배후 주모자를 물어야 할까?

이는 분명히 증거를 없애려는 행동이었다. 그렇지만 용천묵은 목청무를 의심할 까닭이 없었다. 그의 진영에는 진왕과 진왕비를 사지에 몰아넣으려는 사람들이 숱하게 있었지만, 목청무는 절대 아니었다!

누가 진왕을 막는가

용천묵의 질문에 목청무는 시선을 살짝 피했다.

"소장도 무척 답답합니다. 당시 상황이 긴박해서 충동적으로 죽였습니다만, 다행히 그자의 부하 세 명이 남아 있으니 심문할 수는 있습니다. 사람을 시켜 용의자들을 모두 가둬 두었습니다."

충동?

목청무답지 않은 행동이었다. 용천묵은 의미심장하게 그를 바라보았다.

"그 이야기는 일단 여기까지 하고, 어서 궁으로 가게. 빠를수록 좋네!"

목청무는 서둘러 사라졌다. 용천묵은 목청무가 모은 쇠뇌살을 관찰하다가 보통 쇠뇌살보다 훨씬 짧고 끝이 검날처럼 무척 날카롭다는 것을 발견했다.

"진황숙의 비밀 시위조차 상대가 되지 못하다니 역시 보통이 아니군, 하하!"

그가 냉소하며 말했다.

"전하, 어서 가시지요. 그 궁노수들을 아직 찾아내지 못했으니 아무래도 이곳은 안전하지 않습니다!"

옆에 있던 시종이 권했다.

용천묵은 서두르지 않고 쇠뇌살을 반 꾸러미쯤 집어 시종에게 주면서 귓속말을 했다.

"현룡문으로 가져가라."

다른 사람들은 알아듣지 못할 수도 있는 말이었지만, 가까이 부리는 시종은 똑똑히 알아들었다. 태자 전하는 이 쇠뇌로 현룡문의 문지기를 죽이고 이를 증거물로 죄를 뒤집어씌우려는 게 분명했다.

황제는 바보가 아니었다. 소장군이 금군을 움직여 황궁을 지킨다고 해서 꼭 긴장하란 법은 없었다. 그렇지만 현룡문의 문지기 역시 같은 쇠뇌살에 맞아 죽은 것이 발견되면, 병을 앓고 있는 황제도 놀라서 당장 침상에서 내려올 터였다!

"잘 알겠습니다. 즉시 처리하겠습니다!"

시종이 명령을 수행하러 물러가자 용천묵의 입가에 음험한 웃음이 떠올랐다. 그는 당연히 이 일을 크게 만들어야 했다. 크면 클수록 좋고, 암시장 화약 폭발 사건과 연결 지을 수 있으면 더할 나위 없었다.

그렇게 되면 초청가는 황후 자리를 얻기는커녕 귀비 자리조차 지켜 내지 못할 것이다!

솔직히 그는 동궁에 앉아 구경할 준비나 하면 되지만, 도저히 참을 수가 없어 시종들을 이끌고 나와 곳곳을 수색했다.

금군이 그렇게 오래 수색했는데도 찾아내지 못했는데, 한운석 그 여자는 지금 어디에 있을까? 대체 무슨 일일까? 다치지는 않았을까?

이처럼 큰 사고가 벌어졌는데 진황숙이 여태 나서지 않은 것을 보면 혹시 도성에 안 계신 걸까? 며칠 전만 해도 분명히 계셨는데! 진황숙이 멀리 출행을 나가면서 한운석을 데려가지 않다니?

용천묵은 이해가 가지 않아 곧바로 사람들을 데리고 수색에 나섰다.

확실히, 용비야는 도성 안에 없었다. 지금 그는 성 밖 어느 별원에 있었다.

어두컴컴한 객당은 문과 창문이 꼭꼭 닫혔고, 바깥에서는 뾰족한 새 울음소리가 끊임없이 들려왔다. 이는 유각 비밀 시위의 신호로, 비밀 시위가 이런 소리를 냈다는 것은 왕부에 사고가 생겼다는 뜻이었다.

조용한 방 안에서 용비야는 뒷짐을 쥐고 선 채 온몸에서 스산한 냉기를 뿌리며 본래도 서늘하던 방을 더욱더 얼어붙게 했다. 창밖에서 햇살이 새어들어 냉랭하고 딱딱한 그의 옆얼굴을 비췄지만 깊은 눈동자까지 내리쬐지는 못했다.

그의 발치에는 시체들이 널브러져 있었다. 모두 그의 검에 목을 꿰뚫려 죽은 사람들이었다.

그의 앞에는 두 사람이 서 있었다. 한 사람은 바로 선녀 같은 흰옷을 입은 단목요고, 다른 한 사람은 놀랍게도 천산검종의 이인자이자 용비야와 단목요의 사숙인 창구자蒼邱子였다.

사숙이 친히 왕림했으니 용비야가 와서 인사하는 것은 당연했다. 하지만 단목요는 그에게 사부가 왔다고 했고 사부의 신물信物(신분 혹은 약속을 증명하는 물건)까지 가져왔다. 그래서 용비야도 급히 왔던 것이다.

단목요는 사부가 그를 보고 싶은 나머지 말려도 듣지 않고 그를 만나기 위해 하산하겠다며 고집을 피웠다고 했다.

이치대로라면 사부가 그를 찾아왔다면 당연히 직접 진왕부를 방문해야 마땅했다. 하지만 사부의 지금 상황상 공개적으로 모습을 드러낼 수 없어서 진왕부에 찾아오기 힘든 데다 비밀스럽게 하산했기에, 그 역시 사부가 별원에서 기다린다는 단목요의 말을 믿었다.

그런데 누가 알았을까? 그가 와서 만난 사람은 사부가 아니라 사숙인 창구자였다.

천산검종은 줄곧 무림지존의 자리에 있어서 무림인 모두가 존경하면서도 두려워했다. 여아성과 소요성 양대 세력이 함부로 소란을 일으키지 못하는 이유도 그 때문이었다.

그렇지만 10여 년 전부터 천산검종이 종주의 통제에서 벗어났다는 것은 아무도 모르는 일이었다.

용비야는 창구자를 보는 순간 속임수라는 것을 깨달았고 떠나려 했으나 검술 고수 몇 명이 길을 막았다.

진왕부에 대체 무슨 일이 벌어졌는지 모르지만, 한운석이 왕부에 있었다!

그는 싸늘하게 창구자를 바라보았다.

"급한 일이 있어 오늘은 함께 있어드릴 수가 없습니다. 양해해 주십시오, 사숙."

"사형, 제가 잘못했어요. 장난으로 사숙님을 사부님이라고
했던 거니 화내지 마세요. 사숙님께서 모처럼 하산하셔서 사형
과 차 한 잔 하시겠다는데 이렇게 서둘러……."

단목요의 말이 끝나기도 전에 용비야가 홱 검을 들었다. 날
카로운 검기가 질풍처럼 날아들어 단목요의 얼굴을 호되게 때
렸다.

"앗……!"

단목요는 놀라 비명을 질렀다. 뺨을 몇 대나 맞은 것처럼 얼
굴이 홧홧하게 아팠다.

단목요는 도무지 믿을 수가 없어 얼굴을 감싸 쥔 채 울음을
터뜨렸다.

"사형, 어떻게 절 때리실 수가……. 차라리…… 차라리 죽이
세요. 이런 꼴로 돌아가면 사부님이 보시고 얼마나 마음 아파
하시겠어요!"

용비야는 그녀에게 눈길도 주지 않고 여전히 화를 누르며 창
구자에게 말했다.

"사숙, 사부님을 보아서라도 부디 길을 비켜 주십시오."

창구자는 단목요처럼 경솔하지 않았다. 마흔이 훌쩍 넘은 나
이에 염소수염을 기르고 머리카락을 모두 묶어 올린 그는 먹빛
의 긴 저고리를 걸치고 소박한 헝겊신을 신었고, 태도는 차분
하기 짝이 없었다.

그는 수염을 쓰다듬으며 탄식했다.

"비야야, 많이 컸구나. 이제는 너와 차 한 잔 마시는 것도 어려운 게냐? 먼 길을 오면 네가 반가워할 줄 알았거늘. 어허, 아무래도 나 혼자만의 바람이었구나."

용비야가 창구자의 제자를 한 무리나 죽였는데도 그는 여전히 체면을 세워 주고 예의를 지켰다.

창구자는 분명 시간을 끌고 있었다. 용비야로서는 진왕부에 대체 무슨 일이 벌어지고 있기에 창구자가 몸소 조호이산계調虎離山計(삼십육계 중 하나로 적을 본거지에서 끌어내는 계책. 유인계)를 쓰는지 짐작이 가지 않았다.

천산검종과 관계된 일일까, 아니면 단목요가 창구자에게 도움을 청한 것일까.

창구자는 가식적이고 교활하며 욕심이 많지만 무척 신중하고 차분한 인물이었다. 천산검종에 관계된 일이 아니라면 단목요가 무슨 수로 그를 하산하게 만들었을까? 단목요가 그에게 준 이득이 무엇일까?

그러나 용비야는 그런 것을 따질 시간이 없었다. 그저 이곳을 떠나고 싶을 뿐이었다. 마음이 황황하고 한운석에게 큰일이 생겼을까 봐 걱정스러웠다.

"어떻게 해야 비켜 주시겠습니까?"

용비야는 도성이 발칵 뒤집힌 것도 몰랐고, 한운석이 습격을 당한 것도 몰랐다.

그래도 그는 무척 냉정했다. 창구자를 이길 수 없기 때문이었다.

이자의 검술은 사부에게 약간 못 미쳤는데, 올해 내공과 검술이 크게 정진해 이미 사부에 필적할 수준에 올라섰을 가능성이 무척 컸다.

바로 그런 이유로 용비야는 지금껏 천산검종 내부의 더러운 수작질에 끼어들지 않았다. 그러잖아도 바쁜 일이 많은데 창구자까지 건드려 공연히 일을 더할 수는 없었다!

지금껏 천산검종에 돌아가지도 않았고 창구자와 충돌을 일으키지도 않았는데, 단목요가 이자를 데리고 올 줄은 꿈에서도 생각지 못한 일이었다.

지금 그가 경솔하게 공격하면 창구자는 끈질기게 물고 늘어질 뿐이었다. 떠나려면 머리를 써야 했다!

그런데 예상과 달리 창구자의 말투가 차가워졌다.

"비야야, 사숙이 멀리서 왔는데 이렇게까지 낯을 깎는 게냐? 차 한 잔 마시지도 않고 가겠다니 참으로 화가 나는구나. 어떻게 해야 좋을꼬?"

용비야가 눈동자에 찬 빛을 번뜩이며 쌀쌀하게 말했다.

"사숙께서는 어떻게 하고 싶으십니까?"

창구자는 바로 이 말을 기다리고 있었다.

"네가 오랫동안 천산에 오지 않아 네 사부도 무척 그리워하고 계신다. 그래, 어디 네 사부 대신 네 내공을 시험해 볼까?"

"어떻게 시험하실 겁니까?"

용비야가 물었다.

"내 장법을 세 번 받아 보아라. 어떠냐?"

창구자가 진지하게 물었다.

이게 정말 시험일까? 누가 봐도 물에 빠진 사람에게 돌 던지려는 수작이었다! 이런 가식적인 행동을, 창구자는 너무나 뻔뻔하게 해냈다.

당연히 용비야는 그의 엉큼한 속내를 알고 있었다.

그의 무공은 창구자에 미치지 못했고 창구자와 사이가 틀어지고 싶은 마음도 없지만, 그렇다고 그 앞에서 벌벌 긴다는 의미는 아니었다.

급히 가야 할 일만 없다면 한 판 겨뤄 볼 수도 있었다!

하지만 바깥에서 들리는 새소리가 점점 급해지고 있어서 한시바삐 떠나야 했다.

"좋습니다!"

용비야는 추호도 망설이지 않고 대답한 뒤 검을 넣고 뒷짐을 진 채 기운을 누르고 가만히 섰다.

창구자는 흥이 난 듯 웃음을 터트렸으나, 그렇게 웃다가 예고도 없이 몸을 움직였다. 그림자가 환영처럼 움직이며 날카로운 장풍이 일었다. 어느새 용비야의 앞에 도착한 그가 호되게 일장을 내리쳤다!

용비야의 몸이 살짝 흔들렸지만 제자리에서 꼼짝하지 않았다.

단목요는 대경실색했다. 몹시 마음이 아파 하마터면 사숙더러 그만하라고 부탁할 뻔했지만, 한운석 그 여자를 떠올리며 꾹 참았다.

그녀는 사형이 사숙의 장력을 세 번 맞으면 목숨을 잃지는 않아도 중상을 입을 것으로 생각했다. 그러면 막지 않아도 떠나지 못하게 될 것이다.

갑자기 '펑' 하는 소리와 함께 창구자가 두 번째로 용비야의 등을 힘껏 때렸다. 용비야는 결국 버티지 못하고 입에서 새빨간 피를 뿜었다.

그러나 그는 여전히 우뚝 서서 움직이지 않았고 표정도 냉랭했다.

창구자는 의아한 눈빛을 지었다. 용비야의 내공이 이렇게 깊다니 뜻밖이었다. 보아하니 그를 붙잡아 두려면 세 번째 장법에 전력을 쏟아야 할 것 같았다!

그는 용비야의 앞으로 돌아가 심장을 겨누며 말했다.

"비야야, 오랜만에 만났더니 많이 늘었구나! 네 사부가 아시면 분명히 기뻐하셨을 게다."

용비야는 대응하지 않았다. 입가에 피가 묻었지만 낭패해 보이기는커녕 오히려 자연스러운 위엄이 풍겨 범접할 수 없는 존귀함이 느껴졌다.

창구자는 그 모습이 눈에 거슬려 양손을 활짝 펼쳐 용비야의 심장을 향해 사정없이 뻗었다!

"안 돼요, 사숙님!"

단목요마저 소리를 질렀지만, 그의 양손은 이미 용비야를 때린 후였다!

용비야는 휭 하고 날아가 벽에 세게 부딪힌 후 쓰러졌고, 몇 번이나 피를 울컥울컥 토한 다음 축 늘어졌다.

단목요는 마음이 찢어질 것 같아 미친 사람처럼 달려가 그를 부축하려 했다.

"사형, 괜찮으세요?"

그러나 그녀가 용비야를 건드리기도 전에 용비야가 손을 내저었다.

"비켜라!"

그는 한 손으로 심장을 누르고 다른 손으로 검을 쥐어 땅을 짚으며 단호하게 일어났다. 고개를 들고 가슴을 쭉 편 그의 모습에서 기백이 넘쳤다. 그가 차갑게 말했다.

"사숙, 다음에……. 또 뵙겠습니다!"

이를 본 창구자는 속으로 무척 당황했다. 용비야가 이렇게 금세 일어날 줄이야!

그의 무공이 용비야를 훨씬 앞서는 것이 분명한데도, 지금 이 순간 그는 용비야가 꺼려지기 시작했다.

젊은이는 무서운 법이었다! 언젠가 이 녀석이 천산에 돌아와 종주 자리를 빼앗으려 할지 모르니 방비해야 해야 할 것 같았다!

앞서 한 약속이 있어서 창구자도 그를 막을 수 없었지만, 단목요는 화가 나 발을 동동 굴렀다. 달려가 용비야를 붙잡고 싶어 애가 타도 차마 용기가 나지 않아 그저 두 눈 빤히 뜨고 그가 떠나는 것을 지켜볼 수밖에 없었다.

용비야가 별원을 나서자마자 초서풍이 다가왔다. 온 지는 한참 되었지만 창구자의 제자들에게 가로막혀 들어올 수가 없었던 것이다.

초서풍을 보자 용비야는 깜짝 놀랐다.

"무슨 일이냐? 한운석은?"

방금 그 새소리를 초서풍이 낸 것이라면 필시 큰일이 벌어진 것이 분명했다!

수색, 사방팔방 동원

초서풍을 본 용비야는 무척 놀랐지만 초서풍은 그보다 더 충격을 받았다.

"전하, 다치셨군요!"

진왕 전하의 입가에 묻은 피와 창백한 안색을 보자 초서풍은 대경실색했다. 무척 심각한 내상을 입은 게 아니고서야 저런 모습일 리 없었다.

단목요가 전하를 모셔갈 수 있었던 건 분명 천산검종 사람이 찾아왔기 때문이라고 초서풍도 짐작하고 있었다. 하지만 그 사람이 전하를 이 모양으로 만들었을 줄은 예상하지 못했다!

찾아온 사람은 전하를 몹시 아끼는 종주 노인이 아니었다. 대체 누구일까?

용비야의 날카로운 눈동자에 짜증이 스치자 초서풍은 놀라 감히 더는 묻지 못하고 허둥지둥 가져온 쇠뇌살을 내밀었다. 그리고 진왕비가 고북월을 찾아갔다가 기습을 당한 일, 금군이 배신한 일, 나중에 홍등가에서 소란이 벌어진 일을 간략하고 정확하게 보고했다.

초서풍의 말이 끝나기도 전에 용비야는 이미 쇠뇌살을 움켜쥐어 가루로 만들어 버렸다. 꽁꽁 얼어붙은 차디찬 얼굴은 당장이라도 물이 뚝뚝 떨어질 것 같았다.

"전하, 제가 볼 때 이 일은 초씨 집안 짓 같습니다. 단목요를 부른 것은 필시 초천은일 겁니다."

초서풍은 벌써 이 일을 몇 번이나 되짚어 보았다. 앞서 소소옥이 숨겨 두었던 서주국 황실 전용 일곱 색 신호탄을 발견했는데, 천녕국 도성에는 서주국 황족은 없어도 초씨 집안 세력이 있으니 그 일곱 색 신호탄은 초씨 집안이 단목요 남매에게서 얻었을 것이다.

1년 전 서주국 황실에서 쫓겨난 단목요는 내내 천산검종에 머물며 아무런 움직임이 없었다. 그런데 갑자기 하산해 용비야를 찾아온 것은 의심할 바 없이 초씨 집안과 작당해 조호이산계를 꾸미며 왕비마마를 해치려던 것이 분명했다.

이는 용비야도 금방 알 수 있었다. 그들을 손봐 주는 일은 얼마든지 시간이 있지만, 지금 그에게 가장 중요한 문제는 한운석을 찾아내는 것이었다!

"유각의 시위를 모두 홍등가에 보내 집집마다 샅샅이 뒤져라!"

명령을 내린 그는 서둘러 걸어갔다. 속도가 너무 빨라서 말을 탄 초서풍도 쫓아가지 못할 정도였지만, 내상이 무겁다 보니 차 한 잔 마실 시간도 못 되어 멈출 수밖에 없었다. 그는 나무줄기에 내려 또다시 피를 토하고 말았다.

창구자가 어떤 자인가? 천산검종에서 이인자 자리에 있는 사람이었다! 운공대륙 무림에 무공 서열은 없지만, 창구자의 실력은 필시 무림 제2위는 될 것이다.

그의 장법을, 용비야는 맨몸으로 세 번이나 맞았다.

멀리서 쫓아온 초서풍은 그 광경을 보자 전하의 상황이 생각보다 더 좋지 않다는 것을 알았다.

"전하, 일단 상처부터 수습하시지요. 다른 일은 제게 맡기십시오!"

초서풍이 진지하게 권했다.

용비야는 대답하지 않고 갑자기 나무줄기에서 휙 뛰어내렸다. 초서풍은 어쩔 수 없이 말을 내주었고 용비야는 말에 오르자마자 남쪽 성문을 향해 질주했다.

초서풍의 보고대로라면, 용비야는 한운석이 십중팔구 아직 그 홍등가에 있으리라 확신했다.

자객들이 금군의 첩자까지 동원했으니 이번 기습을 반드시 성공시키려던 게 분명했다. 그렇지만 한적한 고북월의 집을 기습 장소로 고르고 홍등가에서 재빨리 철수한 것을 보면 여전히 황성의 금군이나 천휘황제를 꺼린다는 뜻이었다. 왕비를 암살했다는 개인적인 원한이 도성의 백성을 위험에 빠뜨리고, 황궁에 위기가 닥친 큰 사건으로 비화할까 두려워하는 것이다.

흑의 고수가 청루에 뛰어든 후 더는 큰 움직임이 없으니, 고칠찰과 한운석은 청루에서 흑의 고수에게 잡혀갔거나 아직 그곳에 숨어 있을 터였다!

용비야는 고칠찰을 높이 산 적이 없지만, 이번에는 그가 한운석을 보호해 주었기를 진심으로 바랐다.

그때 천녕국 도성은 네 성문이 봉쇄되어 천휘황제나 금군통령의 명령 없이는 누구도 드나들 수 없었다. 용비야가 성문 입구에 도착했을 때 날은 이미 컴컴해져 있었다.

반나절 동안 용천묵과 목청무는 각각 쇠뇌살로 사람을 죽여 공포를 조장하고 천휘황제에게 적의 상황에 관해 끊임없이 거짓 보고를 올리느라 바삐 움직였다. 천휘황제는 태자와 목 장군 부가 이번 기회에 세력이 커지는 것을 경계했으나, 암시장 화약 사건으로 심히 놀라 먹고 자는 것이 편치 않았기에 과감하게 결단을 내려 도성 전체에 경비를 강화하고 자객을 추포하라고 명령했다.

성벽 위에 있던 수비병은 진왕 전하를 보자 모두 무릎을 꿇었다. 그렇지만 무릎은 꿇어도 감히 문을 열어 줄 수는 없었다.

"당장 문을 열어라!"

용비야가 버럭 화를 냈다.

수비군 통령은 놀라 꿇어앉은 채 외쳤다.

"진왕 전하, 폐하께 사람을 보냈으니 곧 돌아올 것입니다. 부디 조금만 기다려 주십시오!"

용비야가 그런 말을 들을 사람일까? 물론 아니었다. 그는 말에서 몸을 날려 곧바로 성문 위로 날아올랐고, 성벽을 가득 채운 수비병들이 정신 차리기도 전에 성 안에 내려섰다.

바짝 쫓아온 초서풍도 이 광경을 보고 따라서 성벽을 넘어간 뒤 다급히 용비야를 홍등가로 안내했다.

반 시진도 못되어 진왕이 돌아온 소식이 도성에 쫙 퍼졌고, 곧이어 진왕이 흑의 비밀 시위 대부대를 이끌고 홍등가를 수색한다는 소식도 퍼졌다.

진왕 전하가 짚어 낸 곳이라면 틀릴 리 없었다!

그래서 천휘황제는 용비야의 죄를 묻지 않고 사람을 더 딸려 주며 홍등가를 수색하게 했다. 그곳을 떠났던 용천묵과 목청무도 돌아왔을 뿐 아니라 다른 곳에 있던 인마도 모두 불러들였다. 몇몇 황자와 명문가, 국공부와 후작부, 백리 장군부, 경조윤, 심지어 대리시까지 알아서 수색할 사람을 홍등가로 보냈다.

진심으로 한운석을 찾고자 하는 이들도 있고, 천휘황제를 위해 공을 세우려는 사람도 있고, 진왕 전하에게 잘 보이려는 사람도 있었다. 목적이 무엇이든, 어쨌든 한운석을 찾으려는 사람들이 사방팔방에서 홍등가로 모여들었다.

황위 찬탈이 벌어졌을 때를 제외하면, 운공대륙 역사상 어느 나라의 도성에서든 이렇게 긴장된 상황이 연출된 적은 없었다. 운공대륙 각지의 청루 역사상 이렇게 많은 세력이 동시에 한곳에 집결한 적도 없었다.

본디 흉흉하던 민심과 긴장에 휩싸인 천녕국 도성 분위기는 진왕 전하가 돌아오면서 완전히 뒤바뀌었다!

용비야는 곧바로 고칠소와 한운석이 숨은 청루로 갔고, 용천묵과 목청무 등도 소식을 듣고 찾아왔다.

그때 청루의 손님들은 벌써 싹 달아나 늙은 기생 어미와 기생들, 그리고 몇몇 심부름꾼만 남아 있었다.

"진황숙."

"진왕 전하!"

사람들이 분분히 예를 올렸다. 모두 상황을 보고하려고 했지만 용비야는 그럴 상태가 아니었다. 무거운 내상을 입고 최고 속도로 달려오는 바람에 오장육부가 마구 뒤집히고 자꾸만 목구멍으로 치밀어 오르는 피비린내를 억지로 눌러 참느라 그의 얼굴은 종잇장처럼 창백하고 얼음처럼 차가웠다.

그는 사람들을 무시한 채 비밀 시위에게 청루를 포위하고 자세히 수색하라고 명령했다. 그리고 자신도 성큼성큼 안으로 들어가 방을 하나하나 자세히 살폈다. 물건을 보관하는 곳이나 조그만 마루 같은 곳도 놓치지 않았다.

이 광경에 용천묵 등 다른 사람들도 우르르 따라가 다른 층과 다른 방향을 하나하나 수색하기 시작했다.

거칠고 무식하게 문을 걷어차던 관병과 달리, 그들은 공연히 놀라게 하지 않으려고 소리를 죽여 꼼꼼하고 신중하게 살폈다.

긴장된 분위기가 청루 전체에 퍼졌지만, 꼭대기 층 모퉁이 방 안에 있는 이들은 바깥의 상황을 전혀 알지 못했다. 그들은 이제 막 한숨 돌린 상태였다.

한운석은 그제야 고칠소의 등에 난 상처를 모두 치료했다. 상처가 너무 많아 적어도 다섯 곳은 꿰매야 했다.

다행히 동작이 빠르고 진료 주머니에 있는 지혈약의 약효가 좋아서 과다 출혈이라는 위험한 상황은 피할 수 있었다. 물론 고칠소의 몸이 본래부터 무척 튼튼한 덕분이기도 했다.

솔직히 상처를 싸매는 것이 여간 힘들지 않았다. 상처가 작고 많아 일일이 면포를 붙이고 의료용 반창고로 고정한 다음 흰 천으로 전체를 한 겹 더 싸서 쓸데없이 움직여 상처가 덧나지 않게 할 수밖에 없었다.

다 싸매고 나자 잘 다듬어진 고칠소의 근육질 가슴은 연잎말이처럼 두툼해졌다.

마침내 모든 작업을 끝낸 후 한운석은 안도의 숨을 내쉬면서 '연잎말이'를 툭툭 쳤다.

"이봐, 당신 체질이 정말 좋아. 치료를 끝내기도 전에 혼절할 줄 알았는데."

"하하하, 이만한 상처쯤 무슨 대수라고. 칼질 몇 번 당해도 아무렇지 않아."

고칠소는 일부러 뽐내듯 말했다.

한운석은 코웃음을 쳤다. 그녀가 보기에 고칠소는 이미 한계였다. 여기서 칼을 더 맞아 피를 흘리고도 혼절하지 않으면 사람이 아니라 괴물이었다.

그녀는 진료 주머니와 피 묻은 물건들을 챙기며 별 뜻 없이 물었다.

"당신은 의학원 대장로의 양자고 대장로가 약을 잔뜩 먹여 키웠다던데, 정말이야?"

고칠소의 눈동자에 증오가 떠올랐다가 금방 사라졌다. 그가 장난스레 말했다.

"그렇지 않았다면 내 체질이 이렇게 좋을 리 있어?"

그가 말하면서 몸을 돌리려 했지만 한운석이 살짝 잡아 눌렀다.

"함부로 움직이면 안 돼! 이런 상처는 빨라도 이틀은 지나야

딱지가 앉으니 움직이지 마. 상처가 너무 많아서 조금만 움직여도 벌어지기 쉬워. 또다시 피를 흘리면 의학원 대장로가 와도 못 구할 거야."

한운석은 몹시 엄숙하게 말하며 이불을 가져와 그에게 덮어 주었다.

"알았어, 알았어. 이틀 동안 엎드려 있지 뭐."

고칠소는 남몰래 기뻐했다. 열흘이나 보름쯤 엎드려 있으라고 하지 않는 게 아쉬울 지경이었다. 그러면 이 여자를 열흘이나 보름 동안 곁에 남겨 둘 수 있을 텐데.

물론, 이곳이 오래 머물 곳은 아님은 알고 있었다. 하지만 용비야는 단목요에게 이끌려 성을 나갔고, 금군과 초서풍의 능력이라면 내일이나 되어야 다시 수색하러 올 것으로 생각했다.

잘된 셈이었다. 그만의 독누이와 단둘이 밤을 보내게 되었으니 미독 해약 문제를 확실하게 말해 줄 수 있을 것이다!

고칠소가 움직이지 않자 한운석은 그제야 침상에서 내려왔다. 고칠소에게 따뜻한 물을 먹이고 먹을 것을 좀 구해 올 생각이었다.

그녀도 고칠소에게 진지하게 물어볼 일이 제법 있어서 서둘러 돌아갈 생각은 없었다. 예를 들면, 뭐 하러 신분을 감췄는지, 미독 해약을 산 사람을 찾아 줄 수 있는지, 약성과는 대체 무슨 은원이 있는지, 약을 다루는 재능이 이렇게 뛰어난 그가 심혈을 기울여 약귀곡까지 만들어 놓고 왜 좋은 일을 하지 않고 기어코 나쁜 짓만 했는지.

그리고 한 가지 더, 아직 기억하고 있는 일도 있었다. 그녀가 군역사의 독인에게 납치되었을 때 구해 준 것도 무슨 목적이 있어 보였는데 그 목적이 무엇인지.

한운석이 침상에서 내려가자마자 고칠소는 그녀의 어깨에 난 상처를 알아차렸다!

조금 전에는 흑의 고수를 피하느라 마음이 급해 신경 쓰지 못했고, 그 후에는 한운석이 뒤에 앉아 있어 볼 수가 없었던 것이다. 한운석은 고칠소의 상처를 치료하느라 바빠 통증을 까맣게 잊고 있었다. 심지어 자신이 옷을 제대로 입지 않은 것도 깨닫지 못했다.

게다가 지금은 신발까지 벗고 침상에서 내려와 물을 따르러 갔다.

하지만 고칠소는 그녀의 쇄골이 얼마나 아름다운지, 조그마한 발이 얼마나 고운지 신경 쓸 상황이 아니었다.

여태껏 차갑고 엄숙한 얼굴을 한 그녀를 바라보는 고칠소의 마음속에 온갖 감정이 복잡하게 들끓었다.

이 여자는 그의 농담에 눈시울을 붉힌 후로 내내 엄숙하고 차분했지만, 사실상 아직도 그의 상태를 무척 걱정하고 있었다.

한운석은 물을 따라 한 모금 마셔 보고 온도를 확인한 후에야 고칠소에게 내밀었다.

별안간 고칠소가 벌떡 일어나 앉았다. 한운석은 놀라면서도 사납게 따졌다.

"뭐 하는 거야?"

"쉿, 가만히!"

고칠소가 그녀의 어깨에 난 상처를 살며시 쓰다듬었다. 그런데 누가 짐작이나 했을까! 바로 그 순간 방문이 벌컥 열렸다!

한 번 더 이 여자에게 함부로 해 봐

방문이 벌컥 열리고 한운석과 고칠소가 상황 파악을 하기도 전에 용비야가 병풍 뒤에서 걸어 나왔다.

방 안 분위기는 야릇했다. 바닥에는 옷가지가 어지러이 떨어져 있고 침상에서는 농밀한 장면이 연출되고 있었다.

용비야의 시야에 긴 치맛자락을 높이 걷어 올려 조그만 발을 완전히 드러내 놓고, 상의는 가슴까지 내려 맨 어깨를 내보이고, 머리카락은 등 뒤로 아무렇게나 늘어뜨리고 있는 한운석의 모습이 들어왔다.

고칠소는 긴 다리를 모두 드러내고 이불을 덮은 상반신에는 실오라기 하나 걸치지 않은 채, 한운석의 고운 어깨 위에 손을 올려놓고 있었다!

용비야는 당황했다. 그는 꼼짝하지 않고 무표정한 얼굴로 두 사람을 아래위로 훑어본 뒤 싸늘하게 한운석의 눈동자를 응시하며 한참, 아주 한참 동안 반응이 없었다.

반면 한운석과 고칠소는 무척 뜻밖이었다. 관병이 뛰어든 줄 알았지, 용비야일 줄은 꿈에도 생각지 못했던 것이다!

이 인간은 단목요를 따라 성을 나가지 않았나?

언제 돌아온 거야? 어떻게 정확히 이곳까지 찾아왔지?

지금 한운석의 머릿속은 그저 뜻밖이라는 생각뿐이었다. 어쨌든 그녀는 용비야가 단목요를 따라 가 버렸고 바삐 서두르던 기세로 보아 적어도 이삼일은 돌아오지 않으리라 철석같이 믿고 있었다.

방 안은 조용했고 세 사람 다 말이 없었다. 시간도 그 순간에서 걸음을 멈춘 듯 만물이 고요해졌다. 그러나 용비야는 만물보다 더 고요했다. 두려우리만치 고요했다!

별안간 바깥에서 들린 발소리가 팽팽하게 긴장된 고요함을 깨뜨렸다. 누군가 다가오고 있었다!

용비야는 아무 표정 없이 돌아서서 문밖으로 나가 느닷없이 방문을 힘차게 닫았다. '쾅' 하는 꿍음과 함께 방이 흔들흔들했다.

한운석과 고칠소도 화들짝 놀라며 가까스로 정신을 차렸다. 바깥에서 용천묵과 목청무의 목소리가 들렸다.

"진황숙, 그쪽은 어떻습니까?"

"진왕 전하, 누가 있습니까?"

"없다."

용비야는 생각도 하지 않고 차갑게 대답했다.

용천묵과 목청무는 주저 없이 다른 쪽을 수색하러 갔다. 문 앞에 선 용비야의 분위기가 갑자기 착 가라앉았고, 깊은 눈동자에는 빛 한 줄기도 없어 마치 끝없는 동굴을 연상시켰다.

그는 이런 일을 무척이나 싫어했고 그래서 그녀가 버선과 신발을 벗었을 때 몹시 화를 냈다. 그는 그녀의 몸을 무척이나 소중하게 여겼고 그래서 지금까지 함부로 건드리지 않았다.

그런데 지금 그녀는 다른 남자와 거의 옷을 벗다시피 한 채 한 침상에 있었다!

저들은 대체 뭘 한 걸까? 얼마나 오래 저렇게 있었을까?

용비야의 양손이 서서히 주먹을 쥐었고 손등에 힘줄이 울룩 불룩 솟았다. 하늘을 찌르는 분노가 뒤틀린 오장육부를 자극하 자 놀랍게도 크고 오만한 그의 몸이 쓰러질 것처럼 비틀거렸다!

그렇지만 그는 오래 기다리지 않고 복도에 사람 소리가 사라 지자마자 주먹으로 문을 힘차게 두드렸다.

"한운석, 나오지 않고 뭘 하느냐!"

방 안에서는 한운석이 막 옷을 갖춰 입는 중이었다. 다급해 서 손이 덜덜 떨리고, 어깨에 박힌 쇠뇌살을 아직 뽑지 않았다 고 고칠소가 재차 일러 주어도 상처에 눈길조차 주지 않았다.

정말이지 죽을 죄였다!

흑의 고수를 피하느라 고칠소와 한바탕 연기한 것은 큰 잘못 이 아니지만, 어쩌자고 고칠소에게 약을 발라 줄 때 옷 입는 것 을 깜빡했을까? 어쩌자고 그걸 잊을 수 있었을까?

물론 그녀는 현대에서 왔고, 거기서는 이렇게 어깨나 다리를 드러내는 게 이상할 것도 없었다. 하지만 이런 일에 용비야가 어디까지 용인하는지는 누구보다 잘 알았다!

옷을 입고 신발을 신은 그녀는 늘 들고 다니는 진료 주머니 를 챙기는 것도 잊은 채 허둥지둥 밖으로 나가려고 했다. 그런 데 고칠소가 그녀를 붙잡았다.

"독누이, 어깨를 다쳤잖아! 아직 쇠뇌살도 안 뽑았어!"

"안 죽어!"

한운석이 그의 손을 뿌리치고 나가려는데 뜻밖에도 용비야가 들어왔다. 서로 붙잡은 두 사람의 모습은 그야말로 불 난 데 기름을 끼얹은 격이었다. 그는 검을 뽑아 고칠소를 똑바로 겨누었다.

"그녀를 놓아라!"

"용비야, 한 번만 더 이 여자에게 함부로 해 봐! 이 몸이 가만두지 않을 테니까!"

고칠소가 강경하게 나섰다. 그는 용비야가 독누이를 이렇게 사납게 대하는 것을 두고 볼 수가 없었다. 독누이를 속이는 것도 두고 볼 수가 없었다! 용비야의 다른 꿍꿍이도 두고 볼 수가 없었다!

어쩌면 그가 한운석이 지아비 있는 여자라는 것을 뻔히 알면서 억지를 부린다고 생각하는 사람도 많을 것이다.

하지만 사실상 그는 한운석이 이 남자를 좋아하는 것을 뻔히 알기에 억지를 부리지 않았다.

그가 정말 억지를 부리고 싶은 건 그런 게 아니었다!

이 여자가 용비야를 좋아하지 않는다는 말만 하면 당장 그녀를 데리고 떠날 생각이었다. 재물, 지위, 명예. 용비야가 그녀에게 줄 수 있는 것은 그도 똑같이 줄 수 있었다!

비록 그는 크나큰 포부도 없고 오로지 의학원에 복수할 생각뿐이지만, 만약 한운석이 천하를 원한다면 용비야와 똑같이 천하를 얻어다 줄 수 있었다!

고칠소의 강경한 태도가 화가 머리끝까지 난 용비야를 더욱

자극한 게 분명했다.

용비야는 두말없이 검을 찔렀다. 고칠소는 즉시 한운석을 옆으로 밀어내고 검을 뽑아 응전하려고 했다. 그렇지만 검을 뽑는 동작만으로 등 뒤의 상처가 터졌고 새빨간 피가 흰 천에 축축하게 배어 나왔다.

용비야가 내상을 입은 것을 알 리 없는 한운석은 그저 고칠소의 상태로는 움직이면 안 된다는 생각뿐이었다.

"용비야, 우리 말 좀 들어 줘요, 네?"

그녀가 다급히 말했다.

"아니!"

화가 나 미칠 것 같은 용비야에게 이성이 남아 있을까? 이런 상황에서 이성적으로 행동할 수 있는 남자가 세상에 몇이나 될까? 이성적일 수 있다면 필시 진심으로 좋아하지 않는다는 의미였다!

용비야가 검을 휘둘러 고칠소의 하반신을 휩쓸자 고칠소는 곧 공중제비를 넘어 피했다. 그러자 등에서 흐른 피가 순식간에 천을 흠뻑 적셨다.

한운석은 다급한 나머지 용비야가 다시 검을 휘두르자 몸으로 그 앞을 가로막았다. 그녀도 초조해 미칠 지경이었다.

"용비야, 저 사람을 죽이려면 나부터 죽여요!"

그 한마디에 용비야가 우뚝 멈췄다.

뒤틀리는 기혈이 끊임없이 거꾸로 솟구쳤지만 그는 억지로 눌러 삼키며 준수한 미간을 찌푸린 채 한운석을 뚫어지게 응시했다.

한운석은 시선을 피했다. 방금 한 말이 진심일 리 없었다. 그저 두 남자의 흥분을 가라앉히고 싶었을 뿐이었다.

"용비야, 우린 그저……."

그녀가 해명하려는데, 문득 용비야의 입가에 비웃음이 피어올랐다.

"한운석, 본 왕이 널 과대평가했군."

한운석은 심장이 덜컹했다. 분명히 해명하고 싶었는데, 그의 입꼬리에 걸린 비웃음을 보자 코끝이 찡해지며 갑자기 말이 나오지 않았다.

용비야, 그 말 무슨 뜻이야?

용비야, 그렇게 경멸스럽게 웃는 건 무슨 뜻이야?

용비야, 당신이 단목요와 귓속말을 했을 때, 당신이 한마디 해명도 없이 단목요와 나갔을 때, 내가 얼마나 괴로웠는지 알아? 단목요가 당신을 좋아하는 걸 뻔히 알면서!

용비야, 왜 내게 당신이 필요할 때면 당신은 늘 없는 거야?

용비야, 고칠소가 목숨을 던져가며 날 보호해 준 걸 알기나 해?

어떻게 그 궁노수들에게서 달아날 수 있었냐고 왜 묻지 않아?

용비야, 어째서 당신 일은 그렇게 숨기고 숨기면서 내 일에는 제멋대로 간섭하는 거야?

한운석의 절망에 찬 모습에 고칠소는 마음이 아파 말조차 나오지 않았다. 그는 가까스로 다가가 등 뒤에서부터 한운석의 허리를 휘감았다.

"독누이, 나하고 같이 가자!"

"황당무계하군!"

용비야가 차갑게 코웃음 치며 한운석을 피해 검으로 고칠소의 미간을 찌르려고 했다. 그런데 뜻밖에도 한운석이 번쩍 손을 들어 막았다. 용비야가 제때 멈추지 못한 바람에 검날이 그녀의 손을 스치면서 피부가 찢겨 새빨간 피가 주르륵 흘렀다.

용비야는 대경실색해서 즉시 검을 거두었고, 고칠소도 깜짝 놀라 한운석을 등 뒤로 잡아당기며 노성을 터트렸다.

"용비야, 이 여자 어깨에 아직 쇠뇌살이 박혀 있어!"

용비야는 너무 화가 난 나머지 뻔히 보고도 다친 것을 알아차리지 못했다. 그제야 한운석의 어깨를 쳐다보니 상처는 보이지 않지만 옷이 피에 젖어 있었다.

눈이 아리도록 새빨간 핏자국에 그는 적잖이 정신이 들었다. 다가가서 한운석의 손을 보려고 했지만 한운석은 고칠소의 등 뒤로 피하면서 시선마저 돌려 그를 외면했다.

이 여자의 시선은 항상 넋을 잃은 듯 그를 뒤쫓곤 했다. 설사 몸을 숨기더라도 시선은 늘 그에게서 떠나지 않았고, 이렇게 숨어 버린 적은 한 번도 없었다.

용비야의 뱃속에서 기혈이 마구 뒤엉키고, 뭐라고 설명할 수 없을 만큼 씁쓸한 기분이 치솟았다.

잠시 침묵하던 그가 차분하게 말했다.

"오너라."

그러나 한운석은 정말로 상처받았고, 그의 입가에 어린 비웃음을 견딜 수가 없었다. 그녀는 입을 다문 채 다른 곳만 쳐다보았다.

고칠소가 가볍게 콧방귀를 끼며 한운석을 데려가려고 할 때 초서풍이 비밀 시위 몇 명을 데리고 달려 들어왔다. 이 장면을 본 그는 움찔했다.

바닥에 어지럽게 떨어진 옷을 보자 오해할 뻔했지만, 자세히 보니 여자 옷은 왕비마마의 것이 아니라 청루 기녀의 옷 같았다. 반면 빨간 장포는 고칠소의 옷일 것이다.

그는 진왕 전하가 고칠찰이 바로 고칠소라는 것을 간파했고 그 사실을 폭로하려고 했던 것을 이미 알고 있었다. 그런데 고칠소가 이렇게 갑자기 본모습을 드러낸 것은 뜻밖이었다.

대체 무슨 일이 있었는지는 모르지만, 그래도 왕비마마를 찾았고 왕비마마가 무사하니 다행이었다!

소리를 들은 용천묵과 목청무도 서둘러 다가왔다. 한운석이 무사하고 경상만 입은 것을 보자 모두 마음을 놓았다.

"왕비마마, 드디어 찾아냈군요. 괜찮으십니까?"

목청무는 걱정을 숨기지 못했다.

"손과 어깨를 모두 다치셨군요. 진황숙, 어서 태의를 부르시지요."

용천묵도 초조하게 말했다.

이번 습격의 주력을 추적 중인 두 사람은 당연히 흑의 고수와 궁노수가 어디로 갔는지 묻는 것이 우선이었지만, 온통 한운석에게만 신경을 쏟았다.

반면 대리시의 소경少卿 두 사람은 초조하게 물었다.

"왕비마마, 어떻게 자객을 피하셨습니까!"

"그 궁노수들은 언제 달아났습니까? 어디로 갔습니까?"

"왕비마마, 그 흑의 고수가 어떤 자인지 아시겠습니까?"

한운석은 그들을 완전히 무시한 채 창밖을 바라보며 아무 소리 내지 않았고, 고칠소는 더 가소로운 표정을 지은 채 그들을 모조리 밥통이자 쓸모없는 사람 취급했다!

그리고 용비야는 싸늘하게 한운석을 바라보고 있었다. 안색이 말이 아니었다.

초서풍은 그제야 이상한 것을 느끼고 이 세 사람 사이에 무슨 일이 있었다고 생각했다. 그렇지 않고서야 전하의 성격상 그렇게 다급하게 찾아다닌 사람을 만났으니 꼭 끌어안고 왕부로 데려가는 게 당연했다.

사람들이 모두 쳐다보며 기다렸으나 당사자들은 침묵했다. 바닥에 널브러진 옷가지며 어질러진 침상, 그리고 고칠소의 벗은 상반신은 아무래도 보기 좋은 장면이 아니었다.

초서풍이 침묵을 깨뜨리려는데 용비야가 먼저 차갑게 말했다.

"초서풍, 우선 왕비를 왕부로 모셔라."

초서풍이 움직이기도 전에 한운석이 알아서 밖으로 나갔다. 고칠소는 초조했다. 저 바보 같은 여자가 정말 돌아가려는 건 아니겠지? 그가 황급히 뒤따랐다.

이렇게 많은 사람 앞에서 또다시 시끄럽게 떠들 수는 없었다. 일단 소란이 벌어지면 한운석 저 여자는 또 각종 유언비어에 시달릴 것이다.

초서풍은 진왕 전하가 이번 습격에 참여한 자는 그 누구도 쉽사리 놓아주려하지 않을 것을 잘 알고 있었지만, 전하의 내상이 마음에 걸렸다.

"전하, 치료가 시급합니다."

그는 나지막하게 일깨워 준 뒤에야 다급히 왕비마마를 쫓아갔다. 그런데 청루 입구에 도착해 보니 왕비마마는 진왕부로 돌아가려 하지 않았다.

"한씨 저택으로 가겠다!"

그녀의 진료 주머니

한씨 저택?

그 말을 들은 초서풍은 울고 싶었다!

왕부로 가자고 하고 싶지만 어떻게 말을 꺼내야 할지 알 수 없었다. 돌아가서 진왕 전하께 알리고 싶기도 했으나 역시 망설여졌다.

지금 청루 입구에는 사람이 북적거리고 있었는데 그 속에는 일반 백성들도 있고 관병들도 있었다. 이렇게 보는 눈이 많은 곳에서 성급히 권유했다가 성공하지 못하면 도리어 왕비마마의 화만 돋울 것이고, 왕비마마가 펄펄 뛰기라도 하면 사람들의 웃음거리가 될 터였다.

그렇다고 전하께 보고하자니, 이성이 거의 날아가기 직전인 진왕 전하가 만에 하나라도 충동을 이기지 못해 억지로 왕비마마를 끌고 가려 하다가 고칠소가 끼어들면, 웃음거리가 되는 것은 물론 온갖 유언비어가 퍼질 것이다!

고칠소는 비록 중상을 입어 가슴을 천으로 둘둘 말고 있지만, 어쨌든 옷을 입지 않은 건 사실이었다.

물론 사람이 다쳐서 왕비마마가 급히 치료한 것은 별문제가 못 되고 그래 봤자 상반신만 드러냈을 뿐이긴 하지만, 문제는 이곳이 청루라는 점이었다! 청루는 몹시 민감한 장소였다!

고칠소가 왕비마마를 따라가면 아무래도 사람들은 그가 어떻게 왕비마마를 구했는지, 왕비마마와 얼마나 오래 청루에 있었는지, 자객이 언제 떠났는지, 어째서 왕비마마는 한참 동안 구원을 요청하지 않았는지 같은 것을 궁금해할 것이다.

일단 이 문제가 화제에 오르면 갖은 추측이 생겨날 것이고, 추측이 많아지면 유언비어가 되기 마련이었다.

지금 가장 현명한 선택은, 한시바삐 왕비마마와 고칠소를 사람들 시선에서 사라지게 하고 한시바삐 사람들의 이목을 자객을 추적하는 문제로 돌리는 것이었다. 어쨌든 자객은 여태 발견되지 않았으니 사람들의 관심을 끌 만 했다.

초서풍이 결정을 내리는 순간, 에워싼 사람들 속에서 소란스러운 소리가 들려왔다.

"칠 오라버니! 칠 오라버니, 어떻게 된 거예요! 칠 오라버니! 누가 오라버니를 그렇게 만들었어요? 칠 오라버니!"

목령아가 북적이는 사람들을 필사적으로 비집고 앞으로 나오다가 결국 관병에게 가로막혔다.

그녀는 오전에 객잔에서 한운석의 사고 소식을 들은 후 곧바로 홍등가로 달려와 수색을 도왔다. 누가 뭐래도 한운석도 자신을 한 번 구해준 적이 있으니 빚은 갚아야 했다.

그런데 이곳에서 칠 오라버니를 보게 될 줄이야. 그것도 중상을 입은 칠 오라버니를!

다른 사람들은 몰라도 약학계의 천재인 그녀는 한눈에 칠 오라버니가 무척 심각한 상처를 입은 걸 알 수 있었다. 등이나 가슴에 상처를 입은 게 아니면 아무리 멍청한 의원도 저렇게 연 잎말이처럼 돌돌 말아 놓을 리 없었다.

고칠소와 한운석은 무척 뜻밖인 듯 일제히 목령아를 바라보았다.

특히 초서풍은 속으로 비명을 질렀다.

'끝장이다!'

목령아 저 여자가 나타난 이상 소란이 일어나는 건 당연했다!

고칠소가 쳐다보자 목령아는 더욱더 초조해져 거의 눈물까지 흘릴 지경이었다. 그녀는 가로막는 관병들을 힘껏 걷어차고 고칠소에게 날아갔다.

관병들이 버럭 화를 내며 잡으려 했으나 한운석의 눈짓 한 번에 놀라 그 자리에 멈췄다.

가까이 다가온 목령아는 고칠소가 등을 다쳤고, 상처가 벌어져 피가 완전히 멈추지 않은 것을 발견했다.

그녀는 그의 주위를 빙빙 돌며 당황해 어쩔 줄을 몰랐다. 한참 동안 기다리고, 한참 동안 찾았는데 이렇게 중상을 입은 모습을 보게 될 줄이야.

그러나 고칠소는 그녀를 모른 척했다. 그가 어서 가자고 한운석을 재촉하려는데 뜻밖에도 목령아가 와락 노성을 터트렸다.

"한운석, 또 너구나!"

이 한마디에 주위가 쥐죽은 듯 고요해졌다.

한운석은 완전히 낙심해 목령아의 외침에도 흔들리지 않고 그저 나지막하게 고칠소에게 말했다.

"어서 고 태의를 찾아가 상처를 치료해. 이번에는 당신 덕분에 살았어."

"어깨 상처는?"

고칠소는 여전히 그게 걱정이었다!

한운석은 생긋 웃으며 그가 하던 대로 뽐내듯이 말했다.

"이 몸은 죽지 않아!"

말을 마친 그녀가 자리를 뜨려는데 뜻밖에도 목령아가 앞을 가로막고 화난 소리로 외쳤다.

"한운석, 대체 무슨 일인지 똑똑히 말해! 칠 오라버니가 왜 이렇게 된 거야!"

목령아의 첫 번째 외침은 주위를 조용하게 만들었고, 두 번째 외침은 구경군들을 쑥덕거리게 만들었다. 이를 본 초서풍은 저 못된 여자의 입을 틀어막고 싶어 안달이 났다.

그러나 충동적이고 솔직한 목령아가 뒷일까지 걱정할까? 지금 그녀는 무척이나 화가 나 있었다.

독종의 갱에 갔을 때만 해도 그녀는 칠 오라버니가 독짐승에게 흥미가 있는 줄만 알았다. 그러다가 뒤늦게 한운석과 의학원 삼장로가 내기한 것을 듣고 칠 오라버니가 한운석 때문에 독짐승을 찾으러 간 것을 깨달았다.

당시 갱의 뱀 굴에서 칠 오라버니는 심하게 다쳤다.

이번에도 역시 한운석 때문이었다.

게다가 얼마 전 한운석이 칠 오라버니가 누군지 모르고 어디에 있는지도 모른다고 했던 말을 떠올리자, 목령아의 이성은 송두리째 날아가고 말았다!

심신이 지치면 무슨 일이든 대충 넘어가려는 게 사람 마음이었다.

한운석은 침묵하다가 목령아를 피해서 걸어갔다. 목령아가 다시 막으려 했지만 고칠소가 느닷없이 그녀를 끌어당겨 품에 안고서 큰 소리로 껄껄 웃었다.

"이봐, 왕비마마가 삼만 냥을 주신대. 우리 반씩 나눌까?"

이……. 이게 무슨 소리야?

구경꾼들은 물론이고 목령아마저 어리둥절했다. 칠 오라버니, 아파서 머리가 어떻게 된 거 아니에요? 무슨 말을 하는 거예요?

"이 오라버니가 누각에서 놀고 있는데 어떤 흑의인과 왕비마마가 자객에게 쫓겨 들어왔어. 왕비마마는 구해 주기만 하면 삼만 냥을 상으로 주겠다고 하셨지."

고칠소가 웃으며 한운석을 바라보았다.

"왕비마마, 비록 상처를 치료해 주긴 했지만 그래도 삼만 냥에서 한 푼도 깎아선 안 됩니다."

실실 웃는 그의 얼굴을 바라보는 한운석은 어쩐지 울음이 날 것 같았다. 저 사람은 그녀의 명예를 지켜 주려고 저러는 것이었다.

틈만 나면 그녀를 희롱한 사람도 그지만, 사람들 앞에서 허튼소리를 하며 스스로를 깎아내리는 사람도 그였다.

"그래. 삼만 냥에서 한 푼도 빠짐없이 주지. 나중에 진왕 전하를 찾아가거라."

한운석은 큰 소리로 대답했다.

목령아도 바보가 아니어서 칠 오라버니가 거짓말을 하는 것은 알았지만, 사람들 앞에서 이런 말을 지어내는 게 무슨 의미가 있는지 알아차릴 만큼 똑똑하지는 못했다.

그녀가 다시 입을 열려는데 고칠소가 고개를 돌리고 날카로운 눈빛으로 쳐다보며 속삭였다.

"입 다물어!"

목령아는 정말 입을 다물었다. 분명히 좋아하는 사람 품에 안겨 있는데 너무너무 낯설었다. 두려움이 일만큼 낯설었다.

고칠소가 목령아를 안고 이렇게 해명하는 것을 백성과 관리들이 모두 보았으니 유언비어가 퍼질 걱정은 없었다.

일이 이렇게 돌아갈 줄 몰랐던 초서풍은 무척 기뻐 서둘러 외쳤다.

"서동림, 왕비마마를 왕부로 호송해라. 나머지는 계속 수색한다. 진왕 전하께서 자객을 단 한 명도 놓치지 말라 하셨다!"

한운석은 말없이 마차에 올랐다. 자리에 앉은 다음에야 진료 주머니를 가져오지 않았다는 걸 알았지만 돌아가서 챙기는 대신 누각 위를 흘끗 돌아보다가 차분하게 말했다.

"가자."

초서풍으로서는 '가자'는 왕비마마의 말이 진왕부로 가자는 건지 한씨 저택으로 가자는 건지 알 수 없었다. 그저 서동림이 왕비마마를 달래 진왕부로 모셔가기를 바랄 뿐이었다.

그는 지체하지 못하고 서둘러 누각 위로 돌아갔다. 아무래도 전하의 내상이 심각해서 마음이 놓이지 않았다.

한운석이 떠나자 고칠소도 목령아를 안고 떠났다. 사람들의 관심은 자객 추적 문제로 돌아갔다. 어쨌든 진왕 전하가 아직 청루에 있었다.

청루에는 용비야, 용천묵, 목청무 등이 모두 한 방에 모여 있었다. 조금 전 몇 사람이 진왕비에게 자객의 행방을 물었는데 진왕비가 대답 없이 떠난 일로 적잖은 이들이 불만스러워했다.

그러나 아무리 불만스러워도 감히 드러낼 수는 없었다. 지금은 누가 봐도 진왕 전하의 안색이 몹시 나빴기 때문이었다.

그때 용비야는 어질러진 침상에서 한운석의 진료 주머니를 줍고, 침상 아래에 떨어진 면포와 면봉 같은 것도 하나하나 꼼꼼히 살핀 뒤 진료 주머니에 넣었다.

그의 동작은 너무도 느렸고 마치 버림받은 사람처럼 조용하기 짝이 없었다. 방 안에 있는 사람들은 자객의 행방이 궁금해 속이 타들어갔지만 감히 재촉하는 이는 없었다.

한참 후 진료 주머니를 모두 챙긴 용비야가 몸을 일으켜 차분하게 말했다.

"고칠찰이 자객을 유인했다. 성문이 닫힌 시각을 보면 그 궁노수들은 분명히 아직 성안에 있다……."

여기까지 말한 후 그의 목소리가 확 차가워졌다.

"집집마다 수색해라!"

"명을 받들겠습니다!"

목청무가 제일 먼저 외치고 나갔고 태자가 바짝 뒤따랐다. 다른 사람들도 남들에게 공을 뺏길까 봐 허둥지둥 떠나갔다.

진왕 전하의 말이 옳았다. 왕비마마가 고북월 사저에서 사고를 당한 후 목청무는 재빨리 성문을 봉쇄했다. 성문이 봉쇄된 후 이 홍등가에서 소란이 일었으니 습격한 궁노수들은 아직 성 안에 있을 가능성이 컸다!

그들이 성 안에 있기만 하면 잡아들이는 건 시간 문제였다!

사람들이 모두 사라지자 용비야는 그제야 조용히 비밀 시위에게 분부했다.

"침상에 있는 것들을 모두 처리해라."

비밀 시위는 고개를 갸웃했다. 침상에 이불 말고 또 뭐가 있다는 걸까? 그러나 가까이 다가가 살펴보자 침상 옆에 검은색 장포와 가짜 손이 숨겨져 있었다. 검은색 장포는 온통 피에 물들어 끔찍할 정도였다. 의심할 바 없이 고칠소가 남긴 것이었다.

용비야가 문을 나섰을 때 초서풍이 도착했다.

"왕비는?"

용비야가 담담하게 물었다.

"서동림에게 왕부로 모시게 했습니다."

이런 때 '한씨 저택으로 갔다'고는 도저히 말할 수가 없었다!

"일단 돌아간다."

용비야는 나지막하게 말했다. 그는 한 손에는 진료 주머니를, 다른 손에는 패검을 든 채 무척이나 느린 걸음걸이로 걸어갔다. 초서풍은 가슴이 덜컥 내려앉았지만, 감히 아무 소리도 못하고 바짝 뒤따랐다.

마차에 오르자 결국 용비야도 더는 버티지 못하고 힘없이 베개에 기대어 눈을 감았다.

마차가 멀리 사라진 뒤에야 대리시 소경 둘이 청루에서 나왔다.

"아무래도 우리가 알아서 찾아야겠군!"

"허허, 진왕께서는 어서 돌아가 그 여자를 위로하느라 바쁘신데 무슨 수로 자객을 잡겠나!"

"진왕 전하께서 오늘 좀 이상하시지 않은가?"

"이상한들 우리와 무슨 상관인가. 어서 찾아보세. 이 사건은 분명히 우리 대리시 소관이 될 텐데 해결하지 못하면 끝장일세!"

진왕부에 거의 도착할 무렵 초서풍이 마차 안을 들여다보니 전하는 진료 주머니를 안은 채 잠든 것 같았다.

초서풍은 감히 깨우지 못하고 계속 앞으로 나아갔다. 조금 전 청루에 누가 있었는지 모르지만, 진왕 전하가 중상을 입은 소식이 새어나가면 자객들은 그렇다 치고 천휘황제는 분명히 기회를 놓치지 않고 귀찮은 일을 벌이려 할 것이다.

이제 성문이 닫혀 자객들이 달아날 곳이 없으니 수색은 일단 천휘황제에게 맡기면 되었다.

전하는 상처를 치료하는 것이 먼저였다!

초서풍이 더욱 걱정하는 것은 왕비마마가 과연 진왕부로 돌아갔는가 하는 것이었다. 가는 내내 마음을 졸였지만 진왕부

대문 앞에서 서동림과 마차를 보는 순간 마침내 조마조마하던 심장이 제자리로 돌아갔다.

그런데 뜻밖에도 서동림은 그를 보자마자 급히 달려왔다.

"대장, 왕비마마께서 한씨 저택으로 가셨는데 제힘으로는 막을 수가 없었습니다. 이제 어쩝니까!"

마차 안에 있던 용비야가 번쩍 눈을 떴다!

공자는 알고 있다

그 여자가 한씨 저택에 갔다고!

가까스로 가라앉힌 마음에 곧 다시 분노가 불타올랐다!

그가 왕부로 돌아가라고 했는데 한씨 저택에 갔다니, 이게 무슨 뜻일까? 진왕부에 돌아올 생각이 없다? 그를 떠나겠다?

분노로 인해 본래도 차가운 용비야의 얼굴에 서리가 한 겹 더 끼고 심장이 철렁할 만큼 위험한 기운이 쏟아져 나왔다. 진료 주머니는 그의 손아귀에서 갈기갈기 찢어질 뻔했다.

하지만 그는 시종일관 한마디도 없었다.

마차 밖의 초서풍은 간담이 서늘했다. 전하께서 서동림의 말을 들었는지 어떤지 모르지만, 어느 쪽이든 보고는 해야 했다!

어쨌든 전하는 그에게 왕비마마를 왕부로 호송하는 일을 맡겼으니까.

초서풍은 서동림을 몇 번이나 노려보고는 결국 용기를 내어 입을 열었다. 그런데 그 전에 용비야가 차가운 목소리로 불쑥 말했다.

"안 들어갈 테냐?"

초서풍은 화들짝 놀라 황급히 마차를 몰아 옆문으로 들어섰으나 왕비마마를 찾아갈 것인지는 도저히 물어볼 수가 없었다. 그래도 전하가 뭐든 분부를 내릴 것으로 생각했다.

그런데 예상과 달리 용비야는 곧바로 침궁으로 가서 문을 꼭 닫고 들어갔을 뿐, 아무 분부도 없었다.

조 할멈, 백리명향, 소소옥이 다함께 초서풍을 가로 막았으나 관심을 보이는 부분은 각각 달랐다.

"왕비마마는 어디 계시냐? 못 찾은 건 아니겠지?"

조 할멈이 다급히 물었다.

소소옥은 호기심을 보였다.

"초 시위, 약귀란 놈도 구했어요?"

백리명향의 마음은 진왕 전하에게 쏠려 있었다. 진왕 전하의 안색이 썩 좋지 않고 다소 창백한 것을 알아보았던 것이다.

초서풍은 한마디 대답도 없이 세 사람 사이의 빈 곳을 뚫고 지나가 곧바로 한씨 저택으로 갔다. 비밀 시위가 보호하러 갔지만 그래도 직접 가는 편이 나았다.

이럴 때 그 자객들이 또다시 움직이지는 않겠지만, 만에 하나 그렇다면?

사실 초서풍은 진왕 전하가 내상을 입었고 상태가 아주 심각하다는 사실을 왕비마마께 알려 주고 싶은 마음이 굴뚝같았다. 하지만 언제나 그렇듯 전하의 일은 함부로 입에 담을 수가 없었다.

그때 한운석은 한씨 저택의 한운소원閑雲小苑에 있었다.

혁련 부인은 집안일을 맡은 후 저택을 개조하면서 쓰지 않는 원락은 세를 놓고 남은 세 원락 중 하나를 한운석에게 주었다. 진왕부에서 한운석이 쓰는 곳이 운한각이어서 '운한'이라는 글자를 뒤집어 '한운'이라는 이름을 지어준 것이다.

혁련 부인과 한운일은 그 입구에 서 있었는데, 여태껏 대체 무슨 일이 있었는지 몰라 어리둥절한 얼굴이었다.

위기를 벗어난 왕비마마가 어째서 이곳에 오셨을까?

혁련 부인은 몇 차례 권했지만 소용이 없자, 별수 없이 자꾸만 한운일에게 눈짓을 하며 달래게 했다.

"누나, 문 좀 열어 봐요!"

"……."

"누나, 진왕 전하가 괴롭혔어요?"

"……."

"누나, 문 좀 열어 주면 안 돼요? 부탁이에요."

"……."

결국 한운석이 입을 열었다.

"일곱째 소실댁, 그만 가서 쉬어요. 난 피곤해서 잘래요."

혁련 부인은 어쩔 수 없이 한운일을 데리고 떠났다.

조용해지자 한운석은 꽉 막혔던 숨을 크게 내쉬었지만, 애석하게도 마음은 여전히 답답했다. 그녀는 침상 위에 무릎을 끌어안고 앉았다. 머리가 묵직하고 무척 어지러웠다.

고북월의 집에서 습격을 당하고, 고칠소가 구해 주고, 금군이 배신하고, 고칠소를 따라 달아나고, 고칠소가 본모습을 밝히고, 고칠소가 중상을 입고, 급히 치료해 주고, 그 후 용비야가 나타나는 등 모든 일이 너무 급하게 벌어져 아직도 정신이 멍했다! 마치 꿈을 꾼 것 같았다. 꿈속에서 용비야가 돌아왔는데 좋은 꿈이 아니었다.

옷을 제대로 걸치지 않고 고칠소와 한 침상에 있었으니 용비야가 화내는 게 당연하다고 생각했다. 다른 사람이라도 화를 냈을 것이다.

하지만 어째서 해명조차 들어주지 않을까? 내가 자객에게 습격당한 걸 분명히 알고 있었잖아? 고칠소와 내가 다친 것도 분명히 보았을 텐데.

옷매무새를 가다듬지 않고 고칠소를 치료한 건 확실히 큰 잘못이었다! 그렇지만 그때는 너무 초조해서 정말이지 까맣게 잊었을 뿐, 일부러 그런 건 아니었다.

의원으로서 그렇게 끔찍한 상처 앞에서는 서두르지 않을 수 없었다. 하물며 고칠소는 그녀를 구하다 그런 꼴을 당한 사람이었다!

고칠소가 없었다면 그녀의 시신을 수습해야 했을지도 모른다는 생각은 왜 전혀 하지 않았을까?

옳고 그름, 장면 하나하나가 끊임없이 한운석의 머릿속에 떠올랐다. 하지만 가장 많이 떠오른 것은 역시 용비야의 입가에 어렸던 경멸에 찬 냉소였다.

용비야, 당신을 좋아하기 때문에 내 자존심을 진흙탕에 팽개칠 수는 있어. 하지만 그렇게까지 경멸을 당할 순 없어!

뭐가 그렇게 경멸스러워? 날 어떤 여자라고 생각하는 거야?

한운석은 생각할수록 머리가 아파 스르르 눈을 감으며 옆으로 쓰러졌다.

고칠소의 상처를 돌보고 용비야의 분노를 감당하느라 어깨를 다친 것도 잊는 바람에 아직 어깨에 박힌 쇠뇌살을 빼내지 않았다. 상처에서는 이제 피가 흐르지 않았지만 벌써 염증이 생겨 있었다.

머리가 아픈 것도 단순히 마음이 복잡해서가 아니라 고열이 난 탓이기도 했다.

끼이익.

창문이 살며시 열리고 털북숭이 머리 하나가 불쑥 들어왔다. 꼬맹이였다.

머리를 들이민 녀석은 운석 엄마가 잠든 것을 보자 쪼르르 안으로 들어왔다. 하지만 곧 이상하다는 깨닫고 도움을 청하려 가려는데 어느새 백의공자가 안으로 들어왔다.

"찍찍!"

꼬맹이가 다급하게 울었다.

"쉿……."

백의 공자가 부드러운 목소리로 조용히 하라고 하자 꼬맹이는 정말 입을 다물고 고분고분 창틀에 올라서서 지켰다. 사실 녀석과 백의 공자는 진왕 전하보다 빨리 운석 엄마를 찾아냈지만 공자는 내내 그들 앞에 나서지 않았다.

백의 공자는 침상에 웅크린 사람을 조심스럽게 똑바로 돌려 눕힌 뒤 그 옆에 앉아 부드럽게 이마를 만져 보고 맥을 짚었다.

조그만 환약 하나를 먹이고 그녀가 깨어나지 않는 것을 확인하자, 그제야 그는 어깨의 상처를 살피기 시작했다.

안팎으로 세 겹짜리 옷이 상처를 가리고 있었는데 쇠뇌살이 무척 깊이 들어가 거의 통째로 몸에 박히고 끝부분만 조금 튀어나온 상태였다. 게다가 그마저 옷에 가려 잘 보이지 않았다.

옷을 벗지 않으면 검사하기가 무척 어렵지만, 진정한 군자인 그는 그녀를 건드리지 않고 이불을 가져와 덮어 주었다.

그녀에게 먹인 약은 열을 내리게 할 뿐 아니라 푹 잠들게 해 주는 효과도 있었다. 적어도 하루는 푹 자면서 아무리 아파도 깨어나지 않을 것이다. 그래도 그녀가 아플까 봐 그의 동작은 더할 나위 없이 조심스러웠다.

그는 조심조심 쇠뇌살에 찢긴 어깨 부위의 옷을 헤치고 상처를 살피다가, 잘 보이지 않는지 침상 옆에 한쪽 무릎을 꿇고 적당한 각도를 찾았다.

그렇게 계속해서 각도를 바꾸며 한 번 두 번 계속 살피는 동안 창틀에 앉은 꼬맹이는 하품을 했지만 그는 시종일관 집중했고 눈빛도 진지했다.

마침내 가장 좋은 위치를 찾아냈다. 그는 우선 자석으로 쇠뇌살을 조금 끌어낸 후 재빠르게 두 손가락으로 쇠뇌살을 잡아 확 뽑았다. 세 치짜리 쇠뇌살이 단번에 뽑혔다.

이상하게도 한운석의 상처에서는 피가 솟구치지 않고 조금 흐르기만 했다. 알다시피 이렇게 깊숙하게 박히고 오래된 화살을 뽑으면 피를 철철 흘리기 마련이었다.

그는 핏자국을 처리하고 지혈약을 뿌린 다음 재빠르게 상처를 싸맸다. 서둘러 싸매야만 피가 흐르지 않았다.

치료가 끝나자 그는 가만히 탄식하며 다시 그녀의 이마를 만졌다. 비록 떼기 아쉽기는 했지만 그래도 그의 손은 금방 떨어졌다.

벌써 열이 떨어지기 시작했으니 안심이었다.

그제야 몸을 일으키던 그는 꿇었던 다리가 저리는 것을 느끼고 하는 수 없는 듯 웃음을 지었다. 하얀 복면 아래에 얼마나 부드러운 웃음을 숨겨 놓았는지는 모르지만, 겉으로 드러난 준수한 눈매에는 부드러운 정이 담뿍 담겨 있었다.

그는 물을 한 잔 따라 침상 머리맡에 놓더니, 잠시 망설인 끝에 놀랍게도 하얀 복면을 벗어 쇠뇌살을 잘 싼 다음 역시 머리맡에 놓았다.

그때 한운석이 깨어났다면 분명히 사랑스러워 어쩔 줄 모르는 웃음이 담긴 그의 얼굴을 볼 수 있었을 것이다. 이 세상에서 가장 부드럽고 따스한 얼굴이었다. 애석하게도 한운석은 깊이 잠들어 있었다.

"바보……. 상처가 깊으니 절대 함부로 움직이면 안 돼."

그는 그녀를 한참 바라보았다. 워낙 한참이 흘러서 꼬맹이는 그가 계속 남아 있으리라 생각했는데 결국 그는 돌아서서 떠나갔다.

꼬맹이는 그제야 복면을 하지 않은 그의 얼굴을 보았으나 별로 놀라지 않았다. 녀석은 일찌감치 공자가 누군지 알고 있었다. 그의 몸에서 풍기는 기운은 세상에서 가장 깨끗했고, 희미한 약초 냄새는 세상에서 가장 좋은 향기였다.

방에서 나간 후 그는 어디론가 휙 사라졌다. 초조해진 꼬맹이가 황급히 지붕 위로 뛰어올라가 보니 다행히 그는 지붕 위에 서 있었다.

당연히 남아서 운석 엄마를 지킬 생각이었지만, 공자에게 알려 줘야 할 것이 있었다!

녀석은 나는 듯이 공자의 어깨 위에 뛰어올라 벌써 굳어 버린 핏덩이를 내밀었다.

"찍찍……. 찍찍!"

고칠소가 흘린 피였다. 녀석은 일찍부터 고칠소가 이상하다고 생각했지만 뜻밖에도 그의 피는……. 무척 맛있었다!

이 피에 무슨 문제가 있는지, 맛보아도 무슨 독인지 모르지만, 냄새만 맡아도 침이 줄줄 흐를 정도로 아주 맛있었다!

이를 본 백의 공자는 빙그레 웃으며 다른 핏덩이를 꺼내 보였다.

"너도 발견했구나?"

꼬맹이는 놀란 듯이 찍찍거렸다.

"독고인. 불사의 몸. 지난날 의학원에 있던 그 아이가……. 정말 그자였군!"

백의 공자의 표정이 무겁게 가라앉았다. 고칠소가 불사의 몸이라는 것을 알았기에 나서지 않은 것이다.

불사의 독고인조차 그녀를 보호하지 못하면 세상 그 누가 그녀를 보호할 수 있을까?

그러나 악기惡氣에 가득 차 있고 인습을 무시하는 독고인과 친구가 되는 것은 과연 복일까 화일까?

부근에 있던 비밀 시위가 접근하는 것을 느낀 백의 공자는 꼬맹이를 내려놓고 즉시 사라졌다. 꼬맹이는 핏덩이를 들었다. 본래는 넣어 뒀다가 운석 엄마에게 보여 줄 생각이었지만, 운석 엄마의 능력에도 한계가 있어 뭔지 알아내지 못하리라는 생각이 들자 과감하게 꿀꺽 먹어 치웠다! 우왕, 정말 맛있다!

초서풍과 비밀 시위 몇 명은 주위를 순찰한 후 다시 숨었다.

그날 밤 비밀 시위가 주변을 순찰하고 있는데, 놀랍게도 고칠소가 당당하게 혁련 부인과 함께 나타났다. 여느 때처럼 요사한 빨간 장포를 입어 수없이 구멍이 뚫린 등을 숨겼기 때문에 얼굴이 조금 창백한 것 외에는 아무렇지 않아 보였다.

혁련 부인은 진실을 모른 채 고칠소가 왕비마마를 구했다는 사람들의 말만 듣고 그에게 예의를 차렸다.

"고 공자, 왕비마마께서는 오신 후로 지금껏 계속 방에 계시며 아무도 만나 주지 않습니다."

혁련 부인은 초조해 죽을 지경이었다.

고칠소는 깜짝 놀랐다.

"아무도 상처를 치료해 주지 않았어?"

혁련 부인도 놀랐다.

"상처라니요?"

한운석이 맞은 쇠뇌살은 깊이 들어가 있었고 도중에 옷을 벗었다가 다시 입은 바람에 상처가 가려져 자세히 보지 않으면 알아차리기 힘들었다.

고칠소는 즉시 어떻게 된 일인지 깨닫고 쏜살같이 달려가 방문을 밀어젖히려 했다. 그런데 초서풍이 불쑥 튀어나와 가로막았다.

"고칠소, 무례하게 굴지 마라!"

자네에게 보고해야 하나

당연히 고칠소도 비밀 시위가 한씨 저택을 지키고 있는 것을 알고 있었다. 그렇지 않았다면 이렇게 정정당당하게 손님처럼 찾아오지도 않았을지도 모른다.

그는 가소로운 듯 웃었다.

"네 힘으로 날 막겠다고?"

"고칠소, 정말 실력이 있으면 그 자객들이나 찾아내라. 여기서 소란 피우지 말고!"

초서풍이 씩씩거리며 말했다.

고칠소는 껄껄 웃음을 터트렸다.

"그 말은 용비야가 자객들을 찾아낼 실력이 없다는 뜻이냐?"

"실력이 없는 건 너다!"

초서풍은 대로했다.

"아니, 진왕 전하께서 벌써 자객을 찾아내셨나?"

고칠소는 일부러 놀란 척했다.

애초에 말상대가 안 되는 초서풍은 화가 나서 그 자리에서 검을 빼 들었다. 고칠소는 눈동자를 차갑게 번뜩이며 느닷없이 그의 검을 걷어찼다.

"독누이의 상처를 아직 치료하지 않았어! 네 놈은 나중에 처리해 주마!"

왕비마마가 다치셨다고? 치료도 못 하시고?

초서풍도 초조해져 고칠소와 함께 방문을 두드렸다. 하지만 두 사람이 아무리 두드려도 안에서는 반응이 없었다.

한운석은 당연히 초서풍과 고칠소의 목소리를 들었지만, 어깨의 상처를 살피느라 바빠 신경 쓸 틈이 없었다.

솔직히 깔끔하게 상처를 치료한 솜씨에 놀라지 않을 수 없었다.

상처가 깊고 세 치짜리 쇠뇌살이 대부분 몸속으로 들어갔는데, 놀랍게도 치료한 사람은 옷을 벗기지도 않고 쇠뇌살을 뽑아내고 적절히 처치해 놓았던 것이다! 하다못해……. 하다못해 상처 부근의 옷을 잘라내지도 않았다.

어떻게 이렇게 할 수 있지?

그녀는 황급히 상처에 붙인 면포를 떼어 내고 옷을 벗은 뒤 상처를 자세히 살폈다. 하지만 들여다보는 순간 더욱더 놀랐다.

그 사람은 쇠뇌살을 뽑아낸 후 꿰매지도 않았다! 보다 놀라운 것은 꿰매지 않은 상처가 악화되지도 않고 피가 많이 흐르지도 않았다는 것이었다.

"어떻게 뽑은 거야?"

한운석은 혼잣말을 했다. 고칠소의 상처를 몇 바늘이나 잔뜩 꿰맨 자신이 완전히 초보 같았다.

피는 흐르지 않지만 살이 찢어진 데서 오는 통증은 있었다. 한운석은 재빨리 다시 상처를 싸맨 다음 옷을 입었다.

처리하고 나자 침상 머리맡에 놓인 약병과 하얀 천으로 싼 쇠뇌살이 눈에 띄었다.

약병에 든 가루는 그 유명한 광응옥지산廣凝玉芝散으로, 피를 굳히고 새살을 돋게 해 주는 약재 중에서 최고급품이었다. 한 씨 집안에도 이렇게 좋은 약은 없었다.

그녀는 하얀 천을 살펴보았다. 복면같이 생겼는데 무늬가 전혀 없어 당장 뭔지 알아볼 수가 없었다.

대체 누가 상처를 치료해 줬을까?

아직 머리는 무겁지만 낮에 그랬던 것처럼 어지럽거나 혼란스럽지 않았다. 한운석은 이마를 만져 보고 고열을 앓았다는 것을 알아차렸다.

열로 인사불성이 된 걸까, 누가 일부러 약을 먹였을까? 그렇지 않고서야 이렇게 상처가 깊고 쇠뇌살까지 뽑아냈는데 깨어나지 않았을 리 없었다.

그녀는 다시 하얀 천을 살폈고 영족의 백의 공자를 떠올렸다. 그자의 의술이 이렇게 뛰어난 건가? 상처를 치료한 솜씨를 보면 고북월 못지않았다!

그렇게 영문을 몰라 하고 있을 때 별안간 방문이 요란하게 열리고 고칠소와 초서풍, 혁련 부인이 뛰어 들어왔다.

한운석은 어리둥절했고 들어온 사람들도 마찬가지였다. 한참 문을 두드렸는데도 반응이 없어 무슨 일이라도 생긴 줄 알았던 것이다.

"왕비마마, 상처는 어떠십니까?"

"독누이, 상처는 치료했어?"

초서풍과 고칠소 모두 초조해 어쩔 줄 몰랐지만, 눈이 날카로운 혁련 부인은 침상 머리맡에 있는 물건들을 보고 차분하게 말했다.

"왕비마마, 치료는 끝나셨군요."

혁련 부인의 말에 한운석은 자신을 치료한 사람이 한씨 집안 사람이 아님을 확신했다. 그녀는 가만히 하얀 복면을 숨기면서 차분하게 말했다.

"네, 치료했어요. 가벼운 상처일 뿐이니 걱정하지 말고 나가 있어요."

고칠소도 치료한 흔적을 발견하자 겨우 안심했다.

"왕비마마, 소인과 함께 왕부로 돌아가시지요. 전하께서도 돌아와 계십니다."

초서풍이 다급히 권했다.

전하가 내상을 입은 일을 함부로 말할 수는 없지만, 전하가 왕부로 돌아갔다고 하면 왕비마마도 무슨 일이 생겼다고 짐작할 것으로 생각했다. 그렇지 않으면 이런 상황에서 전하가 자객을 수색하지 않고 왕부에 머물 리 없었다.

그렇지만 안타깝게도 한운석은 들은 척도 하지 않았다.

"일곱째 소실댁, 초 시위와 함께 나가 계세요."

그녀는 어리석기는커녕 무척 똑똑했다.

성문이 닫혀 자객들이 달아날 수 없으니 그녀 자신이 용비야라도 왕부로 돌아가 차를 마시고 푹 잤을 것이다. 용천묵과 목청무가 사태를 황성의 위기로 비화시킨 이상 이번 사건은 당연히 천휘황제가 고민할 문제였다. 자객 습격과 암시장 화약 사건이 잇달아 일어나자, 천휘황제는 이미 마음속으로 용의자를 생각해 두고 있었다. 천휘황제는 실수로 사람을 잘못 죽일지언정 결코 위험인물을 놓칠 사람이 아니었다.

"왕비마마, 고칠소 혼자 남으란 말씀입니까?"

초서풍이 갑자기 경멸에 찬 냉소를 터트렸다. 왕비마마와 전하가 이렇게 틀어진 것도 십중팔구 고칠소 때문인데 고칠소와 단둘이 방에 남겠다니?

이 여자가 정말 몰라서 그러는 걸까, 아니면 지조 없이 양다리를 걸칠 생각인 걸까?

초서풍의 표정에 한운석은 정말이지 참을 수가 없었다. 용비야가 따지는 것도 모자라 이제는 아랫사람마저 이렇게 따지다니!

"내가 뭘 하든 자네에게 보고해야 하나?"

그녀는 항상 하고 싶은 대로 행동하는 성격이었다. 예전에 병원에 있을 때 원장과 이사장에게 온갖 협박을 받아도 단 한 발도 물러서지 않았다. 어려서부터 지금까지 두 인생을 사는 동안, 무슨 일에 대해 시키지도 않았는데 해명하려고 한 적은 용비야만이 유일했다. 그렇지만 용비야는 해명을 듣지 않았다.

진왕비라는 신분만 아니라면, 그 이름을 더럽히지 않으려는 것만 아니라면, 이 세상의 온갖 규칙과 예의 같은 건 신경 쓰지도 않았을 것이다. 유언비어가 돌면 어때?

그녀는 누군가에게 잘 보일 생각도 없고 이 세상에 잘 보일 생각도 없었다!

초서풍은 조용해졌다.

"제가 주제넘었습니다. 용서하십시오."

"썩 나가게!"

한운석이 사정없이 말했다.

초서풍은 화나고 억울해하며 돌아서서 나갔다. 혁련 부인도 고칠소를 흘끗 보며 충고할까 말까 망설였지만, 한운석이 차갑게 말했다.

"일곱째 소실댁도 나가세요."

혁련 부인은 어쩔 도리가 없어 묵묵히 밖으로 나갔다. 그녀는 방에서 물러나자마자 초서풍을 뒤쫓아 가 왕비마마가 급한 일 때문에 고칠소를 남겨 둔 거라고 잘 설명하려고 했으나, 그녀가 쫓아갔을 때 초서풍은 이미 사라진 후였다.

진왕 전하께 고자질하러 갔을지도 몰랐다!

하지만 한운석이 고칠소를 남겨 둔 건 확실히 중요한 일 때문이었다.

"등의 상처는 다 처리했어?"

한운석이 차분하게 물었다.

"목령아가 치료해 줬어. 걱정 마."

고칠소가 고북월을 찾아갈 리 없었다. 만에 하나 그자가 뭔가 눈치채면 큰일이었다. 사실은 목령아에게 치료받지도 않았다. 상처에서 나온 피는 어느 순간 알아서 멈추니 처리하기도 귀찮았고, 목령아는 이미 그에게 독을 당해 객잔에서 쿨쿨 자고 있었다.

고칠소의 정신 상태가 좋아보여서 한운석도 마음을 놓았다. 그녀는 앉아서 잠시 침묵하다가 직설적으로 물었다.

"고칠소, 고칠찰. 뭐라고 불러야 좋을까?"

목숨을 구해 준 은혜는 잊지 않겠지만 속임수를 당한 것은 갚아 줘야 했다.

고칠소도 한운석이 그 일을 꺼낼 줄 짐작했던 터라 히죽거리며 앉았다.

"칠 오라버니라고 부르는 게 제일 좋지."

한운석은 농담할 기분이 아니었다. 그녀가 차갑게 말했다.

"내 신분을 조사하고 나를 벙어리 노파에게 데려간 건 대체 무엇 때문이지? 의성과는 왜 사이가 틀어졌어? 네가 독술을 할 줄 아는 게 독종과 관계있는 일이야?"

고칠소는 큰 소리로 껄껄 웃었다.

"이봐, 그렇게 생각을 많이 하면 안 피곤해?"

"대답이나 해!"

한운석이 진지하게 말했다.

"그래, 그래, 이 오라버니가 대답해 주지. 이 오라버니는 널 만나기 전부터 신분이 두 개였어. 의학원은 고칠찰은 감시해도 고칠소는 신경 쓰지 않거든, 무슨 말인지 알겠지? 이건 이 오라버니만의 비밀이야."

고칠소가 웃으며 말했다.

한운석도 알아들었다. 누구나 다른 누구에게도 해명할 필요 없는 자신만의 비밀이 있기 마련이었다. 그녀가 시공초월한 사람이고 해독시스템을 가지고 있다는 것을 아무에게도 말할 필요가 없는 것처럼.

그 점은 더 추궁하지 않았지만, 반드시 확인해야 할 일도 있었다.

"내 출신은 왜 조사했지?"

그녀는 엄숙하게 물었다.

이자는 처음에는 그녀의 독술을 주시하기 시작해서 나중에는 당문의 암기와 진료 주머니의 자수에도 관심을 가졌고, 천심 부인을 조사하고 목씨 집안 벙어리 노파를 찾아냈다. 이 모든 것은 그녀의 출신을 알아내기 위한 것이었다.

온종일 실없이 농담한다고 해서 그를 정말 실없는 사람이라고 여긴 것은 아니었다.

이자는 아직도 그녀의 친아버지가 한종안이 아니고 독종의 후예일 가능성이 무척 크다는 사실을 모르고 있었다. 그녀를 벙어리 노파에게 데려갈 때도 줄곧 그녀와 독종의 관계를 마음에 걸려 했다.

처음 그녀에게 관심을 가진 것도 아마 그녀의 독술이 독종과 무슨 관계가 있으리라 의심했기 때문일 것이다.

한운석은 그에게 독종의 후예를 찾아 뭘 하려는지 물은 적이 있었다.

그는 장난스럽게 '보조약재로 삼아 해약을 만들겠다'고 대답했다.

그녀는 무슨 독에 중독되었는지 물었고, '천하에 으뜸가는 독'이라는 대답을 들었다.

한운석은 당연히 그 농담을 믿지 않았지만, 이자가 분명 무슨 목적이 있어서 자신에게 접근했다고 굳게 믿었다!

이번에는 고칠소도 웃지 않았다. 그는 전에 없이 무척 엄숙한 얼굴이 되었지만 한운석의 질문에는 대답하지 않고 진지하게 말했다.

"독누이, 날 믿어. 내가 뭘 하든 널 해치지는 않아."

적당히 얼버무리려는 걸까?

한운석은 화가 났지만, 고칠소의 고집스럽고 진지한 눈빛을 보자 입이 떨어지지 않았다. 그의 진심에 상처를 입힐까 두려웠다.

바로 어제, 그가 목숨을 돌보지 않고 그녀를 구해 줬는데 그를 믿지 않을 이유가 있을까?

한운석은 한참 동안 침묵하다가 비로소 말했다.

"믿어. 하지만 난 진실을 알 권리가 있어, 아니야?"

신분은 이어받았지만 여태 그 신분에 얽힌 비밀을 확실히 알지 못해 실망이 컸다.

똑같이 고집스럽고 진지한 한운석의 눈빛을 보며 고칠소는 별안간 웃음을 터트렸다.

"독누이, 너는 내가 찾는 사람이 아니야. 그 일은 너와 상관없어! 넌 알 권리가 없다고."

그는 내내 조사하고 내내 독종의 후예인 독녀를 찾아다녔으나 벙어리 노파가 감금된 후로 실마리는 모두 끊겼다.

지금까지는 눈앞에 있는 이 여자가 가장 유력했다. 하지만 방금 한 말은 얼버무리기 위해서도 아니고 거짓말도 아니었다.

단순히 한운석에게 들려주기 위해서가 아니라 스스로 다짐하기 위해서이기도 했다.

그만의 독누이는 그가 찾아야 할 사람이 아니었다. 절대로!

설령 그렇다 해도 아니라고 생각할 것이다!

의성에 복수하는 방법은 그 외에도 많았다. 그리고 해약을 만들어 독을 치료하는 문제는…….

그녀의 존재, 그녀의 표정 하나, 말 하나가 모두 그를 치료하는 약이었다. 해약 따위 개나 주라지! 해독하지 않으면 돼!

한운석은 반신반의했지만 반박할 방도가 없었다. 그의 말마따나 그녀와 무관한 일은 알 권리가 없었다.

고칠소는 일어나서 나른하게 기지개를 켰다.

"독누이, 이 오라버니는 농담은 좋아해도 사람을 속인 적은 없어."

그는 이 말을 남기고 나가려 했지만 문가에 이르자 뒤를 돌아보며 한마디 덧붙였다.

"참, 독누이. 모자란 미독 해약 일 푼은 정말 내가 빼돌린 게 아니야."

진상, 생각할 용기가 없어

미독 해약 일 푼을 빼돌리지 않았다?

그게 무슨 말이지? 그가 빼돌리지 않았다면 남은 일 푼은 어디로 갔을까?

한운석이 고칠소를 남긴 또 다른 이유는 남은 해약 일 푼을 누구에게 팔았는지 물어보기 위해서였다. 그런데 고칠소가 이런 말을 던질 줄이야!

"고칠소, 기다려!"

한운석이 황급히 쫓아갔지만 애석하게도 고칠소는 이미 그림자조차 보이지 않았다.

그녀는 멍하니 문가에 섰다. 열을 내리고 푹 잠들게 하는 약효는 가셨으나 머리는 아직도 약간 묵직했다. 그녀는 진지하게 기억을 되돌려 해약 사건을 떠올려 보았다. 곧 머리가 지끈지끈하게 아팠다.

당시 그녀는 약귀곡에서 사과의 분량으로 해약의 진짜 분량을 계산해 냈다. 그리고 고칠소는 효과 없는 가루약과 해약이 도자기를 까맣게 변색시킨다며 용비야에게 해약을 한 병 꽉 채워 주었다고 증명했다.

그녀는 깊이 생각지 않고 고칠소가 준 병 안쪽은 본래 까맸다며 그의 증거를 부정했다.

312

그런데 고칠소는 가짜 가루약을 섞을 때 왜 하필 도자기를 변색시키는 약을 골랐을까? 왜 미리 그런 수를 썼을까?

당시에도 그런 의문이 들긴 했지만 그녀는 깊이 생각하지 않고 고칠소가 해약 일 푼을 빼돌리기 위해 한 짓으로 치부했다.

사실대로 말하면, 그때 그녀는 비록 '분량'에 집착하긴 했지만 그 까닭은 뭔가를 증명하기 위해서가 아니라 단순히 고칠찰을 부정하기 위해서였다. 약귀곡에 가기 전부터 그자가 한 짓이라고 철석같이 믿고 있었기 때문이었다.

그녀가 지아비를 의심하고, 가짜 가루약을 섞어 자신을 속인 사람을 믿을 리 없었다.

그런데! 지금은?

가짜 가루약을 섞어 그들을 속인 고칠찰은 다름 아닌 고칠소였다.

그녀를 벙어리 노파에게 데려간 사람이 바로 고칠소였다. 그러니 고칠소가 벙어리 노파를 납치할 이유도 없고 몰래 해약 일 푼을 숨겨 벙어리 노파를 해독할 이유도 없었다.

해약 일 푼이면 미독을 딱 한 번 해독할 수 있는 분량이었다. 고칠소가 아니면 그 해약은 누구 손에 있을까? 왜 가져갔을까?

한운석은 문득 두려움을 느껴 차마 생각을 이어갈 수가 없게 되었다. 그러고 싶지도 않았다.

지금 보니 고칠소는 고의로 효과 없는 가루약으로 도자기 병을 까맣게 만든 것이 거의 확실했다. 그가 뭔가 알고 있는 걸까?

"고칠소! 이리 나와!"

"……."

"고칠소, 여기 있는 거 알아. 어서 나와서 똑바로 말해!"

"……."

"고칠소!"

"……."

한운석은 정원까지 쫓아나가 고래고래 소리를 질렀지만, 애석하게도 이번만큼은 고칠소도 정말 떠나 버렸기 때문에 한참 동안 외쳐도 대답하는 사람은 없었다.

바보인 척할 수 있을까?

아무것도 모르는 척할 수 있을까?

한운석은 속으로 중얼거렸다. 한 번도 뭔가를 하면서 겁을 낸 적 없는 그녀지만 이번에는 두려웠다.

만약……, 만약 용비야가 그녀를 속인 거라면, 용비야의 목적은 뭘까!

그녀는 냉정할 필요가 있다는 것을 느꼈다. 차마 생각을 이어갈 용기가 없어 힘없이 몸을 돌리는데, 그 순간 방문 앞에 선 낯익은 그림자가 보였다.

우뚝하고 오만한 자세, 얼음처럼 차가운 얼굴. 용비야, 그 사람이었다!

"전……."

습관이 된 듯 저도 모르게 부를 뻔했던 그녀는 입을 열자마자 얼른 다물고 침묵을 선택했다.

용비야는 싸늘하게 그녀를 바라보며 역시 침묵을 지켰다. 몸에 걸친 새까만 경장에서 무정한 기운이 흘러나왔다.

두 사람의 거리는 열 걸음도 되지 않았지만 마치 세대를 뛰어넘어 아득히 멀리 떨어져 있는 것 같았다.

임이 태어났을 때 나는 태어나지 않았고 내가 태어났을 때 임은 이미 늙어 버린, 그런 세대의 차이. 시간이야말로 가장 머나먼 거리였다!

용비야, 만약 내가 시공을 초월해 이곳에 오지 않았다면 내세상에서 당신은 이미 늙어 죽어 역사가 되어 있겠지. 그럼 나도 이렇게 슬프지 않았을까?

용비야는 말이 없었고 한운석은 머리가 복잡하고 마음도 복잡했다. 그녀는 침착함을 찾기 위해 돌아서서 자리를 비키려 했으나 용비야가 차가운 목소리로 불쑥 물었다.

"고칠소를 찾느냐?"

그래, 초서풍이 돌아가서 고자질했구나?

그래, 어젯밤부터 지금까지 꼬박 하루가 지난 다음에야 찾아온 게 고칠소 때문이란 말이지?

청루를 떠나면서 진료 주머니를 가져오지 않았다는 것을 알아차리고도 일부러 가지러 가지 않은 건 그에게 맡기기 위해서였다. 그에게 자신을 찾아올 이유를 마련해 주기 위해서.

그가 그 방을 살폈다면 분명히 진료 주머니를 발견했을 것이다.

그렇지만 그는 이제야 나타났다. 초서풍의 고자질을 듣고서야!

한운석은 심장이 차갑게 얼어붙는 것 같아 대답하지 않고 돌아섰다.

용비야가 휙 날아와 그녀 앞에 내려서서 길을 가로막았다.

"아직 본 왕의 물음에 대답하지 않았다."

한운석은 심호흡을 한 뒤 일부러 몸을 숙여 인사하면서 공손하게 대답했다.

"예, 그 사람을 찾고 있습니다! 다른 분부가 있으신지요, 진왕 전하?"

바득바득 예의를 차리는 그녀의 모습이 용비야는 상당히 눈에 거슬렸다.

"왜, 그자가 떠나니 아쉬우냐? 본 왕이 때를 잘못 맞춰 왔나 보군."

그가 냉소를 흘렸다.

한운석은 눈시울이 확 뜨거워졌지만 고집스레 눌러 참으며 도발적으로 그를 바라보았다.

"그렇습니다!"

"한운석!"

용비야는 벼락같이 분노를 터트리며 한 손으로 그녀의 어깨를 움켜잡았다. 어찌나 세게 잡았는지 하마터면 어깨가 부러질 뻔했다.

때마침 혁련 부인이 찾아왔다가 그 장면을 보고 화들짝 놀라 외쳤다.

"진왕 전하, 부디 자비를! 왕비마마께서는 어깨를 다치셨으니 그러시면 안 됩니다! 제발 부탁입니다!"

용비야는 그제야 청루에서 본 어깨의 상처를 떠올리고 곧바로 손을 놓았다. 하지만 이미 늦은 후였다. 새빨간 피가 면포를 적시고 옷으로 배어나와 그의 손바닥에 묻었다.

피 묻은 자신의 손과 한운석의 창백하고 고집스러운 얼굴을 멍하니 바라보는 용비야는 심장을 난도질당하는 기분이었다. 사과하려 했으나 한운석이 웃음을 지었다. 보조개까지 만들며 더없이 환하게 웃었다.

용비야, 모두가 내가 다친 걸 봤는데 당신만, 여태 당신만 알아차리지 못했어!

그녀가 말했다.

"진왕 전하, 다른 분부가 없으시다면 그만 가 보시지요. 저는 칠 오라버니를 찾느라 바쁩니다."

칠 오라버니?

용비야의 온몸에서 무시무시한 살기가 쏟아졌다. 피 묻은 손이 서서히 주먹을 쥐면서 으드득 소리가 났다. 언제든 주먹을 휘두를 것 같아 혁련 부인은 놀라 눈을 휘둥그레 뜬 채 아무 말도 못했다.

한운석은 어깨가 아파 죽을 것 같았지만, 마음의 아픔만은 못했다.

그녀는 더 말하지 않았고 미독 해약 건도 묻고 싶지 않은 채 허리를 숙이고 돌아서서 떠나갔다. 용비야는 눈을 가늘게 뜨고 그녀의 뒷모습을 바라보았다. 그녀가 멀리 사라졌는데도 그는 여전히 제자리에 꼼짝하지 않고 서 있었다.

초서풍이 찾아온 후에야 비로소 그도 정신을 차렸다.

"전하, 제가……, 제가……."

초서풍은 뭐라고 해야 할지 몰랐다. 보고하기 위해 돌아가긴 했지만 진왕부를 온통 뒤져도 전하를 찾지 못하자 어쩔 수 없이 돌아왔는데 뜻밖에도 전하는 한씨 저택에 와 있었다.

초서풍이 상황을 파악하기도 전에 용비야는 휙 돌아서서 가 버렸다. 내내 뒷짐을 지고 있던 한 손은 내내 진료 주머니 하나를 들고 있었다. 한운석의 것이 아니면 누구 것일까?

"초 시위, 고자질하러 갔었나요? 아랫사람으로서 주인이 잘 지내기를 바라지 않는 사람이 어디 있겠어요? 권유해도 안 되면 어쩔 수 없지만 불난 데 기름을 끼얹었다니 어떻게 그럴 수가 있어요! 운석이는 절대 그럴 사람이 아니에요. 고 공자를 남긴 것은 중요한 일이 있어서가 분명해요! 말해 두지만 두 사람 사이가 회복되면 전하께서는 분명 당신을 쉽게 용서하지 않을 거예요!"

혁련 부인이 화를 내며 경고했다.

초서풍은 억울했다.

"전 아무 말도 하지 않았습니다! 이제 겨우 전하를 뵌 겁니다!"

"그렇다면 두 분이 왜 또 다투셨겠어요?"

혁련 부인이 씩씩거렸다.

"그야 저도 모르지요!"

초서풍도 억울하고 화가 나 곰곰이 생각하지도 않고 재빨리 전하를 쫓아갔다.

사리분별도 못하는 그 여자가 죽든 말든, 중요한 건 전하의 몸이었다. 그렇게 심각한 내상을 입었으니 적어도 이삼일 방에서 꼼짝하지 않고 요양하지 않으면 버티지 못할 것이다.

사람들이 모두 떠나자 한씨 저택은 다시금 고요해졌다.

한운석은 약방에 숨어 상처를 치료했다. 상처는 본래도 무척 깊었는데 용비야가 움켜쥐는 바람에 앞서 치료한 것도 소용없이 계속해서 피가 흘렀다.

백의 공자가 주고 간 약에 한씨 집안 지혈약을 섞자 다행히 효과가 좋았다.

아무렇게 싸매고 나자 지치고 힘이 쭉 빠진 그녀는 약재 상자 위에 쓰러져 꼼짝하지 않았다. 머리가 아파 이것저것 생각하고 싶지 않았지만, 벙어리 노파의 일과 고칠소가 한 말, 목령아가 길을 막고 쏟아부은 욕설이 자꾸만 뇌리에 떠올랐다.

그녀는 생각하고 또 생각하다가 결국 스르르 잠들었다.

그제야 꼬맹이가 옆에서 쑥 튀어나왔다. 녀석은 운석 엄마의 상처를 보자 마음이 아파 제자리에서 폴짝폴짝 뛰었다.

구석에 숨어 있었던 녀석은 달려 나가 진왕을 깨물어 죽이고 싶었지만 끝내 용기를 내지 못했다. 운석 엄마도 속으로는 그걸 바라지 않으리란 걸 알고 있었다.

녀석은 별수 없이 가만히 운석 엄마 옆에 웅크렸다. 정말이지 공자가 운석 엄마를 데리고 가 주었으면 싶었다. 공자야말로 운석 엄마를 절대 해치지 않는 사람이었다.

밤이 깊었으나 도성 전체는 등불로 환했다. 금군이 아직도 집집마다 수색하고 있는데 마음 편히 잠들 사람이 몇이나 될까?

한씨 저택 약방에서 멀지 않은 집 지붕에는 고칠소가 두 팔로 머리를 괴고 누워 별밤을 올려다보고 있었다.

가만히 하늘만 보던 그는 저도 모르게 조용히 혼잣말했다.

"칠이 착하지……. 착하구나, 우리 칠이……."

어렸을 때 아버지는 꼭 이렇게 그를 달래 재웠다.

오랫동안, 정말 오랫동안 어린 시절을 떠올린 적이 없는데, 오늘 독누이의 질문이 절로 그 시절을 떠올리게 했다.

그때 자신이 몇 살이었는지도 잊어버렸다. 기억나는 것은 시골 소년처럼 소매와 바짓가랑이를 걷어붙이고 맨발로 의학원 뒤쪽 산과 숲, 들판을 마구 뛰어다니며 장난치던 것뿐이었다.

아버지는 그를 찾아낼 때마다 항상 높디높게 안아 올려 목말을 태운 뒤 산속에 숨겨진 집으로 가곤 했다.

그때 그는 쉽게 잠들지 못하는 괴상한 병을 앓아서 낮에 피곤해 쓰러질 때까지 놀아도 밤이 되어 잠들려면 누군가 재워줘야만 했다.

아버지는 늘 그를 안고 달래며 살며시 불렀다.

'칠이 착하지……. 착하구나, 우리 칠이……. 착하지……. 옳지, 착하구나…….'

그렇지만 어느 날, 아버지는 갑자기 그를 의학원 대장로에게 보내며 말했다.

'칠이는 나쁜 병에 걸려서 대장로께 양자로 보내야 한단다. 앞으로는 대장로께서 시키는 대로 매일 약을 먹어야 해.'

아버지는 무척 길게 설명했지만 그는 알아듣지 못했다. 나중에야 아버지가 의학원 원장이고, 명예 때문에 사생아의 존재를 용납할 수 없어 세상에 알리지 않으려고 그를 산속에 숨겨 두었음을 알게 되었다. 그 산속은 독종의 금지였던 것이다.

그때부터 그는 의학원 대장로의 양자가 되었고, 그때부터 다시는 아버지를 볼 수 없었다. 그리고 그때부터 그는 매일 약을 먹기 시작했다. 매일 약으로만 세끼를 때웠다.

약을 먹고 토할 때면 양아버지는 고분고분 약을 먹어야만 목숨을 구하고 다시 아버지를 볼 수 있다고 말했다.

그는 아버지가 무척 보고 싶었다. 그에겐 어머니가 없어서 철들 때부터 아버지가 유일한 가족이기 때문이었다…….

갑자기 '쾅' 하는 굉음과 함께 도성 전체가 흔들렸다.

고칠소는 즉시 정신을 차리고 일어났다!

어디서 난 폭발음이지? 무슨 일이야?

동란의 발단

한밤중, 거대한 폭발음이 도성 전체를 뒤흔들었다!

고칠소는 벌떡 일어났다. 어디서 화약이 폭발했는지 몰라도 한씨 저택이 무사한 것을 보자 그는 곧 다시 누웠다.

그는 평소 호기심이 많지 않았고 쓸데없는 일에 나서는 성격도 아니었다. 천녕국 도성에 난리가 나건, 천녕국이 통째로 난리가 나건, 심지어 운공대륙에 난리가 벌어지건 그와는 아무런 관계가 없었다.

어린 시절의 기억이 끊어졌으니 계속 생각할 이유가 없었다. 밤중에 꿈을 꾸면 모를까, 맑은 정신일 때는 절대로 떠올리지 않던 일이었다.

그는 하늘 가득한 별을 바라보았고 별도 그의 맑고 환한 눈을 비췄다. 그의 세상은 고요했지만, 천녕국에서는 그 폭발음을 시작으로 동란의 시대가 시작되었다!

깊이 잠든 한운석도 놀라 깨어났다. 처음에는 악몽을 꾼 줄 알았는데 바깥의 웅성거리는 소리가 들리자 큰일이 벌어졌음을 알았다.

폭발음이 어마어마하게 커서 도성의 집들이 흔들릴 정도였으니 도성 부근, 아니면 도성 안에서 일어난 폭발이 틀림없었다.

천역 암시장의 폭발도 도성을 공황상태에 빠뜨렸는데, 하물며 이렇게 가까운 곳에서 일어난 폭발은 말할 것도 없었다.

한운석은 황급히 밖으로 나갔다. 한씨 집안사람들은 아래위 할 것 없이 모두 깨어나 있고 바깥의 거리도 시끌시끌했다.

"서동림, 서동림, 어디 있느냐!"

한운석이 소리를 질렀다. 비밀 시위가 주변에 있다는 것을 알고 있었다.

과연 서동림이 즉시 모습을 드러냈다.

"왕비마마, 놀라지 않으셨습니까? 왕부로 돌아가시겠습니까? 그곳이 안전합니다."

"어떻게 된 일이냐?"

한운석이 진지하게 물었다.

"저도 모르겠습니다. 전하께서 한 걸음도 떨어지지 말고 지키라 하셨습니다."

분명 거짓말이었다. 비밀 시위들 사이에서 그의 위치로 보아 진왕 전하가 직접 분부할 리 없었다!

한운석은 그의 거짓말을 따질 여유가 없어 초조하게 말했다.

"아주 심각한 일이다. 당장 진왕부로 가서 전하 쪽 상황이 어떤지 확인하고 대체 어디서 폭발이 일어났는지 알아봐라."

서동림도 그제야 초조해하며 다른 비밀 시위에게 이곳을 지키게 한 후 바로 떠났다.

"어디서 난 화약일까!"

한운석은 눈을 찡그리고 생각에 잠겼다. 도성 전면 수색이 초씨 집안사람들을 몰아붙였고, 그들이 이 틈에 화약 사건으로 용비야에게 복수하려는 게 아닐까 걱정스러웠다.

목 대장군부를 제외하고 화약을 가진 곳은 초씨 집안뿐이었다.

그때 용비야는 막 진왕부에 돌아왔고 그 일로 놀라 있었다.

"전하, 성 서쪽 교외의 무기고 쪽입니다."

비밀 시위가 제일 먼저 조사를 완료했다.

"무기고……. 제법 재미있군."

용비야는 복잡한 눈빛을 띤 채 잠시 침묵을 지키다가 분부했다.

"본 왕은 이틀간 폐관 수련 할 것이니 초서풍에게 사람을 더 불러 한씨 저택을 단단히 지키라고 전해라."

말을 마친 그는 침궁으로 들어갔고, 방금 일어난 폭발에 대해서는 한마디도 하지 않았다.

이렇게 큰일이 벌어졌는데 아무 관심이 없으신가?

비밀 시위는 호기심이 솟았지만 감히 묻지 못하고 황급히 초서풍을 찾아갔다.

도성 전체에는 등불이 환하게 밝혀져 있었다. 일반 백성이건 황친 귀족이건 하나같이 놀라고 당황했지만 가장 놀라고 당황한 사람은 당연히 천휘황제였다.

마침 그는 어서방에서 목 대장군과 목청무에게 금군이 배신한 일을 캐묻고 있었는데, 갑자기 폭발음이 들려오자 놀란 나머지 들고 있던 찻잔까지 놓쳐 깨뜨리고 말았다.

목 대장군은 즉시 사람을 보내 조사하게 했고, 지금 방 안에는 모두가 말이 없었다.

천휘황제는 단정하게 자리에 앉아 양손으로 팔걸이를 힘껏 움켜쥐었다. 차가운 얼굴은 팽팽하게 긴장되었고 무척 엄숙했다.

폭발 후 지금까지 목 대장군이 사람을 보내 조사하게 한 뒤로, 그는 아무 말도 하지 않았다. 그의 앞에는 태자 용천묵, 목 대장군, 목청무 세 사람이 하나같이 고개를 숙이고 있었다. 안색도 누구랄 것 없이 엉망이었다.

이 폭발이 대체 누구 짓인지는 차치하고, 도성에서 이런 일이 벌어진 이상 금군통령이자 도성과 황궁의 수비를 책임지는 목청무는 죄를 면하기 어려웠다.

특히 폭발이 일어나기 직전에 천휘황제는 금군이 배신한 일로 목청무를 꾸짖은 차였다. 이렇게 예민한 때 또 이런 일이 벌어졌으니 과연 천휘황제가 목청무를 그 자리에 앉혀 둘까?

방 안은 조용했고 천휘황제의 숨소리는 무척 무거웠다. 용천묵과 목씨 부자는 간담이 서늘하고 마음이 조마조마했다.

알아보러 간 사람이 돌아오기 전에는 대체 무슨 상황인지 알수가 없으니 누구나 긴장할 만도 했다.

물론 가장 긴장한 사람은 용천묵이었다. 그는 어렴풋이 불안감을 느꼈다.

요 이삼일간 그와 목청무는 적잖은 노력을 기울여, 자객 습격 사건과 암시장 화약 폭발 사건이 관련되어 있고 모두 도성을 위협한 사건이라고 믿도록 황제를 유도했다.

그런데 누가 황제의 귓가에 속닥거렸는지 뜻밖에도 황제는 한밤중에 목씨 부자를 입궁시키고 금군이 배신한 일을 상세히 추궁했다.

금군이 배신한 후 우두머리인 젊은 부통령은 목청무가 상황이 여의치 않아 찔러 죽였고, 나머지 대장 둘은 갇혀서 심문을 받고 있다는 것은 모두 아는 사실이었다. 하지만 아직 도성에서 자객을 수색 중인 지금, 그 일에 관심을 가지는 사람은 없었다.

황제도 처음에 한 번 물어보고 엄히 고문하라고만 한 뒤 다시는 묻지 않았다.

그런데 한밤중에 갑자기 불러들여 꼬치꼬치 따졌고 그 상황에서 또 폭발 사건이 터졌다. 이 모든 것이 우연이라기엔 너무 공교로웠다.

별안간 바깥에 울리는 다급한 발소리가 어서방의 침묵을 깨뜨렸다. 조사하러 갔던 사람이 돌아온 것이다.

그 순간 본래도 긴장했던 사람들은 더욱더 긴장했다. 대체 어떤 상황일까?

낙 공공이 사람을 불러들이기도 전에 천휘황제가 참지 못하고 화난 소리로 물었다.

"어디서 폭발했느냐? 대체 무슨 일이냐?"

"폐하께 보고 드립니다. 서쪽 교외 무기고가 폭발했습니다. 창고 두 개가 날아가고 사상자는 아직 통계가 나오지 않았습니다. 종군 의원들이 모두 달려갔습니다."

그 말에 용천묵과 목청무, 목 대장군이 거의 동시에 고개를 번쩍 들었다. 하나같이 놀라서 하얗게 질린 얼굴이었다.

무기고가 폭발했다고!

어떻게 그런 일이!

성 서쪽 무기고는 목 대장군이 이끄는 군대의 소유로, 무기를 보관하는 큰 창고였다. 무기가 있으니만큼 수비가 삼엄한데 폭발이라니, 어떻게 그럴 수가 있을까? 더욱이 그곳에는 본래 화약도 없었다!

운공대륙 세 나라 모두 군대가 화약을 관리했고, 천녕국에서는 목 대장군부가 담당하고 있었다. 화약은 진귀한 물건이고 수량에 한계가 있어 큰 전쟁이 아니면 함부로 쓰지 않았다. 기마군과 수군도 전장에서 필요할 때에만 목 대장군부에서 조달할 수 있었다.

천휘황제는 목 대장군을 싸늘하게 바라보았다. 매처럼 날카로운 눈동자에 분노와 질책이 가득했다.

"부황, 실로 대담무쌍한 자들입니다. 감히 우리 천녕국의 군대를 건드리다니요! 소자가 보기에…….”

용천묵의 말이 끝나기도 전에 천휘황제가 노성을 터트리며 말을 잘랐다.

"목 대장군, 아무 문제없던 무기고가 폭발하다니 화약이 어디서 났다는 말인가?"

천녕국의 화약고는 전국에 분산되어 있는데, 도성의 화약고는 성 동쪽 교외에 있고 천휘황제의 명령 없이는 목 대장군도 함부로 쓸 수 없었다. 무기고를 폭발시킨 화약은 어디서 났을까? 누군가 일부러 한 짓일까, 아니면 무기고에 몰래 화약을 숨겼다가 실수로 불이 붙었을까? 확실하게 대답하기 어려운 문제였다.

"부황, 분명히 암시장 쪽 자들의 짓입니다. 공포를 조장하고 이목을 돌려 이번에 습격한 자객들이 달아날 기회를 마련해 주려는 것 같습니다! 그들은 분명히 한 패입니다. 우리 천녕국의 화약은 엄격하게 관리하고 있으니 그 화약은 아마도 나라 바깥 세력을 통해 흘러들어 왔을 겁니다!"

용천묵이 서둘러 해명했다.

나라 바깥 세력이 어딘지 콕 집어 말하지는 않았지만 영리한 사람이라면 생각할 필요도 없이 알 수 있었다.

이렇게 민감한 물건은 변경에서 거래해 관문 안으로 몰래 들여올 수밖에 없었다. 북려국과 천녕국은 거래가 없지만 서주국과 천녕국 사이에는 무역이 발달해 있었다.

애석하게도 천휘황제는 그를 쳐다보지도 않았다. 이를 본 목청무도 초조해져 뭐라고 하려는데 목 대장군이 가만있으라는 눈짓을 했다.

태자와 소장군은 아무래도 아직 어렸다.

황제가 특별히 그들을 불러 금군이 배신한 일을 하문했다는 것은, 이미 그들에게 의심을 품기 시작했다는 뜻이었다. 이 상황에서 지난번처럼 덮어놓고 초씨 집안을 겨누면 황제의 반감을 사고 의심을 가중시킬 뿐이었다.

목 대장군이 한 걸음 나서더니 느닷없이 무릎을 꿇었다.

"폐하, 신의 죄입니다!"

이 모습에 목청무도 따라서 꿇어앉았고, 용천묵은 복잡한 눈빛을 띠면서도 감히 아무 말 하지 못했다.

"폐하, 신이 임무를 다하지 못해 자객이 횡행하고 민심을 불안에 떨게 했으니 큰 죄라는 것을 잘 압니다. 무기고에 사사로이 화약을 보관하다가 폭발했는지, 누군가 화약을 가져와 일부러 벌인 일인지는 낱낱이 밝혀야 합니다. 물론 그 결과가 어떠하든 신은 수비와 감시 책임을 다하지 못한 죄를 지었고, 두 가지 모두 용서받지 못할 큰 죄이니 부디 벌을 내려 주십시오!"

죄를 청하는 것처럼 보이지만 사실은 무기고 폭발에는 두 가지 가능성이 있음을 돌려 말한 것이었다.

천휘황제의 눈동자에서 노기가 약간 가라앉았지만, 그는 여전히 차갑게 코웃음을 쳤다.

"죄가 있다는 건 아는군!"

목 대장군은 바닥에 머리를 조아리고 감히 대꾸하지 않았다. 옆에 있던 용천묵과 목청무는 더욱더 입도 벙긋하지 못했다.

천휘황제는 한참 동안 주먹을 쥐고 탁자를 두드리다가 이윽고 입을 열었다.

"짐이 사흘 말미를 줄 테니 사건을 명확히 조사하게. 그렇지 않으면…… 흥, 두 황제를 모신 원로라는 이유로 가만두지는 않을 것이네!"

"은혜에 감사드립니다, 폐하!"

목 대장군은 연신 절을 올리며 감사했다.

"목청무, 네게도 사흘 말미를 주마. 그 안에 궁노수 자객들을 찾아내지 못하면 네 부하 두 명이 있는 감옥에 보내 주겠다!"

천휘황제가 차갑게 말했다.

"소장, 명을 받들겠습니다!"

목청무는 다른 말은 전혀 하지 못했다.

세 사람은 어서방에서 물러나 서로를 바라보았지만 함부로 떠들지 못했다. 어서방에서 한참 멀어진 후에야 용천묵이 분통을 터트렸다.

"소장군, 배신 건은 대관절 어떻게 된 건가? 모른다고는 하지 말게!"

금군의 배신만 없었다면 황제가 아무 이유 없이 의심을 품지도 않았을 것이다.

목청무는 여전히 시선을 피했지만 목 대장군이 진지하게 말했다.

"태자 전하, 금군의 두 대장이 아직 감옥에 있어 이 기회에 우리를 공격하려는 자가 많습니다. 폐하께서 의심하시는 것도 어쩔 수 없는 일입니다. 애초에 청무가 충동적으로 그 부통령을 죽이지 말았어야 했는데!"

목 대장군까지 이렇게 말하는데 용천묵이 어떻게 따질 수 있을까? 그는 무겁게 한숨을 쉬었다.

"지금 가장 중요한 것은 증거를 찾는 것입니다. 무기고에 화약을 사사로이 보관하지 않았다고 증명하기만 하면 부황께서는 분명히 돌아서실 겁니다! 감히 무기고까지 건드리다니, 흥, 그자들이 정말 살기 귀찮은 모양이군요!"

무기고가 몰래 숨겨 둔 화약 때문에 폭발한 게 아님을 증명하기는 무척 쉬웠다.

무기고는 수비가 엄격하고 그 안에는 목 대장군이 직접 고른 사람들만 있으니 절대로 목 대장군을 배신할 리 없었다. 그래서 목 대장군은 무기고 폭발이 창고 바깥에서 벌어졌다고 무척 자신했다.

폭발지점만 찾아내면 태자는 계속해서 초씨 집안을 물고 늘어질 수 있었다. 수년 간 화약고를 관리해 온 목 대장군에게 있어 폭발지점을 찾는 일은 식은 죽 먹기였다.

그러나 목 대장군 일행이 길을 나누어 행동하기로 했을 때, 동궁에 있던 한 여자는 초조해 미칠 지경이 되어 있었다. 다른 사람도 아닌 목유월이었다.

그녀는 무슨 일을 했을까?

귀신에 홀린 듯

지금은 폭발음 때문에 궁 안의 사람들도 당황해 어쩔 줄 모르고 있었지만, 목유월은 누구보다 더 초조했다.

동궁에 시집왔을 당시 그녀는 지아비가 오지 않을까 하는 기대에 한밤중에 종종 궁궐 문을 배회하곤 했으나 나중에는 절망해 다시는 기다리지 않게 되었다.

그런데 오늘 밤 다시 궁궐 문 앞을 왔다 갔다 하며, 소식을 알아보라고 보낸 늙은 상궁을 기다렸다.

어째서 훈련이 잘되고 군기가 엄한 금군이 배신했을까? 어째서 목청무는 경솔하게 젊은 부통령을 찔러 죽였을까? 어째서 태자의 질문을 피했을까?

다름이 아니라 그 젊은 부통령이 바로 목씨 집안에서 발탁해 금군에 보낸 사람이기 때문이었다. 그는 목 대장군부에 있을 때 종종 목유월의 지시를 수행하곤 했는데, 그 일로 몇 차례 벌을 받고도 기꺼이 그녀가 시키는 대로 했다. 이유는 바로 그가 목 대소저를 좋아하기 때문이었다.

목 대장군부에도 충성심이 높았던 그가 배신한 것은 목유월의 지시 때문이었다. '영웅은 미인계에 약하다'는 말이나 '미녀가 화근이 된다'라는 말이 딱 그 상황이었다.

금군이 배신했는데도 한운석을 죽이지 못했으니 목유월이

초조해하지 않고 배길까? 그녀는 이번 폭발의 결과를 기다리고 있었다.

황궁 전체가 발칵 뒤집히고 모두가 오늘 발생한 폭발 사건에 대해 떠들고 있지만 동궁은 더할 나위 없이 조용했다. 목유월이 동궁에 시집온 지 얼마 후부터 태자는 동궁에 묵지 않았다. 가끔 돌아올 때를 빼면 대부분 모습조차 보이지 않았고, 본래 동궁에 있던 하인들도 거의 내보냈다.

이곳은 어떤 의미에서는 냉궁(冷宮, 죄를 지은 후궁을 가두는 곳)이었다.

이 텅텅 빈 고요함 속에서 목유월은 소식을 기다리다 미칠 지경이었다!

마침내 늙은 상궁이 돌아왔다!

목유월이 달려들어 상궁을 부여잡았다.

"어때? 어떻게 됐어? 그 천한 것은 죽었어?"

뜻밖에도 늙은 상궁은 울음을 터트릴 것 같은 얼굴이었다.

"마마! 저희가 속았습니다! 완전히 속았습니다!"

"속다니? 한운석 그 천한 것이 죽었느냐고 묻잖아!"

목유월은 복수에 눈이 멀어 펄펄 뛰며 화를 냈다.

"마마, 저희 무기고가 폭발했습니다! 방금 폐하께서 대로하시어 노장군님과 소장군을 꾸짖으시고 사흘 안에 철저히 조사하지 않으면……."

늙은 상궁은 말을 잇지 못했다. 애초에 마마가 고집스레 초귀비와 힘을 합친다고 했을 때 말리긴 했으나 안타깝게도 끝내 만류하지 못했다.

그리고 그 결과 마마는 귀신에 홀린 듯 초 귀비에게 완전히 이용당했다!

"뭐라고!"

목유월은 눈을 휘둥그레졌다가 한참만에야 늙은 상궁의 어깨를 붙잡고 힘껏 흔들어 댔다.

"뭐라고 했어? 다시 말해 봐!"

"폭발한 곳은 저희 무기고였습니다, 마마! 한씨 저택이 아니었습니다!"

"어떻게 그럴 수가 있지? 잘못 들은 거 아냐?"

목유월의 낯빛이 종잇장처럼 새하얘졌다. 제 귀로 들은 말을 믿을 수가 없었다.

"똑똑히 들었습니다! 마마, 이제 어떻게 해야 할까요?"

늙은 상궁은 놀라 어쩔 줄 몰라 하며 대장군과 소장군의 처지를 걱정했지만, 목유월의 최대 관심은 여전히 한운석의 생사였다.

목유월이 암시장 화약 폭발 사건의 중대함을 알 리도 없고, 지금 상황을 명확히 파악할 능력을 갖췄을 리도 없었다. 아버지는 어마어마한 권력을 쥐고 있으니 무기고에 사고가 생겼다고 황제가 목씨 집안을 어떻게 할 수는 없다는 것이 그녀의 미숙한 판단이었다.

암시장에서 화약이 폭발하고 얼마 후 초청가가 한운석을 모살하는 일을 상의하자고 찾아왔다.

초청가는 한운석 같은 천한 여자는 괴롭혀 주기보다는 깨끗이 뿌리를 뽑는 편이 낫다고 했다. 목유월은 초청가의 생각에 찬동하며 다양한 방법을 제안했으나 초청가는 모두 거절했다.

결국 초청가는 단목요를 끌어들였다. 그녀는 단목요가 진왕 전하의 사매이니 진왕 전하를 유인할 수 있을 거라며, 진왕만 없으면 한운석을 죽이기는 쉽다고 했다.

그리고 금군 쪽에는 사람을 준비해 두기만 했다가 꼭 필요할 때 쓰고, 만일을 대비해 반드시 죽여서 비밀이 새어나가지 않게 해야 한다고도 했다.

모든 계획이 완벽했다. 그런데 뜻밖에도 오라버니가 도성에 돌아오자마자 필사적으로 한운석을 구하러 달려갔다.

진왕 전하가 돌아와 한운석을 찾아낸 후 초청가는 또 허둥지둥 그녀를 찾아와 한운석이 한씨 저택에 갔으니 그곳을 폭발시킬 계획을 세웠다고 했다.

한운석도 죽이고, 암시장 화약 폭발 사건의 오명을 한씨 집안에 뒤집어 씌워 그들이 몰래 화약을 숨겼다고 모함할 수도 있다는 것이었다.

그러면서 화약이 성 밖에 있는데 지금 성문이 닫혀 있어 들어오기 쉽지 않으니 목씨 집안 영패가 필요하다고 했다.

목씨 집안 영패는 군영 출입증이었다. 아버지와 오라버니가 모두 군인이어서 어려서부터 지금까지 자주 군영을 드나든 목유월은 당연히 그 출입증을 갖고 있었다.

도성을 지키는 것이 금군이니 그녀의 영패가 있으면 금군에게 편의를 봐 달라 할 수 있었다.

당시 그녀는 금군이 봐주지 않을까 봐 영패뿐만 아니라 신분을 증명할 수 있는 신물까지 내주었다. 지금 보니 초청가는 그 영패와 신물로 몰래 화약을 성안에 들여 무기고로 가져간 것이다!

"마마, 초 귀비는 나쁜 마음을 품고 목 장군부와 동궁을 음해한 겁니다! 우리가 극악무도한 죄를 지었는데 이제 어쩌면 좋습니까?"

늙은 상궁이 훌쩍이며 말했다.

"울긴 왜 울어. 아버지가 막아 주실거야! 죽지 않아!"

목유월은 사납게 꾸짖으며 눈을 가늘게 떴다. 참고 싶었지만 안타깝게도 그녀 역시 참을 수가 없었다.

"초청가! 이 천한 계집! 죽여 버릴 테야!"

목유월이 고래고래 소리를 지르자 늙은 상궁은 화들짝 놀라 황급히 그녀를 붙잡았다.

"마마, 조심하십시오! 폐하께서는 아직 모르십니다! 그렇게 소리를 지르시다가 만에 하나 누가 들으면 어쩌시려고요! 이 늙은이가 당장 출궁해서 대장군부에 가 보겠습니다."

목유월은 그제야 침착해졌다.

"어서 가! 아버지를 만나면……. 그래, 내가 잘못했다고 해!"

그녀는 한참 생각하다가 덧붙였다.

"자책감에 시달려 목을 매 자살할 뻔했지만 네가 말렸다고 해. 지금은 출궁할 수가 없지만 나중에 나가면 반드시 엎드려 죄를 빌겠다고 말씀드려!"

"걱정하지 마십시오, 마마. 이 늙은이가 반드시 잘 말씀드리겠습니다!"

늙은 상궁은 지체하지 못하고 급히 사라졌다. 목유월은 답답해 죽을 것 같았다. 침착함을 되찾고 나자 진심으로 후회스러웠다!

그리고 그때 초청가의 처지는 그녀보다 더 엉망이었다.

목유월은 그녀를 예뻐해 주는 아버지와 오라버니가 있어 제멋대로 굴 수 있지만, 초청가의 야심만만한 아버지와 오라버니는 그녀가 희생해 주기를 바랐다.

폭발음을 들은 뒤, 초청가는 목욕을 마치고 천휘황제가 가장 좋아하는 하얀 망사로 만든 가슴까지 오는 둥글게 퍼지는 치마를 입었다.

지금 침상 위에 무릎을 안고 앉아 있는 그녀의 두 눈은 텅 빈 듯 빛이 없었다. 그녀는 오라버니의 계획을 너무나도 잘 알았고 오늘 밤 달아날 수 없다는 것도 알았다. 그런데도 지금은 참지 못하고 '만약'이라는 가정에 매달렸다.

만약, 만약에 진왕 전하가 그녀를 좋아했다면 어땠을까?

만약 진왕 전하가 그녀를 좋아했다면, 오늘 있었던 모든 일이 지금과는 달라졌다면, 그러면 그녀 자신도 지금 같은 모습이 되지는 않았을까?

셀 수 없이 많은 음모에 휘말리지도 않고, 집안을 위해 치욕을 참지도 않고, 시샘과 질투에 휩싸이지도 않고, 예전처럼 싸늘하고 고결하고 오만하게 지낼 수 있었을까?

만약……, 만약 진왕 전하가 그녀를 좋아했다면 누가 감히 그녀를 이 지경까지 몰아붙일 수 있을까?

용비야, 다음 생이 있다면 날 좋아해 줄 수 없어요?

마침내 궁녀가 허둥지둥 들어와 밀서를 바쳤다.

초청가는 밀서를 펼쳐 훑어본 후 곧바로 태워 버렸다. 그녀는 널따란 겉옷을 걸쳐 한참 동안 단단히 몸을 감싼 후 침상에서 내려와 신발을 신었다.

"여봐라, 현룡궁으로 가자."

암시장 화약 폭발 사건은 오라버니의 격노를 불러일으켰다. 오라버니는 과감하게 한운석을 인질로 붙잡아 진왕 전하를 협박하려 했지만 생각과 달리 기습 사건은 이런 결과를 맞았다.

오라버니는 일이 이 지경이 된 이상 멈출 수 없다며, 이 기회에 반드시 태자의 날개인 목씨 집안을 쳐내야 한다고 했다!

그래서 그녀가 희생할 때가 왔다.

그녀가 천녕국에 시집온 지도 제법 시간이 흘렀다. 비록 천휘황제의 몸이 좋지 않다지만 그녀가 원하기만 하면 천휘황제가 막을 수 있을까?

오라버니가 밀서를 보냈으니 분명히 낙 공공도 현룡전 쪽에 준비를 마쳤을 것이다.

초청가가 가마를 타고 현룡궁 입구에 도착하니 과연 낙 공공이 문 밖에서 기다리고 있었다.

"귀비마마, 폐하께서는 막 어서방에서 돌아오셨습니다. 일이 잘 풀리고 있고 방 안에도……, 모든 준비가 되어 있습니다."

낙 공공이 말하며 입을 가리고 야릇하게 웃음을 흘렸다.

초청가는 그 웃음이 유난히 눈에 거슬렸지만 그래도 무척 침착했다. 여기까지 왔으니 마음을 편히 먹고 깨끗이 포기해야 했다.

낙 공공의 언질 덕분에 초청가는 황제가 목씨 집안을 의심하기 시작했다는 것을 알았다. 오늘 황제가 갑자기 목씨 부자를 불러들여 금군이 배신한 일을 하문한 까닭은 바로 가까이서 모시는 태감 낙 공공이 수작을 부린 탓이었다.

오라버니는 황제가 속으로는 초씨 집안에 의심을 품고 있으니, 낙 공공이라는 중개자에게 운을 띄우게 한 다음 그녀가 찾아가 귓가에 속살거려야 한다고 했다. 그래야 천휘황제도 그렇게 경계하지 않으리라는 계산이었다.

초청가는 손수 준비한 인삼탕을 들고 사뿐사뿐 안으로 들어갔다.

그때 천휘황제는 막 목욕을 끝내고 겉옷만 걸친 채 차를 마시는 중이었다. 잠깐 동안 쉰 다음 조례에 나가야 했다.

초청가가 들어오는 것을 보자 천휘황제는 살짝 당황했다. 벌어진 겉옷 사이로 속 안에 입은 가슴까지 오는 하늘하늘한 순백색 둥근 치마가 보였다.

그녀의 도도한 성품에는 이런 옷이 꼭 어울려서, 위화감은커녕 속세의 사람 같지 않은 고결함과 더불어 싸늘한 아름다움이 느껴졌다.

천휘황제가 가장 마음에 들어 한 것이 바로 이 여자의 도도

함이었다. 물론 진정으로 좋아하는 것은 그 도도함을 정복하는 것이었다.

비록 속으로는 초씨 집안 출신인 그녀를 경계하면서도 천휘황제는 두근거리는 심장을 억누를 수가 없었다. 그가 수염을 쓰다듬으며 웃었다.

"사랑하는 귀비, 오늘은 일찍 일어났구나."

초청가는 천휘황제의 눈동자에 담긴 옹졸함을 알아보았지만 억지로 모른 척하려 애쓰면서 인삼탕을 올리고 차분하게 물었다.

"신첩이 방해해 화가 나신 것은 아니겠지요?"

"일부러 방해하러 왔더냐?"

천휘황제가 웃으며 물었다.

"어젯밤 그토록 큰일이 벌어진 바람에 태후께서는 폐하께서 밤새 주무시지 못하고 과로하실까 걱정하신 나머지 신첩에게 인삼탕을 올리라 하셨습니다."

초청가는 미적지근하게 대답했다.

천휘황제는 호기심이 일었다.

"태후께서 어찌 귀비를 보내셨을꼬?"

태후와 이 귀비가 초청가를 강적으로 여기는 것은 천휘황제도 대강 짐작하고 있었다.

"다른 이들은 감히 그럴 용기가 없기 때문이지요. 폭발음이 그토록 컸으니 십중팔구 도성에서 일어났을 겁니다. 모두 대로하신 폐하께 가까이 갔다가 꾸중을 들을까 두려워합니다."

초청가는 직설적으로 말하며 꾸중 듣는 것이 두렵지 않다는 태도를 보였지만, 사실 태후는 그녀를 보낸 적이 없었다.

그런데도 천휘황제는 그런 말을 믿었다. 믿기만 한 게 아니라 경계심까지 누그러뜨렸다.

그는 초청가를 아래위로 훑어보다가 저도 모르게 깊이 파인 그녀의 옷자락에 시선을 멈췄다. 그윽하게 바라보던 그가 옆자리를 툭툭 치며 웃었다.

"우리 사랑하는 귀비는 꾸중 듣는 것도 두렵지 않다니 이리 와서 앉거라."

"우선 인삼탕부터 드십시오. 그래야 신첩이 돌아가서 태후께 드릴 말씀이 있습니다. 시간이 늦었으니 폐하께서도 조례에 나가셔야지요."

초청가는 이렇게 말하며 일부러 허리를 숙여 인삼탕을 들었다. 손봐 놓은 옷자락이 늘어지면서 고운 살결이 언뜻언뜻 비쳐 몹시 유혹적이었다.

이를 본 천휘황제는 참지 못하고 와락 그녀를 끌어당겨 단단히 품에 안았다!

낙 공공이 미리 향로에 미약을 넣어 둔 데다 초청가의 '각별한 준비'가 더해졌으니 천휘황제가 무슨 수로 버텨 낼까?

저울이 기울었다

천휘황제는 초청가의 허리를 꽉 끌어안고서 그녀의 목덜미에 머리를 묻고 허덕허덕 냄새를 맡았다. 중독이라도 된 것처럼 아무리 맡고 또 맡아도 충분하지가 않았다.

그의 손도 가만히 있지 못하고 허리에서부터 계속 위로 더듬어 올라갔다.

초청가는 고개를 들고 천장을 올려다보았다. 천휘황제의 욕망이 점점 타오름에 따라 그녀는 점점 이를 악물었다.

옷이 하나하나 벗겨지고 풍만한 몸이 조금씩 조금씩 유린당하면서 맑은 눈물 한 줄기가 그녀의 도도한 뺨을 따라 천천히 흘러내렸다. 결국 그녀는 눈을 감았다.

눈을 감으면 아무것도 볼 수 없고, 몸을 짓누르는 이 남자가 꿈속에 그리던 그 사람이라고 상상할 수 있을까.

만약 그 사람이라면, 그 사람을 생각하면, 이처럼 괴롭지 않을까?

용비야…….

초청가는 하마터면 그 이름을 부를 뻔했지만, 시종일관 이성을 붙들고 있었기 때문에 다행히 속으로만 불렀다. 이 이름을 입 밖에 내는 순간 자신의 인생을 망치는 것은 물론 그에게도 큰 화근을 가져다주리란 걸 잘 알고 있었다.

별안간, 찌르는 듯한 통증이 예고도 없이 덮쳐왔다. 초청가는 두 눈을 크게 떴다. 심장이 쪼개질 것처럼 아프고, 아름다운 가정에서 끌려 나와 잔혹한 사실을 직시해야 할 만큼 아팠다!

본래부터 침을 흘리고 있던 여자인 데다 미약이 더해지자 천휘황제는 거의 고삐 풀린 야생마처럼 초청가 위에서 날뛰었다.

남자, 특히 지위가 높고 권력을 쥔 남자는 여자를 장난감처럼 여기기 마련이었다. 아무리 좋아해도 그저 마음에 들어 하는 정도일 뿐, 욕망이 일어나 조바심을 참을 수 없을 때면 제 흥에 겨워 여자가 죽건 말건 상관하지 않았다.

어느 태의의 경고 덕분에 천휘황제는 벌써 두 달 가까이 채식만 했다. 그러다가 이렇게 고기 맛을 보았으니 그 모습은 맹수라는 말로 표현해도 이상하지 않았다.

이날 아침 초청가는 혼이 부서질 만큼 유린당했다. 천휘황제가 잠든 후 그녀는 영혼 없는 헝겊 인형처럼 싸늘한 대리석 바닥에 힘없이 늘어져 꼼짝도 하지 않았다. 움직이는 것이라곤 눈가에서 끊임없이 흘러내리는 눈물뿐이었다.

지금 이 순간부터 다시는 되돌아갈 수 없다는 걸 알고 있었다.

얼마나 그렇게 누워 있었을까. 약효가 가시면 천휘황제는 곧바로 깨어날 것이다. 그녀는 통증을 참으며 옷을 입고 낙 공공을 불러 황제를 침상 위로 옮기게 했다.

낙 공공은 창을 열어 방 안에 감도는 미약 냄새를 빼면서 소리 죽여 말했다.

"귀비마마, 폐하께서 병이 나 오늘은 조례에 참석하지 못한다고 알려 두었습니다. 나중에 이 귀비가 찾아오면 제가 대신 막아드리겠습니다. 때를 놓치지 말고 잘 처리하십시오. 만에 하나 태자 전하께서 오시면 소인도 막을 수가 없습니다."

초청가는 고개만 끄덕이고 한마디도 없이 침상에 앉았다. 하지만 낙 공공이 나가자 곧바로 이불을 움켜쥐었다. 천휘황제를 이불로 덮어 질식사시키고 싶은 마음이 간절했다.

하지만 어쩔 수 있을까. 충동적인 행동이었을 뿐 감히 그렇게 하지는 못했다. 그럴 수도 없었다.

그녀는 가만히 자리를 지키며 머릿속으로 오라버니가 시킨 말을 반복해서 떠올렸다. 어떻게 천휘황제에게 속살거릴 것인지가 판세를 뒤흔들 관건이었다.

천휘황제가 깨어날 때쯤 초청가는 이불만 덮은 채 그의 품에 웅크려 자는 척했다.

오전에 한바탕 풍류를 즐긴 천휘황제는 실컷 즐겼다는 것만 기억할 뿐 세세한 부분은 잊은 지 오래였다.

그는 잠든 초청가의 도도한 얼굴을 보며 몹시 만족스러워하더니, 커다란 손을 쑥 내밀어 다시 한번 초청가를 희롱했다.

초청가는 놀라 깨어난 척하며 천휘황제의 손을 밀어냈다.

"치우세요!"

후궁에서 제아무리 총애 받는 비빈도, 심지어 황후마저도 감히 이렇게 황제를 거절한 적이 없었다. 천휘황제는 노한 눈빛을 띤 채 아무 말 없이 다른 손으로 다시 희롱했다.

뜻밖에도 초청가는 계속 밀어내며 씩씩거렸다.

"폐하, 그만하시지요!"

"짐이 그만하지 못하겠다면?"

천휘황제가 눈썹을 치키며 되물었다.

"그렇다면 계속하세요. 어쨌든 신첩은 달아날 수도 없으니까요."

초청가는 입으로는 복종하면서도 눈빛은 고집으로 가득 차 있었다.

천휘황제가 가장 좋아하는 게 바로 그녀의 이런 도도함 아니었던가?

그는 화를 내기는커녕 도리어 껄껄 웃었다.

"오냐, 오냐. 짐이 오늘은 잠시 놓아주지."

말은 그렇게 했지만 그는 손을 치우지 않고 도리어 그녀를 바짝 끌어안았다. 초청가는 두어 번 발버둥 쳤지만 물리치지 못하자 포기했다.

"폐하, 지금이 어느 때인지 아십니까?"

그 한마디에 천휘황제도 그제야 조례를 떠올렸다.

"시간이 얼마나 되었느냐? 짐은 조례에 나가야 하거늘!"

그는 몸을 일으키려 했지만 일어나 앉자마자 머리가 핑 돌고 눈앞이 어지러웠다. 빌어먹을, 고 태의가 밤일에 정기를 소모해서는 안 된다고 몇 번이나 말했는데 어쩌자고 이성을 잃었을까?

"폐하, 괜찮으십니까? 피곤하신가요?"

초청가가 황급히 물었다.

천휘황제는 피곤하다고 인정할 사람이 아니었다. 속으로는 초조해하면서도 그는 일어나 앉았다.

"몇 시냐?"

"벌써 정오가 지났습니다. 아침에 신첩이 깨웠는데 폐하께서는 끝내 낙 공공에게 조례를 취소하라고 하시더군요. 어젯밤 그렇게 큰일이 있었으니 오늘 조례가 중요하다는 것은 신첩도 압니다. 하지만……."

초청가는 이렇게 말하더니 고운 손으로 천휘황제의 심장께를 살며시 덮으며 수줍은 듯 고개를 숙였다.

천휘황제는 그녀의 턱을 잡아 올리며 웃었다.

"하지만 무엇이냐?"

"폐하!"

초청가는 애교스럽게 그를 흘겼다.

천휘황제는 기분이 무척 좋아졌다. 그가 복잡한 눈빛을 띠며 떠보듯 물었다.

"귀비도 어젯밤에 일어난 일을 아느냐?"

"폭발음이 그렇게 컸으니 아마 도성 안에서 일어난 폭발이겠지요?"

초청가가 진지하게 대답했다.

"그 일을…… 어떻게 생각하느냐?"

천휘황제가 또 떠보았다.

"누군가 몰래 화약을 숨긴 것이겠지요. 신첩이 보기에는 십중팔구 진왕비를 습격한 궁노수들이 연루되었을 겁니다. 혼란을 일으켜 그 틈에 달아나려는지도 모르지요."

초청가가 한 말은 태자의 말과 똑같았다. 이 여자가 초씨 집안을 위해 온 줄 알았던 천휘황제는 무척 의외였다.

"몰래 화약을 숨겼다고? 허허, 화약이 그리 쉽게 구할 수 있는 물건이더냐?"

천휘황제는 차갑게 코웃음을 쳤다.

초청가는 그렇지 않다는 듯이 말했다.

"화약은 군대가 관리하고 있으니 어떻게 쉽게 얻을 수 있겠어요?"

천휘황제는 초청가가 이번 기회에 목 대장군부를 짓밟으려 할 줄 알았지만, 뜻밖에도 초청가는 그의 귀에 대고 이렇게 속삭였다.

"폐하, 신첩이 살짝 알려드리지요. 신첩도 시집오기 전에 화약을 만진 적이 있습니다. 사실 군대의 관리란 게 생각만큼 엄격하지는 않답니다!"

이렇게 되자 천휘황제는 더욱더 의외였다. 감히 이런 말을 하다니, 이 여자는 그가 초씨 집안을 의심할까 두렵지도 않은 건가? 어쩌면 초씨 집안이 아무것도 하지 않아서 의심받는 걸 두려워하지 않는지도 몰랐다.

미인의 당당한 눈빛을 보면서, 천휘황제는 태자와 목청무가 며칠간 쓸 만한 증거를 하나도 찾지 못했으면서 그의 앞에서 거듭 초씨 집안을 비방하던 것이 떠올랐다.

"귀비, 귀비 생각에는 그 화약이 어느 군대에서 흘러나온 것 같으냐?"

천휘황제가 또 물었다.

"폐하, 음식은 마음대로 먹어도 말은 마음대로 하지 않는 법입니다. 그처럼 중요한 문제를 신첩이 어떻게 감히 함부로 입에 담겠습니까……."

그녀는 이렇게 말한 다음 한마디 덧붙였다.

"어쨌든 저희 초씨 집안과 천녕국 목씨 집안, 북려국 우문씨 집안은 혐의를 피할 수 없겠지요."

천휘황제는 그녀를 빤히 쳐다보다가 불쑥 가까이 다가갔다.

"초 귀비. 만약 그 화약이 너희 초씨 집안에서 나온 것이면 어쩌겠느냐? 초씨 집안은 궁술에 뛰어난데 그 궁노수들도 궁술이 절묘했다. 설마 우연일까?"

초청가는 버럭 화를 냈다.

"폐하께서 그리 생각하신다면 무엇 하러 신첩에게 물으십니까? 차라리 신첩을 가두고 엄히 고문하시지요! 부하에게 배신당하고 백성들 집을 발칵 뒤집어 놓고도 자객의 코빼기 하나 찾지 못하는 목청무 그 쓸모없는 자에게 일을 맡기기보단 그편이 낫겠군요!"

"목청무가 쓸모없다고?"

천휘황제는 도저히 이해가 가지 않았다.

초청가는 담력도 크게 차가운 목소리로 반문했다.

"그럼 아닌가요? 몸소 이끄는 부하 중에 배신자가 나왔는데도 쓸모없지 않단 말입니까? 신첩은 처음 그 이야기를 들었을 때 믿지도 않았습니다. 그런데 사실이었다니요."

천휘황제도 처음에는 믿지 않았다. 물론 가장 의심스러운 것은 목청무가 충동적으로 그 부통령을 죽여 버린 것이었다. 어떤 의미에서는 증거를 없애기 위한 행동으로 볼 수 있었다.

천휘황제는 초청가를 바라보았다. 비록 더는 떠보지 않았지만 그의 마음속 저울은 다소 기운 상태였다.

하지만 이 모든 것은 마음속에 숨겨져 있었다. 암시장 화약 폭발 사건부터 지금까지 그는 태도를 명확히 밝히지 않고 관망하며 좌우 균형을 맞추고 있었다.

어쨌든 도성의 안전, 좀 더 솔직히 말해 그의 황위가 달린 일이니 반드시 신중에 신중을 거듭해 처신해야 했다.

아직 사흘이 남아 있고, 그 안에 무기고 폭발 사건에 목 대장군이 어떤 해명을 내놓는지 지켜볼 생각이었다!

초청가의 유혹적인 몸을 보자 천휘황제는 참을 수가 없어 한 번 더 안고 싶었지만, 애석하게도 몸이 따라주지 않았다. 그는 잠시 그녀를 희롱하다가 보내 주었다. 초청가는 막 현룡궁 대문을 나서다가 밖에서 기다리던 이 귀비와 딱 마주쳤다.

"호호, 초 귀비였군! 이 벌건 대낮에 누가 그처럼 대범한가 했더니……."

이 귀비는 말을 얼버무렸는데 조롱기가 다분했다. 틀림없이 초청가가 훤한 대낮에 낯부끄러운 짓을 했다며 비웃는 것이었다.

천휘황제를 상대하는 연기를 끝마친 초청가는 그러잖아도 온몸이 지치고 마음이 쓰라린 차에 이런 모욕을 당하자 울음이 터질 것처럼 억울했다. 그녀는 이 귀비를 싸늘하게 노려보았으나 무슨 일이 있어도 지지 않으려는 예전의 그 날카로운 기세는 온데간데없었다. 그녀는 곧바로 돌아서서 떠나갔다.

이 귀비는 의미심장하게 낙 공공을 바라보더니, 뭔가 발견한 것처럼 황급히 그곳을 떠나 태후궁으로 향했다.

황제가 조례에 나오지 않은 것은 초청가의 수작인 것 같았다. 이 중요한 시기에 황제가 초청가에게 승은을 내렸다면 태자파에게는 몹시 불리했다!

천휘황제가 밤일을 시작하면 후궁에는 기필코 싸움이 일 것이다.

그렇지만 천휘황제의 몸은 사실 사람들이 상상하는 것보다 훨씬 나빴다.

그는 한동안 쉬고 약 한 첩을 마신 다음에야 회복되었다.

어서방에 도착하자마자 그는 아침에 올라온 상주문을 읽을 틈도 없이 명령을 내렸다.

"어명이니 진왕을 입궁하게 하라. 진왕비도 함께 입궁하라고 전하라."

여기저기 떠보는 천휘황제는 당연히 진왕도 잊지 않았다.

암시장이 사사로이 화약을 숨긴 일과 궁노수 자객이 습격한 일, 그리고 무기고 폭발 사건을 용비야가 어떻게 생각하는지 들어보고 싶기도 했다.

습격 당한 사람은 그의 왕비였지만, 청루에서 한운석을 구해 돌아온 후로 용비야는 아무 움직임이 없었다. 설마 무슨 비밀 음모를 꾸미는 걸까?

천휘황제의 어명이 진왕부에 전해지자 용비야는 계획했던 폐관 수련을 반만 하고 나올 수밖에 없었다. 그가 출발하려는데 초서풍이 쭈뼛거리며 덧붙였다.

"전하, 폐하께서 왕비마마도 함께 입궁하라 하셨습니다."

용비야는 우뚝 걸음을 멈췄다. 옆에 있던 조 할멈과 백리명향도 초조해했다. 그들은 진왕 전하가 다친 것도 모르고 왕비마마의 상황도 알지 못하는 데다 함부로 한씨 집안을 찾아갈 수도 없어서, 단순히 이번에는 두 주인의 갈등이 아주 크게 터졌다는 것만 알고 있을 뿐이었다.

모두 걱정스레 진왕 전하가 입을 열기만을 기다렸지만, 안타깝게도 용비야는 가만히 서서 한참 말이 없었다.

결국 초서풍이 다시 입을 열었다.

"전하, 한씨 저택에 가서 왕비마마를 모셔올까요?"

호출, 전하께서 친히 오시다

초서풍은 왕비마마가 원망스러웠지만, 전하가 왕비마마를 포기하지 못한다는 것을 너무도 잘 알고 있었다. 물론 그도 전하가 온종일 저렇게 꽁꽁 언 얼굴로 아랫사람들 간담을 서늘하게 만들지 않도록 두 사람이 어서 빨리 화해하기를 바라 마지않았다.

왕비마마가 왕부에 있을 때는 모두 얼마나 마음이 홀가분했던가. 전하가 아무리 화를 내도 왕비마마가 좋은 말 몇 마디 해주면 보통은 무탈하게 지나가곤 했다.

그런데 지금은 다른 사람은 물론이고 초서풍 자신도 마음이 조마조마했다.

천휘황제의 호출을 핑계로 왕비마마를 모시러 가서 전하께서 보냈다고 하면 왕비마마도 양보해 주시겠지?

진왕 전하가 아무 말 없자 초서풍은 다시 한번 물어보았다.

"전하, 갈까요?"

그때 백리명향이 불쑥 나섰다.

"전하, 북쪽 궁궐문으로 들어가시기로 하고 가는 길에 왕비마마를 함께 모시는 게 어떠신지요?"

진왕부는 남쪽 궁궐문과 가까웠고 한씨 저택은 북쪽 궁궐문과 가까웠다. 한운석을 진왕부에 데려오면 남쪽 궁궐 문으로 가야 하지만, 용비야가 한운석을 찾아가면 북쪽 궁궐 문으로 들어가도 되었다.

사실 거리는 비슷했다. 관건은 한운석이 오느냐, 용비야가 가느냐였다.

백리명향은 아무래도 여자여서 초서풍보다 여자의 마음을 잘 알고 좀 더 세심했다.

그녀는 진왕 전하와 왕비마마가 이렇게 크게 충돌했는데, 진왕 전하가 친히 모시러 가지 않으면 왕비마마의 성격상 초서풍을 따라온다는 보장이 없으리라 생각했다. 친정에 돌아간 여자는 완전히 마음을 접지 않은 이상 당연히 지아비가 직접 찾아오기를 바라지 않을까?

진왕 전하가 친히 맞이하러 간다면 모든 것이 달라질 것이다. 전하가 친히 가셨는데 풀리지 않을 응어리가 어디 있을까?

백리명향의 제안에 초서풍과 조 할멈도 무슨 뜻인지 알아차렸다. 초서풍은 진왕 전하가 허락할 리 없다며 콧방귀를 꼈지만, 뜻밖에도 전하는 담담하게 말했다.

"음, 너도 따라오너라."

나? 나도 따라오라고?

백리명향은 몹시 당황했다. 과분한 대우에 놀라 넋이 나간 바람에 조 할멈이 슬쩍 밀지 않았다면 정신을 차리지 못할 지경이었다.

전하가 나더러 따라오라고 하시다니!

아직 따라가지도 않았는데 백리명향의 심장이 쿵쿵 달음박

질쳤다.

진왕 전하는 벌써 멀리 걸어간 후였다. 조 할멈의 재촉을 받은 백리명향은 그제야 다급히 뒤를 쫓았으나 감히 바짝 따라가지 못하고 세 걸음 간격을 유지했다.

마차에 이르자 백리명향은 알아서 마부 옆자리에 앉아 안절부절못하는 마음을 안고 한씨 저택으로 향했다.

마차가 멈추자 안에서 차가운 목소리가 들려왔다.

"가서 불러오너라."

"예."

백리명향은 당연히 왕비마마를 설득해 나오라는 전하의 뜻을 알아들었다.

그녀는 잠시 망설이다가 결국 용기를 내 나지막하게 말했다.

"전하, 여기까지 오셨으니 차라리……."

그렇지만 말이 끝나기도 전에 용비야가 싸늘하게 꾸짖었다.

"무슨 쓸데없는 말이 많으냐? 어서 가지 않고?"

백리명향은 심장이 입 밖으로 튀어나올 만큼 놀라 재빨리 돌아서서 걸어……, 아니, 달아났다.

그때 한운석은 상처의 약을 갈고 있었다. 어젯밤 서동림에게서 진왕부의 동정을 듣자 마음이 놓였다.

도성에 그렇게 큰일이 벌어졌는데 용비야가 꿈쩍도 하지 않는 것은 필시 관망하다가 어부지리를 얻으려는 것이었다.

그가 나서지 않는다면 그녀도 별로 관심을 가질 필요가 없었다. 누가 뭐래도 그녀는 천녕국 조정과 후궁의 따분한 싸움을 무척 싫어했다.

백리명향이 오는 것을 보고도 한운석의 반응은 차분했다. 그녀는 백리명향이 돌아가자고 달래러 왔다고만 생각했다.

"마침 잘 왔어요. 안 그래도 도와줄 사람이 부족했는데."

한운석이 차분하게 말했다.

백리명향은 피범벅이 된 그녀의 어깨를 보자 몹시 마음이 아파 황급히 면포를 집어 주며 도왔다.

"왕비마마, 침향을 부르시지 않고요."

지금 한운석은 침향은 말할 것도 없고 혁련 부인조차 만나고 싶지 않았다. 모두들 만나기만 하면 돌아가라는 말밖에 하지 않았다. 찬바람을 피해 친정에 왔는데 친정 사람들은 하나같이 그녀를 쫓아내지 못해 안달이라니.

한운석은 말없이 기지개를 켠 뒤 침상에 엎드려 백리명향의 시중을 받았다.

백리명향은 상처를 싸매면서 달랬다.

"왕비마마, 돌아가셔야지요?"

한운석이 못 들은 척하자 백리명향이 다시 말했다.

"왕비마마, 전하께서 소인더러 마마를 모셔오라고 했습니다."

전부 다 말한 것은 아니었다.

'전하께서 소인더러 마마를 모셔오라고 했다'와 '전하께서 소인더러 마마를 모셔와 당장 입궁하자고 했다'는 의미가 완전히 달랐다.

그렇지만 의미야 어떻든, 한운석의 어두운 얼굴이 훨씬 좋아졌다.

그래도 그녀는 여전히 아무 말이 없었다.

백리명향도 서두르지 않고 조심조심 상처를 싸맸다. 상처가 깊었고 꿰매지도 않아 싸매는 데 상당히 애를 먹었다.

한참이 지난 다음에야 가까스로 다 싸맨 백리명향은 바깥에 있는 전하가 기다리다 지쳐 화를 낼까 봐 황급히 말했다.

"왕비마마, 소인이 짐을 쌀까요?"

"됐어요."

한운석이 거절했다.

"왕비마마, 부부는 침상 머리맡에서 싸워도 침상 발치에서 끝낸다고 했습니다. 전하께서도 양보하셨으니 그만 소인을 따라 가시지요."

백리명향이 걱정스럽게 말했다.

한운석은 속으로 생각했다. 이게 무슨 양보야? 내가 결백하다는 걸 믿긴 해?

초서풍의 고자질을 듣자마자 한밤중에 달려와 놓고 이번에는 직접 오지도 않았잖아?

사람을 보내 데려오라고 하면 재깍 따라가야 해? 그렇게 돌아가면? 여전히 날 믿지도 않고, 여전히 단목요와 어딜 갔는지 설명하지도 않을 거잖아?

계속 말다툼이나 하려고? 이번에도 아무 일 없었던 것처럼 이대로 대강 덮어 버리자고?

이왕 친정으로 돌아왔으니, 이번 일을 똑똑히 설명하지 않으면 돌아갈 생각이 없었다!

"왕비마마, 어떻게 해야 돌아가실 건가요?"

백리명향이 다시 권했다.

한운석은 생각나는 대로 말했다.

"그 사람이 직접 와야 해요."

백리명향이 기다린 것도 바로 이 한마디였다.

그녀는 무척 기뻐하며 한운석의 손을 잡아끌었다.

"왕비마마, 어서요. 어서 가시지요!"

"왜 이래요?"

한운석은 이해가 가지 않았다.

백리명향은 설명하지 않고 그녀를 밖으로 데려나가 곧장 대문 앞까지 갔다.

바깥에 서 있는 호화스러운 마차를 보자 한운석은 우뚝 걸음을 멈췄다. 진왕부에서 최고로 격식을 차린 마차였다. 용비야말고 누가 감히 이 마차를 쓸 수 있을까?

정말 그가 직접 왔어?

왕비마마의 놀란 표정과 눈동자에 떠오른 숨길 수 없는 기쁨을 보자 조마조마하던 백리명향의 심장도 마침내 내려앉았다.

그녀가 속삭였다.

"왕비마마, 하신 말씀은 지키시지요! 폐하께서 마마와 전하를 입궁하라고 부르셨어요. 출궁하신 후 전하와 함께 돌아가셔야 합니다."

그녀는 진왕 전하가 입궁하기 위해 왕비마마를 찾으러 왔다고는 말하지 않고, 함정을 파서 왕비마마를 유인했다. 전하의 진짜 목적이 입궁하는 길에 들른 것이 아니라 마마를 데려가려는 것으로 오해하게 만든 것이다.

솔직히 백리명향은 영리했다. 하지만 한운석이 어떤 사람인가? 그녀가 이런 장난질을 알아차리지 못할까? '입궁'이라는 말을 듣자마자 그녀는 곧 어떻게 된 일인지 짐작했다.

천휘항제가 그녀와 용비야를 호출했고, 용비야는 가는 길에 그녀를 데리고 함께 입궁하려는 것이다.

그런데 무슨 까닭인지 한운석은 따지지 않고 고개를 끄덕였다.

백리명향은 몹시 기뻐했다. 왕비마마의 고집이 쇠심줄 같아도 진왕 전하 앞에서는 늘 마음이 약해지는 것을 알고 있었다.

이제 전하와 왕비마마가 출궁하기를 기다렸다가 다시 몇 번 부채질해서 전하를 한발 양보하게 만들면 성공이었다!

두 사람이 마차 쪽으로 걸어가는데 뜻밖에도 마차 안에서 용비야가 사납게 재촉했다.

"갈 테냐, 안 갈 테냐?"

사실 그는 처음 온 것도 아니었다. 지난번 진료 주머니를 주러 온 것이 처음이었으니까!

그가 벌써 두 번이나 양보했는데 이 여자는 대체 어쩌자는 걸까? 마차 안에서 기다린 지 벌써 반 시진째였다! 조금만 더 지체했으면 그녀가 나오지 않으리라고 생각했을 정도였다!

한운석은 우뚝 걸음을 멈췄다. 본래는 따지지 않을 생각이었

358

지만, 지금 다시 마음이 싸늘하게 식었다.

이게 직접 데리러 온 사람의 태도야? 뭐 이렇게 참을성이 없어! 한참 기다리면서 들어와서 보지도 않아?

천휘황제의 호출이 아니라면 오기나 했을까?

"전하, 왕비마마는 방금……."

백리명향이 해명하려고 했지만 한운석이 싸늘하게 노려보더니 가라앉은 목소리로 물었다.

"저 사람, 단순히 같이 입궁하려고 온 거예요?"

백리명향은 난처했지만 철판 깔고 거짓말을 했다.

"마마, 출궁하신 후에 왕부로 돌아가시는 거랍니다. 전하의 성격을 모르시는 것도 아니잖아요. 마마께서 왕부에 계시지 않는 동안 전하께서는 거의 잠도 주무시지 않으셨어요. 얼마나 안색이 나쁘신지 나중에 한번 보세요!"

한운석은 어두운 얼굴로 다가가 허리를 숙였다.

"신첩이 전하께 인사 올립니다. 오래 기다리시게 했군요."

"알면 됐다. 어서 타지 않고 뭘 하느냐!"

용비야의 말투에는 짜증이 잔뜩 묻어 있었다.

천휘황제의 호출이 아니었다면, 거역할 수 없는 황명만 아니었다면, 한운석도 미련 없이 돌아서지 않았을까?

"예!"

그녀는 노기를 억누르며 마차에 올랐다.

예전이었다면 그녀가 마차를 타든 내리든 늘 그가 손을 내밀어 부축해 주었다. 그런데 지금은 꼼짝하지 않고 앉아서 한운석이 안으로 들어왔는데도 쳐다보지도 않았다.

한운석은 공손한 태도로 고개를 숙이고 그에게서 제일 먼 자리에 앉았다. 소원하기가 이를 데 없었다. 그와 백 걸음 떨어져 있었을 때도 이만큼 소원하지는 않았을 것이다.

마차가 앞으로 나아갔다. 마부는 잠시도 지체하지 않고 서둘렀지만 백리명향이 나지막하게 말했다.

"천천히 가요. 궁에 가는 건 급하지 않아요."

한씨 저택에서 궁궐까지는 얼마쯤 거리가 있으니 적어도 한동안은 두 주인이 함께 시간을 보내게 할 생각이었다.

백리명향 자신도 공연히 나서서 일을 더 망가뜨리는 건 아닌지 자신이 없어 희미하게 자조 섞인 웃음을 지었다.

마차 안은 너무 조용해서 숨쉬기조차 어려운 압박감이 감돌았다. 용비야와 한운석 사이의 기류조차 훨씬 묵직해진 것 같았다.

한운석은 저도 모르는 사이 고개를 들고 용비야를 바라보았는데, 확실히 그의 안색은 별로 좋지 않아 보였다. 아무래도 밤새 주무시지 못했다는 백리명향의 거짓말이 마음에 걸렸다.

저 인간은 대체 단목요와 뭘 하러 갔던 거야? 천산검종에 무슨 일이 생겼나? 그동안 어떻게 지냈을까? 정말 잠을 못 잤을까?

용비야가 고개를 들려는 것 같자 한운석은 즉시 고개를 숙였다. 용비야는 확실히 고개를 들었고 그녀를 바라보기까지 했다. 그의 눈빛은 여전히 얼음처럼 차가웠지만 어쨌든 그녀의 어깨가 걱정스러웠다.

어깨 부분의 옷자락이 평평하고 깨끗해서 다친 흔적은 눈에 띄지 않았다.

한운석에 비해 그의 시선은 훨씬 대담무쌍했다. 그는 곧 한운석의 차분한 얼굴을 살피기 시작했는데, 마치 빌려줬던 진귀한 보물이 처음처럼 완전한지 꼼꼼히 살피는 듯한 시선이었다.

그렇게 구석구석 모두 살피고 나서도 그는 여전히 한마디도 하지 않았고, 두 사람은 그렇게 침묵에 잠긴 채 궁궐문에 이르렀다.

이제 내릴 때였다.

진왕의 도발

마차가 서서히 멈추고 내릴 때가 되었다.

그러나 용비야와 한운석은 움직이지 않았다. 한 사람은 고개를 숙여 표정을 볼 수가 없었고, 한 사람은 무표정하게 창밖을 내다보고 있었다.

결국 한운석이 먼저 움직였다. 그녀가 마차에서 뛰어내리려고 하자 백리명향이 황급히 가로막았다.

"왕비마마, 제가 부축해 드리겠습니다."

한운석은 말없이 그녀를 피해 옆으로 뛰어내렸다. 온실의 꽃처럼 곱게 자라지도 않았고 병약한 몸도 아닌데 마차에서 내릴 때 누가 부축해 줄 필요가 있을까?

마부도 이 광경을 보며 어쩔 줄 몰라 했다. 전에는 왕비마마가 마차에 오르고 내릴 때마다 전하께서 부축해 주셨는데.

그때 줄곧 멍하니 있던 용비야도 그제야 정신을 차리고 말없이 마차에서 내렸다. 그는 한운석을 흘깃 본 후 곧바로 어서방 쪽으로 걸어갔고, 한운석도 뒤따랐다.

백리명향은 따라가지 않고 마부와 함께 마차를 지켰다.

한운석은 정신이 없어서 백리명향이 따라오지 않는 것도 알아채지 못했다. 그녀는 걷고 또 걸었지만 용비야를 따라가기가 벅찼다. 저 인간은 다리가 길어서 한 걸음이 그녀의 두 걸음이었다. 이제 보니 그녀의 손을 잡고 갈 때는 일부러 느리게 걸었다는 것을 알 수 있었다.

여기에 생각이 미치자 그녀는 쫓아가지 않고 평소 속도대로 걸었다. 그러나 뜻밖에도 용비야는 속도를 늦추기는커녕 더 빨리 걸어가는 바람에 두 사람이 거리는 점점 멀어졌다.

점점 멀어지는 용비야를 바라보며 한운석의 안색은 갈수록 나빠졌고, 하마터면 돌아서서 가 버릴 뻔했다. 저런 식이면 그녀가 갑자기 사라져도 알아차리지 못할 것이다.

빌어먹을 천휘황제. 용비야만 부를 일이지 뭐 하러 나까지 불러?

울화통이 터진 한운석은 가는 내내 속으로 천휘황제에게 수없이 욕을 퍼부었다. 그녀가 어서방 입구에 도착했을 때 용비야는 얼음 같은 얼굴을 긴장시킨 채 한참 동안 그녀를 기다리고 있었다.

그녀도 남은 몇 걸음은 빨리 걸어갔다. 하지만 그녀가 옆에 이르기 직전에 그는 또다시 그림자만 남기고 휭하니 안으로 들어가 버렸다.

용비야!

한운석은 화가 나서 노려보았지만, 그의 등에 눈이 달린 것도 아니니 아무리 노려본들 소용이 없었다.

그녀는 성큼성큼 안으로 들어가 마치 생판 모르는 사람처럼 행동했다. 안색이 용비야보다 훨씬 나빠 보였다.

천휘황제는 본래 용비야의 차가운 얼굴을 무척 싫어했지만,

한운석마저 저런 표정을 짓자 부부가 나란히 자신을 무시한다는 생각에 기분이 팍 상했다.

이번 자객 습격 사건은 그와 아무 상관도 없는데 이게 무슨 태도지?

"와서 앉게. 운석, 이번 일로 많이 놀랐겠지?"

천휘황제는 관심 어린 목소리로 물으며 차 탁자로 걸어갔다. 그가 진왕 부부를 부른 것은 힐문하기 위해서가 아니라 그저 이야기를 나누기 위해서였다.

"아닙니다."

한운석은 간단하게 대답했다.

정말 놀랐다고 말할 수 있을까? 고칠소가 없었다면 벌써 난전亂箭에 맞아 죽었다고 말할 수 있을까? 고칠소의 등에 화살 구멍이 숭숭 뚫려 성한 곳이 하나도 없는 것을 보았을 때 까무러칠 듯 놀랐다고 말할 수 있을까?

그럴 수는 없었다. 천휘황제에게 웃음거리를 주기 위해 온 것은 아니니까!

만약 용천묵과 목청무가 이 사건을 '도성의 위기'로 비화하지 않았다면, 천휘황제는 속으로 궁노수들에게 감사했을지도 모를 일이었다!

"다친 곳은 없느냐?"

천휘황제가 또 물었다.

"없습니다!"

한운석이 차분하게 대답했다.

천휘황제는 친절한 척 몇 마디 더 물으려 했으나 한운석이 이렇게 단답식으로 나오자 입을 다물었다.

그가 자리에 앉아 손짓하자 용비야는 그제야 맞은편에 앉았다.

어서방의 차 탁자에는 두 자리뿐이어서 한운석이 앉을 곳이 없었다. 천휘황제가 의자를 가져오라고 해야 했지만 그는 느긋하게 공부차를 끓이며 말이 없었다.

용비야도 아무 말 없어서 한운석은 시녀처럼 그의 뒤에 서 있었다. 그녀는 고개를 숙이고 눈을 내리떴지만 등은 꼿꼿이 세웠다.

천휘황제가 용비야에게 차를 따라 주려고 하자 용비야가 만류했다.

"안 됩니다. 신이 하겠습니다."

차를 따르는 그의 동작은 천휘황제보다 백배 우아했다.

"차를 마시자고 신을 부르신 건 아니시겠지요?"

그는 화제를 꺼내면서 뒤에 선 한운석은 신경 쓰지 않았다.

도리어 천휘황제가 한운석을 흘깃 바라보며 속으로 의아해했다. 설마 진왕이 저 여자에게 질린 건가? 예전만 해도 그렇게 예뻐하더니. 오늘은 저렇게 세워 두고 모른 척하겠다고?

"허허, 정말로 자네와 차 한 잔 마시려고 불렀네. 암시장에서 화약이 폭발한 후부터 지금껏 짐의 귀가 조용한 날이 없었다네."

천휘황제가 탄식하며 말했다.

"황형께서 나랏일을 보살피느라 노고가 많으십니다."

용비야가 듣기 좋은 말을 했다.

천휘황제는 장탄식을 하며 지나가듯 물었다.

"그 궁노수들은 실마리가 있는가?"

"그 문제는 금군에게 하문하셔야 정확합니다. 신도 소식을 기다리는 중입니다."

용비야는 깔끔하게 밀어냈다.

천휘황제가 느닷없이 화를 냈다.

"금군 그 밥통 같은 것들! 독 안에 든 쥐도 잡지 못하다니! 짐이 목청무에게 사흘 말미를 주었는데 그래도 자객을 찾아내지 못하면 쫓아낼 걸세!"

용비야는 잠시 입을 다물었다가 태연하게 말했다.

"그 점은 소장군을 탓할 일이 아닙니다. 신도 직접 하루 동안 찾아보았으나 찾아내지 못했습니다."

그 말에 천휘황제는 의아해했다.

태후 생신연회 때를 제외하면, 용비야는 조정 안팎을 아우르는 권력을 쥐고도 천휘황제 앞에서 어느 쪽을 편든 적이 단 한 번도 없었다. 그런데 놀랍게도 오늘은 목청무를 두둔하고 있었다.

요 며칠 그는 내내 진왕부에 머물며 아무런 움직임이 없었는데, 언제 하루 동안 찾아보았다는 것일까? 게다가 목청무 휘하의 사람이 배신했고 한운석이 죽을 뻔했는데 원망하지도 않는다고?

"탓할 일이 아니다? 금군에서 감히 배신자가 나왔네. 이처럼 심각한 문제를 탓하지 말란 말인가?"

천휘황제는 분노해서 탁자를 내리쳤다.

하지만 용비야의 반응은 뜨뜻미지근했다.

"휘하에 거느린 이가 많은데 무슨 수로 하나하나 살필 수 있 겠습니까. 아무래도 어렵지요. 그를 처벌하고자 하신다면 이번 일이 끝난 후 하셔야 합니다. 지금은 사람을 버릴 때가 아니라 쓸 때입니다."

천휘황제는 복잡한 눈빛을 떠올렸다. 진왕은 제삼자처럼 중 립을 취하고 있지만, 이 말은 분명히 목청무를 두둔하는 내용이 었다.

혹시 진왕부와 목 장군부 사이에 남들이 모르는 비밀이라도 있는 것인가?

천휘황제는 차를 몇 잔 마신 뒤에야 다시 입을 열었다.

"어젯밤 무기고 쪽에 사고가 생겼는데 아는가?"

"화약을 그처럼 쉽게 손에 넣을 수는 없지 않습니까? 신이 보기에 이 일은 암시장 쪽과……, 크게 다르지 않을 것입니다."

천휘황제가 가장 관심 있는 것이 바로 이 일이었다. 그가 다 급히 물었다.

"무슨 뜻인가?"

"화약을 손에 넣을 수 있는 것은 각국의 군대입니다. 목 대장 군이 제 발치에 화약을 가져다 놓을 만큼 어리석지는 않겠지요."

용비야는 가볍게 웃으며 말했다.

그 말인즉 초씨 집안이 의심스럽다는 뜻이 분명했다.

천휘황제는 냉소를 지었다.

"만약 사사로이 숨기고 있다가 실수로 폭발했다면?"

"그것은……."

용비야는 의미심장하게 그를 바라보았지만 목씨 집안 편을 들지는 않았다.

"확실히 말하기 어렵습니다. 신도 그저 생각나는 대로 추측했을 뿐이니, 진상이 어떤지는 아무래도 황형께서 판단하셔야겠지요."

그렇지만 그가 앞서 한 말이 이미 천휘황제의 마음속에 의심을 씨앗을 뿌려 놓았다.

목 대장군부는 천녕국 삼대 병권 중 하나를 장악했고 도성 십만 금군도 통솔하고 있었다. 그들이 천녕국에 충성하는 것은 당연한 일이지만, 천녕국의 누구에게 충성하는지는 큰 변수였다.

특히 진왕의 세력이 차츰차츰 천휘황제에 필적할 만큼 커진 후로 그 변수는 더욱 중요해졌다.

중립처럼 보이지만 그것만으로는 도저히 안심이 되지 않았다.

천휘황제가 다시 태자를 기용하고, 황제 부자가 손을 잡고 진왕부에 대적하고, 목유월이 동궁에 시집온 후에야 목 대장군의 입장이 명확해졌다.

진왕이 있기에, 천휘황제는 자연히 아들을 견제하는 일을 잠시 멈추고 목 대장군부를 자신의 세력 범위로 받아들였다.

그런데 이제 금군이 배신하고, 태자는 거듭거듭 암암리에 초씨 집안을 겨누며 초 귀비를 배척하고, 무기고가 폭발했다. 거

기다 오늘 진왕의 태도까지……. 의심 많은 천휘황제가 어떻게 마음을 놓을 수 있을까?

용비야가 원한 것은 바로 천휘황제가 목씨 집안과 태자를 의심하게 하는 것이었다!

태자는 다시 기용된 후로 일찌감치 모반을 일으켜 찬탈할 마음을 품고 있었으나 지금껏 적당한 기회가 없었을 뿐이었다. 이번이 절호의 기회였다!

물론 태자는 아무래도 아직 미숙해서 혼자 힘으로 대사를 일으킬 수 없었다. 하지만 만약 목씨 집안이 모반할 마음을 먹는다면 일은 달라졌다. 목씨 집안이 마음 독하게 먹고 태자의 모반을 도우면, 초씨 집안이 아무리 날고 기어도 이익을 취하지 못할 것이다.

용비야는 줄곧 움직이지 않았지만, 사실은 일이 어떻게 흘러가고 있는지 손바닥 들여다보듯 훤히 파악하고 있었다.

이야기가 여기까지 이어지자 천휘황제도 더는 묻지 않고 중요하지 않은 화제를 꺼내며 한가롭게 담소를 나누었다. 용비야는 말을 아끼며 대답했고 심지어 여러 차례 말은 한마디도 없이 고개만 끄덕이기도 했다.

그렇게 이야기 나누며 차를 마시는 동안 한 시진이 흘렀다.

한운석은 서 있느라 다리가 무척 아파서 참다못해 몇 번이나 용비야를 쳐다보았지만, 애석하게도 용비야는 그녀의 존재를 잊은 양 아는 척도 하지 않았다.

천휘황제는 당연히 그녀가 있다는 것을 기억하고 있어서 의미심장하게 흘낏 바라보더니 별안간 낙 공공에게 바둑판을 가져오게 했다.

"진왕, 짐과 겨룬 지도 벌써 오래되었지. 오늘은 짐이 이길 때까지 보내 주지 않겠네."

황제와 바둑을 두는데 감히 이기려는 자가 있을까?

하지만 용비야는 할 수 있었다. 그는 어려서부터 지금까지 수차례 바둑을 두었고 여태 진 적이 없었다.

용비야는 별말 없이 받아들였다. 곧 흰 돌과 검은 돌이 서로 부딪치기 시작했는데, 용비야의 기세로 보아 질 생각이 없어 보였다. 질 생각이 없다는 건 가지 않겠다는 뜻 아닌가?

한운석은 고개를 숙이고 바둑판을 내려다보며 혼자 딴생각에 빠져들었다

바둑은 장장 두 시진이나 이어졌다. 하늘이 어두워졌는데도 승부가 나지 않아 다시 한 시진 가량이 지났다. 한 시진은 두 시간이니 꼬박 여섯 시간을 서 있었던 한운석은 종아리가 뻣뻣하게 마비된 것 같았다.

결국 급한 상주문이 올라오고 나서야 비로소 천휘황제가 멈췄다.

"허허, 아무래도 별수 없이 자넬 보내 줘야겠군."

"신도 물러가야겠습니다."

용비야가 피곤한 듯 일어났다.

그는 편안하게 걸어갔지만 한운석은 걸음을 내딛는 순간 다리가 풀려 쓰러질 뻔했다. 그래도 다행히 균형을 잡을 수 있었

다. 발을 움직일 때마다 종아리가 땅겼지만 그녀는 기어코 등을 꼿꼿이 세우고 가슴을 쭉 편 채 따라갔다.

천휘황제는 멀어지는 그 뒷모습을 보여 고개를 갸웃했다.

용비야와 한운석 사이에 분명 무슨 일이 생겼다 싶었지만, 지금 도성의 상황 때문에 깊이 생각할 여유가 없었다.

올 때 그랬던 것처럼 용비야가 앞서 걷고 한운석은 뒤를 따랐다. 다만 지금은 그의 뒷모습을 보지 않고 고개를 숙인 채 길만 쳐다볼 뿐이었다.

얼마나 걸었는지 모르지만, 궁궐 문 앞에 이르렀을 때쯤 그녀가 고개를 들었다. 사실은 그의 뒷모습이 낯설게 느껴져 보고 싶지 않았다.

그런데 누가 짐작이나 했을까? 이번에는 뒷모습조차 볼 수 없었다. 용비야가 벌써 마차에 올랐기 때문이었다.

해약, 날 믿느냐 그자를 믿느냐

왕비마마가 홀로 걸어오는 것을 보자 백리명향이 황급히 마중 나갔다.

"왕비마마, 마차에 오르시지요. 전하께서 기다리십니다!"

"어디로 가는 거죠?"

한운석이 담담하게 물었다.

"전하와 함께 왕부로 가셔야지요! 왕비마마, 전하께서 친히 오시기만 하면 돌아가시겠다고 말씀하지 않으셨어요? 어서 오르시지요. 전하께서 기다리십니다."

백리명향은 웃으며 권했지만 속으로는 견디기 힘들 만큼 긴장하고 있었다. 전하가 먼저 나와서 혼자 마차에 오를 줄은 꿈에도 생각지 못했다.

두 분이 궁에서 또 다른 일이 있었던 건 아니겠지? 왕비마마께서 왜 저렇게 낙담하신 모습일까?

한운석은 말없이 진지한 얼굴로 백리명향을 바라보았다. 백리명향은 처음에는 버텼지만 곧 버티지 못하고 묻는 듯한 그 시선을 피했다.

"가서 말해요……. 날 기다릴 필요 없다고."

말을 마친 그녀가 떠나려고 하자 백리명향이 황급히 붙잡았다.

"마차에 오르시지요. 전하의 성품을 잘 아시잖아요. 마마께서 한 번 양보하시면 전하께서는 분명 열 번 양보해 주실 거예요."

한운석이 고집스레 가겠다고 버텼으나 백리명향은 끝내 놓아주지 않고 걱정스러운 목소리로 권했다.

"왕비마마, 전하의 마음속에 마마가 안 계셨다면 벌써 가시지 않았을까요? 전하께서 아직도 마차에서 기다리고 계신답니다. 잘 생각해 보세요!"

백리명향을 바라보던 한운석은 별안간 눈시울을 빨갛게 물들이며 방금 어서방에서 당한 억울함을 털어놓았다.

"명향, 다리가 부러질 것 같아요."

"다리요? 다리가 왜요?"

백리명향은 초조해하며 몸을 숙여 다리를 살피려고 했지만, 뜻밖에도 마차 안에서 진왕 전하의 짜증스러운 목소리가 들려왔다.

"한운석, 어서 오지 않고 뭘 하느냐?"

너무나, 정말 너무나도 사나운 말투였다.

그를 만난 후로 저 말을 이렇게까지 사납게 내뱉은 적은 없었는데!

그녀를 데리고 태후에게 문안 인사를 올린 후부터 그는 종종 저렇게 그녀를 재근했다.

아무리 급하고 아무리 짜증나도, 그녀와 너덧 걸음 정도 떨어지면 항상 멈춰 서서 돌아보며 차갑게 묻곤 했다.

'한운석, 따라오지 않고 뭘 하느냐?'

한 번도 그녀를 나 몰라라 하고 간 적도 없고, 한 번도 느리다고 화낸 적도 없었다. 그런데 이번에는 그녀를 혼자 버려 두고 갔고 저렇게 사납게 소리를 지르고 있었다.

한운석은 성큼성큼 마차 창문 앞으로 걸어가 차가운 목소리로 물었다.

"전하, 잠시 기다려 주시지요. 전하께 여쭐 말이 있으니 그 말만 여쭙고 따라가겠습니다."

사실 한씨 저택에서 궁궐까지 오는 동안 침묵을 지키느라 지독하리만치 답답했다. 단목요의 일도 묻고 싶고, 고칠소가 남긴 말도 확인하고 싶고, 한바탕 말다툼도 하고 싶었다.

그렇지만 어서방에서 무정하게 잊힌 후로 갑자기 힘이 쭉 빠져 아무것도 말하고 싶지 않아졌다.

누군가의 사랑을 받기 위해 열심히, 죽도록 노력해야만 한다면, 그런 사랑이 무슨 의미가 있을까?

이제 그녀는 궁금했던 것을 확실히 묻고 난 다음 떠날 생각뿐이었다.

"말해라."

그가 차갑게 말했다.

"고칠소가 준 해약이 정말 병의 팔 푼뿐이었습니까?"

한운석은 몹시 진지하게 물었다.

그 말에 마차 안이 조용해졌다.

"그 사람은 자신이 준 해약은 분명히 한 병에 꽉 차 있었다고 했습니다."

한운석이 덧붙였다.

하지만 마차 안은 여전히 조용했다.

한운석은 재촉하지 않고 참을성 있게 기다렸다.

시간이 얼마나 흘렀을까. 마침내 용비야가 입을 열었다.

"그래서, 그자를 믿느냐?"

한운석은 대답을 피했다.

"그저 전하께 묻고 싶은 것뿐입니다."

"그자를 믿고 본 왕을 의심하느냐?"

용비야가 다시 물었다.

한운석은 그의 차가운 목소리만 들었을 뿐, 그가 마차 안에서 한참 동안 넋을 잃고 있었다는 것은 전혀 알지 못했다.

이 남자가 이 일을 숨기기로 결심한 후부터 벙어리 노파가 자결할 때까지 얼마나 원한을 눌러 참고, 얼마나 심혈을 기울이고, 얼마나 계획을 세우고, 얼마나 잠 못 이루는 밤을 보냈는지, 그녀는 알지 못했다.

입궁해서부터 지금까지 일부러 그녀를 무시한 것은 그저 그녀가 입을 열도록, 그에게 달려들어 싸움을 걸도록 만들기 위해서였다.

그런데 뜻밖에도 이 여자는 단순히 입만 연 게 아니라 입을 열자마자 그 문제를 따지고 나왔다!

또 고칠소! 또 고칠소라니!

알고 보니 약귀곡에서 보여 준 무조건적 신임은 단순히 상대방이 그녀가 싫어하는 고칠찰이었기 때문이었다.

이제 그 사람이 고칠소로 바뀌자 곧바로 그를 의심하기 시작했다.

이번에는 한운석이 조용해졌다.

"한운석, 본 왕의 물음에 대답해라!"

용비야가 화난 목소리로 말했다.

"고칠소는 저를 벙어리 노파에게 데려간 사람입니다. 그러니 그가 고칠찰이라면 절대로 몰래 빼돌렸을 리 없습니다."

한운석은 객관적인 대답을 했다.

그녀는 바보가 아니었다. 처음에는 고칠찰에게 편견이 있어 그가 자신들을 골탕 먹였다고 굳게 믿었지만, 고칠소라면 그렇지 않았다. 편드는 것이 아니라 이성적으로 그런 질문을 떠올린 것뿐이었다.

비록 완전히 터놓고 말하지는 않았지만 그 속에 담긴 의미는 누구나 알 수 있었다. 미독 해약을 숨긴 사람이 벙어리 노파를 붙잡고 있다는 사실! 벙어리 노파를 숨긴 것은 의심할 바 없이 그녀의 출신에 얽힌 수수께끼 때문이었다.

"벙어리 노파가 본 왕 손에 있다고 생각하느냐?"

마차 안에 있는 용비야는 어떤 표정을 짓고 있는지 모르지만 단도직입적으로 물었다.

"고칠소가 빼돌렸을 리 없다? 그렇다면 왜 효과도 없는 가루약을 넣었겠느냐? 어째서 도자기 병을 검게 변색시키는 가루약을 썼겠느냐?"

용비야가 다시 물었.

고칠소는 약귀일 뿐 아니라 유각에 뛰어들었던 그 흑의인이었다. 이 모든 것이 한운석의 의심을 부추기기 위해서였으니 절대로 가만두지 않을 것이다!

용비야는 여태 어떤 여자에게든 거짓말을 할 필요가 없었다. 하지만 이 여자에게만큼은 무슨 일이 있어도 그 사실을 인정하지 않을 것이다!

죽어도 인정할 수 없었다!

용비야의 질문에 또다시 고칠소가 그날 밤 했던 말을 떠올린 한운석은 할 말을 잃었다.

정말 혼란스러웠다!

결국 그녀는 차분하게 말했다.

"전하, 이 질문은 못 들으신 것으로 하시지요."

말을 마친 그녀는 힘없이 돌아섰다.

하지만 용비야가 마차에서 내려와 화난 소리로 외쳤다.

"한운석, 서라!"

한운석은 정말 멈춰 섰다.

"무슨 분부라도 있으십니까?"

"아직 본 왕의 물음에 대답하지 않았다! 벙어리 노파가 본 왕의 손에 있다고 생각하느냐?"

용비야의 새까만 눈동자에는 집요함이 가득했다.

그렇지만 한운석은 침묵했다.

용비야가 그녀의 손을 거칠게 붙잡았다.

"대답해라!"

하지만 한운석은 끝내 고개를 숙이고 있을 뿐이었다. 이 남자는 청루에서 경멸에 찬 웃음으로 그녀의 마음을 찢어 놓았다. 이제 그녀는 더 이상 그에게 푹 빠진 예전의 그 바보가 아니었다.

옳고 그름이 명확히 밝혀지기 전까지는 고칠소를 믿지도 않고 그를 믿지도 않을 것이다. 그 누구도 믿지 않았다!

마침내 용비야가 손을 놓으며 차갑게 명령했다.

"여봐라, 왕비를 한씨 저택으로 모셔라!"

한운석의 심장이 쿵 내려앉고 입가에는 자조 띤 웃음이 떠올랐다. 짐작했던 대로 백리명향이 거짓말을 한 것이다.

가라면 못 갈 줄 알고!

용비야, 이번에 가면 영원히 돌아오지 않을 거야!

깜짝 놀란 백리명향은 차마 진왕 전하를 말릴 수 없어 왕비마마를 쫓아갔지만, 애석하게도 그녀가 쫓아갔을 때 마부도 다가왔다. 용비야는 이미 어디론가 사라진 후였다.

텅 빈 뒤를 돌아본 백리명향은 별안간 무슨 말로 왕비마마를 달래야 할지 모르게 되었다. 지금 이 순간은 무슨 말을 해도 무의미했다.

진왕 전하가 정말 떠났다.

한운석은 마차를 타지 않고 다리의 아픔을 참아가며 한씨 저택으로 돌아갔다. 백리명향도 그녀와 함께 한씨 집안에 가서 묵었다.

그리고 용비야는 진왕부로 돌아가자마자 초서풍에게 일을 맡겼다.

"약귀당 공사를 모두 중지해라!"

차가운 명령이었다.

초서풍은 진왕 전하가 노기충천한 것을 알면서도 쭈뼛거리며 물었다.

"영남군 쪽도······."

"모조리 중지해라!"

용비야가 노성을 터트렸다.

초서풍은 시킨 대로 할 수밖에 없었다. 전하는 지난번 그에게 몰래 영남군에 큰 약방을 세우라고 명했다. 도성의 약방보다 배로 큰 곳으로, 구조는 전하와 약성의 왕공이 함께 설계했다.

아무래도 이번은 단순한 말다툼이 아닌 것 같았다.

초서풍은 묵묵히 일을 처리하러 갔고, 그가 떠나기 무섭게 당리가 찾아왔다.

당리는 유각에 묶여 답답해 죽기 직전에 사면을 받고 새장에서 풀려난 새처럼 몹시 신나 있었다.

"형, 몸이 나으면 우리 형제 둘이 힘을 합쳐 그 고 씨란 놈을 해치우자! 그놈이 그렇게까지 목숨이 질기지는 못할 거야!"

"나를 대신해 천산에 다녀오거라."

용비야가 담담하게 말했다.

당리의 안색이 싹 변했다.

"뭐 하러?"

그가 혼인을 피해 달아나는 바람에 당문은 신부 측 세력에 큰 죄를 지었고, 아버지는 신부 측을 달래는 한편 여 이모에게 사람을 이끌고 가서 그를 찾아오게 했다. 그는 가장 위험하면서도 가장 안전한 유각에 숨어, 매달 가짜 행적을 노출해 집안 어른들을 이리저리 떠돌게 했었다.

그 가짜 행적에 따르면 이번 달에 여 이모 일행은 천산으로 갔을 것이다.

이런 시기에 천산에 가면 죽을 곳을 찾아가는 것과 다름없었다!

"사부를 만나 보아라."

자못 걱정스러운 용비야의 말투에 당리도 다소 어두워졌다. 그는 가볍게 한숨을 쉬었다.

"알았어, 갈게!"

그 후, 용비야는 백리 장군을 만났다. 두 사람은 문을 닫은 채 밀담을 나누어 무슨 이야기를 했는지 알 수 없었다.

백리 장군은 장군부로 돌아간 후 인어병 몇 사람을 불러 한씨 저택 호수에 잠입해 명령을 기다리도록 했다.

그리고 용비야는 침궁으로 돌아가 폐관 수련을 계속했다. 이번 폐관은 꼬박 열흘 밤낮 이어졌다.

그 열흘간 도성이 먼저 혼란에 빠졌고 나중에는 천녕국 전체가 혼란에 빠졌다!

사흘 후, 목 대장군은 무기고의 화약 폭발 지점이 담장 밖이 아니라 창고 안인 것을 확인했다.

이 일을 알게 된 천휘황제는 벼락같이 화를 내며 대신들 앞에서 목씨 집안이 사사로이 화약을 숨겼다고 힐문했다. 목 대장군은 당연히 부인하며 폭발 지점은 증거가 될 수 없으니 부하가 몰래 화약을 숨겼는지, 아니면 누군가 모함한 것인지 계속 조사해야 한다고 말했다.

증거가 없으니 천휘황제도 목씨 집안의 죄를 확정할 수 없었다. 하지만 문무백관 앞에서 목 대장군이 가진 병권을 줄이고 도성 바깥을 수비하는 제1포병대를 병부상서 오 대인에게 맡겼다. 화약고도 자연히 병부로 넘어갔다.

동시에 금군이 여태껏 궁노수의 행방을 찾아내지 못한 죄를 물어 목청무를 금군통령에서 파직하고 부통령 맹전孟戰에게 그 자리를 인계했다.

이번 일로 목씨 집안은 어마어마한 피해를 보았다고 할 수밖에 없었다!

금군과 제1포병대는 모두 정예병이었고 도성의 안위에 직접적인 영향을 미치는 중요한 군대였다. 이렇게 떠나보내게 되었으니 마음이 아프지 않을 리 없었다.

목씨 부자도 심장을 도려내듯 아파했지만, 누구보다 아파한 것은 태자 용천묵이었다.

조정에서 물러난 후 태자는 감정을 억누르지 못하고 직접 목 대장군부를 찾아가 목청무에게 따졌다.

"그 금군 부통령과는 대체 무슨 관계인가? 말해 보게!"

목청무는 울분에 찬 얼굴로 아무 소리도 하지 않았다. 용천묵의 노한 시선이 목 대장군에게로 옮겨갔다.

"대장군, 말씀해 보십시오!"

목 대장군 역시 무거운 얼굴로 침묵을 지켰다.

"말을 하지 않으면 본 태자가 무슨 수로 돕겠습니까? 이건 시작일 뿐입니다! 초 귀비가 벌써 승은을 입었다는 것을 아십니까? 베갯머리에서 또 한 번 속살거리면, 장군은 목씨 집안이 남몰래 화약을 숨겼다고 인정하실 수밖에 없게 됩니다!"

용천묵은 화가 폭발했다.

결국 목청무가 참지 못하고 말했다.

"아버지, 이 일은 태자께서도 아실 권리가 있습니다!"

제일 먼저 도성을 뜬 진왕 전하

목청무까지 이렇게 말하는 것을 보면 금군의 배신 음모를 이들 부자가 알고 있었던 게 분명했다.

비록 아직은 진실이 뭔지 모르지만, 용천묵은 더욱더 분노해 주먹으로 탁자를 쾅 내리쳤다.

"대체……! 대단하십니다! 참으로 대단하십니다!"

그와 목청무는 수많은 일을 했고 처음에는 부황의 신임을 얻었다. 그런데 며칠 전 부황이 갑자기 목씨 부자를 불러 금군이 배신한 일을 캐물은 후로 모든 것이 변하기 시작했다.

금군의 배신이 부황의 의심을 부채질하지 않았더라면 일이 이렇게 흘러가지는 않았을 것이다.

예전이었다면 목씨 집안에 대한 신임 때문에라도, 무기고 담장 안에서 화약이 폭발했다는 이유만으로 부황이 이렇게 빨리 병권을 회수하지는 않았을 것이다.

적어도 경중을 가늠하고 망설였을 것이고, 부황이 망설이고 있을 때 그들도 손을 써 볼 수 있었다.

그런데 지금은 조정의 문무백관들이 모두 동궁을 비웃고 있었다!

황제가 목씨 집안을 탄압하는 것이 동궁을 의심한다는 뜻임을 누가 모를까?

목 대장군이 그래도 입을 열지 않자 용천묵은 분노에 얼굴을 잔뜩 일그러뜨린 채 소매를 떨치며 돌아섰다. 갑자기 목 대장군이 입을 열었다.

"전하, 노여움을 푸십시오. 신에게도 고충이 있습니다."

"그러니 말씀해 보십시오!"

용천묵은 성질을 꾹꾹 누르며 말했다.

그러나 목 대장군이 누군가의 이름을 말하자 용천묵은 장군부에서 가장 귀한 금사남金絲楠(녹나무 중 하나로 목재에 향기가 나고 무늬가 고와 고급 가구 등에 쓰임) 차 탁자를 한 주먹에 으스러뜨리고 말았다.

그 이름은 바로…… 목유월이었다!

목유월의 아버지와 오라버니 앞이지만 용천묵은 참을 수가 없어 그 자리에서 검을 뽑았다.

"본 태자가 그 여자를 죽여 버리겠습니다!"

목청무가 황급히 가로막았다. 사실 그도 배신한 금군 부통령이 누구인지 알자마자 어떻게 된 일인지 짐작했기에 망설임 없이 죽여 증거를 없앴던 것이다. 감옥에 갇힌 두 부장은 명을 따랐을 뿐 아는 것이 없어 심문해도 알아낼 것이 없었다.

"놓게!"

용천묵이 얼굴을 굳혔다.

목 대장군은 그 앞에 무릎을 꿇었다.

"노여움을 푸십시오, 전하! 불초한 딸이 그런 황당무계한 일을 벌였으니 실로 전하를 뵐 낯이 없습니다."

용천묵은 차갑게 콧방귀를 꼈다.

"지금까지 숨긴 것은 뵐 낯이 있습니까?"

목청무는 깊이 탄식을 하더니 역시 무릎을 꿇었다.

"전하, 누이의 죄는 죽어 마땅하지만 그래도 누이는 태자비입니다!"

그 말을 듣는 순간 용천묵은 곧 침착해졌다.

태자비……. 목유월이 그 이름을 갖고 있다는 것을 그가 어떻게 잊을 수 있을까.

태자비……. 그의 여자이자 동궁의 여주인!

목유월이 그 이름으로 죄를 지었으니 이 일은 반드시 숨겨야 했다. 그렇지 않으면 목씨 집안뿐 아니라 동궁마저 재앙을 맞이할 것이다!

부황의 의심이 저렇게 깊은데 목유월 일까지 알려지면 그를 억압할 기회를 주는 셈이었다.

"태자 전하, 그 아이는 잠시 모른 척해 주십시오. 일이 끝나면 신이 단단히 혼내겠습니다."

"태자 전하, 지금 할 일은 서둘러 궁노수들을 찾아내는 것입니다. 그렇지 않으면 폐하께서 계속 추궁하실 겁니다."

목씨 부자 모두 간절하게 권유했다. 목청무는 전심전력으로 대국을 수습하고자 했고, 목 대장군은 아무래도 딸을 팽개칠 수 없는 사심 때문이었다.

용천묵은 옆에 털썩 주저앉았다. 마음이 답답해 견딜 수가 없었다. 그가 평생 가장 후회하면서도 후회할 수 없는 일이 바로 목유월을 태자비로 맞이한 것이었다. 물론 당시 목유월을 맞아들인 것은 목씨 집안을 얻기 위해서였다. 일이 이렇게 되었으니 이제 목씨 집안의 진짜 쓸모를 발휘할 때였다.

한참 침묵하던 용천묵이 목소리를 낮추어 말했다.

"두 분, 불안에 떨며 목을 내놓기를 기다리기보다는 차라리……."

그는 끝까지 말하는 대신 검을 뽑는 시늉을 해 보였다. 의심할 바 없이 거병해서 모반을 일으키자는 뜻이었다.

목청무는 충격을 받았지만 목 대장군은 그렇게까지 놀라지 않았다. 그는 일찍부터 이런 날이 올 줄 예상했지만, 이렇게 빠를 줄 몰랐을 뿐이었다.

부자 두 사람 다 말이 없었다.

용천묵은 목소리를 더욱더 낮췄다.

"지금 하지 않으면 언제까지 기다리겠습니까? 부황이 두 분이 가진 병권을 모두 거둬들인 후에는 후회해도 늦습니다."

애석하게도 목씨 부자는 여전히 말이 없었다. 목 대장군은 평소 거칠고 충동적이고 성질이 더러워 보여도 이렇게 중요한 일 앞에서는 무척 신중했다.

목씨 집안은 천녕국에서 두 황제를 모셨고 앞서 벌어진 여러 차례 파벌 싸움에서 줄곧 중립을 지키며 천휘황제에게 깊이 신임을 받았다. 그토록 많은 병권을 손에 쥔 것만 봐도 목 대장군이 여간 인물이 아니라고 설명하기 충분했다.

그리고 목청무는 그렇게 복잡한 사람이 아니었다. 그는 누군가에게 충성하기보다 천녕국 자체와 그 백성들에게 충성하고 싶어 했다. 내란이 일어나면 가장 피해를 보는 것은 역시 무고한 백성들이었다.

목씨 부자의 태도는 용천묵도 이미 짐작한 대로였다.

그 역시 침묵했지만, 끝까지 침묵하지는 않고 한마디만 남긴 채 성큼성큼 떠나갔다.

"좋습니다! 이번에는 본 태자가 실패한 셈 치지요. 이 빚은 목유월에게 달아 놓겠습니다!"

용천묵이 원락을 나서기도 전에 목 대장군이 쫓아 나왔다.

"태자 전하! 태자 전하, 기다리십시오!"

목청무도 뒤따라왔다. 한때는 그렇게 우람하고 큼직하던 아버지의 뒷모습이 기운 빠지고 노쇠해진 것을 보자 그의 마음속에서도 처량한 기분이 솟구쳤다.

그 역시 이번 일은 목유월이 죽어 마땅하다고 생각했지만, 애석하게도 아버지는 수수방관하지 않을 것이다.

목유월은 돌아가신 어머니를 너무 많이 닮았고, 하물며 아버지가 딸에게 관용을 베푸는 것은 누가 봐도 당연한 일이었다. 어쨌든 친 혈육이 아닌가. 목청무는 차라리 무정하고 냉혈한 제왕 가문에 태어났으면 하고 수없이 생각했다. 그곳에서는 혈육의 정에 얽매이지 않아도 되니까.

목 대장군이 쫓아나가자 용천묵은 희망이 있다고 생각했다. 목유월을 맞아들인 이상 결코 그녀가 가진 배경을 헛되이 버릴 수는 없었다.

과연 목 대장군이 나지막하게 말했다.

"태자 전하, 그 일은 마음에 새겨 두겠습니다. 다만 지금 금군이……."

말이 끝나기도 전에 용천묵이 냉소했다.

"금군의 적잖은 이들이 목씨 집안에서 선발해 보낸 자들입니다. 하물며 포병은 병부 손에 떨어지지 않았습니까?"

천휘황제가 가장 잘한 일은, 이번 기회에 목 대장군부의 손아귀에서 과감하게 제1포병대를 빼앗은 것이었다. 이는 그가 오래전부터 생각해 온 일이었다.

하지만 가장 어리석은 일은 제1포병대와 화약고를 잠시 병부상서에게 맡긴 것이었다.

알다시피 병부상서는 이미 용천묵 사람이었다!

초청가가 혼수로 군마와 궁노수 한 무리를 데려왔을 때, 이를 변경에 보내 변경을 지키는 영 대장군의 통솔을 받게 해야 한다고 제안한 사람이 바로 병부상서였다.

당시 병부상서가 제안한 후 태자도 따라서 권하려고 했으나 의심받을 것을 염려해 목 대장군이 만류했다.

목 대장군은 별수 없어 고개를 끄덕였지만 아무래도 결심을 내릴 수가 없었다.

"중대한 사안이고 갑작스럽기도 하니 부디 신에게 생각할 시간을 주십시오."

용천묵은 고개를 끄덕였다.

"좋습니다! 시간을 드리지요. 하지만…… 준비는 해야 합니다."

상황이 너무 급작스레 일어났다. 부황이 그렇게 큰 의심을 할 줄은 예상도 못했지만, 생판 남인 초청가를 믿고 아들인 그를 믿지 않은 이상 부자의 정을 몰라줬다고 탓할 수도 없을 것이다! 황제가 그의 목숨을 미끼로 진왕과 진왕비를 상대하려 했을 때부터 그의 마음속에 이미 부황은 없었다!

그렇게 해서 동궁과 목 대장군부는 몰래 큰일을 준비하기 시작했다.

도성을 습격한 궁노수를 추포하는 책임은 신임 금군통령 맹전에게 떨어졌다. 그는 천휘황제에게 충성심이 깊었고 새로 진급한 덕에 의욕이 넘쳐 새롭게 수색작업을 벌였고 민심은 더욱 불안해졌다.

천휘황제는 다시 한번 초청가와 밤을 보냈다. 본래부터 준비는 하고 있었지만 초청가의 속살거림을 들은 후 결국 그는 금군에게 특명을 내려 황친귀족들의 저택도 샅샅이 조사하도록 허가했다. 알다시피 지금까지는 금군이 대귀족의 저택을 수색하는 데 한계가 있었다.

이 소식이 전해지자 상류층 귀족들이 들끓기 시작했다.

하지만 진왕부는 그 어느 곳보다 조용했다. 왕비마마는 왕부에 없고 진왕 전하는 폐관 중이었다. 약귀당 공사가 중단되자 소소옥도 돌아와 종일 조 할멈과 함께 지냈지만 둘 다 말이 없었다.

한씨 저택 쪽에서는 한운석이 벌써 며칠째 말이 없었다. 남들이 보기에 온종일 방에서 잠만 자는 것 같았지만 사실 그녀는 해독시스템의 커다란 공간에 스스로를 가둬 놓고 있었다.

지난번 암시장에서 미접몽과 미인루를 독 연못 물과 섞어 보았다가 해독시스템에 넣은 후로 틈이 나지 않아 살펴보지 못했다.

사실은 현실을 피해 조용히 있고 싶어 해독 공간에 들어왔는데, 뜻밖에도 그 세 가지 독이 반응을 일으킨 것을 알아차렸다. 정확히 무엇이 어떻게 된 것인지는 모르지만 미접몽의 부식성이 약해진 것은 느낄 수 있었다.

물론 그 일 외에도 해독 공간에는 할 일이 잔뜩 있었다. 예를 들면 방대한 약재 창고를 수동으로 정리하는 것 등이었다.

예전에도 기분이 좋지 않을 때면 그녀는 일부러 일을 만들어 쉴 틈도 없이 바쁘게 움직였다. 바쁘면 바쁠수록 상태가 좋아지고, 기분이 좋고 나쁘고를 신경 쓸 틈이 없어서였다.

그렇지만 젠장 맞게도 이번에는 어쩌자고 실수를 했는지, 차곡차곡 정리되어 있던 약재 창고를 엉망으로 만들어 놓는 바람에 결국 정신력을 써 가며 시스템에 자동 정리를 맡길 수밖에 없었다.

정리가 끝나자 그녀는 다시 일하기 시작했고……. 음…… 이번에도 엉망이었다.

언젠가 용비야가 그녀가 한씨 저택으로 달아나 이런 일을 했다는 걸 알면 어떤 반응을 보일까?

그날 용비야는 폐관 수련을 끝내고 나왔다. 내상이 반쯤 회복된 상태였다.

그가 나오자마자 초서풍이 소식을 전했다.

"전하, 예상하신 대로 초씨 집안이 움직였습니다."

"잘 수습했느냐?"

용비야가 담담하게 물었다.

"모두 수습했습니다. 다만……."

초서풍은 감히 말을 잇지 못했다. 분명히 전하 이름으로 된 것은 빠짐없이 처리했다. 여자 한 명만 빼고.

용비야는 알아들었는지 어떤지 몰라도 어쨌든 싸늘한 목소리로 이렇게만 말했다.

"너도 준비해라. 본 왕은 오늘 밤 성을 나간다."

초서풍은 아무 말 하지 않은 셈 칠 수밖에 없었다.

밤이 왔고 장군부에서 큰일이 벌어졌다. 금군통령이 인마를 이끌고 친히 목 대장군부를 수색했는데, 놀랍게도 후원의 버려진 측간에서 궁노수 수십 명을 찾아냈다. 당연히 그들은 달아났지만 맹전이 직접 활로 두 명을 쏘아 맞혔다.

이 일로 성 전체가 뒤흔들렸다!

맹전은 사람을 보내 그들을 쫓는 한편 목 대장군부를 단단히 포위했다. 천휘황제는 분노에 차 그날 밤 당장 목씨 부자의 장군 권한을 빼앗고 모든 병부를 거둬들였을 뿐 아니라, 나중에 심문할 수 있도록 대리시에 가두게 했다.

그러나 목씨 부자가 감옥으로 압송되는 길에 성 밖에서 요란한 대포 소리가 세 번 울렸다. 포병대가 먼저 반란을 일으킨 것이다!

순간 도성 전체가 혼란에 빠졌다. 애초에 선택의 여지가 없었던 목씨 부자는 금군의 옛 부하와 손잡고 감옥으로 향하는 길에서 정식으로 거병했다.

도성에 병란이 일어나면 황궁을 공격하는 것이 첫 번째 임무였다!

천휘황제는 어서방에서 새빨간 피를 토했다. 다행히도 반 이상의 금군이 남아 있어 막을 만했다.

초청가는 사태가 이렇게까지 심각해질 줄 꿈에서도 생각지 못했고, 은밀한 곳에 숨어 있던 초천은 역시 무척 뜻밖이었다. 모든 것이 착착 계획대로 되어 간다고 생각했는데 용천묵이 거병했으니 그의 모든 노력은 물거품이 되고 말았다!

동란의 밤, 모두가 달아나느라 여념이 없었지만 한씨 집안은 언제부터인가 이미 텅텅 비어 있었다.

그들은 어디로 갔을까?

최대의 이득을 보다

한씨 집안사람들은 어디로 갔을까? 한운석은 어디로 갔을까?

병란이나 정변이 일어났을 때 혼란을 틈타 방화와 노략질이 벌어지는 것은 너무나도 당연한 일이었다. 혼란 속에서 용천묵은 눈코 뜰 새 없이 바빴지만 틈을 내어 그녀를 보호할 사람을 보냈다. 진왕비가 한씨 저택에 며칠 머물고 있다는 것은 그녀를 걱정하는 사람이면 자연히 알고 있었다. 하지만 아쉽게도 용천묵의 심복은 허탕을 쳤다.

그 심복이 떠나기 무섭게 목청무도 금군의 측근을 보냈지만 역시 똑같이 아무도 발견하지 못했다.

사실 가장 먼저 찾아온 사람은 용천묵이나 목청무 쪽 사람이 아니라 고칠소였다. 다만 고칠소가 한씨 집안 안팎을 샅샅이 뒤졌을 때 한운석은 그림자조차 보이지 않았다.

어디로 갔지?

그들은 당연히 진왕부에도 찾아갔고, 그제야 진왕부 역시 사람들이 모두 빠져 나가 텅 빈 것을 알게 되었다. 이처럼 딱 맞춘 것을 보면 분명히 진왕의 솜씨였다.

용천묵과 목청무는 궁궐 문을 공격하고 있을 때 이 소식을 들었다.

목청무는 아무 말 없었지만 용천묵은 가만히 탄식을 터트렸다.

"이 모든 것도……. 끝내 진황숙의 헤아림에서 벗어나지 못했군."

진왕이 미리 도성을 떠났을 뿐 아니라 두 저택을 깨끗이 비운 것을 보면, 일찌감치 그가 거병할 것을 예상하고 준비한 것이 분명했다.

부황이 어째서 이렇게 일을 크게 벌여 목 대장군부를 사지에 몰아넣었는지, 용천묵도 마침내 깨달았다. 그 뒤에는 필시 진황숙의 수고가 있었을 것이다. 이번 일에 그 자신마저 진황숙의 바둑돌로 전락했다는 것은 알았지만 문제 삼지 않았다. 진황숙의 선동이 없었다면 목 대장군이 막다른 곳까지 몰려 거병하지도 않았을 것이다.

모두가 이번 병란을 갑작스럽다고 생각했으나 그는 오히려 늦었다고 생각했다. 원한이 그의 마음속에 싹을 틔운 지 이미 오래였다.

이쪽에서 궁궐 문을 공격하는 중인데 저쪽에서 포성이 들려왔다. 성문이 함락된 것이 분명했다!

포병이 도착하자 가는 곳마다 적들이 달아났다. 누가 포병을 막을 수 있을까?

쾅쾅 터지는 포성에 태자군의 사기는 크게 높아졌고, 거대한 말뚝이 두꺼운 궁궐 문을 쿵쿵 때려 대니 이쪽 성문도 곧 열릴 기세였다.

궁 안의 천휘황제는 진득하게 어서방에 앉아 있었지만, 각궁의 비빈과 하인들은 벌써 귀중품을 싸 들고 이리저리 달아나기 바빴다. 물론 충성심 강한 사람들도 많아서 어서방 밖을 지키며 죽어도 천휘황제를 따르려고 했다.

그때 어서방에 함께 있던 몇몇 대신들과 금군통령 맹전은 하나같이 천휘황제에게 철수하라고 간절히 권했다.

"폐하, 궁궐 문이 곧 무너질 것입니다! 어서 떠나야 합니다!"

"폐하, 지금 가지 않으면 늦습니다!"

천휘황제의 안색이 죽은 듯 창백했고 입가에는 핏자국이 묻어 있었다. 근 반년 동안 병을 앓은 데다 오늘 밤의 충격으로 하룻밤 새 폭삭 늙어, 마흔 대인데도 쉰이나 예순 먹은 사람보다 더 늙어 보였다.

바깥의 어수선한 소리를 듣자 소매 속에 숨긴 그의 손도 부르르 떨렸다. 분노일 수도 있고 진정한 두려움일 수도 있었다.

"태자와 목씨 집안은 도리에 어긋난 짓을 저질렀고 명분도 없으니 필시 민심을 얻지 못할 것입니다. 감히 청하건대, 서경으로 천도하여 중앙과 서쪽 지방의 정예병을 동원해 반군을 포위하십시오! 오늘 밤 잃은 것은 고작 성 하나일 뿐입니다!"

맹전의 이 말을 듣자 천휘황제는 그제야 충격에서 깨어났다.

맹전의 말이 옳았다. 오늘 밤에 잃은 것은 도성 하나뿐이지만 당장 떠나지 않으면 천녕국 전체를 잃을 수 있었다.

태자가 도성에서 승기를 잡은 것은 제1포병대 덕분이었다. 하지만 천녕국에는 포병대가 하나만 있는 게 아니었다. 도성과 서북, 중부에 각각 제1, 제2, 제3포병대가 주둔하고 있었다.

비록 목씨 집안이 수년째 보병을 장악하고 있었지만, 보병 전부가 목씨 집안의 심복은 아니었다. 병란이 일어났으니 각지 주둔군 장수들은 자연스레 의탁할 곳을 고르게 될 것이고 모두가 목씨 집안을 선택한다는 보장은 없었다.

천휘황제는 마침내 상황을 받아들이고 그 자리에서 철수 명령을 내렸다. 그런데 뜻밖에도 황궁이 함락당해 동쪽과 서쪽 궁궐문은 완전히 막혔고 남쪽과 북쪽으로만 달아날 길이 남아 있었다.

허둥지둥 철수하는 동안 초청가가 천휘황제에게 한 가지 제안을 했다.

천휘황제는 곧 받아들여 태감처럼 꾸미고 맹전 등에게도 변장해서 따르며 보호하게 한 다음 궁을 떠나는 하인들 틈에 섞여 북쪽 궁궐 문으로 나가기로 했다. 그 외의 가족과 하인들은 남쪽 성문으로 보내 반군을 유인할 예정이었다.

천휘황제가 출발하려 할 때 초청가가 일어났다.

"폐하, 신첩이 감히 청할 것이 있습니다."

난리가 닥쳐 기분이 좋지 않은 천휘황제가 차갑게 물었다.

"무슨 일이냐?"

"신첩이 폐하로 변장해 남쪽 궁궐 문으로 가겠습니다. 첫째로는 태자 일파를 유인하고 둘째로는……, 기회를 보아 활을 쏘아 죽이기 위해서입니다!"

초청가는 진지하게 말했다.

그 말에 사람들은 그제야 귀비마마가 무공을 할 줄 알고 궁술도 일류라는 것을 떠올렸다.

태감 한 명을 천휘황제로 변장시켜 반군을 유인하면 시간을 얼마나 벌 수 있을지 모르지만, 초청가가 그 일을 맡으면 시간을 버는 것은 물론 전세를 뒤집을 기회가 생길 수도 있었다.

태자가 죽으면 반군에는 우두머리가 사라지니 상황이 완전히 달라질 것이다.

천휘황제는 무척 기뻐했다.

"좋다! 그대가 짐을 대신해 그 불효막심한 놈을 죽여 준다면 천녕국 황후 자리는 그대 것이다!"

황후?

초청가의 마음속에 씁쓸함이 치밀었다. 솔직히 말하면 천휘황제가 전란 속에 죽기를 바라마지 않았지만 부득불 그를 보호할 수밖에 없었다. 아직 그녀의 뱃속에 황제의 혈육이 들어 있지 않기 때문이었다!

"폐하께서 무사하시다면 신첩은 만족합니다."

초청가는 본심과 다른 말을 했다.

천휘황제는 감동해서 초청가의 손을 꽉 잡았다.

"청아淸兒(초청가를 친근하게 부르는 말), 짐은 성 밖 칠리교에서 기다리마."

초청가는 고개를 끄덕인 뒤 표시나지 않게 손을 뿌리친 후 돌아서서 나갔다.

도성의 전란은 꼬박 며칠 밤낮 동안 계속되었다.

반란 당일 밤, 태자가 천휘황제를 쫓다가 고수의 습격을 당했는데, 다행히 검은 옷을 입은 신비한 시위들의 도움으로 목숨을 구했다는 소문이 돌았다.

목 대장군이 친히 천휘황제를 쫓아가 남쪽 궁궐 문에서 황제를 죽였다는 소문도 있었다.

또, 천휘황제는 목숨을 건져 북쪽 궁궐 문으로 달아났고, 도리어 목 대장군이 전란 속에 맹전에게 죽임을 당했다는 소문도 퍼졌다.

전란의 불꽃은 장장 닷새 동안 타올랐고, 도성이 안정을 되찾으면서 황당무계한 소문들은 알아서 잦아들었다. 사실 천휘황제는 순조롭게 도성에서 달아났고 초청가는 목 대장군을 만나 결전을 치르다가 두 사람 모두 부상당했다.

천휘황제는 아직 서경으로 달아나는 중이었고, 태자는 도성에서 황제를 칭하며 천휘황제를 계속 쫓는 한편 적극적으로 능력 있는 신하들과 지방 세력을 끌어들였다.

도성에 난리가 났으니 천녕국 각 지방 세력들도 속속 태도를 밝혔다. 태자를 성토하고 천휘황제를 옹호하는 세력이 있는 한편, 태자를 지지하고 천휘황제를 배신한 세력도 있었다.

그런 와중에 아무도 무시할 수 없는 일이 벌어졌다. 중부와 강남의 세력들이 군대건 군현이건 상관없이 약속이나 한 듯 진왕 전하를 황제로 추대하며 지지를 표한 것이다!

이 소식을 듣는 순간 마차에 있던 천휘황제는 찻잔을 힘껏 집어 던졌다.

"진왕!"

별안간 뭔가 깨달은 듯, 그는 분노의 불길이 심장을 집어삼켜 제대로 숨을 쉬지 못하다가 결국 새빨간 피를 토하며 혼절하고 말았다.

"고 태의! 어서, 어서 고 태의를 불러라!"

초청가가 소리소리 질렀다.

그런데 웬걸, 아무도 태의인 고북월을 찾을 수 없었다. 반란이 일어나던 날 밤 고북월이 제일 먼저 황궁을 떠났다는 것은 아무도 알지 못했다.

비록 예상하긴 했으나 용천묵 역시 중부와 강남의 소식을 듣자 참지 못하고 주먹을 부르쥐었고 안색도 무겁게 가라앉았다. 알다시피 천녕국 중부에는 세 개 군밖에 없는데 하나같이 초대형 군으로 인구도 가장 많았다. 그리고 강남은 천녕국에서 가장 풍요로운 곳일 뿐 아니라 운공대륙 전체에서 가장 풍요로운 곳으로, 물고기와 쌀이 넘치고 물자도 풍부했다!

간단히 말해 인구가 많고 양식도 많은 지방이었다.

그들 부자 두 사람이 죽자 살자 싸우는 동안 진왕은 힘 하나 안 들이고 가장 큰 이득을 본 것이다!

천휘황제는 용천묵과 목씨 집안이 대역무도하게 제위를 찬탈했으니 하늘과 땅이 용서하지 않으리라며 성토했고, 용천묵은 즉시 천휘황제가 참소만 믿고 옳고 그름을 가리지 못해 충성스러운 사람을 모함하고 죽이려 했다고 헐뜯었다.

부자가 죽어라 서로 물어뜯는 동안 진왕은 아무 일도 하지 않고 조용히 있었지만, 그를 지지하는 소리는 가장 높았고 따르는 민심도 가장 많았다.

한 달 후, 천녕국의 상황이 정해졌다. 천휘황제는 서경에서 서북쪽 열 개 군을 장악해 여전히 천녕국이라는 국호를 썼고, 용천묵은 도성과 동북쪽 일곱 개 군을 차지해 천안天安이라는 국호를 세웠다. 그리고 중부와 남부는 본래 상태를 유지했다. 그들 중 누구도 감히 천녕국이나 천안국에 투항하지 못했고, 역시 누구도 감히 봉기해 자립하지도 못했다.

곧 진왕이 거병해 도성을 공격하고 나아가 서북쪽 열 개 군을 삼키려 한다는 소문이 퍼졌다. 그 소문에 천휘황제와 용천묵 모두 좌불안석이었고, 중부와 강남의 군대도 들썩였다.

그렇지만…… 사실상 야심 있는 자들 중 누구도 진왕 전하가 어디에 있는지 알지 못했다.

도성에 반란이 일어나던 날 밤 이후로 진왕 전하는 실종된 것처럼 다시는 공개석상에 모습을 드러내지 않았다.

그리고 한운석은 아직도 마차에 있었다.

그날 밤 도성에 난리가 일어나자 그녀는 곧 어떻게 된 것인지 깨달았다. 영리해서가 아니라 오랫동안 함께 지냈기에 용비야의 수완을 꿰뚫어 볼 수 있었던 덕분이었다.

그날 어서방에서 용비야와 천휘황제의 대화를 들은 그녀는 용비야가 어떤 길을 갈지 알아차렸다.

그녀가 일곱째 소실댁에게 짐을 꾸려 도성을 떠나라고 하려는데, 뜻밖에도 백리 장군의 인어병이 불쑥 나타나 그들을 데리고 수로를 통해 성을 나갔다.

도성을 떠난 후 일곱째 소실댁 일행은 다른 길로 안내되었고, 한운석 혼자 마차에 올랐다. 인어병은 진왕 전하가 그녀를 만나고자 한다고 했다.

뜻밖에도 그 여정은 한 달이나 이어졌고, 마차는 계속 남쪽으로 달렸다.

마치 유람을 나온 것처럼 지나는 곳마다 풍경이 무척 아름다웠다. 이따금 천휘황제와 용천묵의 각종 소식을 듣기도 했지만 한운석은 애초에 그런 일에 신경 쓸 생각이 없었다.

그녀는 내내 아무 말 없었다. 처음에는 자세히 묻지도 않은 채 인어병들이 시키는 대로 따라갔고 심심해지면 해독시스템에 숨어 오후 내내 푹 잠들곤 했다.

하지만 시간이 지날수록 참기 어려워졌다.

그녀를 만나고자 한다더니, 용비야는 어디에 있는 걸까? 대체 어디에? 어디에……!

그녀는 인어병에게 몇 번이나 물었지만 그들도 알지 못했다. 그저 진왕 전하가 영남군 방향으로 가라고 했다는 말뿐이었다.

그 나쁜 놈이 나더러 한씨 집안에 돌아가라고 했잖아? 그런데 왜 만나자는 거야? 만날 일이 있으며 만나면 되지, 뭐 하러 밑도 끝도 없이 사람을 남쪽으로 보내 놓고 이렇게 한참 동안 코빼기도 안 보여?

대체 어쩌자는 거람?

한운석은 화가 치밀어 독으로 인어병을 쓰러뜨리고 달아날까 생각하기도 했다. 하지만 결국 그렇게 하지 않고 더욱더 조용해져서 다시는 아무것도 묻지 않았다.

그날 마차가 어느 저택 문 앞에 서서히 멈추었다.

"왕비마마, 내리시지요."

인어병이 나지막하게 말했다.

막 해독시스템에서 나온 한운석은 머리가 묵직해서 '내리십시오'라는 말만 듣고 아무 생각 없이 내려갔다. 그런데 낯익은 대문을 보는 순간 그만 멍해지고 말았다.

약을 마셔라

이곳은 진왕부를 제외하고 한운석이 가장 오래 머물렀던 장소였다. 한씨 저택보다 이곳에 머문 시간이 더 많았다.

한운석은 문 앞에 서서 바보처럼 멍한 얼굴로 커다란 편액을 올려다보았다.

이곳에서, 그는 그녀의 뒤에 서서 그 시, 《복산자卜算子 영매詠梅》를 읊었다.

이곳에서, 그는 그녀에게 무엇이 귀하냐고 물었고, 그녀는 '한 사람의 마음을 얻어 백발이 될 때까지 함께 하는 것'이라고 대답했다.

이곳에서, 그녀는 그의 어깨에 기대 잠드는 버릇이 생겼고, 그는 그녀와 함께 천녕국에서 가장 추운 겨울을 보냈다.

이곳은 바로 명성 자자한 강남 매해였다. 강남 삼대 원림 중 가장 유명한 곳으로, 매년 겨울에서 봄이면 매화가 바다처럼 핀다고 해서 이런 이름을 얻었다.

이곳은 용비야가 그녀에게 새해 선물로 주었고, 주인임을 증명하는 매화 모양 영패는 그녀가 항상 들고 다니던 진료 주머니에 들어 있었다.

작년 겨울에 있었던 일들이 하나하나 눈앞에 되살아났다. 다음 겨울에도 다시 와서 시간을 보낼 수 있을까 생각하며 떠나왔는데, 그런데…….

그런데, 용비야. 아직 여름도 오지 않았는데 우린…… 어쩌다 이렇게 됐을까?

당신, 이 안에 있어?

"왕비마마, 들어가시지요."

인어병이 매화 모양 영패를 바치며 한운석의 생각을 중단시켰다.

이걸 볼 때 진료 주머니가 용비야의 손에 있는 것이 분명했다. 이 영패는 그가 진료 주머니에서 꺼낸 것이었다.

한운석은 한참 동안 침묵을 지키다가 마침내 질문을 꺼냈다.

"전하께서…… 안에 계신가?"

"용서하십시오, 왕비마마. 저는 잘 모릅니다. 저도 어제 비로소 마마를 이곳으로 모시라는 명령을 받았습니다."

인어병이 사실대로 말했다.

한운석은 묵묵히 영패를 받아 강남 매해로 들어섰다.

들어서자마자 그녀는 온천이 딸린 작은 집으로 달려갔다. 뭘 이렇게 서두르는지 자신도 몰랐지만, 그냥 마음이 급했다.

그녀는 거의 뛰다시피 하며 집으로 뛰어들었지만 입구에서 딱 멈췄다. 빈집의 공허함이 눈앞을 덮치자 그제야 정신이 들었다.

그는, 없었다.

그녀는 희미하게 웃었다. 서두른 자신이 우스웠다. 뭐가 그리 급했을까?

보든 안 보든 무슨 차이가 있다고?

아마 만나지 않으려는 거겠지. 그렇지 않으면 한 달이나 지났는데 아무리 바빠도 왔을 것이다.

하지만 그녀를 매해에 버려 놓고 어쩌라는 걸까?

한 사람의 마음을 얻지 못하는데 이런 속세의 물건을 가진들 무슨 소용일까?

한운석은 인어병을 찾아갔다.

"한씨 집안사람들은 어디 있나?"

"전하께서 이미 처소를 마련하셨습니다. 영남군에 있으니 안심하십시오."

인어병이 사실대로 대답했다.

"마차를 준비하게. 영남군으로 가야겠네."

한운석이 차분하게 말했다.

진왕 전하에게 받은 명령이 없는 인어병은 여주인의 말을 들을 수밖에 없었다.

하지만 마차가 준비되었을 때 갑자기 하늘에 먹구름이 깔리고 세찬 천둥소리가 들리더니 대야로 퍼붓듯 비가 쏟아졌다.

한운석은 별수 없이 비가 그치기를 기다렸다.

문지방에 앉아 비의 장막이 점점 촘촘해지는 것을 바라보던 그녀는 어느새 또 멍청하게 넋이 나갔다.

용비야가 멀지 않은 곳에서 줄곧 자신을 바라보고 있다는 것을, 그녀는 알지 못했다.

근 한 달간 천녕국에서 동란이 계속되었지만, 모든 것을 손에 쥔 이 왕은 아무것도 하지 않은 채 한운석의 마차를 따라 북에서 남으로 내려가며 비밀리에 그녀를 지키고, 조용히 그녀와 함께했다.

그는 분명 그녀를 만나겠다고 말했고, 분명 시시때때로 그녀를 만나 보고 있었지만, 그녀만 모르고 있을 뿐이었다.

지금 그는 비를 보고 있을까, 그녀를 보고 있을까. 아니면 그냥 넋을 놓고 있을까. 그의 까만 눈동자는 바다 같이 깊어 속을 헤아릴 수 없고, 그의 눈썹은 미간에 검을 찔린 듯 잔뜩 찡그려져 있었다.

온 천하를 손아귀에 넣었으나 유독 한 여자만은 그럴 수가 없었다.

그때 갑자기 하얀 그림자 하나가 한운석의 등 뒤로 휙 지나갔다. 움직임을 느낀 한운석이 즉시 고개를 돌렸고, 용비야는 미처 피하지 못하고 그만 한운석의 시선과 딱 마주치고 말았다!

멀지 않은 곳에서 꼬맹이가 숨을 쌕쌕거리며 엎어져 있었다. 한 달 내내 운석 엄마가 용 아빠를 발견하게 하려고 무진장 고민했는데 지금껏 기회가 없었다.

결국 이 장대비가 기회를 만들어 주었다. 녀석은 그저 다음 번에 용 아빠에게 꼬리를 잡히더라도 아주 참담한 꼴은 당하지 않기만을 바랄 뿐이었다.

이렇게 용비야를 보게 될 줄은 전혀 생각지 못했던 한운석은 당황했다. 고개를 돌렸더니 그가 보이다니, 마치 꿈을 꾸는 기분이었다.

용비야는 꼬맹이가 나는 듯이 달아난 방향을 흘끗 바라보며 아무 표정 없이 한운석의 시선을 받고 섰다.

빌어먹게도 두 사람은 마주치자마자 또 침묵에 빠졌다.

결국 용비야가 돌아서서 떠나려고 했다.

"멈춰요!"

한운석이 차갑게 말했다.

용비야는 정말 멈췄다. 그 뒷모습이 유난히 조용해 보였다.

"무슨 일로…… 날 찾았죠?"

한운석이 차분하게 물었다.

용비야는 대답하지 않고 잠시 서 있다가 다시 걸어갔다.

한운석은 한 걸음 한 걸음 떠나가는 그를 보다가 홧김에 빗속을 내달려 그의 앞을 가로막고 매해의 영패를 그에게 던졌다.

"진료 주머니를 돌려줘요!"

용비야가 받지 않는 바람에 도자기로 만든 영패는 그대로 땡강 소리를 내며 깨졌다.

그가 고개를 숙여 바라보았고, 그녀 역시 고개를 숙였다. 산산조각이 난 영패를 보자 까닭 없이 손바닥이 욱신거렸다.

"그러지."

마침내 그가 입을 열었다.

그녀가 번쩍 고개를 들어 쳐다보니 그는 예전처럼 눈을 내리뜬 채 차갑고 조용한 얼굴을 하고 있었다.

"가서 가져오겠다."

"언제 가져올 거예요? 난 여길 떠날 거예요!"

그녀가 차갑게 말했다.

그는 또 한참 동안 말이 없다가 겨우 차분하게 말했다.

"모른다."

이 말을 끝으로 그는 정말 떠나 비의 장막 속으로 사라졌다.

한운석은 바보처럼 빗속에 서 있었다. 세상이 온통 비에 젖어 광풍이 몰아치고 폭우가 쏟아지는 것만 같았다!

비가 그친 후 용비야는 보이지 않았고 한운석은 한바탕 앓아누웠다. 심한 풍한과 고열이었다. 하인이 청해 온 의원이 맥을 살피고 약을 지어주었다.

하지만 하인이 약을 달여 입가로 가져가자 그녀는 냅다 그릇을 뿌리쳤다. 아침부터 그릇이 세 개나 깨졌다.

그가 결국 나타났다.

몽롱한 상태에서 깨어난 그녀는 침상 옆에 앉아 부드럽게 자신을 바라보는 그를 발견했다. 그녀는 또 꿈을 꾸는 줄 알고 깰까 두려워 재빨리 눈을 감았다.

"약을 마셔라."

그가 말하자마자 그녀는 곧 깨어났다. 말 없는 그의 얼굴을 보자 꿈이 아닌 것을 알 수 있었다.

그가 손수 약을 내밀었지만 그녀는 고개를 돌리고 모른 척했다.

그가 그래도 약을 먹이려 하자 그녀는 화가 나서 그릇을 빼앗아 바닥에 집어 던졌다.

"용비야, 대체 어쩌려는 거예요?"

"약을 마셔라."

그가 담담하게 말했다.

"내 질문에 대답해요!"

그녀가 노성을 터트렸다. 한 달을 기다렸는데, 만나도 아무 말 하지 않고 떠나는 것도 허락하지 않으니 놀리는 게 아니면 뭐야?

열이 올랐는데 화를 내기까지 하자 그녀의 얼굴이 무서울 만큼 시뻘게지더니 말을 마치기 무섭게 격렬한 기침이 터져 나왔다. 얼마나 심한지 심장과 가슴이 다 아플 지경이었다.

결국 그의 말투가 초조해졌다.

"약부터 마셔라. 그런 다음 대답하마."

"싫다면요?"

그녀는 차가운 눈으로 맞섰다. 잘해 준다고 기어오르려는 게 아니라 너무 화가 나서 견딜 수가 없었다.

그는 말이 없었다. 대신 갑자기 약을 한 모금 마시더니 그녀의 턱을 잡아 사납게 입을 틀어막고 머금은 약을 넘겨주었다.

그녀가 완강하게 반항하고 때려 댔지만 그는 놓아주지 않았다. 한 모금을 다 먹이자 그는 다시 한 모금을 입에 넣어 계속했다.

그녀는 화가 나 주먹을 휘두르다가 무심결에 그의 가슴을 때렸다. 그 순간, 그가 그녀를 놓아주고 고개를 홱 돌려 왈칵 피를 토했다.

내상이 반밖에 낫지 않았는데 이렇게 가까운 거리에서 가슴을 정통으로 맞았으니 당연히 견뎌 낼 수 없었다.

그녀는 당황해서 갑작스레 하얗게 질린 그의 얼굴을 멍하니 바라보며 어쩔 줄 몰랐다.

그가 어떻게 된 걸까?

그는 입가에 묻은 피를 닦아 내고 다시 그녀의 입가에 약그릇을 내밀었다.

"다 마셔라."

"용비야, 다쳤어요?"

그녀가 놀란 소리로 물었다. 잘은 몰라도, 겉보기에 다친 데가 없는 것을 보면 내상을 입었다고 짐작할 수 있었다.

그처럼 무공이 뛰어난 사람이 어쩌다 내상을 입었을까? 누가 공격한 것일까?

그녀의 주먹질에 힘이 있어 봤자 얼마나 있다고? 그 주먹 한 번에 피를 토할 정도면 얼마나 심각한 내상을 입은 것일까?

그는 그녀의 질문에 아랑곳하지 않고 어린아이처럼 끈질기게 고집을 부렸다.

"다 마셔라."

"어떻게 된 거예요? 어떻게 된 거야? 말해요! 한 달 동안 뭘 한 거예요?"

그녀는 다급하게 그의 손을 밀어내고 가슴을 살피려 했지만 그는 또다시 고집스레 약을 들이밀었다.

"다 마셔라!"

"용비야, 대체 어떻게 된 거예요? 말해요!"

한운석은 울음을 터트렸다. 눈물이 주룩주룩 쏟아지면서, 그가 다쳤다는 두려움과 한 달간 참아 온 억울함이 한꺼번에 솟구쳤다.

"용비야, 당신 대체 어떻게 된 거예요? 어떻게 된 거냐고요?"

그는 황급히 그녀의 눈물을 닦아 주었지만 닦아도 닦아도 끝이 없었다.

"나는…… 괜찮다."

그가 담담하게 말했다.

"거짓말!"

그녀가 사납게 외쳤다. 분명히 피를 토해 놓고 어떻게 괜찮을 수 있어?

"정말 괜찮으니 약부터 마셔라. 자."

그는 여전히 약 생각만 했다. 어렵사리 건강하게 만들어 놓았는데 다시 망가뜨릴 순 없었다.

"안 마셔요!"

그녀는 완강했다. 결국 그도 어쩔 도리가 없어 대답했다.

"검종 사람에게 당했다. 심각한 것은 아니다."

"당신 사부 말이에요?"

한운석은 충격을 받았다. 단목요는 절대로 그를 다치게 할만한 실력이 없었다. 천산검종에서 그를 해칠 수 있는 사람은 얼마 되지 않을 것이다.

그날 그는 대체 왜 두말없이 단목요를 따라갔을까? 왜 그렇게 서둘렀을까? 왜 한마디 설명도 하지 않고, 왜 그녀를 데려가지도 않았을까?

"아니다. 사숙인 창구자다."

그는 담담하게 말했다. 사부의 일만 아니면 뭐든 기꺼이 그녀에게 말해 줄 수 있었다.

사부에 관한 일은 말할 수도 없고, 그녀를 사부와 만나게 해 줄 수도 없었다.

"무슨 일이 있었어요?"

한운석이 진지하게 물었다.

"사문에 파벌 싸움이 있었지만 이미 해결되었다."

그는 별일 아닌 것처럼 말했다. 창구자와 정식으로 대결했다면 이렇게 무거운 상처를 입지도 않았을 것이다.

"왜 말해 주지 않았어요? 왜 아무것도 나한테 말해 주지 않아요?"

그녀가 화난 소리로 캐물었다.

"갑작스럽게 벌어진 일이었다……."

그가 말하며 다시 약그릇을 들었다.

"안 마셔요!"

그녀는 또다시 밀어냈다.

"상처 좀 봐요."

"약부터 마셔라."

그가 진지하게 말했다.

그녀는 눈썹을 잔뜩 찌푸리고 눈시울을 빨갛게 물들인 채 꼼짝도 하지 않았다.

그도 별수 없이 다시 약을 내려놓고 상의를 벗었다. 시간이 한참 지났지만 가슴팍에 찍힌 손자국은 아직도 남아 있어서 창구자가 얼마나 사정없이 때렸는지 짐작할 수 있었다.

　상처를 본 그녀는 마음이 찢어지는 것 같았다. 살며시 손을 대보았지만 그가 아플까 봐 제대로 건드리지도 못했다.

　"방금은…… 내 잘못이에요!"

　"우선 약부터 마셔라, 응?"

　하마터면 정말 빌 뻔했다. 그가 평생 누구에게 빌어 본 적이 있었을까? 바깥에서는 중부의 세 개 군과 강남의 열다섯 성이 그가 나라를 장악하고 명령을 내려주기를 기다리고 있었지만, 정작 그 자신은 이곳에서 한 여자에게 약을 마시라고 부탁하고 있었다.

　그런데 이 여자는 기어코 마시려 하지 않았다.

　"당신은 나와 고칠소 사이를 의심했어요! 날 경멸했다고요!"

　질문이 아니라 거의 확신에 찬 비난이었다.

　그의 손이 살짝 움찔했다.

　"아니다."

　그는 이렇게 말한 뒤 곧 다시 덧붙였다.

　"널 죽일 수는 없지만, 고칠소는 죽일 수 있지."

　그가 불쾌해하고 있었다!

　"일부러 그런 게 아니에요! 그때는……."

　그녀는 다급히 당시 상황을 설명했다. 흑의 고수를 피하려고 고칠소와 그렇게 할 수밖에 없었고, 나중에 옷을 챙겨 입지 못하고 고칠소의 상처를 치료한 것도 일부러 그런 것은 아니었다.

다친 사람이 그녀의 목숨을 구해 준 은인이기도 했지만, 그렇지 않았더라도 그처럼 긴박한 상황에서 이것저것 따지지는 못했을 것이다.

고칠소는 상처가 너무 깊어 촌각을 다투어 응급 처치해야 했다!

해명을 듣고서도 그는 여전히 어두운 얼굴이었다.

"영원히 널 용서하지 않을 것이다. 약을 마셔라."

평생 그런 척하지

영원히 용서하지 않겠다!

그 한마디가 한운석에게 사형을 선고했다.

그녀는 울어서 빨개진 눈으로 억울하고 막막하게 그를 응시했다. 마치 그 말뜻을 알아듣지 못한 것 같았다.

"마셔라."

그가 또 재촉했다.

천녕국에 난리가 나건, 운공대륙에 난리가 나건, 지금 그에게는 이 약이 세상 그 무엇보다 중요했다.

한운석은 한참 동안 그를 바라보면서 입을 꾹 다문 채 아무 말도 하지 않았고 약도 마시지 않았다.

용비야가 살아오면서 가장 많은 인내심을 발휘한 순간이 바로 지금일 것이다.

"착하지, 고집부리지 말고."

그릇이 그녀의 입술에 닿았지만, 안타깝게도 그녀는 여전히 움직이지 않았다.

"마시라니까."

그는 눈을 내리뜬 채 영원히 화를 내지 않을 것처럼 인내심을 보였다.

그제야 그녀가 입을 열었다.

"정말 일부러 그런 게 아니에요."

그는 대답을 피했다.

"약을 마셔라."

"용서해 줄 수 없어요?"

그녀가 진지하게 물었다.

타협할 여지가 없다는 듯 그는 곧바로 고개를 저었다.

갑자기 그녀가 약그릇을 받아 단숨에 마셔 버렸다.

"마셨어요."

용비야는 뜻밖의 상황에 당황했다. 그녀가 약을 마셨으니 마음이 놓여야 하는데, 어쩐지 마음이 더 답답해졌다.

"다 마셨어요."

한운석이 다시 말했다.

"음."

용비야는 가만히 대답했다.

뜻밖에도 한운석이 놀라운 말을 내뱉었다.

"이제 가도 돼요."

대체……, 대체 누가 누구에게 사형 선고를 내린 걸까?

용비야는 그 자리에 얼어붙었다.

한운석은 그를 모른 척하고 누워 이불을 덮고 눈을 감고 잠을 청했다.

본래도 조용하던 방은 더욱더 고요해져 마치 소리라곤 없는 세상이 된 것 같았다.

한참, 아주 한참이 흐른 다음에야 용비야가 몸을 일으켰다.

정말……, 가려는 걸까?

그랬다. 정말 가려는 것이었다.

그는 정말 몸을 돌려 걸어갔고 한 걸음 한 걸음 침상에서 멀어졌다. 한운석은 살그머니 눈을 떴다. 그녀가 일어나려는데 뜻밖에도 갑자기 용비야가 우뚝 섰다.

그녀는 재빨리 눈을 감았다.

용비야는 그 자리에 한참 서 있다가 다시 돌아와 침상 옆에 앉았다. 하지만 아무 말도 하지 않고 그녀를 바라보기만 했다.

얼마 지나지 않아 한운석이 눈을 떴다. 그녀가 뭐라고 말하려는데 그가 먼저 말했다.

"네 병이 나으면 가겠다."

이불 속에 있는 한운석의 손에 힘이 잔뜩 들어갔지만, 그녀는 아무렇지 않은 척 말했다.

"그러세요."

그렇게 해서 그는 남았다.

마치 묵계라도 되는 양 그는 고칠소의 일을 한마디도 꺼내지 않았고, 그녀 역시 용서해 줄 것인지 캐묻지 않았다.

그는 하루 종일 침상 곁을 지켰다. 약뿐만 아니라 삼시 세끼를 직접 먹여 주었고, 반 시진마다 그녀의 이마를 짚으며 열이 내렸는지 확인했다.

그녀는 눕고 그는 앉은 채로 함께 하루를 보내며 둘 다 말이 없었지만 조금도 어색하지 않았다.

밤이 되었으나 열은 아직도 완전히 가시지 않았다. 그는 그녀의 이마를 살짝 만져 보았지만 확신이 서지 않는 듯했다.

그는 가까이 몸을 굽히고 그녀의 앞머리를 살짝 넘긴 뒤 뺨을 이마에 대고 온도를 가늠하더니 무심코 입을 열었다.

"아직 뜨거운 것 같군."

그의 매끄러운 턱이 그녀의 코에 닿았다. 너무 너무 가까워서 그 무엇보다 익숙한 그의 싸늘한 기운을 맡을 수 있을 정도였다.

"거의 내렸어요. 한숨 자고 내일이면 괜찮아질 거예요. 걱정하지 말아요."

그는 물러서면서 잊지 않고 그녀의 앞머리를 본래대로 매만져주었다. 길고 보기 좋은 손가락이 가볍게 그녀의 머리카락을 살며시 어루만지는데, 용비야의 손길이라고 생각할 수 없을 만큼 부드러웠다!

그래 봤자 앞머리 조금뿐인데 그는 한참 동안 매만졌다. 그녀도 움직이거나 말하지 않고 그가 하는 대로 내버려 두었다.

아무리 그래도 결국 작업은 끝났다. 그가 손을 떼자마자 그녀는 마음이 텅 빈 기분이 들었다.

"어깨에 생긴 상처를 봐야겠다."

사실은 계속 그 상처가 신경 쓰였다.

"다 나았어요. 흉터가 좀 생겼지만."

한 달이나 지났고, 백의 공자가 준 약은 효과가 좋았다.

"본 왕이 보겠다."

그가 고집을 부렸다.

그녀는 별수 없이 옷을 벗어 어깨를 드러냈다. 그녀의 말대로 상처는 완전히 아물었고 희미한 흉터 한 줄만 남아 있었다.

그가 살며시 쓰다듬자 그녀는 고개를 돌렸다. 그의 손길이 주는 부드러움에 깊이 빠져들까 봐 두려웠다.

"미안하다. 일부러 그런 것은 아니었다."

그가 차분하게 말했다.

한참 후에야 그녀가 비로소 입을 열었다.

"괜찮아요. 용서해 줄게요."

그의 손이 그녀의 어깨 위에서 얼어붙었다. 그녀는 표 나지 않게 그 손을 밀어내고 옷을 입은 다음 다시 나른하게 이불 속으로 들어갔다.

"내상 치료는 안 해요?"

그녀가 물었다.

"네가 잠들면."

그가 말했다.

그래서 그녀는 곧 등을 돌리고 잠을 청했고, 그는 안락의자에 가부좌를 틀고 앉아 밤새도록 운기조식運氣調息(몸속의 기운을 돌리고 호흡을 조절하는 것. 내공을 수련하거나 내상을 치료하기 위해 수행함)했다. 그녀는 그를 등진 채 날이 밝을 때까지 눈을 뜨고 있었다.

병이 나으면 떠나기로 약속했다.

풍한이란 아무리 심해도 결국에는 낫기 마련이었다.

아침 해가 점점 솟아오를 때쯤 돌아누워 보니 그가 쳐다보고 있었다. 그는 또 어젯밤처럼 몸을 굽혀 싸늘한 뺨을 그녀의 이마에 대고 온도를 가늠했다.

"열이 내렸군."

그가 확신했다.

"네."

그녀는 가볍게 기침을 했다. 시간 맞춰 약을 마시면 늦어도 사흘이면 나으리라는 것을 그녀도 잘 알았다.

"의원을 불러 다시 확인해 보지."

그가 또 말했다.

"네."

그녀는 차분하게 대답했다.

의원이 왔다. 놀랍게도 의원은 그녀의 체질이 좋아서 하루 더 약을 먹으면 아무 일 없을 것이라고 했다.

본래는 허약 체질이었는데 그가 열심히 암탉과 바닷가재를 먹여 몸보신시켜 준 덕분이었다. 게다가 의원이 지어준 약도 효과가 빠른 진귀한 약이어서 계속 아프고 싶어도 그럴 수가 없었다.

한운석은 가만히 누워 있는 성격이 아니었지만 분명히 침상에서 내려올 수 있는데도 또 누워서 하루를 보냈다.

이날도 그는 몸소 병간호했고 시녀 한 사람 불러들이지 않았다.

약을 다 먹이자 그는 옆에 앉아서 운기조식했다. 가만히 그를 바라보던 그녀는 문득 작년 겨울로 돌아간 착각에 빠졌다.

백 걸음 거리. 그때와 지금 중에 먼 것은 언제고 가까운 것은 언제일까?

이튿날 아침 한운석은 완전히 나았다.

그녀는 과감하게 침상에서 내려와 솔직하게 말했다.

"용비야, 이제 다 나았어요!"

"그렇군."

용비야는 고개를 끄덕였다.

잠시 후 그가 영패를 내밀었다. 다름 아닌 지난번 박살났던 매화 모양 영패를 다시 이어붙인 것이었다. 온통 금이 가 있었지만 그래도 흠 없이 완벽했다.

그가 말했다.

"진왕부로 돌아오지 않으려거든 강남 매해에 있는 건 어떠냐?"

한운석의 심장이 살짝 죄어들었다. 이틀간 말이 없던 용비야의 얼굴을 보자 울컥 마음이 아파졌다.

강남 매해는 그녀의 것이지만, 그래도 그가 선물한 것인데 진왕부에 돌아가는 것과 무슨 차이가 있을까?

"좋아요!"

그녀는 그렇게 대답하며 영패를 돌려받았다.

그는 고개를 숙이고 돌아서서 문을 나섰다.

가는 거야? 이렇게 가는 거냐고!

이 바보!

가란다고 정말 가는 게 어딨어!

한운석의 심장이 쿵 소리를 내며 떨어졌다. 그녀는 앞뒤 생각지 않고 쫓아가서 등 뒤에서 용비야를 와락 끌어안아 그의 허리를 단단히 감쌌다.

"영원히 용서할 수 없다면, 잠시 용서한 척할 수는 없어요?"

그가 그녀의 손을 잡았다. 손을 떼어 내려는 것 같아 그녀는 혼비백산해서 더욱 힘주어 끌어안았다.

"그러면 안 돼요?"

용비야는 그래도 그녀의 손을 떼어내고 몸을 돌려 찡그린 눈으로 그녀를 바라보았다.

한운석은 당황하고 속이 답답해 숨 쉬는 것조차 힘들었다.

뜻밖에도 그는 기가 막힌다는 표정으로 차분하게 말했다.

"본 왕은 진료 주머니를 가지러 가려던 것뿐이다……. 그렇게 초조해할 것 없다."

한운석은 그 자리에 얼어붙었다. 갑자기 무슨 말을 해야 할지 알 수가 없었다.

그 멍청한 표정을 보자 용비야는 참지 못하고 그녀의 앞머리를 쓰다듬었다.

"이왕 그런 척하기로 한다면……, 평생 그런 척하지."

한운석은 하마터면 울음을 터트릴 뻔했다. 이렇게까지 괴롭힐 필요는 없잖아.

정말 놀라 죽을 뻔했단 말이야!

용비야, 당신 참 나빠!

그녀가 울먹거렸지만 그는 여전히 몹시도 진지한 목소리로 물었다.

"그러면……, 좋으냐?"

그녀는 말없이 그를 바라보았다. 분명히 당장이라도 울음을 터트릴 것 같은 얼굴이었지만 웃음이 났다.

그는 예전처럼 그녀의 손을 잡고 손가락을 깍지 낀 채 느릿느릿 매화 숲을 걸었다.

아직 놀람이 가시지 않은 그녀는 걸으면서 어지러운 마음을 가다듬었다. 그녀는 정말로 이 남자가 좋았다. 그렇지 않으면 벌써 이 손을 뿌리치고 떠났을 것이고, 이렇게 괴롭힘을 당하지도 않았을 것이다.

그녀가 고개를 들고 천성적으로 차가운 그의 옆얼굴을 바라보았다. 지금 그는 무슨 생각을 하고 있을까?

"용비야……."

그녀가 나지막하게 입을 열었다. 몇 년이 지난 후, 그녀는 자신이 이때부터 더는 이 남자를 '전하'라고 부르지 않고 직접 이름을 부르기 시작했다는 사실을 잊어버렸다.

"음."

그가 돌아보았다.

"무슨 생각해요?"

말다툼을 하고 나자 도리어 예전만큼 조심스럽지 않았다.

"미독 해약 건……. 네가 날 믿을까 아닐까 생각하고 있다."

용비야가 차분하게 말했다.

한운석은 그제야 그 일을 떠올렸다. 고칠소가 한 말이 여전히 귓가에 어른거리고 용비야 역시 똑같은 태도인데, 누굴 믿어야 할까?

용비야는 걸음을 멈추고 캐물었다.

"믿느냐?"

"뭘 믿어?"

갑자기 귀에 익은 목소리가 들려왔다. 한운석이 고개를 돌려 보니 오랫동안 보지 못한 당문의 후계자, 당리였다.

그는 여전히 흰옷을 입어 신선 같은 분위기를 풍기고 있었지만, 여전히 입을 여는 순간 분위기를 깼다.

"한운석, 결국 성질 죽였구나?"

당리가 웃으며 물었다.

한운석은 못 들은 척했을 뿐 아니라 아예 그를 보지도 못한 척하며 고개를 돌렸다.

"한운석, 네가 형을 흘려 큰일을 망친다는 여 이모 말씀이 맞아. 강남과 중부에서 형이 황제가 되어 나라를 세우기를 기다리는 사람이 얼마나 많은지 알기나 해? 형은……."

당리는 계속 말하려고 했으나 용비야의 차가운 눈길이 날아들자 입을 다물었다.

한운석이 차갑게 말했다.

"당신 형님은 황제가 되지도 않고 나라를 세우지도 않을 거예요. 쓸데없는 생각 말아요."

고작 중부 세 개 군과 강남 열다섯 성이 용비야의 눈에 찰 리 없었다. 그가 황제가 되어 나라를 세우려면 반드시 운공대륙 전체를 손에 넣으려 할 것이다.

용비야는 흥미로운 눈길로 한운석을 쳐다보며 물었다.

"어떻게 아느냐?"

"전하, 중부 세 개 군과 강남 열다섯 성은 본래부터 전하의 세력권이었어요. 전하께서 움직이든 아니든 무슨 차이가 있겠어요? 전하께서 나서지 않으시면 도리어 용천묵과 천휘황제를 계속 신경 쓰게 만들 수 있어요. 중부의 인구나 강남의 곡창을 갖고 싶지 않은 사람이 어디 있겠어요?"

한운석은 그렇게 말하면서 생긋 웃더니 말을 이었다.

"무릇 남의 손에 있는 것을 갖고 싶어 하는 사람은 쓸모가 있죠!"

용비야는 한운석에게 손뼉을 쳤다. 비록 말은 하지 않았지만 태도는 분명했다.

이 여자를 제외하고 이렇게까지 그의 마음을 훤히 꿰뚫어 보는 사람은 없을 것이다.

그는 본래 용천묵과 목씨 집안을 이용해 천녕국을 통째로 손에 넣을 생각이었지만, 서두르지 않았다.

천휘황제와 용천묵이 없다면 누가 그를 도와 서주국과 북려국에 대항할까?

당리는 정치적인 머리는 없지만 한운석의 분석을 듣자 곧 알아듣고 탄식을 터트렸다.

"한운석, 질투할 때를 빼면 확실히 넌 바보는 아니야. 그렇게 질투를 좋아하니 바보가 되지 않도록 조심하라고!"

"뭐라고요!"

한운석이 화를 냈다.

"아 참, 그렇지. 남자한테 쏙 빠져 있을 때도 바보가 되던데."

당리는 그만 놀릴 생각이 없어보였다.

"한 번 더 쓸데없는 소리 해 봐요!"

한운석이 위험스럽게 실눈을 떴다.

"누가 쓸데없는 소리를 했다고 그래? 방금 믿느냐 아니냐 하는 이야기는 고칠소 문제지? 그렇게 똑똑한 네가 그것도 몰라? 고칠소는 일부러 가짜 가루약을 섞었어. 그것도 약병을 검게 변색시키는 가루약을. 단순히 해약을 빼돌릴 생각만으로 그랬겠어? 분명히 두 사람을 이간질하려고 일부러 벌인 짓이라고."

당리가 진지하게 말했다.

그의 혐의가 좀 더 커

고칠소가 그런 일을 한 목적이 뭘까?

한운석은 눈을 찡그리고 당리를 응시했다.

"그자는 네 능력을 잘 알고 있어. 그런데도 가짜 가루약을 그렇게 많이 넣은 걸 보면 일부러 그런 게 분명해. 일부러 널 끌어들인 거라고!"

당리가 다시 물었다.

"한발 양보해서 만약 우리 형이 정말 널 속였고 그자가 정말 뭔가 알고 있었다 쳐. 그럼 왜 직접 증거를 가져와서 네게 보여 주지 않았겠어? 뭐하러 이렇게 복잡한 짓을 했겠냐고? 그자는 못된 마음을 먹고 이간질하려던 거라고!"

한운석은 복잡한 표정이었고 용비야는 말이 없었다.

당리가 방금 한 말은 전혀 틀린 곳이 없었다. 고칠소의 목적은 정말 그랬다. 바로 그 점이 고칠소에게는 비극이었다.

한운석도 이미 그 두 가지를 고민하던 터라 당리의 분석을 듣자 아무래도 마음이 기울었다. 혐의가 있다면 확실히 고칠소의 혐의가 좀 더 컸다.

한운석은 한참 동안 말이 없었다. 용비야는 자못 엄숙하게 입을 꾹 다문 채 그녀를 응시했다.

"거 봐, 내가 쓸데없는 소리 한 거 아니지?"

당리가 다시 화제를 돌리며 한숨을 쉬었다.

"우리 형같이 잘난 사람이 고칠소보다 부족한 게 뭐 있어? 남자한테 쏙 빠지는 게 취미라면 우리 형한테 빠져야지."

한운석이 다시 눈을 가늘게 떴지만, 당리는 말하는 데 재미가 난 듯 계속 말했다.

"한운석, 넌 지아비가 있는 여자라고. 무릇 무슨 일을 하든……."

그런데 그 말을 끝내기도 전에 갑자기 목소리가 나오지 않았다.

입은 계속 움직이고 온 힘을 다해 말하는데도 소리는 전혀 나지 않았다.

벙어리가 되었나?

한운석은 그를 흘겨보며 차갑게 말했다.

"말을 그렇게 많이 하면 피곤할 테니 좀 쉬었다가 내일 다시 말하도록 해요."

이렇게 말한 그녀가 용비야에게 팔짱을 꼈다.

"가요. 진료 주머니 가지러."

용비야가 당리를 구해 줄까?

당연히 그럴 리 없었다.

당리가 고칠소 문제에서 그를 돕긴 했지만, 그 역시 당리는 말이 너무 많다고 생각했다.

한운석은 용비야의 팔짱을 낀 채 빠르지 않은 속도로 걸으면서 멍하니 넋을 놓았다. 미독 해약 문제를 생각하고 있는 게 분명했다.

용비야는 시종일관 말이 없었다. 당리가 한 말이면 충분했기 때문이었다.

고칠소가 유각에 벙어리 노파가 갇혀 있다는 것을 알아낼 실력이 있으면서도 직접 한운석을 데려가지 않은 것은 의심할 바 없이 그 실력을 숨기기 위해서였다.

궁노수에게 고슴도치가 되도록 화살을 맞으면서까지 진짜 실력을 드러내지 않은 것은 대체 무엇 때문일까?

심장에 칼을 맞고도 죽지 않는 것은 의성과 어떤 관계가 있고, 독종의 독고인과는 또 무슨 관계가 있을까?

용비야는 몹시 흥미로웠다!

이렇게 해서 미독 해약 문제는 용비야도 다시 묻지 않았고 한운석도 다시 입에 담지 않았다. 어쩌면 그녀도 속으로 판단을 내렸을 것이다.

벙어리 노파 문제는 이렇게 넘어가는 걸까?

아니면 언젠가 진상이 백일하에 드러날 날이 올까?

미독 해약 일 푼은 용비야와 고칠소에게 있어 복일까, 화일까? 언젠가는 가려질 일이었다.

확신할 수 있는 단 한 가지는 용비야와 고칠소 사이에 반드시 큰일이 벌어진다는 것이었다.

한운석은 진료 주머니를 되찾은 후 원기를 튼튼하게 해 주는 단약을 용비야에게 주었다. 그의 내상은 치료해 줄 수 없지만 적어도 몸보신해 줄 수는 있었다.

이튿날에는 벙어리 독에 당한 당리도 다시 말을 할 수 있게 되었다. 된통 혼난 그는 앞으로는 한운석을 만나면 꼭 열 걸음 이상 거리를 두기로 결심했다.

소인배와 여자는 상대하기 어렵다고 누가 그래! 진왕의 여자가 제일 상대하기 어려운데!

무시무시해라!

"형, 앞으로 조심하는 게 좋겠어. 저 여자가 언젠가는 형도 독으로 해칠지 몰라."

당리가 더할 나위 없이 심각한 목소리로 귀띔했다.

용비야는 못 들은 척하고 차갑게 물었다.

"사부님은 어떠시냐?"

"여전해."

당리는 말을 하자마자 곧바로 부인했다.

"아니지, 아니야! 예전보다는 훨씬 나아졌다고 해야 할 거야. 단목요가 있으니까."

용비야는 말없이 탁자를 세게 내리쳤다.

"형, 천산검종 문제는 여간 성가신 일이 아니야. 나서지 않는 게 좋아."

당리의 말은 농담이 아니었다.

용비야는 고개를 끄덕인 후 다시 물었다.

"백독문 쪽은 진전이 있느냐?"

당리는 고개를 저었다.

"이제 왕씨 집안에서도 잠입한 사람과 연락이 안 돼. 아마……, 희망이 없을 거야."

군역사가 어주도에서 빠져나간 후 오래도록 움직임이 없어 용비야는 자못 불안했지만, 그래도 여전히 병사를 움직이지 않고 어떤 변화에도 대응할 수 있도록 상황을 지켜보고 있었다.

군역사가 움직이지 않는 것은 좋은 일일 수도 있었다. 적어도 천녕국에서 할 일을 마무리 지을 시간은 번 셈이니까…….

천녕국에는 여전히 동란이 계속되고 있었다. 용비야와 한운석은 강남 매해에 머물렀지만 작년 겨울과 달리 조심스러워서 한운석도 어느 정도 여주인다움을 갖췄다.

용비야는 그녀에게 비밀 시위 한 무리를 붙여 주었고, 그녀 역시 당리에게 암기를 잔뜩 빼앗아 독을 주입한 후 비밀 시위들에게 주고 기본적인 독술도 가르쳤다.

물론 이런 일로 바쁜 와중에도 계속해서 미접몽을 연구했다.

용비야는 차를 마시고 책을 읽는 것 외에는 대부분 내상을 치료하는 데 시간을 보냈다. 이처럼 무거운 상처를 입고 주화입마走火入魔(무공을 정해진 대로 익히지 않았거나 무리했을 때 기혈이 역류해 몸에 손상을 입는 것)되지 않은 것만 해도 다행인데, 두세 달 안에 완쾌될 수는 없었다.

석 달이 지나자 한운석은 독 시위의 훈련을 끝내고 용비야의 상처도 훨씬 좋아졌다. 천녕국의 상황도 기본적으로는 안정을 찾았다.

북방은 소수蕭水를 경계로 두 나라로 나뉘었다. 소수 서쪽은 천녕국으로 도성은 서경이고, 소수 동쪽은 천안국으로 도성 이름을 천안성이라고 바꾸었다.

천휘황제는 초청가를 황후로 세워 서주국 황제의 지지를 얻었다. 초청가가 황제의 아이를 잉태했다는 소문이 있었으나 사실인지 아닌지는 당사자만 알고 있었다.

용천묵은 목유월을 황후로 세우고 멀리 서산에 있던 모후를 궁으로 모셔왔다. 그녀가 목유월과 함께 산다는 소문이 퍼졌으나 역시 사실인지 아닌지는 확인이 필요했다.

그날 용비야는 한운석에게 물었다.

"왕부로……, 돌아가지 않겠느냐?"

"왕부요?"

한운석은 의아하게 생각했다.

용천묵은 천안성의 저택을 적잖이 몰수했지만 진왕부는 건드리지 않았다. 감히 건드리지 못한 것이었다. 한씨 저택도 무사하고 아무도 함부로 난입하지 못했다는 소식을 들었다.

설령 용천묵이 와 달라고 청해도 용비야가 이런 중요한 시기에 돌아갈 리 없는데, 용천묵이 청하지도 않은 지금은 말할 것도 없었다.

그런데 왕부로 돌아가다니? 어느 왕부?

"돌아가고 싶으냐?"

용비야가 다시 물었다. 이 인간은 아직도 그녀가 화가 나서 친정에 간 일을 마음에 두고 있는 것이 분명했다.

"가야죠. 자, 가요."

한운석은 캐묻지 않고 그가 어디로 데려가는지 지켜보았다.

뜻밖에도 용비야는 정말 그녀를 데리고 문을 나섰다. 가을이 깊어 바람이 거세게 불자 그는 자신의 바람막이를 벗어 그녀에게 덮어 주고 예전처럼 마차에 태워 주었다.

마차가 멀리 사라진 후 불꽃 같이 빨간 그림자 하나가 강남 매해의 높은 담장 위에 모습을 드러냈다. 불꽃같은 빨간 옷이 바람에 펄럭였다. 고칠소가 아니면 또 누구일까?

마차 안에서 용비야는 예전처럼 그녀를 내버려 둔 채 편안하게 기대앉아 밀서를 몇 통 펼쳤고, 그녀는 그의 품에 파고들어 함께 읽었다.

밀서의 발신지는 북려국이나 서주국, 약성, 심지어 의성도 있었다. 정말이지 이 인간의 밀정은 운공대륙 전체에 퍼져 있었다.

그들은 곧 영남성으로 들어갔는데 마차가 멈추자마자 주위가 시끌시끌했다.

마차에서 내린 한운석은 하마터면 그 자리에 얼어붙을 뻔했다.

눈앞에는 새로 지은 대저택이 서 있었다. 입구에 커다란 사자상이 두 개 있고, 4미터 너비의 주홍색 대문은 장중하고 위엄한 기운을 풍겼다. 문 위에 달린 편액에는 '진왕부'라는 세 글자가 분명하게 적혀 있었다.

왕부로 돌아가자는 말은 당연히 진왕부로 가자는 말이었는데, 왜 그렇게 멍청했을까?

별안간 한운석은 당리가 한 말 중 일부는 일리가 있다는 생각이 들었다.

용비야는 황제가 되지도 않고 세력을 만들지도 않았지만 중부 최대의 영남군에 진왕부를 세웠고, 사람들은 그 의미가 무엇인지 골머리를 싸맸다.

벌써 사람들이 주위를 가득 에워싸고 있어서 한운석은 자세히 볼 틈이 없었다. 그들 중에는 고관대작도 있고 군의 장수도 있고 지방에서 제법 세력이 큰 명문 귀족도 있었다.

용비야가 지은 이 저택은 본래 있던 행궁을 개축한 것이었다. 두세 달 전 개축을 시작한 이후 그들은 매일같이 와서 지키며 그가 나타나기를 기다렸다!

중부와 강남 지방은 이끌어 줄 우두머리가 없어서 마치 별이 달을 바라듯 모두가 용비야가 오기를 고대하고 있었다.

적어도 열 명은 되는 듯 보였고 하나같이 신분이 혁혁한 이들이었지만, 애석하게도 용비야는 한마디로 물리쳤다.

"본 왕은 한가롭게 지내는 데 익숙해져 이렇게 큰일은 맡을 수 없소. 모두 돌아가시오."

사람들이 놀라 있는 사이 용비야는 한운석을 데리고 왕부로 들어가 버렸다.

무심결에 뒤를 돌아본 한운석은 놀랍게도 책망하고 원망하는 눈빛들과 마주쳤다. 용비야가 이렇게 한가롭게 굴면, 그를 홀려 대사를 그르치게 했다고 그녀를 욕하는 사람이 적지 않겠다는 생각이 절로 들었다.

이 저택은 천안성의 진왕부만큼 크지 않고 원락도 많지 않아서, 독립된 원락은 단 하나뿐으로 이름은 운한원雲閑院이었다.

하지만 운한원의 모든 것은 예전 부용원과 완전히 똑같았고, 신비한 침궁 하나와 누각 하나가 있었다.

한운석과 용비야가 도착하자 조 할멈 등이 다가왔다.

한운석을 보자 그들은 너나 할 것 없이 기뻐했다. 두 주인이 어떻게 화해했는지는 모르지만, 화해했으면 됐지 이유는 중요하지 않았다.

한운석은 즐겁게 그곳에 머물렀다. 며칠 지나지 않아 약성 삼대명가가 모두 한운석과 용비야를 만나고 싶다는 서신을 보내왔다.

틀림없이 약귀당 일 때문이었다.

한운석은 약귀당을 잊은 게 아니라 그저 용비야에게 뭐라고 말을 꺼내야 할지 몰랐던 것뿐이었다. 아무래도 약귀당은 고칠소와 이어져 있고 고칠소는 실종된 듯 지금껏 소식 한 자락 없었다.

하지만 서신을 본 용비야는 대범하게 초서풍을 약귀곡에 보내 고칠소에게 말을 전하게 했다. 그가 오지 않으면 약귀당 일은 그들이 알아서 처리하겠다는 전갈이었다.

한운석은 그런 용비야를 보며 뭔가 말하고 싶었지만 결국 입을 다물었다.

고칠소에 관해서는 온통 복잡한 마음이었다. 다른 것은 차치하더라도 최소한 그녀의 목숨을 살려 준 사람이었다! 가능하다면 그런 친구를 잃고 싶지 않았다.

초서풍은 금방 돌아왔다.

"전하, 왕비마마. 고칠소는 약귀곡에 없었으나 전하라고 한 말이 있었습니다. 약귀당 일은 신경 쓰지 않을 테니 때맞춰 약 귀곡에 돈만 보내 주면 된다고 합니다."

이건……, 고칠소 답지 않았다!

"여봐라, 약성 삼대 명가에게 영남군 약귀당에서 만나겠다고 전해라!"

용비야가 차갑게 명령을 내렸다.

그러자 한운석은 또다시 의아해했다. 영남군에 언제 약귀당 이 생겼지? 천안성에도 아직 약귀당을 다 짓지 못했는데!

그날, 용비야는 진왕부에서 멀지 않은 어느 이름 없는 저택 에 그녀를 데려갔다. 널찍한 저택에는 숨겨진 창고와 적잖은 곁채가 있었다.

한운석은 그제야 용비야가 일찍부터 사람을 시켜 영남군에 약귀당을 짓고 있었다는 사실을 알았다. 오랫동안 공사가 중단 되었지만 두 달 전에 다시 짓기 시작해서 이제 완공되었고 편 액만 걸지 않은 상태였다.

"약성과 담판을 지은 다음 네가 편액을 걸어라."

용비야가 태연하게 말했다.

그를 바라보는 한운석은 가슴이 따뜻해지는 것을 느꼈다. 이 인간이 정말……, 신경을 많이 썼구나.

한운석은 곳곳을 살펴보았고 용비야도 곁에서 따랐다. 그러나 그들이 정원으로 들어서는 순간, 갑자기 벽 너머에서 단호한 목소리가 들려왔다.

"오늘 이곳에서 죽는 한이 있어도 절대 안 돌아가요!"

가라니까, 왜 안 가

죽어도 안 돌아간다고?

한운석이 이 익숙한 목소리에 귀를 기울이는데 용비야가 먼저 입을 열었다.

"또 그 여자군!"

그랬다. 또 그 여자, 목령아였다.

용비야는 쓸데없는 일에 나서고 싶지 않은 말투였지만, 아무래도 한운석은 목령아와 합이 잘 맞는지 마음이 놓이지 않았다.

더구나 약귀당에는 천재 약제사인 목령아가 꼭 필요했다.

그녀가 웃으며 말했다.

"용비야, 담장에 기어 올라가 보지 않을래요?"

기어 올라가다니…….

용비야가 언제 기어 올라간 적이 있었을까?

그는 한운석을 안고 소리 없이 몸을 날려 담장 너머 정원 안의 나무 위로 올라갔다. 대충 내려선 것 같지만 정원의 모든 풍경이 똑똑히 보이는 위치였다.

문득 한운석은 가까이 부리는 용비야 같은 시위가 있으면 얼마나 좋을까 하는 생각을 했다!

하긴, 사실 벌써 그런 시위가 있긴 했다. 안 그런가?

정원 안에는 확실히 목령아가 있었다. 지금 그녀는 비수를 제 목에 갖다 댄 채였고, 그 앞에는 산뜻한 색감의 옷을 입은 귀한 집 자제 같은 젊은 남자가 서 있었다. 남자 뒤로 검을 든 호위 십여 명이 서슬이 기세등등하게 살기를 뿌렸다.

"못된 계집, 죽겠다고 협박하면 이 도련님이 손대지 못할까 봐?"

세상에 저밖에 없는 듯한 태도가 마치 콧대가 하늘을 찌를 정도였다.

"농담하는 거 아니에요. 내가 죽으면 아버지가 당신을 용서해 주실 것 같아요?"

목령아가 큰 소리로 물었다.

여기까지 듣자 한운석도 대충 어떻게 된 것인지 알았다.

목령아는 태후의 생신 연회 일로 약성의 눈 밖에 났고 지금까지 1년 넘게 쫓기고 있는 모양이었다. 아마 요 1년간은 그녀의 아버지 목영동이 적잖이 막아 주었겠지만, 최근 목령아의 여비가 떨어졌다는 소식이 들린 것을 보면 압박을 이기지 못한 목영동이 딸을 돌아오게 하려는 것을 알 수 있었다.

한운석의 추측이 맞다면, 목영동은 목령아가 죽었다는 거짓말을 퍼트린 뒤 비밀리에 딸을 불러들여 평생 가둬 놓고 계속 목씨 집안을 위해 일하도록 하려는 게 분명했다.

한운석은 저도 모르게 속으로 탄식했다. 명문가에 태어나면 너무 재주가 없어도 무시당하지만 너무 재주가 뛰어나도 나름대로 걱정거리가 많았다.

"하하하, 이 도련님이 아버지께 알릴 것 같으냐?"

젊은 남자의 웃음소리에 한운석은 혼자만의 생각에서 깨어났다. 목령아가 손에 쥔 비수가 목에 바짝 붙었다.

"아홉째 소저!"

어느 호위가 소리를 질렀지만, 젊은 남자가 대뜸 따귀를 올려붙이며 화난 소리로 꾸짖었다.

"막긴 뭘 막아? 죽고 싶거든 저것과 같이 죽어라!"

이렇게 말한 그는 그 시위를 끌어내 목령아에게로 걸어왔다.

시위는 화가 치밀었으나 감히 따지지 못하고 분한 얼굴로 한쪽으로 물러서서 입을 꾹 다물었다.

"목초연, 너무 지나치잖아!"

목령아가 화를 냈다.

목초연?

나무 위에 있는 한운석은 멈칫했다가 곧 웃음을 터트릴 뻔했다. 어쩜 이런 우연이!

방금 약성 삼대 명가와 약귀당에서 만나 등급 약재 중 하품 약재 거래에 관해 논의하기로 했는데, 마침 저자가 약귀당 옆집에 나타난 것이다. 알다시피 약성과 암시장이 손잡고 폭리를 취한 것은 대부분 저 목씨 집안 큰 도령 짓이었다!

약성, 특히 목씨 집안과 순조롭게 담판을 지으려면 당연히 저 큰 도령과 가장 먼저 이야기를 나눠 봐야 했다.

"전하, 우리완 상관없는 일인데 어떻게……."

한운석의 말이 끝나기도 전에 용비야가 차갑게 결론을 내렸다.

"나서야지!"

그때 목초연이 손을 흔들며 위세를 부렸다.

"여봐라, 다 같이 덤벼들어 잡아라!"

뜻밖에도 목령아가 고개를 높이 들더니 정말 비수로 목을 그었다. 목에 새빨간 혈선血線이 생겼다. 그 순간 호위들은 걸음을 멈추었고, 한운석은 대경실색했다.

"저 바보, 목초연도 멍청하지만 저 아이는 더 멍청하잖아! 바보 멍청이!"

목령아가 없어도 목령아가 만든 약이 있으면 목씨 집안은 얼마든지 가짜 천재를 만들어 낼 수 있었다. 목영동이 목령아를 잡아 가둔다면 분명 적출인 저 큰 도령을 목씨 집안 제2의 천재로 떠받들 것이다!

목령아가 죽으면 목초연에게는 크나큰 손해였다!

물론 목초연은 그렇게 생각이 깊지 못했다. 그는 어려서부터 목령아를 죽이겠다고 단단히 별렀고, 목령아만 죽으면 그에게서 가주 자리를 빼앗을 사람은 아무도 없었다. 그녀만 죽으면 마음대로 그녀의 물건을 뒤져 서른 권에 이르는 약재 기록을 찾아낼 수 있었다.

"왜 멍청히 서 있느냐? 목씨 집안에서 일하기 싫으냐?"

그가 으르렁댔다.

호위들은 결국 목초연의 명대로 했다. 목령아가 든 비수는 벌써 살 속으로 들어갔고 언제든 목숨을 끊을 수 있었지만 그래도 그들은 그녀를 잡으러 달려들었다.

목령아는 별안간 절망적인 웃음을 터트렸다. 정말로 죽고 싶었다.

그녀에게 있어 집으로 돌아가는 것은 죽는 것이나 다를 바 없었다. 그리고 칠 오라버니……. 객잔에서 한숨 자고 일어난 그녀는 칠 오라버니가 자신을 따돌리기 위해 독을 써서 기절시켰다는 것을 알았고, 그제야 칠 오라버니가 자신을 얼마나 싫어하는지 깨달았다.

지금까지 그녀는 오로지 두 가지 일만 하며 살아왔다. 집안을 위해 약을 짓는 것과 고칠소를 따라다니는 것!

이제 아무것도 남지 않았다.

호위들은 이미 눈앞까지 와 있었다. 그녀에게 남은 선택은 비수로 목을 찌르거나 그들에게 잡히거나 둘 중 하나였다.

목령아가 눈을 감고 결심을 내리려는 순간, 갑자기 '탱' 하는 소리와 함께 비수가 뭔가에 맞아 땅에 떨어졌다.

"누구냐!"

목초연의 반응이 제일 빨랐다.

그때 재빠른 호위 두 명이 틈을 놓치지 않고 목령아를 붙잡았으나 느닷없이 풀썩 쓰러져 죽고 말았다. 목에 핏자국이 나 있었다.

이를 본 호위들은 겁을 집어먹고 우르르 물러났다.

제일 겁먹은 사람은 목초연이었다. 그는 호위의 등 뒤에 숨어 큰 소리로 신분을 밝혔다.

"감히 약성 목씨 집안을 건드리다니 죽고 싶으냐? 웬 놈이냐? 썩 나오지 못해!"

용비야는 한운석을 안고 천천히 내려섰다. 목초연은 용비야를 알아보지 못했지만 한운석의 얼굴은 낯이 익은 것 같았다.

"한운석!"

목령아가 놀라 소리쳤다.

왜 또 저 여자야? 왜 내가 어려울 때마다 저 여자를 만나는 걸까?

마침내 목초연도 왜 낯이 익었는지 알아차렸다. 저 여자는 바로 진왕이 운공대륙 전체에 현상금을 걸었던 진왕비였다!

그렇다면 위풍당당하게 저 여자의 가느다란 허리를 안고 있는 남자는…….

"진……왕."

목초연이 중얼거렸다.

목초연은 요 몇 달간 약성을 떠나 열심히 목령아를 찾아다니느라 장손택림이 진왕에게 사실을 털어놓았다는 것은 몰랐다. 그 때문에 비록 속으로는 용비야에게 두려움을 느끼면서도 목씨 집안 큰 도령답게 당당하게 나섰다.

"진왕 전하, 우리 집안일이니 부디 모른 척해 주시지요."

목초연은 제법 예의를 갖추었지만 용비야는 가차 없었다. 그는……, 싸늘하게 목초연을 한 번 바라보며 아무런 대답도 하지 않았다.

민망해진 목초연도 말투가 딱딱해졌다.

"뭣들 하느냐……. 어서 데려가지 않고!"

진왕은 함부로 건드릴 만한 사람이 아니지만 약성 목씨 집안 역시 함부로 건드릴 상대는 아니었다. 용비야와 한운석이 고칠 찰과 손잡고 약귀당을 연다는 소식은 들어 알고 있었다.

그들이 뭘 하건 약귀곡과 관계를 맺은 이상 의성과 약성의 적이었다.

이 점 때문에 목초연은 그들을 두려워할 필요가 없다고 생각했다!

호위들은 움직이지 않았다. 한운석은 목령아 앞을 가로막고 서서 가슴 앞에 팔짱을 끼고 태연자약하게 목초연을 바라보며 웃었다. 전혀 악의가 없는 웃음이었다.

목령아는 고개를 숙인 채 침묵했다.

이 상황을 보자 목초연은 냉소를 터트렸다.

"왕비마마, 보아하니 왕비마마께서 우리 목씨 집안 일에 나서실 모양이군요?"

한운석은 미소를 지으며 고개를 끄덕였다.

목초연은 예의를 집어던지고 한운석을 손가락질했다.

"좋다! 절대 후회하지 마라!"

그 말을 끝으로 그는 홱 돌아서서 걸어갔다. 멍청하긴 해도 고작 몇 사람만 데리고 진왕과 싸움을 벌일 정도로 지독하게 멍청하지는 않았던 것이다.

두어 걸음 가던 그는 오기가 생겨 뒤를 돌아보았다.

"약성의 적이 되는 것은 의성의 적이 되는 것과 마찬가지다. 절대 좋게 끝나지 않을 것이다!"

한운석은 사람 좋게 미소를 지으며 또 보자는 듯이 손을 흔들어 보였다.

그 모습에 목초연은 화가 나 복장이 터질 지경이었다.

"미친 여자!"

그렇게 내뱉으며 돌아서는데, 뜻밖에도 날카로운 바람이 휭하고 그의 목을 스쳤다.

찌릿한 통증이 느껴졌다!

손을 가져댔더니 피가 잔뜩 묻어나와 흠칫하며 주변을 살펴보니, 바닥에 피 묻은 잎사귀가 하나 떨어져 있었다.

그는 까무러칠 듯 놀라 용비야를 홱 돌아보았다. 용비야가 잎사귀 몇 장을 만지작거리는 것이 보였다. 다시 한운석을 바라보았더니 놀랍게도 그녀는 아직도 그를 향해 미소 지으며 손을 흔들고 있었다.

목초연은 등골이 오싹해지며 몹시 불길한 예감이 들었다.

"가 보게. 왜 그러고 있지?"

마침내 한운석이 입을 열었다. 더없이 우호적인 목소리였다.

"대체……, 대체 어쩔 셈이냐? 이 몸은 목씨 집안의 큰 도령이다. 감히 날 건드리면 약성은 절대로 너희를 가만두지 않을 것이다!"

목초연이 경고했다.

"목령아, 친 오라버니가 간다는데 배웅하지 않을 거야?"

한운석이 물었다.

목령아는 그제야 고개를 들고 한운석의 꼿꼿한 등을 바라보았다. 귀신이라도 썬 것인지 문득 의지할 데가 생긴 것처럼 안전함이 느껴지고 다시는 혼자가 아닌 기분이 들었다.

그녀는 턱을 치켜들고 걸어 나왔다.

"당연히 배웅해야지!"

"목령아! 감히!"

목초연이 분통을 터트렸다

"감히 뭐!"

목령아가 고개를 외로 꼬며 냉소를 짓더니 한 걸음 한 걸음 목초연에게 다가갔다.

목초연은 돌아서서 달아나려고 했지만, 애석하게도 용비야의 잎사귀가 곧바로 날아들었다. 그가 우뚝 멈추자 목령아는 조금 전 그가 호위에게 그랬던 것처럼 뒤에서 힘껏 걷어차 바닥에 넘어뜨렸다.

"가. 간다고 하지 않았어?"

"여봐라! 누구 없느냐!"

목초연이 아무리 외쳐도 소용없었다. 주변에 있는 이들 중 진왕이 든 잎사귀를 겁내지 않는 사람은 없었다.

목령아가 몸을 웅크리고 더없이 진지하게 물었다.

"안 갈 거야?"

"난 네 오라버니다!"

목초연이 강조했다.

"난 오라버니가 많아. 한 명쯤 없어도 돼."

목령아가 싸늘하게 웃었다.

"어쩌려는 거냐?"

목초연은 겁이 났다.

목령아는 한운석처럼 악의라곤 전혀 없는 미소를 짓더니, 느닷없이 목초연의 얼굴에 주먹을 날렸다.

"이 마나님께서는 예전부터 널 혼내 주고 싶었다고!"

"목령아, 네가 감히……. 앗……, 으악……!"

목초연은 말을 잇지 못했다. 목령아가 양손을 동원해 좌로 우로 주먹질을 하며 분이 풀릴 때까지 마구잡이로 때려 댔기 때문이었다. 결국 목초연은 맞다가 혼절하고 말았다.

용비야는 눈썹을 치키고 바라보았으나 한운석은 멍해졌다. 이 아이의 주먹이 저렇게 셀 줄은 생각지도 못했다.

그녀가 의아한 듯 물었다.

"어이, 손 아프지 않아?"

일어난 목령아는 주먹에 피가 묻은 것도 아랑곳없이 차갑게 말했다.

"한운석, 난 도와 달라고 한 적 없어. 무슨 목적으로 나섰는지 몰라도 어쨌든 내가 줄 거라곤 이 목숨밖에 없어!"

한운석이 목령아를 마음에 들어 한 것도 아마 이런 고집스러운 성격 때문일 것이다.

오로지 목적 때문에 도와준 것은 아니지만 확실히 목적이 있긴 했다. 그녀는 한 발 다가서서 목령아에게 소리 죽여 속삭였다.

무슨 말을 했는지 모르지만 목령아의 차갑고 오만하던 얼굴이 순식간에 부드러워졌다.

"정말?"

그녀가 진지하게 물었다.

"거짓말이면 천벌 받아 죽어도 할 말 없어. 하지만 넌 아무것도 모르는 척하는 편이 나을 거야."

한운석이 나지막하게 말했다.

장기 협력해요

한운석은 목령아에게 무슨 말을 했을까?

쥐도 새도 모르는, 두 사람만 아는 이야기였다.

어쨌든 목령아는 기분이 확 밝아졌다.

"한운석, 널 믿어!"

한운석이 한 말에서 중요한 부분은 두 번째 마디였다. 그녀는 한 번 더 강조했다.

"아무것도 모르는 척하는 게 좋아⋯⋯."

기분이 무척 좋아진 목령아가 씩 웃음을 지었다.

"내가 뭘 알아? 난 아무것도 몰라!"

한운석은 이 아이는 역시 웃는 게 예쁘다고 생각하며, 그녀에게 약병 하나를 건넸다.

"어서 목의 상처나 치료해. 흉터가 남으면 시집 못 갈지도 몰라."

목령아는 약병을 흘낏 바라보더니 가소롭다는 듯 말했다.

"됐어. 나도 약은 많아."

그녀는 떠나려다 말고 다시 한운석의 귀에 속삭였다.

"한운석, 지난번 그 약속은 아직 유효해?"

몇 달 전 한운석은 그녀더러 약귀당에 와서 약귀 대인에게 도전하라고 했다. 천녕국 도성에 정변이 일어나는 바람에 약귀당이 여태 문을 열지 못한 데다 그녀 또한 목씨 집안의 추적을 피하느라 줄곧 그 약속을 미뤘던 것이다.

한운석의 눈동자가 영악하게 반짝였다. 이 아이를 약귀당에 끌어들일 수 있겠다 싶었다.

교활하다고 어쩔 수 없었다!

"물론이지. 약귀당은 바로 옆이야. 보름 안에 문을 열 테니 그 후에 언제든 와도 좋아."

한운석이 웃으며 말했다.

"기다려!"

목령아는 멋지게 한마디를 남긴 채 떠나갔다. 지난번 목씨 집안의 약재 곳간에서는 칠 오라버니더러 목초연을 살려 달라고 했으나 이번에는……, 죽든 말든 상관없었다!

목령아가 떠나고 목초연은 혼절하자 목씨 집안의 호위들은 서로를 바라보며 어쩔 줄 몰랐다.

한운석도 말없이 그들을 향해 미소를 지어 보였다.

또다시 진왕비의 악의 없는 웃음을 보자 호위들은 화들짝 놀라 허겁지겁 꽁무니를 뺐고, 감히 목초연을 구하려는 사람은 없었다. 그들이 할 수 있는 일은 어서 가서 목영동에게 보고하는 것이었다.

쓸데없는 일에 나서서 목씨 집안 큰 도령을 손에 넣었다.

한운석은 좋은 마음으로 한 일은 좋은 보답을 받으리라 생각했다!

그녀가 용비야를 돌아보았다.

"전하, 데리고 가요."

그 순간, 용비야는 이 여자가 시키는 대로 하는 시위가 된 기분이었다.

물론 목초연을 업은 사람은 비밀 시위였다.

용비야는 결벽증이 무척 심해서 평생 그가 업은 사람은 아마 한운석뿐일 것이다.

목초연은 하루 밤낮 약귀당에 버려졌고 그가 깨어나기도 전에 목영동의 친서가 도착했다. 그는 상당히 예의를 갖춘 말투로 암시장 약재 거래와 목씨 집안의 내부 사정은 별개의 일이라며 특별한 이유 없이 남의 집안일에 나선 이유를 따지고, 약한 자를 억압하는 것은 대장부가 할 행동이 아니니 당장 목초연을 풀어 달라고 강력하게 요구했다. 그렇지 않으면 목씨 집안과 약성에서 끝까지 상대해 주겠다는 말도 있었다!

한운석은 서신을 세 번이나 읽은 후 용비야에게 진지하게 말했다.

"전하, 우리가 지나쳤을까요?"

"사람을 구하려고 한 일이 아니냐?"

용비야가 반문했다.

한운석은 무척 진지하게 고개를 끄덕였다. 그래서 용비야는 손수 붓을 들고 목영동에게 답신을 쓴 후 매에 묶어 보냈다.

그 서신을 받은 목영동은 화가 나서 피를 토할 뻔했다. 용비야의 답신 내용 때문이었다.

용비야는 목령아가 핍박을 이기다 못해 자결할 뻔했는데 다행스럽게도 진왕비가 구해 냈으니 목씨 집안이 진왕비에게 목숨 하나를 빚진 셈이며, 목초연이 친 누이동생에게 맞아 혼절했는데 호위들이 달아나는 바람에 진왕비가 그냥 둘 수 없어 약귀당으로 데려와 보살펴 주었으니 목씨 집안이 또다시 진왕비에게 목숨 하나를 빚진 셈이라고 쓴 다음, 모두 합쳐 두 목숨을 잘 기억해 두라고 했다.

목영동은 지금 영남군으로 가는 길이었다. 목초연이 장손택림과 짜고 암시장에서 고가로 진귀한 약재를 판 일에 직접 나설 마음은 없고, 숨어서 전략을 짜 주며 목초연 스스로 한운석과 담판을 짓게 할 계획이었다.

어쨌든 그 자신이 물러날 길은 마련해 놓아야 했다. 만에 하나 협상이 결렬되면 가주로서 목초연을 엄하게 벌함으로써 발을 뺄 수도 있고 목씨 집안의 명예도 어느 정도 돌이킬 수 있었다.

그런데 이제는 그가 도착하기도 전에 목초연이 한운석 손에 들어갔다. 이런 상황에 담판은 무슨 얼어 죽을!

목영동은 생각에 생각을 거듭한 끝에 이 일의 책임을 목령아에게 덮어 씌웠다. 그 버릇없는 계집애가 아니었다면 일이 이 지경까지 되지도 않았을 것이다.

약귀당은 이미 완공되었는데 한운석은 지독하게 바빴다.

무슨 일로 바쁠까?

당연히 약재 관리 때문이었다!

본래 그녀는 약귀당에 장식품을 진열하고 꾸밀 생각이었는데 한 바퀴 둘러보자 필요 없다는 것을 알게 되었다.

단순한 게 가장 고급스럽다고들 하지만, 약귀당은 누가 봐도 심혈을 기울이고 돈을 쏟아부어 만든 곳이라 약재 외에는 그 어떤 장식도 군더더기나 다름없었다. 약재 창고 또한 본래의 설계도에 그녀가 추가한 세세한 항목들이 모두 반영되어 그야말로 완벽했다.

선물할 때는 항상 최고를 주는 것. 딱 용비야 다운 방식이었다.

한운석은 바빠서 목초연을 신경 쓸 틈이 없었다. 본래는 그가 깨어나면 잘 이야기해 볼 생각이었으나 예상과 달리 목초연은 또 하루 밤낮 동안 잤다.

목령아 같은 여자아이의 주먹이 아무리 강해도 다 큰 남자를 폐인으로 만들 정도는 아니지 않을까? 이상해!

용비야의 입회 하에 한운석은 목초연이 '묵고 있는' 객방으로 갔다. 코가 시퍼렇게 부은 목초연은 침상에 누워 일어날 기미조차 없었다.

감시를 맡은 서동림이 나지막하게 물었다.

"왕비마마, 머리까지 다친 건 아니겠지요?"

한운석은 일부러 가까이 다가가 그의 얼굴을 뚫어지게 바라보다가 큰 소리로 말했다.

"냉수를 가져와!"

목초연은 아무 반응이 없었다. 잠든 척하는 것은 아닌 모양이었다.

서동림이 나가려는데 용비야가 차갑게 입을 열었다.

"온수를 가져와라. 가장 뜨겁게 해서."

그 목소리는 크지 않았지만, 목초연은 화들짝 놀라 눈을 번쩍 떴다.

"깨어났군?"

한운석은 무척 기쁜 듯이 웃었다.

목초연은 울고 싶은 심정이었다. 일찌감치 깨어났지만 갇힌 것을 알고 내내 잠든 척 하면서 아버지가 어서 사람을 보내 주기만을 기다리던 참이었다. 그런데 한참이 지나도 아버지는 사람을 보내 주지 않았다.

이제 어떻게 해야 할까? 목초연으로서는 이 높으신 두 분이 무슨 이유로 자신을 가뒀는지 알 수가 없었다.

"배고픈가?"

한운석이 사람 좋게 물었다.

안 고프면 이상하지! 목초연은 기절할 만큼 배가 고팠다. 그렇지만 한운석의 웃음은 그에게는 악몽이었다.

"왕비마마, 문제가 있으면 말로 하시지요. 부탁이니……, 무력은 쓰지 마십시오."

"서동림, 흰죽을 가져와라. 배불리 먹어야 말할 힘이 나겠지!"

오래 굶었으니 소화가 잘 되는 흰죽이 위에 부담되지 않았다. 한운석이 제법 신경을 써 준 셈이었다. 그녀와 용비야는 한쪽에 있는 차 탁자 옆에 앉아 기다렸다.

목초연은 대사면이라도 받은 것처럼 조마조마하던 심장을

겨우 가라앉혔다. 무력만 쓰지 않으면 차근차근 이야기해 볼 수 있었다! 그는 마음 놓고 죽을 먹었다.

한운석은 그가 게걸스럽게 먹어 댈 줄 알았지만, 뜻밖에 이틀 밤낮을 굶어 놓고도 서두르지 않고 꼭꼭 씹으며 천천히 먹었다.

서동림이 한 그릇 더 내밀자 그는 거절하고 이렇게 말했다.

"한 시진 후에 한 그릇 더 주시지요."

한운석은 속으로 감탄했다. 정말이지 목숨을 금쪽같이 아끼는 사람이었다!

좋아, 이제 이야기할 수 있겠지.

"당신네 목씨 집안에는 하품 등급 약재가 몇 종이나 있나?"

한운석은 단도직입적으로 물었다.

목초연은 무척 의아해했다.

"왕비마마, 그건 왜……."

"그냥 물어보는 걸세."

한운석은 웃으면서 손에 든 잎사귀를 만지작거렸다.

이를 본 목초연은 호기심 같은 건 쑥 들어간 듯 재빨리 대답했다.

"하품 등급 약재는 등급 약재 중에서 가장 많습니다. 큰 분류로 총 이백칠십여 종이 있고, 큰 분류마다 세부 품종이 적어도 대여섯 종은 되지요."

그 말이 끝나기 무섭게 잎사귀 하나가 씽 날아들어 목초연의 손을 스치며 가느다란 혈선을 남겼다.

목초연은 화들짝 놀라 재빨리 말을 바꿨다.

"저희 목씨 집안에는 하품 등급 약재가 총 삼백 종 있는데, 그중 삼십 종은 저희 집안 고유의 약재라 사씨 집안과 왕씨 집안은 재배하지 못합니다. 그 삼십 종에는 세부 품종이 각각 열 가지씩 됩니다."

하품 등급 약재를 구입하기로 한 후부터 용비야는 약성 왕공에게 정보를 확인했다. 왕공은 목씨 집안이 약재를 얼마나 갖고 있는지 확실히 알지 못했지만 고유 약재가 몇 종인지는 알고 있었다.

목초연이 거짓말을 하는 건 사서 고생하는 셈이나 마찬가지였다!

한운석은 아무 일도 없는 척 또 웃으며 물었다.

"가격은?"

이 말에 목초연은 몹시 놀라고 기뻐했다.

"필요하십니까? 제가 집으로 돌아가기만 하면 즉시 대량으로 바쳐 올리겠습니다. 분명히 만족하실 겁니다!"

목초연은 멍청해서 이 일을 약귀당과 연결 지어 생각지 못했다. 하지만 그의 탓은 아니었다. 약귀당에는 약귀곡이라는 최고급 공급처가 있는데 뭐 하러 하품 등급 약재가 필요할까?

"어떻게 공짜로 받을 수 있겠나. 조금 깎아 주면 되네. 이렇게 하지. 품종별로 가격표를 만들어 주면 본 왕비가 필요할 때 사람을 보내 사겠네."

한운석이 예의 바르게 말했다.

그러자 목초연은 제 딴에는 제법 머리를 굴려 보았다.

천녕국 상황이 이토록 어지러우니 전란이 벌어질 것이 분명하고, 그렇게 되면 사상자가 많아져 약재가 부족해질 테니 한운석과 용비야가 미리 약재를 쟁여 놓으려 한다는 게 그의 생각이었다.

등급 약재를 쓰려면 값은 조금 비싸지만 하품 등급 약재만 쓰면 그들의 재력으로 충분히 감당할 만했다.

한운석이 이번 기회에 자신을 가둔 것은 약재 값을 깎기 위해서라는 생각이 들었다.

그렇게 해서 목초연은 원가와 거의 차이가 없는 초저가 가격표를 만들었다. 이윤을 전혀 남기지 않는 가격표였다.

이를 살펴본 한운석은 무척 만족했다.

한운석이 마음에 들어 하자 목초연도 안심했다. 자신을 풀어 주기만 하면 돈을 적게 벌어도 상관없고 심지어 큰돈을 배상하는 것도 아깝지 않았다.

"왕비마마, 다른 일이 없으시면 저는……, 이만 물러가도 되겠습니까?"

목초연이 눈치를 보며 물었다.

"일찍 집으로 돌아가야 마마께 드릴 물건을 직접 준비할 수 있습니다."

"장기 협력할 사인데 서두를 것 없네. 어쨌든 이틀 안에 당신 아버지도 몸소 오실 테니 함께 돌아가도록 하게."

한운석이 웃으며 말했다.

목초연은 한운석의 말뜻을 알아듣지 못해 멍해졌다.

그가 처리하기엔 정보량이 너무 많았다!

장기 협력이라니? 아버지께서 몸소 오신다니?

그러나 이틀 후, 목영동은 오지 않았다. 대신 왕씨 집안 둘째 나리인 왕중양王仲陽과 사씨 집안 큰 도령 사홍명謝鴻鳴, 목씨 집안 지배인 주周 씨가 찾아 왔다.

왕씨 집안과 사씨 집안사람은 모두 암시장의 약재 거래에 참여했던 당사자지만, 주 지배인은 단순한 하인에 불과했다.

진왕 전하와 왕비마마는 왕씨 집안과 사씨 집안사람은 남기고 목씨 집안 주 지배인은 돌려보냈다.

진왕 전하는 무척 화를 냈다.

"당사자나 가주가 직접 올 것이지, 고작 지배인이 본 왕과 무슨 이야기를 할 수 있다는 말이냐?"

이해심 많은 왕비마마가 말했다.

"목씨네 큰 도령이 약귀당에 있으니 목씨 집안에서 사람을 보낼 필요가 없죠."

객잔에 숨어 있던 목영동은 진퇴양난에 빠져 직접 나서는 수밖에 없게 되었다. 약성 삼대 명가 중 유일하게 직접 가주가 나선 셈이니 정말이지 울화통이 터질 지경이었다.

드디어 세 집안사람이 모두 모였다. 이제 담판은 어떻게 될까?

사정을 모르는 목초연은 아버지를 보면 어떤 반응을 보일까?

목영동, 완전 날강도

초대형 약귀당 상가 뒤에는 꽃밭이 하나 있고, 꽃밭 뒤에 호화로운 응접실이 있었다.

왕씨 집안 둘째 나리 왕중양과 사씨 집안 큰 도령 사홍명은 목초연 일을 알고 있어서 그곳에 목초연이 앉아 있는 것을 봐도 놀라지 않았다.

반대로 목초연은 경악했다. 저 두 사람이 웬일이지? 진왕 전하와 진왕비는 아버지가 차를 마시러 온다고만 했지, 다른 이야기는 전혀 없었다.

물론 그는 아버지가 단순히 차를 마시러 오는 것이 아니고, 진왕비도 단순히 약재 가격을 알기 위해 자신을 잡아 둔 것이 아님을 알고 있었다. 그러나 왕씨 집안과 사씨 집안이 이번 일과 무슨 관계가 있는지는 도무지 알 수 없었다.

설마 세 집안의 약재 가격을 비교해 볼 생각일까? 진왕부는 재산이 차고 넘친다더니 물건 사는데 왜 이렇게 쪼잔하게 굴지? 혹시 약재를 어마어마하게 사서 쟁여 두려는 건가?

그렇게 분석한 목초연은 또다시 제 머리에 감탄하며 아무 말 하지 않기로 했다.

알다시피 그가 제시한 가격은 최저가였다. 사씨 집안과 왕씨 집안은 아무리해도 그보다 낮은 가격을 제시하지 못할 것이다.

밑지고 팔기로 하지 않는 이상은.

등급 약재는 토양과 재배 실력에 관한 요구 수준이 무척 까다로웠다. 목씨 집안에는 좋은 밭이 많고 일하는 이들의 전문성도 높아서 약초 원가가 왕씨, 사씨 집안보다 낮았다.

그러니 가격에서나 약재 품질에서나 목씨 집안이 우세했다.

목초연은 벙어리 노파 일을 알지 못했고, 아버지가 전에 목령아를 구하려다 진왕비에게 보물을 뜯긴 것도 몰랐다. 그래서 이번 거래를 성공시키고 불미스러운 지난 일을 잊으면 진왕과 사사로운 교분을 틀 수 있을 것이라며 혼자 영리한 척했다.

천녕국은 세 갈래로 나뉜 상태고 비록 황제를 칭하지는 않았지만 진왕은 중남부의 패자였다. 그와 교분을 트면 적어도 연줄을 하나 얻을 수 있었다.

왕씨 집안과 사씨 집안 두 사람이 인사를 하고 자리에 앉았지만 진왕 전하와 진왕비는 계속 말이 없었다.

그들의 신분이 남다르기도 하고 또 칼자루를 쥐고 있기도 해서, 약성 사람들은 감히 먼저 입을 떼지 못하고 목초연에게 묻는 눈길을 보냈다.

그러나 목초연은 한참 동안 생각한 후 못 본 척하고 태연자약하게 차를 마셨다.

잠시 침묵이 흐른 다음 마침내 왕중양이 입을 열었다.

"진왕 전하, 아직……, 다 오지 않았습니까?"

"음, 목 가주가 아직 도착하지 않았네."

용비야가 태연하게 말했다

그 말이 떨어지는 순간 왕씨 집안과 사씨 집안 대표는 속으로 크게 동요했다. 어떻게 그럴 수가? 정말 목영동이 직접 온다고?

암시장 약재 거래는 뒤가 구린 일이기에 그들은 항상 남몰래 찾아왔다. 진왕비가 원하는 하품 등급 약재도 몰래 사고팔 수밖에 없었다.

알다시피 약귀당은 고칠찰의 이름을 내걸었으니, 그들에게 공개적으로 약재를 공급하면 의성 쪽에서 분명히 말이 나올 것이다.

이렇게 조용히 처리해야 하는 일에 가주가 나서는 건 좋지 않았다.

가주가 직접 나서면 혹 언젠가 일이 들통났을 때 스스로 발뺌할 수도 없고, 상대방이 무리한 요구를 했을 때 거절할 방도도 없었다.

상황은……, 다소 복잡했다!

왕씨 집안과 사씨 집안 대표는 또다시 목초연을 바라보았다. 한가롭기 짝이 없는 목초연을 보자 두 사람도 쓸데없는 말을 하지 않기로 했다.

이렇게 해서 목영동이 도착했을 때 응접실에 있는 사람들은 더없이 조용했다.

목영동은 목초연 옆에 앉아 죽일 듯이 아들을 노려보았고, 목초연은 목령아 건 때문인 줄만 알고 가만히 그 시선을 감내했다.

목영동은 왕씨, 사씨 집안 대표들을 훑어보며 물었다.

"어디까지 이야기 했소? 아무래도 내가 늦은 모양이군."

"목 가주께서 친히 오시는데, 기다렸다가 함께 이야기해야 하는 게 당연하지 않겠어요?"

한운석이 웃으며 말했다.

그 말을 듣자 목영동은 짚이는 곳이 있었다.

그는 일어나서 찻잔을 들었다.

"진왕 전하, 왕비마마. 두 분께서 갖은 노력을 기울여 고칠 찰을 감화하고 약을 팔아 사람들을 구할 수 있게 하셨다는 이야기를 들었습니다. 실로 탄복할 뿐입니다. 비록 고칠찰은 약이 있어도 팔지 않고 죽어가는 사람을 보고도 눈 하나 깜짝하지 않았지만, 이제는 개과천선해서 올바른 길로 돌아섰으니 참으로 기쁘고 마음이 놓이는군요. 그래서 오늘 두 분께 지지를 표하고자 이렇게 '약령藥令'을 가지고 왔습니다."

목영동이 말하며 약초 냄새를 풍기는 나무 영패를 꺼냈다.

한운석은 당연히 받고 싶었다!

목영동이 저 영패를 주지 않으면 오늘의 담판에서 얻어야 했다.

이른바 '약령'이란 영업 허가증 같은 것으로, 무릇 운공대륙에서 정식으로 연 약재 상점에는 모두 저런 게 있었다. 저 영패가 없으면 의약계의 인정을 받지 못했다. 그렇게 되면 아무도 공개적으로 약재를 공급하지 않을 것이고, 환자를 위해 그들에게서 약재를 구매할 의원도 많지 않을 것이다.

약령은 약성이 장악하고 있었고, 약성 삼대 명가 모두 약령을 수여할 자격이 있었다.

한운석은 만족스러웠지만 목초연은 경악했다. 진왕과 교분을 트기 위해서라지만 저렇게 출혈이 심해도 되는 걸까? 약귀당을 공개 인정하다니. 겉으로는 저렇게 당당하게 말씀하시지만 나중에 의성 쪽에 뭐라고 해명하시려고 그러실까!

왕씨와 사씨 집안 대표는 여전히 말이 없었다.

목영동은 늙은 여우였다. 암시장 약재 거래에 관해서는 한마디도 하지 않고 오자마자 약귀당에 이렇게 큰 이익을 챙겨 줬으니 아마 진왕비도 그 마음을 알고 너무 난처하게 만들지 않을 것이라는 게 그의 생각이었다.

한운석이 약령을 받자 목영동이 또 말했다.

"진왕 전하, 왕비마마. 우리 목씨 집안에서 약령을 드린 이상 반드시 전력을 다해 약귀당에 협조할 것입니다. 물론 약귀당의 판매 현황을 엄히 감독할 것이니 부디 양해해 주십시오."

그 사무적인 말투에 한운석도 혀를 내둘렀다.

만약 목영동이 나타나자마자 장손택림의 거래 장부를 내놓으라는 조건을 걸었다면, 그야말로 최하수였다.

목영동은 몰래 온 것이 아니라 공개적으로 와서 약귀당을 지지했다. 뒤가 구린 일은 속으로만 알고 있으면 되고, 겉으로는 사무적으로 말하는 편이 서로 꼬투리 잡을 것도 없어서 좋았다.

그래서 한운석은 순순히 목영동의 말을 받았다.

"목 가주께서 그렇게 말씀하시니 본 왕비도 마음이 놓이는군요. 약귀당은 하품 등급 약재에 제법 흥미가 있는데, 목 가주께서 우리와 협력할 마음이 있는지 모르겠군요?"

"물론입니다."

목영동은 시원시원하게 말했다.

그때 왕씨 집안과 사씨 집안 대표도 허둥지둥 나섰다.

"왕비마마, 저희 왕씨 집안도 협력하고자 합니다."

"왕비마마, 사씨 집안도 약귀당에 물건을 공급하고 싶습니다. 가격은 제가 전권을 갖고 처리할 수 있습니다."

목영동이 나서서 약령을 준 이상 왕씨 집안과 사씨 집안도 의성의 압박을 받을 필요가 없으니 자연히 입장을 밝히고 공개적으로 잘 보이려고 했다.

여태껏 말이 없던 목초연은 '가격'이라는 단어에 싸늘하게 웃음을 흘렸다.

"약귀당은 하품 등급 약재를 얼마나 사들일 생각이십니까?"

목영동은 질질 끌지 않았다.

하룻밤 잠 못 이루면서 이번 담판에 써먹기 위해 생각해 낸 방법이었다. 이제는 어서 마무리 짓고 돌아가 목초연을 따끔하게 혼내 준 뒤, 대거 사람을 풀어 목령아 그 버릇없는 것을 되찾아올 마음뿐이었다.

물론 벙어리 노파 일도 마음이 걸렸지만, 용비야와 한운석이 그 일에 관해 여태 아무 움직임이 없으니 그도 일단은 기다릴 생각이었다.

"얼마나라……. 확실히 말하기는 어렵군요."

한운석은 진지하게 말했다.

"어째서 그렇습니까? 왕비마마, 우리 모두 시원시원한 사람들 아니겠습니까? 마마께서 양을 말씀하시면 이 늙은이가 가격을 제시하겠습니다."

목영동이 말했다.

"왜요, 양이 많으면 할인해 주나요?"

한운석이 궁금한 듯 물었다.

"그야 당연한 말씀이지요. 양이 많을수록 할인도 커집니다."

목영동은 한운석을 제대로 벗겨 먹기로 작정했다. 하품 등급 약재의 최저가는 설사 고칠찰이 온다 해도 확실히 알지 못할 테니까.

"저런, 보아하니 목 가주께서 장사에 꽤 재주가 있으신 것 같군요."

한운석은 웃음을 지었다.

세상 사람들을 구제하고 다친 사람을 돕는 약성과 의성에게 장사에 뛰어나다는 말은 분명 비꼬는 것이었다.

목영동은 무척 민망해했다.

"왕비마마께서는 얼마나 필요하십니까?"

"일단 종류와 세부 품종별로 가격을 보죠."

한운석은 진지해졌다.

목영동이 약재 목록을 꺼냈다. 그 위에는 이백칠십여 종의 하품 등급 약재와 각각의 가격이 적혀 있었다. 목초연이 말한 목씨 집안 고유의 삼십 종이 없는 것은 말할 것도 없고, 가격도 훨씬 박했다.

목초연이 말한 가격의 다섯 배나 되는 고가였다!

목영동, 칼만 안 들었지 완전 날강도잖아!

한운석은 더없이 직설적으로 말했다.

"목 가주, 목 도령에게 들으니 목씨 집안만 재배할 수 있는 하품 등급 약재 삼십 종이 있다기에 몹시 흥미가 생겼는데 왜 이 목록에는 없는 거죠?"

목영동은 즉시 목초연을 쳐다보았고 목초연은 감히 시선을 마주치지 못해 고개를 푹 숙였다.

약귀당이 하품 등급 약재에 손을 대기 시작하면 약성과 이권 다툼을 하게 될 텐데, 거기다가 목씨 집안에서만 재배하는 약재 삼십 종까지 잃으면 하품 등급 약재 시장을 통째로 잃는 것이나 마찬가지였다!

평소였다면 딱 잘라 거절했을 목영동이지만, 겉보기에는 평범한 거래 회담 같아도 약성 삼대 명가가 꼬투리를 잡힌 이상 가격을 흥정할 자격이 없었다.

목영동은 별수 없이 대답했다.

"물론 있습니다. 목록에 올리지 않았을 뿐이지요."

"가격은 어떻게 되나요?"

한운석이 다시 물었다.

목영동은 높은 가격을 불렀다. 이번에도 목초연이 말한 가격의 다섯 배였다!

한운석의 눈동자에 벌써 두 번째로 위험한 빛이 번뜩였지만,

그녀는 여전히 웃으며 말했다.

"본 왕비가 품종마다 쉰 섬씩 산다면요? 그 정도 양이면 얼마나 할인해 줄 수 있나요?"

한 섬이면 서른 포대 정도 되는데 각 품종 당 쉰 섬이라니?

이 여자가 미쳤나?

그렇게 많은 약초를 쌓아 두면 썩지 않는 게 이상했다! 더욱이 약초는 따지 않고 오래 심어 둘수록 좋았다. 일단 따서 오래 보관하면 약효가 점점 줄고 곰팡이가 생기거나 썩곤 했다.

그 자리에 있는 사람들 모두 깜짝 놀랐고, 내내 지켜보기만 하던 용비야도 한운석을 바라보며 눈을 찌푸렸다.

그렇지만 한운석은 여전히 제 말만 했다.

"목 가주, 그만한 양을 사는데 크게 할인해 주지 않으면 너무 양심이 없는 거예요."

목영동은 잠시 고민하다가 시원시원한 태도로 대답했다.

"왕비마마께서 그처럼 성의를 보이시니 이 늙은이도 진왕 전하를 보아 이 할 할인해드리겠습니다."

이 할 할인? 그러니까 20퍼센트를 깎아 주겠다는 말이었다.

약재 한 포대가 쉰 냥이면 이 할 할인해서 마흔 냥이었다. 하지만 목초연이 제시한 최저가는 사실 고작 열 냥이었다. 열 냥에 팔아도 손해 보지 않는다는 말이었다!

한운석은 화가 치밀었다.

"전하, 전하의 낯을 봐줘도 그만큼밖에 안 되는군요. 차라리 사지 않는 게 낫겠어요."

용비야는 차갑게 말했다.

"그럼 손님을 배웅하도록 하지."

갑자기 분위기가 싹 바뀌자 왕씨 대표와 사씨 대표는 말할 것도 없고 목영동조차 깜짝 놀랐다.

거래가 성사되지 않으면 뒤가 구린 일이 까발려질 것이다.

"왕비마마, 그럼 가격을 말씀해 보시지요."

목영동이 황급히 말했다. 그는 한운석이 아무리 깎아도 최저 가까지 깎지는 못하리라 생각하고 있었다.

그런데 뜻밖에도 한운석은 명쾌하게 말했다.

"팔 할을 할인해서 이 할은 목 가주께서 가지시면 딱 좋겠 군요."

팔 할을 깎으면 목초연이 말한 최저가이자, 목씨 집안 약초 원가였다!

목영동은 차가운 눈빛으로 목초연을 쏘아보았다. 이 자리에 서 저 놈을 쏘아 죽이고 싶어 몸이 근질근질했다.

저런 몹쓸 놈, 외부인에게 내실까지 속속들이 알려 주다니!

이렇게 한참 떠들었지만 알고 보니 우스운 짓만 한 셈이었다!

한운석, 너야말로 날강도

목영동은 분노하면서도 한운석의 영리함을 인정하지 않을 수 없었다.

이 가격이 그가 받아들일 수 있는 최저한도기 때문이었다. 이보다 낮은 가격이면 협상을 포기하고 뒤 구린 일을 폭로하도록 내버려 둘 수밖에 없었다. 이보다 높은 가격이면 이윤이 남으니 적어도 어느 정도 위안이 될 것이다.

그런데 하필이면 딱 최저가를 부르다니. 그야말로 먹자니 맛없고 버리자니 아까운 계륵鷄肋 같아서 속이 터져 죽을 지경이었다.

목영동은 생각하고 또 생각하다가 나름대로 조그만 위안을 찾았다. 대량으로 구매한다고 했으니 우선 창고에 있는 것을 털면 적어도 곧 썩어서 버려야 할 재고를 돈으로 바꿀 수 있었다.

어떤 의미로는 아주 조금 돈을 버는 셈이었다.

그래서 목영동은 시원시원하게 대답했다.

"허허, 진왕 전하의 체면은 당연히 봐 드려야지요. 까짓것, 팔 할 깎아드리겠습니다. 약귀당 개업 선물인 셈 치지요."

선물이라면서 돈을 받는 사람이 어딨담?

한운석은 속으로 목영동의 뻔뻔스러움을 흉보며, 목영동보다 더 뻔뻔스러운 짓으로 그를 실망하게 했다.

"약재 삼백 종 각각 쉰 섬씩을 매달 나눠서 사겠어요. 월초에 사들이고 다음 달 초에 결제하기로 하죠……."

여기까지 말하자 목영동의 얼굴이 시꺼메졌지만 그녀는 진지한 얼굴로 말을 계속했다.

"산 만큼 결제할 테니 걱정은 딱 붙들어 매세요. 절대로 떼먹지 않아요. 본 왕비가 전하의 이름을 걸고 보장하죠!"

용비야는 하마터면 목으로 넘겼던 찻물을 뿜을 뻔했다. 그는 가볍게 기침을 몇 번 하고는 담담하게 귀하신 입을 열었다.

"허락한다."

한운석은 무척 기뻐하며 또 말했다.

"당연히 손실 보전금도 정해야겠죠. 약재 가격이 내려가면 목 가주께서 약귀당에 하락분을 메워 줘야 해요."

목영동은 얼굴만 시커메진 게 아니라 눈앞마저 시커메져 거의 졸도할 지경이었다.

한운석! 너야말로 날강도다!

그는 입을 떡 벌리고 한참 동안 아무 말도 하지 못했고, 목초연은 머리를 거의 바지 속에 파묻다시피 한 채 자신은 이제 끝장났구나 하고 생각했다.

왕씨 집안과 사씨 집안 대표는 감히 입도 벙긋하지 못한 채, 목씨 집안을 저만큼 벗겨 먹은 왕비마마가 자신들 집안은 조금 덜 벗겨 먹어 주십사 빌었다.

그들 상황에는 저 가격에 팔았을 때 손해 보는 것은 물론이고, 손실 보전금을 더하면 바지까지 벗어 줘야 할 판이었다. 진왕비는 현재가로 저 많은 양을 예약해 놓고 실제로는 1, 2년에 걸쳐 나누어 구매할 것이 분명했다. 요 2년간 약재 가격은 계속 올랐고 떨어질 기미가 없었다.

듣기 좋게 손실 보전금이라고 했지만, 시간을 볼 때 본질적으로 가격 상승분은 반영하지 않고 가격 하락분만 반영하게 되는 것이었다!

즉, 목씨 집안은 1년 후 약재 가격이 상승해도 올해 가격으로 약귀당에 약재를 팔고, 만에 하나 가격이 하락하면 내려간 가격을 적용해야 했다.

'원금 보장에 안정적인 수익'이라는 어이없는 광고 문구는 한운석을 위해 만들어진 게 아닐지!

"목 가주, 별문제 없다 싶으면 계약서를 쓸까요?"

이렇게 말한 한운석이 또 덧붙였다.

"명확히 계약서를 쓰면 본 왕비도 주문서를 쓰겠어요. 첫 구매니 물건을 받으면 대금은 바로 지급하죠. 목 가주가 원하는 물건과 함께 사람을 시켜 보내겠어요."

목영동이 원하는 물건이란 말할 것도 없이 장손택림이 용비야에게 넘긴 약재 매매 장부였다.

원해서든 끌려왔든 목영동이 직접 오게 된 이상, 암시장 이야기는 한 자도 내뱉을 수 없으니 약귀당에 약령을 준다는 허울 좋은 명목을 내세우고 정상적인 거래인 척해야만 했다.

한 집안의 가주답게 그는 확실히 대단했다.

하지만 아무리 대단해도 이번 일에는 상대방에게 휘둘릴 수밖에 없었다.

한운석은 약점을 움켜쥐고 그를 이러지도 저러지도 못하게 몰아세웠다.

목영동이 후회하는 기색을 보이자 용비야가 차갑게 입을 열었다.

"목 가주의 뜻은 어떤가?"

아무래도 진왕 전하의 말은 진왕비의 말과는 무게가 달랐다. 목영동은 고개를 들고 바라보며, 말을 번복하면 어떤 대가를 치러야할지 가늠했다.

천녕국 삼분의 일에 대해 용비야가 어떻게 나올지는 차치하고, 벙어리 노파의 일만 해도 용비야와 한운석이 무슨 꿍꿍이를 품고 있는지, 얼마나 알고 있는지, 무슨 계획을 세우고 있는지 아무도 모르는 일이었다.

거듭 망설이고 재차 숙고한 끝에, 결국 목영동도 타협하기로 했다.

"진왕 전하, 이번에는 전하의 체면을 세워드리는 셈 치고 그렇게 하겠습니다."

체면을 세워준다? 신세를 졌다고 생각하라는 건가?

용비야는 싸늘하게 말했다.

"목 가주, 그럴 필요는 없네!"

목영동은 속이 부글부글 끓었다. 용비야, 언젠가 네가 약성에 부탁할 일이 생기면 어디 두고 보자!

"진왕 전하께서는 농담도 잘하시는군요."

목영동은 영리하게 한운석에게 수습할 기회를 넘겨 주었다.

"왕비마마, 계약서를 쓰시지요."

한운석도 이 정도에서 접어 주기로 했다.

"여봐라, 지필묵을 가져오너라!"

이렇게 해서 한운석은 약귀당 이름으로 목씨 집안과 길고 긴 계약서를 썼다. 공급과 가격을 모두 안정적으로 보장해 주는 내용이었다.

약귀당의 약재 판매가는 사람들 대부분이 받아들일 만한 수준으로 제한했고, 바로 그 가격 덕분에 약성이나 다른 약재 시장에서 파는 같은 종류의 약재 가격도 낮출 수밖에 없었다.

가격이 오르기 전까지는 목씨 집안도 손해는 아니니 손해 본 사람은 없었다. 단지 모두가 예전보다 조금 적게 벌 뿐이었다.

이 결과를 위해 한운석은 많은 사람들의 미움을 샀지만 개의치 않았다. 그녀가 말했듯이, 약재라는 것은 곡식과 마찬가지로 백성들의 필수품이니 반드시 합리적인 가격으로 제공해야 했다! 오래지 않아 약귀당은 사람들이 가장 선호하는 약재 상점으로 입에 오르내리게 되는데, 물론 이는 나중 일이었다.

목씨 집안과의 담판이 끝나고 목영동이 목초연을 데리고 씩씩거리며 떠나자, 본래는 충분히 대비해 왔다고 생각하던 왕씨와 사씨 집안 두 대표는 어쩔 줄 모르고 멍하니 그 자리에 앉아 있었다.

"두 분, 차 드세요."

한운석이 예의 바르게 말했다.

두 사람은 웃으며 정말 찻잔을 들었다.

"본 왕비의 추측이 옳다면 목씨 집안의 약재 원가는 두 분 집안보다 훨씬 낮을 거예요. 그렇죠?"

한운석의 입에서 이런 말이 나오자 사홍명이 급히 대답했다.

"아무렴요, 아무렴요. 영명하십니다, 왕비마마!"

왕중양도 허둥지둥 맞장구쳤다.

"왕비마마, 목씨 집안은 그간 세력만 믿고 온갖 방법을 동원해 토지를 접거해, 약성에서 가장 좋은 땅은 대부분 그들이 차지하고 있습니다. 게다가 수단을 가리지 않고 젊은 약제사들을 끌어들여 약재 시장을 거의 독점하고 있지요! 그간 약재 가격이 계속 오른 것도 목씨 집안의 책임이 큽니다!"

웬일이야, 약성의 왕씨 집안과 사씨 집안이 같은 편에 서다니? 공공의 적이 생겼다는 건가?

두 집안은 최소한 50년 가까이 왕래가 없었다. 왕씨 집안은 한때 약성의 수장이었는데 목씨 집안이 치고 올라오면서 본래 그들과 사이가 나빴던 사씨 집안은 일찌감치 목씨 집안에 붙었다. 장로회에서는 늘 목씨 집안과 사씨 집안이 연합해 왕씨 집안을 핍박했다.

지금 이런 장면은 정말이지 희귀해서 목영동이 알면 어떻게 생각할지 궁금할 정도였다.

틀림없이 한운석이 방금 한 말은 일부러 그런 것이었다.

"호호, 왕 둘째 나리의 말씀이 참 옳아요. 요 몇 년 목씨 집안의 세력이 갈수록 커지는데, 애석하게도 대가의 풍모가 없더군요. 오히려 왕씨 집안은 풍모가 여전해서 존경스러워요…….”

한운석은 왕중양이 아닌 왕씨 집안을 칭찬했지만, 왕중양은 제 칭찬인 줄 알고 더없이 기뻐했다.

“왕비마마께서 좋게 봐 주신 덕분입니다!”

이를 본 사홍명이 황급히 맞장구쳤다.

“아버지께서도 왕씨 집안이야말로 약성의 기품과 풍모를 대표한다고 늘 말씀하셨습니다! 훌륭한 사람은 보는 눈도 같다더니, 왕비마마께서 보는 눈이 있으시군요.”

얄팍한 아부를 하는 사홍명과 달리 노련한 왕중양은 훨씬 교활해서 두어 마디로 주요 화제로 넘어갔다. 그 역시 목영동처럼 암시장 이야기는 한마디도 하지 않았다.

“왕비마마, 비록 우리 왕씨 집안의 한계로 목씨 집안만큼 낮은 가격을 제시할 수는 없으나, 반드시 전력을 다해 약귀당을 지지하겠습니다. 부디 편의를 봐주시기 바랍니다.”

왕중양은 일어나서 무척 공손하게 읍을 했다. 그는 왕공과 진왕 전하가 나이를 넘어선 교분을 맺은 것도 몰랐고, 왕공이 벌써 암시장의 거래에 관해 진왕 전하와 연락을 주고받았다는 것도 몰랐다.

담판 결과야 어떻든 진왕 전하가 왕씨 집안을 곤란하게 할 일은 없겠지만, 도리어 그는 돌아가서 왕공에게 엄벌을 받게 될 터였다.

한 항렬 아래인 사홍명은 왕중양의 뒤꽁무니만 쫓는 처지로 전락해, 왕중양이 이렇게 말하자 허둥지둥 따라 빌었다.

"왕비마마, 사씨 집안도 왕씨 집안과 사정이 비슷합니다. 부디 은혜를 베풀어 주십시오, 왕비마마!"

한운석은 일부러 생각하는 척하다가 대답했다.

"두 분은 돌아가서 잘 상의한 다음 한 달 후에 가격을 제시하도록 하세요. 본 왕비의 뜻에 맞으면 그대로 진행하죠. 하지만 뜻에 맞지 않으면……. 후훗, 천천히 이야기하도록 해요!"

왕중양과 사홍명은 모두 무척 기뻐했다. 어쨌든 그들은 가주가 아니어서 가격을 결정할 권한이 없는 데다 오늘 목씨 집안이 어떻게 당하는지 보기도 했으니, 돌아가서 가주와 잘 상의하라는 것은 반가운 제안인 셈이었다.

"감사합니다, 왕비마마!"

두 사람은 감사 인사를 한 후 안도의 숨을 내쉬면서 서둘러 물러갔다.

돌아가는 길은 달랐지만, 한운석이 한 말이 있으니 두 집안이 함께 가격을 논의할 필요가 있었다. 이렇게 해서 왕씨 집안과 사씨 집안이 가까워지자 어떤 의미로는 목씨 집안과 사씨 집안을 이간질한 셈이었다.

왕씨 집안과 사씨 집안이 손잡으면 목씨 집안도 예전처럼 약성에서 기고만장할 수 없었다.

약재 가격으로 목영동을 곯려 준 것보다 이 마지막 한 수야말로 가장 음흉한 계략이었다!

물론 이 한 수는 용비야가 미리 그녀에게 가르쳐 준 것이었다. 용비야는 이미 왕공에게 연락해 적극적으로 사씨 집안과 연합하라고 말해 주었다.

약귀당 일 하나로, 한운석은 운공대륙 약재 시장을 휘저어 놓았고 용비야는 그 틈에 약성의 판세를 휘저어 놓았다.

천녕국은 벌써 혼란에 빠졌는데, 다음 차례는 약성일까?

한운석은 곧 약귀당이 목씨 집안의 약령을 얻었고 목씨 집안과 거래 계약을 맺었다는 소식을 퍼트렸고, 더불어 약제사를 공개 모집했다.

이 소식이 흘러나가자 의약계는 발칵 뒤집혔다!

목영동이 의성의 압박에 어떻게 이겨 내는지는 목씨 집안 일이고, 어쨌든 약귀당은 크게 명성을 떨쳤다.

목씨 집안은 한운석이 원한 하품 등급 약재 한 더미를 보냈고, 그와 동시에 한운석은 몸소 약귀곡에 가서 필요한 약재를 점검한 뒤 일부는 손수 가져오고 대부분은 사람을 시켜 운송하게 했다.

그녀는 미독 해약 건을 다시 따질 생각도 없었고 전에 말한 것처럼 고칠소가 약귀당에 올 수 있기를 바랐다. 누가 뭐래도 약귀당의 반은 그의 것이었으니까.

하지만 약귀곡에서 고칠소를 만나지는 못했다. 사실 그녀는 약귀당의 명성이 높아지면 그자도 나타나리라 생각했다. 그런데 안타깝게도 그는 완전히 사라진 것처럼 아무 소식이 없었다.

그렇게 개점일로 정해 두었던 길일이 되자, 약귀당은 축하 소리와 폭죽 소리가 뒤섞여 전에 없이 시끌시끌해졌다. 용비야가 친필로 '약귀당'이라고 쓴 편액을, 한운석이 걸었다.

드디어 약귀당이 문을 열었다!

고칠소는 올까, 안 올까?

한운석은 말없이 기대하고 있었지만, 고칠소는 그림자조차 보이지 않고 오히려 다른 사람이 나타났다.

그 사람은⋯⋯, 누구일까?

완전히 망쳤군

고칠소는 그림자조차 보이지 않았지만, 한운석은 사람들 틈에서 한눈에 옛 친구를 발견했다.

그는 까맣게 몰려든 사람들 속에서 그녀를 향해 따스한 미소를 짓고 있었다. 햇살이 빼어난 그의 얼굴 위로 흩어지자 온 세상이 환했다.

한운석은 자연스레 웃음을 지었다. 고요함, 평안함, 그리고 따스함. 시끌벅적한 것들은 그와는 무관했고, 갑자기 그녀와도 무관해졌다.

흡사 사월 봄바람이 불어오는 듯, 흡사 겨울 해가 따사롭게 내리쬐는 듯했다.

고북월, 오랜만이에요!

반군이 천녕국 황궁을 공략한 후 천휘황제는 밤을 틈타 달아났고, 한운석은 여태껏 고북월도 천휘황제가 데려갔다고 생각했기에 이곳에서 그를 볼 수 있을 줄은 생각지 못했다.

고북월이 사람들 사이로 걸어 나오자 일곱째 소실댁과 백리명향도 그를 발견했다. 당연하게도 용비야는 벌써 알고 있었다.

솔직히 고북월은 사교적인 편은 아니지만 붙임성은 무척 좋아서, 한씨 집안 사람들은 말할 것도 없고 백리명향과 소소옥도 그를 아주 좋아했다.

사람들이 차례차례 그를 맞으러 나섰지만 고북월은 대문 앞에서 한운석을 향해 읍을 했다.

　"왕비마마, 귀 약방에 상주 의원이 필요하지 않은지요? 뻔뻔스럽지만 저 자신을 추천하고자 합니다."

　이 말이 떨어지는 순간 모든 사람의 이목이 그에게 집중되었다.

　상주 의원? 그러니까 그가 약귀당에서 상주하며 의술을 베풀겠다는 말?

　뜻하지 않은 기쁨에 한운석은 몹시 기뻐하고 감동했다. 알다시피 고북월 같은 신의 등급의 의원은 구태여 약방에서 일할 필요가 없었다. 태의원을 떠났으니 자신의 의관을 열든 의학원으로 돌아가든 앞날이 창창했다.

　약방의 상주 의원이 되면 고작 약을 지으러 온 사람의 약방문이나 봐 주고 의견을 약간 제시하는 일만 하게 될 테니 그야말로 재주를 썩히는 일이었다.

　한운석뿐만 아니라 그녀 뒤에 있던 사람들도 모두 기뻐 어쩔 줄 몰랐다.

　그러나 구경꾼들 틈에서 수군거림이 들려왔다.

　"하하하, 주제를 몰라도 너무 모르는군. 저 약골 같은 모습을 보게! 저런 꼴을 하고 무슨 의원이라고?"

　"약귀당은 그저 그런 곳이 아니야. 젊은이, 너무 세상 넓은 줄 모르는 게 아닌가?"

　보통, 약방에 상주하는 의원은 시원찮은 이들이긴 해도 약귀당은 보통 약방이 아니어서 확실히 아무나 이곳에서 일할 수는 없었다.

하지만 고북월이 '아무나'일까?

그는 아무렇지 않아 했지만 한운석은 마음이 급했다. 그녀가 해명하려는데 선풍도골을 한 노인이 사람들 틈에서 걸어 나왔다. 노인이 살며시 고북월의 오른쪽 어깨를 잡자, 고북월은 크나큰 타격이라도 입은 듯 갑자기 아래로 무너지며 몸을 웅크렸다.

그냥 살짝 잡은 것뿐인데, 아무리 허약해도 저렇게까지 될 수는 없었다!

어떻게 된 일일까!

모두 깜짝 놀랐고 한운석도 뛰쳐나가려 했지만 용비야가 뒤에서 붙잡았다.

"서두를 것 없다."

그가 말했다.

고북월은 땅에 웅크린 채 고통스러운 얼굴을 하고 있었는데, 일부러 말을 하지 않는지 아니면 아파서 말을 할 수 없는지 알 수 없었다.

"젊은이, 아플 게야. 그렇지?"

노인이 태연하게 물었다.

고북월은 고개를 끄덕였다.

노인이 다시 고북월의 왼 어깨를 살며시 잡자 고북월의 왼쪽 어깨도 무너졌다. 두 팔을 축 늘어뜨린 모습이 유난히 허약해 보였다.

노인은 고북월의 등 뒤로 돌아가 태극권을 하듯 살짝 고북월을 떠밀었다. 고북월은 '앗' 하고 신음하더니 길게 숨을 토해냈다.

"조금 편해졌는가?"

노인이 다시 물었다.

고북월은 역시 고개를 끄덕였다.

노인은 정색하고 수염을 쓰다듬으며 혼잣말했다.

"습한 것은 만병의 원인이지. 습하면 양기가 상하고, 양기가 상하면 약해지고 병이 나고 죽음에 이르네."

노인은 그렇게 말하며 금침 하나를 뽑아 몇 번 기괴한 동작을 한 후 고북월의 목에 찔러 넣었다.

침술이란 살짝 꽂기만 하고 너무 깊이 찔러 넣지 않는 법인데, 이 노인은 무척 깊이 찔러 넣었다.

보는 사람들은 간담이 서늘했지만 당사자인 고북월은 오히려 별다른 반응이 없었다.

한운석은 누구보다 자세히 살폈다. 비록 마음이 놓이진 않지만 고북월의 뛰어난 의술로 보아 다치고도 소리 한번 지르지 않을 리 없어서 일단 침묵을 지켰다.

얼마 후, 노인은 다시 고북월의 양쪽 어깨를 누르기 시작했다.

사람들은 눈 하나 깜짝하지 않고 지켜보았지만 고북월은 별반응이 없었다. 그 후 노인이 금침을 뽑자 뜻밖에도 침 끝이 온통 까매져 있었다. 반짝반짝 윤이 날 정도로 새까맸다!

가장 신기한 것은 그게 아니었다!

그보다 더 신기한 것은 놀랍게도 금침이 젖어 있다는 것이었다!

이렇게 되자 그 자리에 있는 모두가 놀랐다.

이게 어떻게 된 걸까?

고북월은 천천히 일어나 어깨를 으쓱으쓱해 보았다. 다친 곳이 없을 뿐 아니라 조금 전보다 훨씬 기운 나 보이고 얼굴에서도 광채가 났다.

습한 기운을 제거한 걸까?

치료한 걸까?

습한 기운은 오랜 세월 누적된 것으로 치료하기가 무척 성가셔서, 여러 방면에서 손을 쓰고 2, 3년 동안 푹 쉬지 않으면 효과를 볼 수 없었다.

저 약골이 갑자기 저렇게 기운이 나는 걸 보면, 정말 침 두어 번으로 습한 기운을 제거한 걸까?

곧 사람들 틈에서 누군가 물었다.

"노인장, 습한 기운을 제거하신 겁니까?"

노인은 헤아리기 힘든 심오한 표정을 지은 채 대답이 없었다.

그는 고북월을 한번 훑어본 후 담담하게 말했다.

"방풍防風(발한, 진통 효과가 있는 약초), 진교秦艽(풍습 관절염 등에 효과가 있는 약초), 위령선威靈仙(풍습과 마비에 효과가 있는 약초), 뽕나무 가지 각 반 냥씩을 달여 매일 차처럼 복용하게."

말을 마친 그는 소매를 털고는 태연자약하게 모인 사람들을 헤치고 나갔다. 모두 자연스레 길을 터주면서 이 노인은 필시 은거 고인일 것으로 생각했다.

고북월은 감사 인사도 하지 않고 별 관심도 보이지 않은 채 자신의 목을 어루만지면서 여느 때처럼 온화한 표정이었다.

한 걸음 한 걸음 천천히 걸어가는 노인은 신선처럼 여유롭고 침착해 보였지만 속으로는 초조하기 짝이 없었다. 걸음걸이가 갈수록 느려졌다.

진왕비는 벌써 인재를 채용하겠다는 공고를 내붙였다. 그가 약귀당 앞에서 이런 솜씨를 보여 준 데다 일부러 노리고 했다는 표도 내지 않았는데, 왜 아직도 불러 세우지 않을까?

당장 예의를 갖추고 달려와 약귀당의 상주 의원이 되어 주지 않겠냐고 물어야 마땅한데?

결국 노인은 걸음을 멈췄다. 정말 멀리 와 버렸기 때문에 더는 갈 수가 없어서였다.

그는 잠시 생각하다가 돌아서서 고북월에게 말했다.

"젊은이, 이 늙은이가 평생 받아들인 제자는 단 한 명, 천녕국 태의원 수석 어의 고북월일세. 비록 자네가 그 제자와 천지 차이지만 오늘 이렇게 된 것도 다 인연인가 봄세. 가세나, 이 늙은이가 침술을 가르쳐 주겠네."

그 말에 장내가 발칵 뒤집혔다!

저 노인이 고북월의 사부일 줄 누가 상상이나 했을까!

고북월은 비록 오품 신의밖에 못 되지만 요 몇 년간 벌써 오품의 실력을 훌쩍 넘어섰고, 천녕국에서는 의학원 의원들보다 훨씬 명성이 높았다.

설마 그의 할아버지가 돌아가신 후에 저 은거 고인에게 가르침을 받았던 걸까?

그렇다면 저 노인의 의술은 대단할 터였다!

장내는 시끌시끌했고 놀라지 않은 사람이 없었다. 물론 가장 놀란 사람은 한운석과 그 주변 사람들이었다.

세상에 저렇게 보는 눈이 없는 사람이 있을까?

저 정도로 흰소리를 치다니 정말이지 구제 불능이었다.

한운석 일행은 모두 침묵에 빠졌고 용비야도 입가를 실룩였다. 저 노인이 사기꾼이라는 것은 일찌감치 알아보았지만 이런 결과가 벌어질 줄은 뜻밖이었다.

그런데 웬걸, 고북월은 전혀 화내지 않고 겸손하게 웃으며 말했다.

"제 부족한 재주로는 감히 넘볼 수 없는 제안입니다."

"저런 바보!"

"젊은이, 머리까지 다친 겐가! 어쩌자고 이렇게 좋은 기회를 마다하나?"

"젊은이, 고북월이 누군지 아는가? 고 태의와 동문 사형제가 될 수 있다면 복 받은 거야!"

사방팔방에서 온갖 소리가 들려왔지만, 고북월은 어찌나 성격이 좋은지 가볍게 탄식만 하고 해명하지 않았다.

그는 용비야와 한운석에게 읍을 한 후 떠나려고 했다.

한운석은 본래 저 노인이 사기꾼이라는 것을 폭로하고 잔뜩 수치를 안겨주려 했지만, 고북월의 태연한 모습을 보자 갑자기 노기가 가라앉았다.

그는 겁쟁이가 아니라 선량하고 연민이 많은 사람이었다. 매사 큰일도 작게 만들고, 싸우지 않고 몸을 낮추며, 영광을 얻거나 치욕을 당하는 것에 마음 쓰지 않는 이가 바로 그였다.

그는 한운석이 본 사람 가운데 가장 수양이 깊은 의원이었다.

이 모습을 보자 노인도 눈을 휘둥그레 떴다. 사실 그는 방문좌도旁門左道(정통이 아닌 것. 이단이나 사술을 의미)의 의술을 약간 알 뿐인데, 며칠 전 찾아온 자에게 은자를 잔뜩 받고 약귀당에 첩자로 들어가기로 약속했다. 마침 오늘이 약귀당 개점일이라 상황이나 파악하려고 왔다가 우연히 저 약골을 보고 이때다 싶어 솜씨를 부린 것이었다.

그런데 저 약골이 저런 괴짜일 줄이야.

비록 민망하긴 했지만 노인은 태연한 척 시원스레 웃은 뒤 돌아섰다.

이번에는 성공하지 못했지만 적어도 진왕비의 주의를 끌었으니 다음번에 다시 우연을 가장하면 약귀당에 들어가는 건 어렵지 않을 것이다.

그렇게 생각한 노인은 마음 놓고 떠나려고 했다.

그런데 누가 알았을까? 바로 그때, 모인 사람들 바깥에서 놀람과 기쁨이 섞인 목소리가 들려왔다.

"고 태의, 고 태의도 왔군요!"

고 태의?

그 순간 구경꾼들이 죄다 그쪽을 돌아보았다. 재기 넘치는 어떤 낭자가 고북월을 향해 걸어가고 있었다.

"고 태의, 약귀당에 와 놓고 또 어딜 가는 거죠? 왜요, 진왕 전하와 왕비마마께서 고 태의를 환영하지 않으시던가요?"

낭자가 장난스럽게 물었다.

고북월이 대답하기 전에 한운석이 깔깔 웃으며 말했다.

"환영하지 않긴 누가? 고 태의, 방금 약귀당의 상주 의원이 되고 싶다고 했으니 한 말은 지켜요!"

이렇게 되자 장내가 발칵 뒤집혔다. 저 약골이 정말 고북월 이라고? 그렇다면 저 노인은 대 사기꾼이잖아!

고북월은 어쩔 수 없는 얼굴로 웃으며 돌아섰다. 뒤에 있던 사람들은 하나같이 눈이 휘둥그레져 있었고, 선풍도골을 한 노 인은 특히 더 그랬다.

노인은 그 틈에 내빼려고 했으나 곧 구경꾼들에게 붙잡혀 한 쪽 구석으로 끌려가 늘씬하게 두들겨 맞았다.

한운석은 저런 소인배를 상대하고 싶지 않았다. 그저 고북월 이 온 것이 무척 기뻤고, 고북월과 함께 온 낭자를 보자 더욱더 기뻤다.

그 낭자는 바로 그녀가 묵묵히 기다려 왔던 목령아였기 때문 이었다!

약귀당이 문을 여는 날 약속대로 그녀가 나타났다.

"왕비마마께서 버리지 않으신다면 고북월은 평생 약귀당에 서 일하겠습니다!"

고북월이 진지하게 말했다.

크지도 않고 패기 넘치지도 않은 목소리였지만 모두의 마음을 뒤흔들었다.

'평생'이라는 말을 아무렇게나 입에 담을 수는 없었다. 알다시피 '평생'이란 곧 맹세였다!

아무래도 조금 미심쩍은 말이었지만, 사람들이 곰곰이 곱씹어 보기 전에 고북월이 다시 덧붙였다.

"이 몸이 전하와 마마와 함께 백성들에게 선행을 베풀 수 있는 행운을 주시기 바랍니다."

용비야는 복잡한 눈빛을 하면서도 말이 없었고, 한운석은 즉각 대답했다.

"우리 약귀당의 영광이에요!"

그때 멀지 않은 어느 집 지붕 위에서는 고칠소가 이 장면을 똑똑히 지켜보고 있었다. 좁고 가느다란 눈동자는 직선을 그릴 정도로 가느다래져 있었다. 당장 가서 저 노인네의 따귀를 몇 대 때려 주고 싶어 미칠 지경이었다.

그랬다. 저 노인네는 그가 고용한 사람이었다. 그런데 저렇게 완전히 망쳐 버리다니!

고칠소가 씩씩거리고 있을 때 큰 소리로 말하는 목령아의 목소리가 들렸다.

"진왕비, 약속대로 약귀 대인에게 도전하러 왔어! 약귀 대인께 말 좀 전해 줘. 약성의 목령아가 도전하러 왔다고!"

나타날까 아닐까

고북월 사건이 아직 가라앉지 않은 상황에서 목령아가 불쑥 내뱉은 말은 모두를 넋이 나갈 만큼 놀라게 했다.

고칠찰이 개과천선해서 진왕비와 손잡고 약귀당을 연 후부터 약성 목씨 집안이 약귀당에 약령을 수여하고 약귀당이 영남군에 터를 잡아 약제사를 모집하기까지, 운공대륙 약학계, 나아가 운공대륙 전체가 약귀당에 쏟는 관심이 점점 높아지고 있었다. 약귀당 개업날인 오늘, 이곳에 구경하러 온 사람은 영남군 백성만이 아니었다!

대문 입구에 세 겹으로 원을 이루고 선 사람들 틈에 본모습을 숨기고 섞여든 약성이나 의성 사람들이 적지 않았고, 주변 차루나 주루의 별실이나 특별실은 이미 만실이었다.

즉 이 자리에 있는 이들은 수도 많은 데다 평범하지도 않았지만, 목령아의 말에 모두 화들짝 놀랐다.

저 계집애가 고칠찰에게 도전을?

실로 전무후무한 일이었다!

비록 그녀는 약성 역사상 가장 뛰어난 재능을 가진 약제사지만, 아무리 뛰어나다 해도 고칠찰에 미치지는 못했다. 고칠찰이 한 것도 없이 공으로 '약귀'란 이름을 얻은 것은 절대 아니었다.

물론 평범하디 평범한 인물이 도전장을 내밀었다면 농담이라 여기고 웃어넘겼을 것이다.

하지만 목령아 저 계집애는 아무래도 입장이 곤란했다.

목씨 집안이 약귀당에 약령을 주고 거래 계약까지 했는데, 목령아가 찾아와 말썽을 부리는 걸 어떻게 받아들여야 할까?

사람들은 놀란 와중에도 저 행동에 무슨 의도가 숨겨져 있나 하고 저마다 속으로 이런저런 추측을 해 보았다.

어쨌든 사건은 커졌다!

"약귀 대인에게 도전하겠다고? 목령아, 농담하는 건 아니겠지?"

한운석이 믿을 수 없다는 듯이 물었다.

목령아에게 비밀 하나를 알려 주긴 했어도 어떻게 하자고 말한 적은 없는데, 목령아는 약속이나 한 듯 그녀의 장단에 따라 주었다.

"진왕비는 이 내가 농담하는 것처럼 보이나 봐?"

목령아가 도도하게 반문했다.

"후후, 정말이군. 반드시 약귀 대인에게 전해 주겠어. 하지만……."

한운석은 머뭇거렸다.

"하지만 뭐지?"

목령아가 물었다.

"하지만……, 약귀 대인께서는 요즘 무척 바쁘셔서 약귀당에 안 계셔……."

한운석의 말이 끝나기도 전에 목령아가 끼어들었다.

"기다릴 수 있어!"

뜻밖에도 한운석은 또다시 머뭇거렸다.

"하지만……."

지붕 위에 있던 고칠소도 여기까지 듣자 까닭 없이 약간 긴장했다.

"하지만 뭐야?"

목령아가 또 물었다.

"하지만 약귀 대인이 받아들인다는 보장은 없어."

한운석은 웃으며 말했다.

목령아는 무척이나 불손한 태도로 반문했다.

"왜, 질까 봐? 겁이 나서 도전을 받아 주지 못하겠대?"

그 말에 금세 주위가 소란스러워졌다.

비록 고칠찰의 악명이 높긴 하지만, 그 실력만큼은 모두가 인정했다. 목령아가 감히 도전장을 내민 것도 대단한데 저런 오만방자한 말까지 할 줄이야.

하룻강아지 범 무서운 줄 모른다더니, 정말이지 세상 높은 줄 모르는 짓이었다!

"철딱서니 없이!"

마침내 구경꾼 중에서 참지 못한 누군가가 꾸짖었다.

한운석은 말이 없었고, 목령아는 못 들은 척 일부러 턱을 높이 들고 세상에 저밖에 없다는 듯이 약귀당의 커다란 편액을 흘겨보았다.

"진왕비, 약귀 대인이 패배를 두려워하지 않는다면 7일 후

모습을 드러내 나와 고하를 가르자고 전해 줘. 만약 패배가 두렵다면……. 후훗."

목령아는 입꼬리를 올리며 차갑게 웃었다. 몹시도 경멸에 찬 웃음이었다. 이런 말을 툭 내뱉은 뒤 그녀는 멋들어지게 돌아서서 걸어갔다. 지붕에서는 고칠소가 어느새 주먹을 불끈 쥐고 있었다.

"저 망할 계집애!"

목령아가 한참 멀어졌을 때쯤 갑자기 한운석이 큰 소리로 외쳤다.

"목령아, 그렇다면 본 왕비가 약귀 대인 대신 받아들이겠어!"

고칠소는 기가 막힌 얼굴로 천천히 고개를 들어 하늘을 바라보았다.

"못된 계집애들!"

두 사람이 이렇게 일을 키워 놨으니, 7일 후 도전을 받아 주지 않으면 그는 겁쟁이가 되어야만 했다. 약귀의 명성을 이렇게 망칠 수는 없었다.

하지만 나가서 응전하려면 용비야를 마주해야 했다!

되짚어 보면, 지난번 용비야가 남산홍을 대접한 것은 그의 본모습을 폭로할 심산이었을 것이다. 그 후 이것저것 차질이 생겼고, 그는 한운석을 구하느라 부득불 본모습을 드러낼 수밖에 없었다. 과정이야 어쨌든 결과적으로는 그의 신분이 밝혀진 것이다!

그는 효과 없는 가루약으로 용비야에게 준 미독 해약이 한 병에 꽉 차 있었다고 증명했다. 누가 봐도 고의였는데, 용비야와 한운석처럼 영리한 이들이 그에게 다른 의도가 있었다고 의심하지 않으면 그게 더 이상했다.

당시 완벽하게 계획을 세워놓았다. 확실한 증거를 들이밀어 용비야가 거짓말 했다는 것을 독누이가 믿는 순간, 즉시 유각에 사람을 보내 소란을 일으킴으로써 그녀를 그리로 유인할 생각이었다. 벙어리 노파 일을 알기만 하면, 한운석도 굳이 그의 '고의성'을 추궁하지 않을 것이다.

하지만 예상과 달리 독누이는 그를 전혀 믿지 않았고, 계획은 어그러지고 말았다.

그런데 이번에 그가 본모습을 드러내자 독누이는 새롭게 그 일에 관해 물었다. 떠나기 전에 그가 남긴 몇 마디는 사실, 특별히 신경 써서 한 말이었다!

그런데 어쩌나. 겨우 며칠 만에 독누이는 다시 용비야와 사이가 좋아졌다. 저런 사이에 의심은 개뿔!

두 사람이 사이가 좋을 때 그녀의 마음은 본래 용비야에게 기울어져 있었고, 더욱이 전체 과정을 분석해 볼 때 그의 '고의성'에는 이간질하려는 혐의가 다분했다.

하긴, 그의 최대 관심사는 그게 아니었다.

그는 정말로 두 사람을 이간질하려 했으니, 그건 인정했다.

그의 최대 관심사는 지난번 유각에 뛰어들었던 일이었다!

지난번에는 거의 성공했다. 전력을 쏟아부은 결과 유각에 잠입해서 벙어리 노파를 데려나올 뻔했으나, 뜻밖에도 용비야가 너무 빨리 나타났다!

그때 그는 용비야를 죽이기로 마음먹고 불사의 몸을 드러내는 것도 아랑곳하지 않았는데, 망할 놈의 용비야는 왜 죽지 않았을까?

한운석에게는 그를 구할 만큼 대단한 능력이 없었다. 그렇다면 어떤 쳐 죽일 의원이 그놈을 구했을까?

솔직히 그 일 이후 고칠소가 취할 수 있는 가장 영리한 방법은, 벙어리 노파 문제에서 손을 떼는 것이었다. 하지만 안타깝게도 원한을 꼭 기억하고 연약함과 패배를 인정하지 않는 것이 그의 최대 약점이었다.

가까스로 용비야의 약점을 잡았는데 무슨 수를 써서든 까발리지 않으면 그가 아니었다.

그래서 결국 이런 비극을 맞게 된 것이다.

고칠찰의 신분이 드러났으니, 용비야는 필시 그가 바로 유각에 침입했던 불사의 흑의인임을 알았을 것이다.

용비야의 손에 그 약점이 들어갔는데 만전지책을 마련하지 않고서 어떻게 함부로 그의 앞에 나타날 수 있을까?

목령아의 도전 같은 것은 까맣게 잊고 있었던 터라 그 일이 이렇게 크게 벌어질 줄은 꿈에도 생각하지 못했다!

고칠소는 우연히 한운석을 만난 후부터 자신의 인생에 '꿈에서도 생각하지 못할 일'들이 가득해졌다는 것을 깨달았다.

7일 후에 나갈까 말까? 고칠소는 깊이 생각에 잠겼다.

그리고 그때 한운석 등 뒤에 서 있던 용비야는 입꼬리를 살짝 올려 보일락 말락 호를 그렸다.

이렇게 해서 약귀당 개업식은 두 번의 충격 속에서 마무리되었다.

그날 영업을 시작한 약귀당은 발 디딜 틈이 없을 정도로 성황을 이루었다. 몇 가지 약재는 동났고, 고북월에게 진료를 청하러 온 사람도 길게 줄을 섰다.

한씨 집안 사람들이 와서 돕는 데도 손이 모자라 한운석마저 뒤에서 도왔다. 바쁘기로 이름난 용비야조차 놀랍게도 그녀 곁에 앉아 약방문에 따라 약을 골라 포장하는 법을 익혔다. 그의 뒤에 선 비밀 시위들이나 하인들은 할 일이 없어 빈둥거렸다.

진왕 전하, 정말 이래도 좋은 겁니까?

고북월이 약귀당에서 일한다는 소식이 천휘황제의 귀에 들어가자 천휘황제는 등골이 오싹해지며 뒤늦게 두려움이 밀려들었다.

고북월과 한운석이 교분이 있는 줄은 알았지만, 지금껏 고북월을 덕망 있는 의원으로서 존중했고, 그가 함부로 하지 않으리라 믿었다. 그런데 지금 보니 고북월이 그를 돌보는 틈에 모살하지 않은 것이 천만다행이었다!

다행이라고는 해도 병을 앓는 천휘황제는 그 일로 더욱 의심이 많아졌고 그의 곁에 있는 태의들은 하루도 편할 날이 없었다.

퍽!

침상에 누운 천휘황제가 커다란 약사발을 힘껏 집어 던져 커다란 소리가 나자 시중들던 하인들은 까무러칠 듯이 놀랐다.

"황후는?"

그가 노성을 터트렸다.

초청가는 침궁 밖에 있었다. 그녀는 몇 번 심호흡 해 마음을 가다듬은 후 안으로 들어가 하인들을 모두 물러가게 했다.

천휘황제의 병세는 갈수록 불안정해졌고 그럴수록 성질을 부렸다. 그런데 그녀의 배는 아직도 소식이 없었다. 회임했다는 말은 사실 단순한 소문에 불과했다.

그녀는 밉고 괴롭고 역겨웠지만 그 일을 인생에서 가장 중요한 일로 삼을 수밖에 없었다. 무슨 수를 써서든 황제의 핏줄을 잉태해야 했다.

그 핏줄만 생기면 천휘황제는 죽어도 그만이었다!

"폐하, 신첩은 여기 있습니다. 자, 약을……."

초청가가 손수 새 탕약을 한 그릇 내밀었다. 천휘황제가 약을 마시자 그녀는 곧 침상의 휘장을 내렸다. 곧이어 방 안은 야릇한 소리로 가득 찼다.

초청가도 괴롭지 않은 것은 아니었지만, 이미 자신에게 모진 여자로 점점 변모해 가고 있었다.

자신에게 모진 사람 가운데 하늘을 찌르는 증오를 숨기고 있지 않은 사람이 어디 있을까?

역사상 여자 손에 죽은 황제는 너무나도 많고 많았고, 천휘황제 역시 그중 하나가 될 터였다.

고북월의 일은 그래 봤자 천휘황제에게만 영향을 끼쳤으나, 목령아가 고칠찰에게 도전한 일은 순식간에 운공대륙 구석구석에 퍼져 거의 대륙을 발칵 뒤집어 놓다시피 했다. 각계의 뜨거운 토론 주제가 된 것은 물론, 적잖은 도박장에서 고칠찰이 나타나 응전할 것인지 아닌지를 두고 내기를 걸었다.

누구보다 분노한 목영동 역시 속으로는 고칠찰이 나타날까 아닐까 궁금함을 참지 못했다.

이렇게 해서 이미 나가지 않기로 결심한 고칠소는 태산 같은 압박감을 느껴 또다시 갈등에 사로잡혔다.

약귀당이 개업하던 날 용비야는 한운석을 따라 밤늦도록 바삐 일했다. 한운석은 이튿날에도 일찍 일어나 계속 도울 생각이었지만 뜻밖에도 눈을 떠보니 이미 강남 매해에 와 있었다.

그녀는 벌떡 일어나 앉으며 두려움에 찬 얼굴로 외쳤다.

"용비야!"

옆에 앉아 있던 용비야가 즉시 다가왔다.

"나는 여기 있다. 무슨 일이냐?"

한운석은 그를 보자마자 그 품으로 뛰어들어 꼭 끌어안았다. 그제야 마음이 가라앉았지만 두려움은 여전했다.

그녀는 단단히, 아주 단단히 그를 껴안았다.

"무슨 일이기에……."

용비야가 그녀의 등을 쓸며 부드럽게 물었다.

"전하, 우리가 왜 여기 있죠?"

어젯밤 진왕부에 돌아간 것까지 기억하는데 깨어났을 때 장소가 바뀌어 있으니, 한 번 시공 초월을 경험했던 그녀가 공포에 질리는 것도 당연했다.

시간과 공간이라는 두 차원은 무척 신비해서, 두 차원이 결합하면 무수한 가능성을 만들어 낼 수 있었다.

그녀는 두려웠다!

깨어났을 때 세상이 바뀌고 사람도……, 바뀌어 있을까 봐 두려웠다.

"어젯밤에 왔는데 푹 자기에 깨우지 않았다. 7일 동안 이곳에 묵도록 하자. 약귀당 일은 고북월에게 맡기면 된다."

용비야가 설명했다.

한운석은 그제야 깨달았다. 어젯밤 용비야가 마차에서 얼마나 조심해서 자신을 안고 있었는지 전혀 모르는 그녀는 그저 요 며칠 약귀당 일로 너무 지쳐서 푹 잠들었나 보다 생각했다.

"왜 그렇게 놀랐느냐?"

용비야가 의아하게 물었다. 이 여자가 그렇게 겁쟁이는 아닐 텐데?

"악몽을 꿨어요."

한운석은 살짝 대답을 피했다. 시공 초월 했다는 이야기를 어떻게 할 수 있을까? 알아들을 만한 말로 설명해야 했다.

"무슨 꿈?"

용비야가 다시 물었다.

"꿈에서……."

한운석은 잠시 망설이다 나지막하게 말했다.

"꿈에서……, 전하가 영원히 저를 떠났어요."

마음대로 나서도 좋다

영원히 떠났다…….

용비야는 한운석을 안고 매끄러운 턱을 그녀의 이마에 붙였다.

한참 동안 침묵한 끝에 비로소 그가 차분하게 입을 열었다.

"그럴 리 없다. 내가……, 죽지 않는 한."

한운석은 곧바로 그의 입을 막았다.

"알았어요, 그 얘기는 하지 말아요."

그런데 용비야가 반문했다.

"한운석, 너는 어떠냐?"

"안 떠나요, 절대로!"

한운석이 재빨리, 단호하게 대답했다.

무슨 일이 있어도, 절대 떠나지 않을 것이다! 공연히 한바탕 놀라고 나자 한운석의 마음도 굳건했다.

그녀는 서둘러 마음을 밝힌 후에야 용비야가 자신을 바라보는 눈빛이 다소 이상한 것을 알아차렸다.

그는 줄곧 그녀를 응시하며 한참 동안 아무 말도 없었다. 한운석도 처음에는 희미하게 근심에 잠겼지만, 이 인간이 한참 동안 말없이 바라만 보자 점점 어색해지고, 그 눈빛도 이상하게 느껴졌다.

눈싸움에 있어서 진왕 전하를 이길 사람은 이 세상에 없을 것이다. 어쨌든 매번 침묵에 빠져 서로 마주 볼 때면 늘 한운석이 먼저 백기를 들었다.

그녀는 걱정스럽게 입을 열었다.

"용비야……. 왜 그래요?"

"방금 뭐라고 했는지 다시 한번 말해 봐라."

용비야가 물었다.

방금 그녀는 절대로 그를 떠나지 않겠다고 했다.

"난……."

한운석은 거의 말할 뻔했지만, 소리를 내려는 순간 갑자기 말문이 막히고 얼굴이 빨개졌다.

진왕 전하, 지금 놀리는 게 아닌 거 확실해요?

용비야는 큰 소리로 하하하 웃으며 그녀의 귓가에 몸을 숙이고 패기 넘치게 말했다.

"그 말, 본 왕의 마음에 드는군!"

한운석은 부끄러우면서도 기뻤다.

하긴, 부끄러움보다는 기쁨이 훨씬 크다는 건 인정했다.

이왕 좋아하는 건데 죽을힘을 다해야지. 어차피 다른 일에도 죽을힘을 다했는데 이 일이라고 못 할 것도 없잖아.

별안간 그녀가 용비야의 목을 끌어안고 잡아당기며 똑같이 그의 귓가에 대고 속삭였다.

"그 말, 본 왕비가 기억할게요!"

용비야는 이 여자가 이렇게 간이 부었을 줄은 생각지 못해 당황했다.

하지만 당황한 것은 잠시였다. 진왕 전하가 어디 그렇게 쉽게 놀려 먹을 수 있는 사람인가? 그가 잡아당기는 힘을 빌려 그대로 몸을 기울이자 한운석은 서서히 뒤로 밀려나 누울 수밖에 없었다.

그는 본래 한운석이 손을 놓을 것으로 생각했지만, 뜻밖에도 그녀는 끝까지 그의 목을 감싸 안은 채 놓아주지 않았다.

지난번 친정으로 돌아가고 그가 주는 약그릇을 깨뜨린 이후, 이 여자는 확실히 간이 부어 있었다!

한운석은 거의 손을 놓을 뻔했지만 그가 이렇게 강압적이고 나쁘게 나오자 꿋꿋이 맞섰다. 놓지 않겠어!

그래서…….

그녀는 천천히 침상에 누웠고 용비야도 따라서 천천히 몸을 숙이다가 마지막으로 그녀의 쇄골에 머리를 묻었다. 그녀의 손이 그의 목을 단단히 고정했다.

한운석은 고개를 들고 깔깔거리며 웃음을 참지 못했다. 진왕 전하가 이렇게 제압당하는 날이 있을 줄이야!

한운석이 웃건 말건 용비야는 머리를 묻은 채 움직이지 않았다.

그런데 곧 한운석의 웃음이 뚝 그쳤다. 갑작스럽게 머리로 뛰어든 생각에 순식간에 그녀의 온몸이 뻣뻣해졌다.

이게……, 뭐지?

세상에, 용비야가 그녀의 쇄골을 살짝 깨물기 시작한 것이다!

불장난이란 한운석의 행동을 두고 하는 말이었다. 하여간 그녀는 온몸이 뻣뻣하게 굳은 채 겨우 두 손만 움직여 눈치 빠르게 용비야를 놓아주었다.

하지만, 이미 늦은 후였다.

용비야는 계속했고 짜릿짜릿한 느낌이 빠르게 한운석의 온몸으로 퍼져갔다. 놀랍게도 용비야는 점점 아래로 내려가 그녀의 옷깃을 풀어헤쳤다.

방금 손을 놓았던 한운석은 오히려 다시 그를 살며시 감싸 안으며 저도 모르게 가만히 불렀다.

"용비야……."

그 속삭임에 농밀한 분위기에 푹 빠졌던 용비야가 갑자기 모든 것을 중지했다. 그녀를 바라보는 그의 눈동자에 희미한 무력감이 떠올랐다.

하지만 그 눈빛은 금세 사라졌다. 그는 마지막으로 한번 깨문 다음 몸을 일으키고 그녀를 바라보았다.

"그래도 웃을 테냐?"

한운석의 담력에도 한계가 있는데 무슨 배짱으로 계속 웃을까? 그녀는 고분고분 고개를 저었다.

하마터면 사고가 벌어질 뻔했으니 여기서 더 배짱을 부렸다간 그 결과는……. 그만, 더는 상상 못해.

용비야는 무척 만족스러워하며 태연하게 말했다.

"여기서 며칠 푹 쉬고, 고칠소가 오기 전까지는 아무 데나 돌아다니지 마라."

한운석은 가슴이 철렁했다. 언젠가는 그가 그 이야기를 꺼낼 줄 알고 있었다.

지난번 그가 했던 말 중에 어느 정도가 홧김에 한 말이고 또 어느 정도가 진심인지, 그녀도 확실히 알지 못했다.

"당신도 그가 오리라 생각해요?"

한운석이 물었다.

"겁이 나서 못 올 것 같으냐?"

용비야가 되물었다. 속뜻이 따로 있는 말이었다.

"내기해요."

한운석은 생긋 웃었다.

"난 그 사람이 용기 있게 찾아온다는 것에 걸겠어요!"

한운석의 입에서 나온 '용기 있게'라는 말 역시 속뜻이 따로 있었다.

"본 왕도 마찬가지다."

용비야는 차갑게 말했다.

때로는 말하지 않아도 서로 뜻을 알아차릴 수 있는 일도 있었다.

한운석은 침상에서 내려와 한담을 나누듯 아무렇지도 않게 말했다.

"고 태의가 왔으니 목령아까지 약귀당에 남겨 둘 수 있다면 약귀당 일은 신첩이 마음 쓰지 않아도 돼요."

한운석은 약귀당을 키워 의약계의 큰 세력으로 만들고 싶었지만 스스로 약귀당에 묶일 생각은 없었다. 누가 뭐래도 약재를 다루는 건 그녀의 장기도 아니고 가장 흥미 있는 일도 아니었다.

그녀의 장기는 독이고, 가장 흥미로워 하는 것은 천녕국을 혼란에 빠뜨린 용비야가 앞으로 하려는 일이었다. 만약 그의 목표가 약성이라면, 혹시 그 틈에 목영동에게서 목심 부인에 관한 일을 알아낼 수 있을지도 몰랐다.

벙어리 노파는 이미 사라졌으니 아무리 고민해도 소용없었다. 벙어리 노파를 가뒀던 목영동이 적잖은 일을 알고 있을 게 분명했다!

지금껏 한운석이 몸소 약귀당을 경영하리라고 생각해 왔던 용비야는 퍽 의외였다.

"그렇다면 왜 그리 마음을 쓰느냐?"

용비야가 물었다.

"전하께서 마음 쓰시는 일에 마음 쓰는 거예요. 전하의 걱정을 나누려고요."

한운석은 진지했다.

내내 안색이 좋지 않던 용비야가 뜻밖에도 웃음을 지었다.

"내 문제로 네가 마음 쓸 필요는 없다. 마음 편히 지내면 된다."

이미 마음에 둔 일인데 무슨 수로 마음을 안 써? 무슨 수로 마음 편히 지내?

한운석 역시 웃었다.

"그러니까……, 쓸데없이 나서지 말라는 거죠?"

그녀는 그가 몇 번이나 '나'라고 말한 것을 알아차리지 못했고, 그도 자신이 '본 왕'이라고 칭하면 그녀도 '신첩'이라고 칭하지만 그 외에는 이름을 부른 적이 점점 많아진다는 것을 알아차리지 못했다.

하지만 그가 알아차린 것도 있었다. 이 여자 앞에서 대답할 말을 잃은 적이 이번 한번만은 아니라는 것이었다.

결국 그는 헛기침하며 태연하게 말했다.

"마음대로 나서도 좋다."

이 말을 아랫사람이 들었다면 아마 사흘 밤은 잠을 이루지 못했을 것이다. 세상에 진왕 전하께 이래라 저래라 할 수 있는 사람이 어디 있을까!

고칠소 문제는 이렇게 한두 마디로 넘어간 듯했다.

하지만 용비야가 나갈 때쯤 한운석은 참지 못하고 한마디 했다.

"전하, 아무리 그래도 그 사람은 신첩의 목숨을 구했어요. 정말 온다면 부디 은원을 곰곰이 생각해 보신 후 행동해 주세요."

용비야는 걸음을 멈추고 한참 서 있다가 나갔다.

한운석은 복잡한 눈빛을 지으며 따라 나갔지만, 용비야는 강남 매해를 떠나지 않고 꽃밭의 정자로 들어갔다.

7일. 길지도 짧지도 않은 시간이었다.

한운석은 용비야가 자신을 강남 매해에 묶어두고 혼자 나갈 줄 알았으나, 강남 매해가 그녀에게는 길지凶地인지 용비야는 이곳에 와서 그녀를 내버려 둔 적이 한 번도 없었고, 이번에도 예외는 아니었다.

용비야와 그녀는 온천이 딸린 조그만 집에 묵었다. 매일 각지에서 밀서가 날아들어 급한 소식을 전했지만, 용비야는 그래도 이곳에서 한 발짝도 나가지 않았다.

온 세상이 약귀당에 대해 떠들고 있는데 두 사람은 휴가를 즐기듯 한가하고 자유롭게 지냈고, 고칠소에 관해서도 다시는 입에 담지 않았다.

늦가을이 오고 날이 점점 추워지면서 온천하기 딱 좋은 계절이 되었다.

차 마시는 것을 빼면 온천욕도 용비야가 무척 좋아하는 일이었다.

아침 일찍이나 오후쯤이면 그는 늘 온천에 몸을 담그고 모락모락 피어오른 수증기 속에서 차를 마시며 깊은 생각에 잠겼다.

지난번에 왔을 때 이런 그의 습관을 몰래 기억해 둔 한운석은 정오나 깊은 밤에 온천욕을 했다.

그녀도 온천욕을 무척이나 좋아했다!

예전에 그의 침궁에 숨어들어 온천욕을 할 때면 항상 그가 없는 시간을 골랐는데 그래도 마음이 조마조마했다. 하물며 이렇게 확 트인 온천은 더욱더 그랬다.

하지만 이제는 간이 커졌다.

온천욕을 할 때 잠시 눈을 붙이는 데도 익숙해졌다.

그날 밤 그녀는 또 온천에 들어가 가장자리에 기댄 채 스르르 잠이 들었다.

그런데 갑자기 주변 수풀 속에서 그림자 하나가 휘릭 날아가

더니 수풀 밖에 쿵 떨어졌다. 움직임이 크지 않아 한운석은 전혀 느끼지 못했다.

수풀 밖에서는 초서풍이 심장을 어루만지며 억지로 몸을 일으키고 있었다. 완전히 어리둥절한 표정이었다.

급히 진왕 전하에게 보고할 일이 있어서 막 돌아왔는데, 집 안에 내려서기도 전에 누군가 호되게 걷어차는 바람에 땅에 떨어지고 만 것이다.

당연히 걷어찬 사람이 전하라는 것을 알았고, 그래서 어리둥절했다!

최근 들어 잘못한 것도 없는데!

곧 용비야가 뒷짐을 지고 천천히 지붕에서 내려왔다.

"전하……."

초서풍은 억울했다.

"누가 네 멋대로 들어오라고 했느냐? 다음에도 이런 일이 있으면 알아서 해라!"

용비야는 차갑게 말했다.

초서풍은 자신이 왔던 길을 살피다가 퍼뜩 이유를 깨달았다. 방금 그는 온천이 딸린 작은 집 뒤쪽으로 왔는데 그곳에 온천이 있었다.

여기까지 생각하자 초서풍은 등골이 오싹해지고 뒤늦게 두려움에 사로잡혔다. 무공이 변변치 못해 단번에 수풀 밖으로 나가 떨어졌기 망정이지 안 그랬으면…….

그런데……. 그런데 저 두 주인은 싸울수록 가까워지는 걸까? 싸우다가 오늘 밤 같은 모습이 된 걸까?

한 사람은 온천욕을 하고 다른 한 사람은 곁을 지……키는?

초서풍도 눈치 빠를 때가 있어서 재빨리 말했다.

"전하, 의성 쪽 일은 급하지 않으니 지금은 물러나겠습니다."

용비야는 초서풍을 의성에 보내 고칠소의 과거를 조사하게 했다. 평소대로라면 지금쯤 결과를 알고 싶어 서두르고 있어야 마땅했다.

하지만 초서풍이 이렇게 말하자 그는 정말로 손을 내저어 물러가게 했다.

초서풍조차 눈이 휘둥그레졌다. 사실은 그저……, 그저 비위를 맞추려고 해 본 말일 뿐인데 정말 이럴 줄은…….

초서풍이 멍하게 있자 용비야가 차갑게 되물었다.

"가지 않고 뭘 하느냐?"

초서풍은 꿈을 꾸고 있는 건 아닌지 의심하면서 혼란에 빠진 채 물러갔다.

초서풍이 떠난 것이 확실해진 후, 용비야는 살짝 발을 굴러 다시 가장 높은 지붕 위로 올라갔다.

밤은 고요했고 달빛은 씻은 듯 맑았다. 못에는 수증기가 자욱하게 피어오르고 가인佳人은 선잠에 빠져 있었다.

비록 그는 온천에 들어간 사람을 지켜보고 있었지만 그 사람보다는 주위의 일거수일투족에 더 주의를 기울였다.

그의 얼굴은 냉담하고 딱딱하고 과묵하고 금욕적이고 고집스럽고 차가웠고, 이 신비한 밤처럼 그 누구도 그 속을 꿰뚫어

볼 수 없었다.

지키는 걸까, 아니면 엿보는 걸까.

솔직히 말하자면 엿보기보다는 지키기 위해서였다. 하지
만……

그럴 마음이 있어?

온천에 있던 사람이 깨어나 고운 팔을 쭉 뻗으며 기지개를 켰을 때, 용비야의 시선은 자연스레 그쪽으로 쏠렸다.

그 여자는 갓 피어난 연꽃처럼 나른하게 몸을 일으켰지만, 물에서 벗어나자 늑장 부리지 않고 재빨리 욕의浴衣(목욕 가운 같은 것)를 걸쳤다.

그녀의 동작도 빨랐지만 용비야의 눈도 빨랐다. 그의 눈은 매처럼 날카롭게 사냥감을 포착해, 패기 넘치고 무례하면서도 진지하게 탐색했고 구석구석 하나도 놓치지 않았다.

가장 은밀한 부분조차 시선을 돌리지 않고 가슴을 두근거리거나 얼굴 붉히는 법도 없이 진지하게 살폈다.

이제 보니 진왕 전하도 도무지 정인군자가 아닐 때가 있었다!

하늘이나 알까? 그가 모든 근심 걱정을 내려놓은 다음에는 얼마나 나빠질지! 대체 얼마나 나빠질까!

어쨌든 잇달아 며칠 밤 동안 용비야는 한운석을 빠짐없이 거의 모조리 살펴보았다.

두뇌 회전이 빠른 한운석이지만 이 모든 것을 전혀 알지 못한 채, 그저 며칠 온천욕을 했더니 훨씬 편해져서 영남성 왕부에도 노천 온천이 하나 있으면 좋겠다고만 생각했다.

몇 년쯤 지나서 한운석이 이 일을 알면 어떤 반응을 보일까?

물론 용비야가 말해 준다는 전제하에.

시간은 빠르게 흘러 어느덧 여섯째 날이 되었다. 또 하루가 지나면 목령아가 고칠찰에게 도전하기로 한 날이었다.

안타깝게도 강남 매해든 약귀당이든 고칠찰의 소식을 들은 사람은 없었다. 설마 그자는 정말 나타나지 않으려는 걸까?

용비야와 한운석은 하루 전날 영남성으로 돌아갔다. 내일 목령아는 찾아올 텐데 애석하게도 그때까지도 고칠찰은 여전히 그림자조차 보이지 않았다.

도전을 받아줄 생각이라면 벌써 약귀당에 와야 하지 않을까? 그날 장사가 끝난 뒤 사람들은 차 탁자에 둘러앉아 쉬면서 의견을 주고받았다.

제일 먼저 입을 연 사람은 소소옥이었다.

"내기해요. 난 그 귀신이 오지 않는 것에 걸래요!"

"버르장머리 좀 보게. 약귀 대인이 안 오실 리 없다!"

조 할멈이 득달같이 꾸짖었다.

"우리 약귀당은 약귀 대인의 이름으로 장사를 하고 있는데, 그분이 오시지 않으면 그분 체면은 물론이고 약귀당 체면도 바닥을 치는 게야!"

조 할멈도 예전에는 약귀 대인을 경멸했지만, 그가 왕비마마와 손잡고 약방을 연 이후 약방 일을 돕기 시작하면서 태도가 완전히 바뀌었다.

지금은 숫제 고칠찰을 자랑으로 삼을 정도였다.

"나는 꼭 온다는 보장이 없다고 보네. 패배가 두려운 게 아니라 정말 목령아가 눈에 차지 않을 수도 있잖은가."

혁련 부인은 이렇게 말한 다음 한마디 덧붙였다.

"그래도 오시기를 바라네. 오랫동안 명성을 들었는데 여태 직접 뵌 적이 없으니!"

"어머니, 저도 약귀 할아버지가 오면 좋겠어요. 약재 배합하는 법도 배우고 싶고, 여쭤볼 것도 아주 많아요."

한운일은 잠시 생각하다가 말했다.

"어머니, 약귀 할아버지가 오지 않으시면 웃음거리가 되겠죠?"

"운일 도련님, 약귀 대인은 세상 사람들 시선에는 신경도 쓰지 않으실 걸요? 그분은 늘 하고 싶은 대로 하고 사신대요. 구속받지 않고 세상을 우습게 여기는 그런 성품은 아무나 갖출 수 있는 게 아니에요."

침향이 숭배하는 표정으로 말했다.

"올지 안 올지 무슨 수로 확신하겠어요. 그런 사람은 헤아리기가 어렵죠."

백리명향도 나서서 말한 다음 고북월을 바라보았다.

"고 의원은 어떻게 생각하시는지요?"

고북월은 약귀당에 들어온 후로 정식으로 태의라는 호칭을 버렸다. 사람들은 그를 고 신의라고 불렀지만 그는 귀찮아하지 않고 매번 '고 의원'으로 정정해 주었고 며칠 지나면서 모두 그 호칭이 입에 붙게 되었다.

고북월은 백리명향의 질문에 대답하지 않고 용비야에게 넘겼다.

"전하, 어찌 생각하십니까?"

용비야와 한운석은 누구보다 말이 없었다. 고칠찰이 바로 고칠소라는 사실을 아는 이는 그들 두 사람 외에 용비야의 부하 두세 명이 전부였다.

이렇게 격렬하게 토론하고 약귀를 흠모하는 이 사람들은 하나같이 상황을 잘 몰랐다!

용비야는 무표정하게 말했다.

"네 생각은?"

"제 어리석은 생각입니다만, 약귀 대인께서는 오지 않으실 것 같습니다."

그제야 고북월이 의견을 밝혔다.

"어째서?"

용비야가 차갑게 물었다.

"목 낭자가 눈에 차지 않아서겠지요."

고북월은 평범한 답을 내놓았다. 이 정도면 말하지 않은 것이나 마찬가지였다.

용비야는 귀찮은 듯 더는 그를 보지 않았지만, 그는 의미심장한 표정으로 희미하게 웃었다.

용비야가 이들과 함께 앉아 있는 것은 한운석 곁에 있기 위해서였지만, 모두가 이런저런 허튼소리를 해대자 결국 견디지 못했다.

자리를 뜨려는데 뜻밖에도 고북월이 일부러 그런 것처럼 한운석에게 물었다.

"왕비마마께서는 어떻게 생각하십니까?"

한운석은 느릿느릿 일어나 기지개를 켰다.

"내일이면 알게 될 텐데요, 뭐. 이만 파하고 일찍들 쉬어요."

일찍 쉬라고?

오늘 밤 날이 밝을 때까지 눈을 붙이지 못하고 전전반측할 사람이 몇이나 될지 아무도 모를 일이었다.

목령아가 잠을 이루지 못하는 건 분명했다.

지금 그녀는 하늘에 뜬 휘영청 밝은 달 아래에서 약귀당에 이웃한 원락의 그네에 앉아 있었다. 이따금 그네를 흔들거리긴 했지만 이미 넋이 나간 지 오래였다.

도전하겠다고 했던 날부터 지금까지 그녀는 이 원락에 묵고 있었다. 목씨 집안, 심지어 약성 장로회 사람들은 그녀가 이곳에 있는 걸 뻔히 알면서도 접근하지 않았다.

틀림없이 한운석이 비밀 시위를 파견해 지키게 했을 것이다.

한운석은 말하지 않았고 그녀도 모르는 척하며 묵묵히 상황을 받아들였다.

그녀 성격에 아무렇게나 도움을 받아들일 사람은 아니지만, 한운석에게 그 비밀을 들은 후로는 전처럼 성질을 부리지 않았다.

흔들흔들 그네를 타던 목령아가 별안간 우뚝 멈췄다. 무슨 생각을 했는지 몰라도 입가에 달콤한 웃음이 피어올랐고, 그 웃음에 공기 속에도 달콤한 향기가 가득해지는 것 같았다.

하늘이 어슴푸레 할 때쯤 조 할멈은 채소를 사려고 옆문으로 나갔다가 홑옷을 입은 여자가 대문 앞에 서 있는 것을 발견했다. 다름 아닌 목령아였다.

조 할멈은 펄쩍 뛸 듯이 놀랐다. 아니, 왜 이렇게 빨리 왔지?

사실 목령아는 벌써 한 시진째 문 앞에 앉아 있었고 바로 조금 전에 일어난 것이었다.

그녀는 흥분에 휩싸여 있었다!

밖으로 나오는 조 할멈을 보자 평소 한운석 쪽 사람들에게 퉁명스럽기만 하던 목령아가 놀랍게도 방긋 웃어 보였다. 무척이나 우호적인 웃음이었다.

조 할멈은 도저히 웃을 수가 없어 한참 동안 그녀를 바라보다가, 안으로 달려 들어가 후원에 있는 고북월을 찾아갔다.

"고 의원! 고 의원, 목씨네 낭자가 미쳤나 봅니다."

"무슨 일입니까?"

고북월은 자못 긴장했다.

"그 낭자가 벌써 문 앞에 서 있습니다. 게다가 이 늙은이를 보고 웃지 뭡니까."

조 할멈이 진지하게 말했다.

고북월도 처음에는 멈칫했지만 곧 웃음을 지었다.

"정상입니다. 그처럼 큰일을 앞두고 있으니 당연히 평소와 다르겠지요."

조 할멈은 그제야 안심하고 뒷문을 통해 나갔다.

조 할멈이 돌아올 때쯤 약귀당은 이미 문을 열었고, 대문 앞은 인산인해를 이룬 구경꾼들로 시끌시끌했다. 개업 날보다 훨씬 더 구경꾼이 많았다.

목령아는 여전히 그 자리, 약귀당의 대문 앞에 서 있었다.

그녀는 날짜만 정했지 구체적인 시간은 정하지 않았고, 그 때문에 아직은 고칠찰이 올지 안 올지 알 수 없었다. 모여든 사람들은 하나같이 그 일을 두고 의견이 분분했다.

얼마 지나지 않아 용비야와 한운석도 도착했다.

하지만 그들은 모습을 드러내지 않고 약귀당 뒤켠의 꽃밭에 들어가 앉아서 기다렸다.

그런데 웬걸, 정오가 되었는데도 고칠찰은 나타날 기미가 없었다.

"고칠찰이 정말 안에 없는 거야?"

"진왕 전하와 왕비마마께서는 계실 테니 정확히 알려 주십시오! 기약 없이 기다리게 하시면 안 됩니다!"

"고칠찰이 올까, 안 올까? 정말 안 오는 건 아니겠지?"

온갖 말 속에는 도발도 적지 않게 섞여 있었다.

"고칠찰, 나와라! 여자아이 하나가 두려워 이 무슨 꼴이냐? 배알도 없느냐?"

"약귀 대인, 젊은 낭자께서 반나절이나 서 있는데, 아무리 눈에 차지 않아도 그렇지 최소한 얼굴은 드러내셔야지요."

숫제 이 틈에 큰소리를 땅땅 치는 이들도 있었다.

"어이쿠, 사람을 놀려도 이리 놀릴 수가 있나? 그래도 안 나오면 다시는 약귀당에서 약재를 사지 않겠소!"

"별 대단치도 않으면서 무슨 대단한 사람이라도 나신 듯이 하는군.”

“하하하, 딱 봐도 자작이야! 아주 신경 많이 썼구만!”

이런 말들을, 용비야와 한운석은 당연히 무시했다. 하지만 얼마 지나지 않아 백리명향이 찾아왔다.

“전하, 왕비마마, 약성 장로회의 회장 어른이 찾아오셨습니다.”

그 말이 떨어지기 무섭게 소소옥도 나타났다.

“전하, 왕비마마. 의성 장로회에서 제자 몇 사람을 보내왔어요.”

곧이어 초서풍도 왔다.

“전하, 구양영락 그 작자가 왔습니다! 약귀당 안에 앉아 있습니다.”

용비야의 입술 위로 냉소가 떠올랐다. 그는 말이 없었지만 한운석은 기다리다 지쳐 짜증이 난 듯 손을 내저었다.

“약재를 사러 온 게 아니면 하고 싶은 대로 하도록 내버려 둬.”

이치대로라면 이렇게 굉장한 도전이 벌어진 이상 주인인 한운석은 응당 의약계의 주요 인물들을 청해 심사를 부탁하고, 관련자들을 귀빈으로 초청해 관전하게 해 주어야 했다.

과정이야 어떻든 이 자리는 적어도 거물들과 교분을 트고 인맥을 넓힐 기회였다.

하지만 한운석은 요 며칠 용비야와 함께 휴가를 보내느라 전혀 그런 생각을 하지 않았다.

게다가 지금은 거물과 큰 세력이 모두 찾아왔는데도 대접하려고도 하지 않았다!

하긴, 지금 그녀는 기분이 썩 좋지 않았다.

고칠소, 정말 안 올 거야?!

기다림은 오후까지 이어졌다.

하지만 약귀당은 아무것도 선포하지 않았고 고칠찰 역시 나타나지 않았다.

초조해하던 사람들도 차츰차츰 조용해졌다. 조용하기는 했지만 사람들이 자꾸만 늘어났고 온 사람들은 아무도 떠나지 않았다.

누가 뭐래도 아직 날이 저물지는 않았으니까.

누가 뭐래도 꼼짝하지 않고 종일 서 있는 목령아가 아직 한마디도 하지 않았으니까.

석양이 서쪽으로 지자 한운석은 무거운 얼굴로 저녁노을을 바라보았다.

고칠소, 대관절 올 거야 안 올 거야?

사실은 그녀도 전혀 확신이 없었다.

얽매이지 않고 소탈한 고칠소의 성격으로 볼 때 세상의 이목에 신경이나 쓸까? 이처럼 쉽게 도발에 넘어올까?

자신이 좋으면 설령 온 세상이 경멸하고 비난해도 하고 싶은 대로 하고, 자신이 싫으면 온 세상을 비웃어 주는 게 그 사람이었다.

그녀가 목령아 그 멍청이와 손잡고 이런 자리를 마련한 것은 단지 고칠소에게 물러날 길을 마련해 주기 위해서, 약귀당으로 돌아올 수 있는 핑계를 만들어 주기 위해서였다.

고칠소, 예전에는 쫓아도 쫓아도 끈질기게 들러붙었잖아? 이

번 기회에 깨끗이 은원을 정리하고 약귀당을 맡아 줄 마음이 있어, 없어? 그럴 용기가 있어, 없어?

다소 실망한 한운석의 표정에 용비야가 마침내 냉소를 지었다.

"본 왕이 네 목숨을 살려 준 은혜를 갚을 마음이 있다 해도 일단 그자가 용기 있게 나타나야 한다!"

당시 용비야가 화가 나서 했던 말을 한운석은 모두 기억하고 있었다. 하지만 용비야는 고칠소에게 빚을 질 사람이 아니었고, 그렇기에 이번이야말로 은원을 깨끗이 정리할 기회였다.

하지만 애석하게도 그는 오지 않았다!

용비야는 이미 개인적으로 사람을 보내 고칠소를 찾아보았지만, 안타깝게도 실마리 하나 얻지 못했다.

고칠소가 한운석에게 베푼 은혜도 갚겠지만, 그와 자신 간의 원한 역시 깨끗이 씻을 것이다!

하지만 애석하게도 그는 오지 않았다!

석양이 서쪽으로 떨어지면서 하늘은 점점 어두워졌다. 시간이……, 많지 않았다.

고칠소, 당신은 어디에?

〈천재소독비〉 11권에서 계속